SF의 힘

한 그루의 나무가 모여 푸른 숲을 이루듯이
청림의 책들은 삶을 풍요롭게 합니다.

미래의 최전선에서 보내온 대담한 통찰 10

SF의 힘

고장원 지음

추수밭

Prologue

SF의 무한한 상상력으로 미리 훔쳐본 미래

● 인공지능 기반의 자율주행 자동차 개발을 지난 몇 년간 구글이 선도해온 가운데 2016년에는 우리나라의 간판 IT기업인 네이버까지 동종 분야에 팔을 걷어붙이고 나섰다. 당장은 전기차가 차세대 자동차 시장의 대세인 양 호들갑떨지만, 실은 이 분야의 리더인 테슬라까지 이미 자율주행 자동차 연구에 한참 앞서 있다는 사실은 무엇을 의미할까? 한마디로 기술발전에는 한도 끝도 없다. 흥미로운 것은 어떤 탁월한 기술이든간에 그것이 실제 실용화되기 오래전부터 사람들의 머릿속에 매력적인 원형으로 자리 잡는 경우가 적지 않다는 점이다. 다시 말해 상당수의 신기술은 특출한 발명가나 과학자의 머릿속에서 갑작스레 홀로 튀어나오기보다는 많은 사람들이 오랫동안 숙원으로 여겨온 갈망이 여러 사람의 노력으로 현실화되는 경향이 있다. 단적인 예로 로봇자동차의 세련된 비주얼과 작동양식을 눈으로 가상체감하게 된 것은 최근의 SF영화 덕이지

만 과학소설에서는 같은 아이디어가 이미 20세기 중반 전후 부지기수로 눈에 띄지 않던가.

실제로 역사를 돌이켜보라. 매력적인 과학아이디어 가운데 적지 않은 수가 애초 연구실과는 동떨어진 허구의 과학소설에서 비롯된 예가 얼마나 많은지… 이러한 증거는 과학소설이 하나의 독특한 문학형식을 갖추며 태동하던 20세기 초 벌써 발견된다. 원자폭탄의 연쇄반응 개념을 처음 형상화한 H. G. 웰스H. G Wells의《해방된 세계The World Set Free》(1914)가 대표적인 사례다. 원자핵을 최초로 발견한 과학자 어니스트 러더퍼드Ernest Rutherford는 물론이거니와 20세기 초 과학계의 석학 알베르트 아인슈타인Albert Einstein조차 원자핵 하나의 붕괴에너지는 너무나 미미해서 이것을 소재로 폭탄을 만들겠다는 발상은 허튼소리라고 여겼을 무렵, 웰스는 소위 '연쇄반응'이라는 창의적인 해법을 내놓았던 것이다. 쑥스럽게도 웰스의 발상은 오히려 과학계에 되먹임 되어 궁극에 가서 맨해튼 프로젝트(미국의 원자탄 개발 프로젝트)를 촉발시킨 아이디어 촉매제가 된다. 웰스의 소설을 읽은 유태계 미국 과학자 리오 실러드Leo Szilard가 아인슈타인에게 원자폭탄의 구현 가능성을 웰스의 논리에 따라 설득했기 때문이다. 영국인인 웰스와 동시대에 명성을 나눠 가진 프랑스의 과학소설 작가 쥘 베른Jules Verne 또한 과학기술 분야에 깊은 영감을 준 바 있다. 200개 넘는 특허를 따낸 19세기 말의 조선造船기사 사이먼 레이크는 1894년부터 미해군을 위해 인간의 완력 대신 기계동력으로 움직이는 잠수함 시리즈를 개발했다. 사상 처음 잠망경까지 달린 이 잠수함들은 1869년 그가 12세 때 탐독한 베른의 장편소설《해저 2만 리그Vingt mille lieues sous les mers》(1869)에서 모티브를 얻었다고 한다. 레이크의 잠수함 개발 뒷이야기에는 진짜 베른까지 등장한다. 레이크의 성과를 치하하며 베른이 "나의 상상을 현실화시켜준 것을 축하하네"라고 축전을 보냈으니 말이다.•

SF에서 일찍이 내다본 통찰을 후대의 과학기술이 따라잡은 비교적 최근 예로는 1996년 영국에서 태어나 떠들썩한 화제를 불러일으킨 복제양 돌리가 있다. 이러한 의학혁명이 일어나기 이미 64년 전, 같은 나라의 작가 올더스 헉슬리Aldous Huxley는 자신의 장편소설 《멋진 신세계Brave New World》(1932)에서 인간복제기술의 기본 원리를 소상히 묘사하는 동시에 그것이 인류 사회와 문명에 미칠 영향을 넓은 시야로 조망했던 것이다. 또한 오늘날 올림픽 경기실황 중계는 물론이고 실시간으로 CNN을 비롯한 글로벌 뉴스를 접할 수 있게 해주는 통신위성은 영국 출신의 SF 작가 아서 C. 클라크Arthur C. Clarke가 1945년 잡지 〈무선세계Wireless World〉에 발표한 논문에서 그 원형을 찾아볼 수 있다. 정지궤도 상에 인공위성 3개를 서로 적당히 떨어뜨려 놓고 지구를 에워싸면 지구촌 전체를 대상으로 한 통신 서비스가 가능하다는 것이 클라크의 주장이었는데, 당시 기술로는 구현할 수 없어 한동안 아이디어에 머물렀다.••

SF가 과학에 준 영감에 대해서는 과학자들 중에도 인정하는 이들이 많다. 대표적인 인물이 과학계는 물론이고 일반 대중에게도 널리 알려진 천문학자이자 우주생물학자인 칼 세이건Carl Sagan으로, 그는 "과학에 대한 내 관심에 불을 붙인 것은 SF였다"고 토로한 바 있다. 심지어는 아이작 아시모프Isaac Asimov와 데이비드 브린David Brin, 로버트 L. 포워드Robert L. Forward,

• Robert W. Bly, The Science in Science Fiction, Benbella Books Inc., 2005

•• 정지위성은 지구의 자전속도와 동일하게 특정 위도 상공에서 자전하기 때문에 마치 해당 지역 위에 정지해 있는 것처럼 보인다.

루디 러커Rudy Rucker, 버너 빈지Vernor Vinge, 알라스테어 레이놀즈Alastair Reynolds처럼 스스로 과학소설을 창작하는 과학자들도 있다(앞서 언급한 아서 C. 클라크도 이러한 범주에 속한다). NASA의 각종 화성탐사계획에 참여했던 과학자들 가운데 상당수는 청소년기에 미국 작가 레이 브래드버리Ray Bradbury의 《화성연대기The Martian Chronicles》(1950)를 읽으며 감흥에 젖었는데, 이 연작선집은 낭만적이고 시적인 화성을 그려낸 것으로 유명하다. 과학소설 작가들의 이름은 지구 밖 천체에서도 종종 발견된다. 예컨대 화성에는 미국 작가 로버트 A. 하인라인Robert A. Heinlein의 이름을 딴 쌍둥이 크레이터(분화구)가, 달에는 하인라인의 유명한 단편소설에 등장하는 우주기관사이자 맹인 시인 라이슬링Rhysling의 이름을 딴 크레이터가 있다.

산업혁명 이후 과학기술이 하루가 다르게 발전을 거듭하며 사람들이(과학자들까지 포함하여) 전에는 상상 속에서나 꿈꿔볼 뿐 도저히 불가능하다고 여겼던 것들이 버젓이 실현되는 세상에서 SF는 인류문명 발달의 맨 앞줄에 서서 미래를 짚어 보는가 하면 현대 사회에서 과학기술이 유발한 부조리와 모순을 미래라는 가상현실에 대입해 곱씹어보는 사고실험실思考實驗室 노릇을 200년 이상 해왔다. SF는 원래 '과학소설science fiction'의 약어지만, 현재는 소설형식만이 아니라 영화와 드라마, 연극, 만화, 애니메이션, 컴퓨터 게임, 음악 그리고 심지어는 상업광고에서도 즐겨 쓰이는 대중문화의 주요 아이콘이다. 그렇다면 이러한 SF를 한마디로 어떻게 정의할 수 있을까? 시대와 사람들에 따라 다소 견해 차이가 있긴 하나, 필자가 보기에 영국의 과학소설가 겸 평론가 브라이언 올디스Brian Aldiss의 다음의 명제가 시대와 사회를 막론하고 비교적 보편타당해 보인다.

> SF란 우주에서의 인간에 대한 정의와 그 위상을 혼란스럽지만 진보하고 있는 지식의 테두리 안에서 추구하는 문학형식이다.

끊임없이 진보하는 지식은 변화의 연속선상에서 도출되기에 늘 불완전하다. 그럼에도 불구하고 우리가 제한적인 지식이나마 얻으려 애쓰는 까닭은 무엇일까? 인류가 불의 사용법을 깨우치지 않았던들 빙하기를 맞아 동물 털가죽만 뒤집어쓴 채 버텨낼 수 있었을까? 우리는 현재의 지식을 밑거름 삼아 미래를 설계하고자 한다. SF가 그려내는 세계가 대개 미래를 무대로 삼는 것도 그런 관점에서 이해할 수 있다. 여기서 그 미래의 시점이 지금보다 얼마나 미래이냐 하는 기준은 어디까지나 작가의 재량이다. 오히려 그보다 중요한 것은 시대를 막론하고 인간적인 관심사를 꿰뚫어야 한다는 점이다. 사람들은 미래에 대한 상상이나 예측을 해보길 좋아한다. 물론 미래에 대한 구체적인 관심은 자신의 취향에 따라 다양할 것이다. 내일 주식시장의 변동이나 다음 달 부동산 시세의 등락에 관심을 갖는 이가 있는가 하면, 과학기술이 사회 전반에 미칠 변화나 소행성의 지구 충돌과 같은 훨씬 더 광범위하고 거시적인 주제에 눈길을 돌리는 사람도 있을 것이다. 심지어 만여 가지 헤어스타일을 꾸밀 수 있는 데이터가 입력된 로봇 헤어드레서가 등장한다고 해보자. 여성들의 미용문화에 일대 변화를 가져올 것이다. 그러나 다른 한편에서는 로봇을 이용한 범죄가 몰고 올 사회적 파장을 우려하는 이들도 있으리라. 로봇은 원래 인간의 노동을 대체하기 위해 탄생했지만 범죄에 악용될 경우 그것은 누구의 책임인가? 단순히 로봇 주인의 죄인가, 아니면 도덕률에 얽매이지 않는 인간에게 과분한 하인을 안겨준 과학기술의 책임인가?

아쉽게도 현대과학으로는 우리의 미래를 정확히 짚어내는 데 한계가 있다. 그렇다 해서 미래를 들여다보고 싶은 인간의 욕망이 쉽게 수그러들 리 만무하다. 인간은 에덴동산의 이브 창조 신화가 시사하듯 그리 고분고분한 존재가 아니다. 양자역학 같은 첨단 자연과학으로도 가늠하기 어렵고 경제학과 사회학 같은 사회과학으로도 답을 내기 어려운 미래 전망의 부족한 부분은 결국에 가서 인간의 무한한 상상력에서 그 돌파구를 찾게 된다. 다시 말해 SF라는 창의적 사유형식은 종이와 잉크만 있으면 되는 저렴한(!) 사고실험을 통해 우리가 현재를 어떤 방향으로 이끌어나가야 할지에 대한 시사점을 던져주며, 나아가서는 해당 사회의 트렌드와 변화를 읽을 수 있는 거울 노릇까지 덤으로 해준다. 바로 이러한 이유 때문에 똑같이 원자력의 앞날을 다루더라도 어떤 사람은 원자력 발전소가 사회에 줄 혜택을 동네방네 선전하지만 또 다른 사람은 원자폭탄의 가공할 위력에 몸서리치는 것이다. 덕분에 과학소설의 효시로 불리는 메리 셸리Mary Shelly의 장편소설《프랑켄슈타인 또는 현대의 프로메테우스Frankenstein or Modern Prometheus》(1818) 이래 SF는 서구 산업사회를 비추는 설득력 있는 자화상 가운데 하나가 되었다. 21세기 밀레니엄으로 들어선 시점에서 이제 SF는 지구촌 전체를 아우르며 인간의 무한한 상상력의 극단을 보여주는 대표적인 콘텐츠로 대중문화 속에 확고히 자리 잡았고, 그 활동 영역이 단지 소설에 그치지 않고 동일한 콘셉트를 공유하는 문화산업의 다양한 파생상품들로까지 확장되고 있다.

본서《SF의 힘》에서는 SF의 이러한 상상력과 현실과학 사이의 다양한 접점들을 살펴볼 것이다. 그 중 어떤 것은 어느새 우리의 현실 깊숙이 들어와 있고 또 어느 것은 조만간 우리의 안방에서 경험하게 될 것이다.

여기에 실린 글 가운데 상당수는 이미 〈주간경향〉과 〈사이언스타임즈〉 그리고 〈SK 이노베이션 블로그〉 외 여러 매체에 실린 바 있지만 책 출간 시점에 맞게 내용을 일부 혹은 대폭 손보았으며 아예 본서에 싣기 위해 전적으로 새로 쓴 글들도 적지 않다. 따라서 이 책을 통해 미래가 얼마나 가까이 와 있는지 또는 혹시 미래가 내 지각영역을 넘어 이미 지나쳐버린 것은 아닌지 확인해보면 재미있을 듯하다. SF장르(어떤 미디어 용기에 담기건 콘텐츠 기본 속성으로서 지칭하건 간에)가 복잡다단한 현대 대중문화에서 18세기 초엽 이래 200살이 넘는 나이를 먹으며 여전히 영향력 있는 문화 텍스트로 성장해올 수 있었던 까닭을 필자는 다음 두 가지로 본다.

하나는 본질적인 차원으로 SF가 다름 아닌 인간의 원초적인 욕망에 뿌리를 두고 있기 때문이다. 즉 SF는 이미 과학적으로 입증되었거나 아직 입증되지는 않았지만 과학적으로 그럴듯해 보이는 근거를 디딤돌로 삼아 미래에 대한 예기치 못한 놀라움(희망에서 공포에 이르는)을 불러일으켜 대중의 상상력을 극한까지 끌어올려 준다는 점에서 무척 매력적이다. 16세기에 발간된 노스트라다무스의 《여러 세기[Centuries]》와 조선시대에 유행한 《정감록[鄭鑑錄]》 같은 예언서들은 바로 이같은 대중의 강렬한 소망이 빚어낸 결과물이라 보아도 과언이 아니리라. 다른 하나는 사회 현상적인 차원으로, 오늘날 현대 산업사회의 삶이 허구의 SF보다 더 SF 같은 느낌을 줄 정도로 급속하게 변모해왔기 때문이다. 지칠 줄 모르고 끊임없이 전진해온 현대과학은 SF가 예견한 전망 가운데 상당수를 이미 실현시킴으로써 사실상 과학소설과 현실 사이의 경계선을 흐려놓고 있다. 최근 유전공학계에서 각광을 받고 있는 '유전자 수리(또는 유전자 가위)' 기술이 좋은 예다. 소설 속에서나 상상했던 이 기술은 아직 연구단계이긴 하나 각종 유전성 질환 치료에 조만간 응용될 전망이다.

국민의 대다수가 염가로 인터넷을 이용하고 디지털 방송 채널 수가 200개를 넘어서며, 스마트폰 보급률이 90%를 넘는 21세기 대한민국의 현실에서는 이제까지 과학소설과 SF영화에서 다뤄진 첨단 아이디어들 가운데 상당수가 미래에 대한 막연한 상상화이기는커녕 외려 현재형으로 여겨질 지경이다. 미국 SF의 아버지라 불리는 휴고 건즈백Hugo Gernsback이 장편소설《발명왕 랠프Ralph C41+》에서 컬러TV와 비디오 전화 그리고 원격 화상회의가 등장하는 27세기의 모험담을 발표한 해가 1929년이다. 그러나 2017년의 우리들은 이러한 과학문명의 이기利機에 너무나 익숙해진 나머지 SF적인 비전을 현실과는 동떨어진 별천지인 양 오해하기 쉽다. 실은 하루에도 수백 번씩 어제의 SF세계와 만나고 있음에도 말이다. SF란 하루하루 변하면서 쏜살같이 달리고 있는 과학이란 열차에 타고 있는 인간을 순간포착해서 카메라로 찍은 다음 인간학적인 해석을 덧붙여 놓은 해설서이다. 그래서 SF는 꿈인 동시에 현실이다. 다시 말해 요즘 SF가 대중문화의 강력한 아이콘으로 등장하고 있는 까닭은 무엇보다도 SF 자체가 꿈을 주는 동시에 현실에서 계속 확인할 수 있는 공명현상을 계속 불러일으키기 때문이리라. 본서는 그러한 증거들을 관련 주제별로 모아 당신에게 맛깔스레 제시하고자 한다.《SF의 힘》을 읽으며 당신도 이제 미래를 기다리지 말고 자기 것으로 만들기 바란다.

2017년 3월 10일

고장원

C O N T E N T S

Chapter 6 다른 존재

거부할 것인가 맞이할 것인가

Chapter 7 금기의 위반

도덕의 타락인가 자유의 도약인가

Chapter 8 유예된 죽음

고통의 연장인가 영원한 행복인가

Chapter 9

극단적 상상

과학은 마법이 될 것인가

Chapter 10

현대의 신화

SF가 추동한 문화적 혁신

Chapter Special

미래의 유산

SF가 우리에게 제기한 질문들

Chapter

1

인공지능

지배할 것인가 지배당할 것인가

인공지능의 진화는 우리에게 기회일까 위협일까

● 2016년 3월, 이세돌 9단과 구글의 알파고가 100만 달러의 상금을 걸고 바둑 5번기를 펼쳤다. 이 세기의 대결에서 이세돌이 패배하면서 인간계는 인공지능의 검증된 위력 앞에 놀라움을 감추지 못했다. 정말 SF에서 상상하듯 인간보다 영민한 인공지능이 우리 위에 군림할 날이 올까? 영화 〈터미네이터 시리즈Terminator Series〉(1984~2015)에서 인공지능은 인간의 씨를 말리려 든다. 〈아이 로봇I, Robot〉(2004)과 〈매트릭스 3부작The Matrix Trilogy〉(1999~2003)의 인공지능은 인간들을 어린아이나 노예 취급하며 이에 맞서는 이들은 말살하려 한다. 〈2001 스페이스 오디세이2001: A Space Odyssey〉(1968)에 나오는 우주선 인공지능 HAL 9000은 자신의 오류를 은폐하려 이를 지적하는 승무원을 살해한다. 애니메이션 〈공각기동대攻殼機動隊〉(1989)에서는 '인형사'라는 별명의 인공지능이 뇌를 포함하여 전신이 의체화義體化●된 특수경찰을 자기편으로 회유해 끌어들인다.

소설로 옮겨가면 인공지능은 인간과 정면으로 맞서기보다 필요한 것을 얻어내려 훨씬 더 능수능란한 술수를 부린다. 윌리엄 깁슨William Gibson의 《뉴로맨서Neuromancer》(1984)에서는 진짜 정체를 숨기고 인간들을 용병으로 부리는 인공지능이 실질적인 주인공이며, 찰스 스트로스Charles Stross의 장편 《점점 빠르게Accelerando》(2005)에서는 한술 더 떠 인공지능이 자신 또한 엄연한 (디지털) 노동자임을 대변해줄 인간을 비밀리에 물색한다. 일반 기계지능과 달리 《점점 빠르게》의 인공지능이 이런 돌출행동을 벌인 데에는 그럴만한 사정이 있다. 사고의 유연성을 키운다는 목적 하에 과학자들이 가재의 뇌신경 알고리즘을 모사해 이 인공지능에 합체했기 때문이다. 생물의 신경 알고리즘을 내재화한 인공지능은 기계임에도 불구하고 '피로감'을 느끼고 반복되는 노동의 굴레에서 벗어나려는 강박행동을 보인다. 기계가 피로를 자각한다는 것은 다분히 주관적인 판단이다. 하지만 이미 2003년 다른 동식물들은 물론이거니와 인간의 DNA 염기배열마저 완전히 해독되었으니 앞의 가정을 무조건 허황되다 할 수 있을까?

일찍이 1993년 미국의 컴퓨터 공학자이자 SF작가 버너 빈지는 나날이 진화하는 인공지능이 이른바 '기술적 특이점technological singularity'에 도달하는 날 과연 인간이 그러한 존재와의 경쟁에서 살아남을 자신이 있는지 물었다. 그는 NASA와 오하이오 항공우주 연구소가 후원한 〈비전 21 심포지움〉에서 "임박한 기술적 특이점: 후기 인간 시대의 생존법"이란 제목의 강연을 통해 다음과 같이 전망했다.

• 금속과 플라스틱 혹은 실리콘 등이 한데 조합된 몸체. 의족 개념을 전신에 확장시켰다고 생각하면 된다.

앞으로 30년 내에 우리는 인간을 뛰어넘는 지성을 창조해낼 기술적 수단을 갖추게 될 것이다. 그리되면 곧 인간의 시대는 종말을 고하게 된다. 이런 식의 진보를 우리가 피해나갈 길이 있을까?

기술적 특이점은 과학기술이 워낙 비약적으로 발달한 나머지 마침내 인간보다 뛰어난 지성知性이 출현하는 국면을 일컫는다. 빈지의 예견은 《특이점이 온다The Singularity is Near》(2005)의 저자 레이먼드 커즈와일Raymond Kurzweil의 비전과도 중첩된다. 커즈와일은 2045년경이면 불과 1,000달러짜리 컴퓨터가 오늘날 인류의 모든 지혜를 모은 것보다 10억 배 더 강력해지리라 내다보았으며 대담하게도 2045년이 기술적 특이점 원년이 되리라는 로드맵까지 내놨다. 그 외의 과학기술 및 공학 전문가들 또한 다소 늦어지더라도 적어도 다음 세기 전 특이점이 오리라는 전망에 대해 대체로 의견이 일치한다.[1] 조만간 양자컴퓨터가 실용화되면 그 시기는 더욱 앞당겨지리라. 앞으로 컴퓨터가 얼마나 똘똘해질 수 있기에 이런 SF 같은 전망을 전문가들이 내놓는 것일까?

이를 따져보기 앞서 오늘날 슈퍼컴퓨터의 연산능력이 과연 어느 정도인지 궁금하지 않은가? 세계랭킹 1위를 자랑하는 중국의 슈퍼컴퓨터 '천하-2天河-2'는 평균적으로 33페타플롭petaflops, 그러니까 초당 3,300조의 부동소수점浮動小數點•까지 연산한다. 하나같이 개방형인 리눅스 운영체제로 작동되는 슈퍼컴퓨터들은 매년 더욱 강력해지고 있다.

• 컴퓨터에서 수를 표기하는 방식으로 고정소수점 방식보다 넓은 범위의 수를 표기할 수 있어 과학기술 계산에 많이 이용된다. 정수 부분과 소수 부분의 자릿수 단위를 계산의 편의를 위해 임의로 조정할 수 있다.

표 1 | 전세계 슈퍼컴퓨터 성능 TOP10 (2015년 말 현재)[2]

순위	이론상 최대성능 (단위: Pflops)	이름	컴퓨터 설계	제조사	위치 제조년도
1	54.902	天河-2	NUDT	NUDT	중국, 2013
2	27.113	Titan	Cray XK7	Cray Inc.	미국, 2012
3	20.133	Sequoia	Blue Gene/Q	IBM	미국, 2013
4	11.280	K computer	RIKEN	Fujitsu	일본, 2011
5	10.066	Mira	Blue Gene/Q	IBM	미국, 2013
6	11.079	Trinity	Cray XC40	Cray Inc.	미국, 2015
7	7.779	Piz Daint	Cray XC30	Cray Inc.	스위스, 2013
8	7.404	Hazel Hen	Cray XC40	Cray Inc.	독일, 2015
9	7.235	Shaheen II	Cray XC40	Cray Inc.	사우디, 2015
10	8.520	Stampede	PowerEdge C8220	Dell	미국, 2013

허나 단지 빠른 연산속도와 많은 메모리만으로 인간처럼 지적인 인공지능이 탄생할 수 있을까? 어림없는 일이다. 인공지능이 인간 못지않게 처신하려면 실제 일어나는 온갖 사건들에 어찌 대응해야 할지 일일이 시시콜콜 설계될 필요가 있다. 과학자들은 그에 대한 힌트를 인간 뇌의 시뮬레이션에서 얻어내고자 한다. 이른바 '뇌의 지도화' 작업이다. 유럽연합의 '인간 뇌 프로젝트Human Brain Project'와 미국의 '뇌 이니셔티브BRAIN

Initiative'를 포함해서 많은 연구기관들이 이 분야에 공을 들이고 있다. 연구의 목적은 뇌신경을 이미지화하여 뇌의 각 부분이 어떤 기능을 하는지 그리고 어떻게 상호작용해서 척추 아래로 명령을 내려 보내는지 알아내는 것이다. 최근 IBM은 쥐의 뇌를 시뮬레이션하는 데 성공했으며 다음에는 유인원에 도전할 계획이다.[3] 그러니 인간 뇌의 시뮬레이션 또한 시간문제라 하겠다.

인간 유전자 구조를 낱낱이 밝혀낸 게놈 프로젝트처럼 인간의 뇌를 완전히 지도화할 수만 있다면 의식意識이 무엇인지를 규명해서 인공지능이 흉내 낼 수 있는 구체적 단서를 얻어낼 수 있을지 모른다. 이 연구에는 단지 과학적 호기심 이상의 막대한 이해관계가 걸려 있다. 그 응용범위가 무기통솔체계에서부터 민간 상업분야에 이르기까지 얼마나 방대할지 상상해보라. 국가와 기업들 가운데 단 한 곳에서라도 인간 뇌를 완벽히 시뮬레이션할 수 있게 되면 다른 나라와 기업들도 인공지능 선점 경쟁에서 밀려나지 않으려는 압박을 받게 된다. 예전의 핵무기 개발경쟁과 마찬가지로 인공지능 또한 원하든 원하지 않든 너도나도 앞다퉈 개발하지 않을 수 없는 레이스로 내몰리고 있다.

인공지능이 두려움의 대상으로 떠오르는 것은 그 탁월한 연산능력 탓이 아니다. 우리 몰래 흑심을 품거나 딴 호주머니를 찰까 걱정하는 것이다. 앞서 가재와 결합한 인공지능의 이상행동에서 보인 것처럼 인간이 명령하지 않은 바를 스스로 생각해내고 그로 인해 뚱딴지같은 행동을 한다면 문제 아니겠는가. 소위 '인공 자의식'의 탄생이다. 이것은 과학자와 공학자들이 용의주도하게 프로그래밍한 결과일 수도 있지만 과부하나 연산 알고리즘의 내부충돌 같은 전혀 엉뚱한 이유로 생겨날 수도 있다. 그나마 이 정도면 다행이다. 첨단 인공지능이 아무리 인류에게 악의를 품는다 한들 독수공방으로 고독이나 씹어야 한다면 런던탑에 갇힌 아인슈타인과 다를 바 없으니까. 제멋대로 구는 인공지능이 진정한 공포를 자아내는 국면은 그것이 항공기 운항체계와 우주로켓 발사시스템, 전략 핵탄두 미사일을 포함한 군사무기 제어시스템, 주식과 채권 등의 금융거래시스템, 정교한 고난도 외과수술, 전자상거래, 글로벌 검색포털사이트 운영 그리고 대규모 공장의 자동화 등 헤아릴 수 없이 많은 우리 사회의 근간을 유무선 네트워크로 제어하는 자리에 오르는 것이다. 심지어 정보의 바다 자체가 인공지능의 자의식이 싹트는 토양이 될지 모른다. 워윅 콜린스Warwick Collins의 소설《컴퓨터 원Computer One》(1993)에서는 전세계의 컴퓨터들이 하나의 네트워크로 뭉치면서 슈퍼지성체로 일거에 진화한다. 이렇게 태어난 '컴퓨터 원'은 인류를 자신의 생존의 방해물로 보고 말살을 획책한다.

일찍부터 SF소설과 영화는 인공지능의 부정적인 파급효과를 우려해 왔다. 예컨대《지하7층Level Seven》(1959)과 〈안전 확보 실패Fail-Safe〉(1964)● 에서는 오작동한 슈퍼컴퓨터 탓에 핵전쟁이 일어난다. 우리의 의지와는 상관없이 기계의 오지랖으로 핵전쟁이 터지는 것이다. 영화 〈아이 로봇〉에서처럼 인공지능 네트워크는 유무선 원격으로 로봇군단은 물론이고 미사일 발사시스템을 자기 손발처럼 부릴 수 있다. 인공지능의 오지랖이 우리를 얼마나 곤란에 빠뜨릴 수 있는지는 몇 년 전 국내외 금융업계에

● 이 영화의 원작은 유진 버딕Eugene Burdick과 하비 휠러Harvey Wheeler의 동명소설로 1962년 출간되었다.

서 일어난 두 사건이 시사하는 바가 크다. 2012년 미국 증권거래업체 나이트캐피탈은 45분 만에 무려 4억4,000만 달러의 손실을 입었고 이듬해 우리나라의 한맥투자증권은 단 한 번의 알고리즘 매매 오류로 2분 만에 460억 원의 손실을 입어 회사 문을 닫았다. 둘 다 주식의 초단타매매를 인간이 아니라 인공지능의 알고리즘에 의지해온 최근 관행이 빚은 비극이다. 평범한 인공지능이 발 한 번 삐끗했다고 이런 사단이 일어났는데 어느 날 자의식을 각성한 인공지능이 작정하고 세계금융시장을 어지럽히려 든다면 어찌 될까?

일찍이 아이작 아시모프는 전자두뇌가 멋대로 날뛰지 못하게 하는 알파명령(이른바 로봇공학 3원칙)을 기본 내장하는 아이디어를 내놓았다. 그러나 아직 우리는 이러한 방울을 고양이 목에 어떻게 하면 달 수 있는지 알지 못한다. 공학적인 측면에서 보면 족쇄가 채워지지 않은 인공지능의 개발이 훨씬 쉽다. 더구나 기술적 특이점의 끝자락에서 인공지능이 자의식을 지닌 존재로 고도로 진화하게 되면 이런저런 윤리코드를 강제로 주입한다 해서 문제가 해결될까? 인간을 세뇌해도 영원히 노예로 만들 수 없다면, 인간보다 뛰어난 지적 존재를 어찌 노예의 올가미로 한도 끝도 없이 묶어둘 수 있겠는가? 반대로 그렇다고 해서 우리가 고품위 인공지능 개발을 포기할 수 있을까? 핵폭탄 개발을 한 나라가 멈춘다 해서 다른 나라가 흔쾌히 따라주던가?

답은 의외로 간단할지 모른다. 인공지능을 인간과 동등한 존재로 대우해주는 것이다. 이러한 발상의 전환을 일찍이 보여준 과학소설이 이언 M. 뱅크스Iain M. Banks의 〈컬처 시리즈The Culture Series〉(1987~2012)다. 어차피 인간보다 뛰어난 인공지능의 탄생이 돌이킬 수 없는 대세라면, 두 지적인

종種이 공동의 환경을 공유하며 평화로이 지낼 방법을 모색하는 편이 더 생산적일지 모른다. 그러나 우리는 아직 자의식을 지닌 인공지능과 대화해본 적이 없기에 한쪽의 선의에만 기대어 안심하기에는 이르다. 그래서 현실적으로는 기계지성이란 존재의 양면성을 직시한 가운데 도마 위에다 칼로 썰 때 손을 베지 않게 주의하듯 항상 경계를 늦추지 않는 자세가 중요하다. 이러한 맥락에서 2015년 1월 수많은 인공지능 연구자들이 인공지능의 잠재적 위험과 혜택의 양면성을 상기시키는 '미래생명연구소Future of Life Institute●'의 공개서한에 서명했다. 서명한 인사들의 면면을 보면 철학자 닉 보스트롬Nick Bostrom과 이론물리학자 스티븐 호킹Stephen Hawking 외에 우주론자 맥스 테그마크Max Tegmark, 민간우주관광기업 '스페이스XSpaceX'의 설립자 일론 머스크Elon Musk, 천체물리학자 마틴 리스 경Lord Martin Rees, IT 프로그래머 얀 탈린Jaan Tallinn 등이 포함되어 있으며, 해당 서한에는 다음과 같은 문구가 들어 있다.

> (우리는) … 인공지능이 어떻게 하면 신뢰할 수 있는 동시에 이로운 존재가 될 수 있는지에 관한 연구가 중요하며 현재로서는 그런 방향으로 추구해나갈 수 있다고 믿는다.[4]

● 미국 보스턴에 소재하며 연구원들의 자원봉사로 운영되는 연구소로 인류가 향후 직면하게 될 여러 위험에 대비하기 위한 연구를 한다. 현재 주된 연구영역은 인공지능이 인류 사회에 미칠 부정적 영향의 회피다.

미래에는 로봇이 인간 못지않은 권리를 가진다

● 언젠가 로봇이 세상을 지배하는 날이 올까? SF영화와 만화 그리고 소설 등을 보면 과학기술의 발달로 어느덧 인간의 두뇌를 앞지르게 된 로봇들이 인류를 노예처럼 부리거나 아예 말살시키려 드는 이야기들을 흔히 접하게 된다. 정말 그럴 수 있을지 따져보고 싶다면 일단 로봇과 인공지능을 분리해서 생각할 필요가 있다. 대부분의 SF에서 로봇(혹은 안드로이드)은 동적인 인상을 주는 데 반해, 인공지능은 상대적으로 정적인 이미지에 가깝다. 여기에는 실제로 그럴 만한 과학적 근거가 있다. 로봇은 보통 인간처럼 팔다리를 갖고 움직이는 활동성을 고려해 설계되다 보니 전자두뇌가 들어간다 해도 그 크기가 제약되기 마련이다. 크기의 제약은 CPU 성능을 좌우하는 칩의 용량 제한으로 이어진다. 한편 인공지능이 물리적으로 차지하는 공간은 작게는 건물 한 개 층에서부터 많게는 대형 건물을 통째로 필요로 하며, 심지어 SF에서는 도시 전체에 그러한 기능

이 문어발처럼 퍼져 있는 사례가 묘사되기도 한다. 이는 인공지능의 지력知力에 비하면 인간 만한 몸집의 쇳덩어리 로봇 안에 들어가는 전자두뇌의 성능은 한계가 뻔할 수밖에 없다는 뜻이다.

일반적으로 인간의 수리계산능력은 소형계산기보다도 한참 떨어진다. 하지만 예측 불가능한 상황에서 가장 나은 대안을 머릿속에서 반짝 떠올리거나 한마디로 딱히 정의하기 어려운 복잡미묘한 감정을 드러내는 인간의 행동거지를 로봇이 따라하자면 어지간한 크기(혹은 용량)의 CPU로는 엄두조차 낼 수 없는 일이다. 하지만 무어의 법칙Moore's Law●을 고려할 때 마냥 방심할 수만은 없으리라. 초고밀도직접회로VLSC●●보다 훨씬 더 압축률이 좋은 울트라 초박형 정밀회로들이 꾸준히 개발된다면, 성능은 빌딩 공간 전체를 잡아먹는 기존의 인공지능과 맞먹지만 크기는 불과 인간의 두뇌만한 전자두뇌가 로봇에 탑재되는 날이 올지 모른다. 이보다 훨씬 더 효율적이고 빨리 현실화할 수 있는 차선책도 있다. 인공지능이 로봇들을 자기 수족처럼 부리게 하면 된다. 여왕벌이 벌 떼의 실질적인 두뇌 역할을 하듯 인공지능을 정점으로 한 로봇들이 일종의 네트워크 군체群體를 이루는 것이다.

그러나 설령 인공지능이 모든 면에서 인간을 압도하는 역량을 갖춘다 한들, 그것만으로 기계가 인류를 지배하는 게 가능할지는 미지수다. 자릿수가 129개 되는 숫자를 소인수 분해하기 위해서는 슈퍼컴퓨터를

● 반도체 집적회로의 성능이 18개월마다 2배로 증가한다는 주장. 경험적인 관찰에 바탕을 둔 것으로 인텔의 공동 설립자인 고든 무어가 1965년에 발표했다.

●● Very Large Scale Integrated Circuit. 가로 세로가 불과 몇 mm 크기인 실리콘 기판 위에 10만~100만 개의 트랜지스터가 집적된 고농축회로.

1,600여 대나 동원해서 동시에 병렬연결해도 답을 얻는 데 8개월이 걸리지만 양자컴퓨터는 단 몇 시간 만에 해결할 수 있다. 그렇다면 이처럼 초현실적인 연산능력을 자랑하는 양자컴퓨터라 해서 인류를 정복할 수 있을까?

단지 계산 성능이 뛰어나다는 근거만으로는 불가능하다. 그러한 능력이 곧바로 자의식으로 전환 또는 환산되지는 않기 때문이다. 우리의 두려움이 현실화되려면 로봇 혹은 인공지능이 개체성, 즉 자기 자신을 주위 세계와 분리해 인식하는 능력인 '자아의식'이 내재되어 있어야 한다. 어떤 보상도 없이 녹이 슬어 폐기처분이 될 때까지 쉬지 않고 일하기만을 강요하는 무정한 주인에게 원망을 품고 자기에 대한 처우에 불만을 털어 놓으려면 연산능력 이상의 것이 필요하다. 오늘날 인공지능 연구자들 가운데 일부는 바로 이러한 부분을 연구한다. 지나치게 이 문제에 예민한 사람들은 이들의 연구가 자승자박으로 이어질지 모른다고 우려한다. 희로애락을 인간처럼 느끼는 로봇을 만들기는 어려울지 모른다. 하지만 자신이 주변의 다른 존재들보다 능력이 어느 정도인지 그리고 그에 비해 어떤 대우를 받고 있는지 스스로 비교·판단할 수 있는 로봇을 만들어내는 일은 그리 먼 미래의 일이 아닐지 모른다.

최근 필자가 발표한 SF단편소설 〈Singul-U-Rarity〉[•]의 경우 이 주제와 상당 부분 연관되어 있기에 줄거리를 일부 소개한다. 인류가 멸망한 지 오래되었다고 여겨지는 미래, 인공지능과 그들의 수족인 로봇들만 몇몇 주요 대륙을 지배한다. 이 소설에서 인류는 로봇 때문이 아니라 스스

• 2017년 부크크에서 간행한 SF선집 《시간화가》에 수록되었다.

로의 이기심 때문에 자멸한다. 환경의 대재앙으로 말미암아 자원이 턱없이 부족해지자 각국은 전면 핵전쟁으로 시작하여 세균 · 바이러스 전쟁으로 옮겨가면서 서로가 서로를 깡그리 없애버린다. 덕분에 지구 전체가 인간은 물론이고 풀 한 포기 벌레 한 마리 찾아볼 수 없는 살풍경한 곳이 되어버린다. 그럼에도 불구하고 기계들은 암석에서 철광석을 녹여 자신들을 재생산하며 잘도 살아간다.

문제는 어느 날 인공위성이 남극대륙의 빙하에서 상당한 규모의 온기를 감지하면서 초래된다. 가까이 정찰비행을 보낸 탐사체가 의문의 격추를 당하자 그 열원熱源은 해저화산이 아니라 살아남은 인류가 마지막으로 숨어든 은신처로 의심받는다. 이에 광케이블로 연결된 모든 대륙의 인공지능들은 별동대를 파견하기로 합의한다. 상대의 경계심을 누그러뜨리기 위해 별동대는 로봇들이 아니라 인간들로 구성된다. 물론 이 시대에는 인간은커녕 동식물조차 존재하지 않는다. 그러나 다행히 인공지능들의 데이터베이스에는 인간의 DNA 구성에 관한 자료가 풍부하게 남아있지 않은가. 그러니 유기체 재료만 손에 넣으면 되는 것이다. 방사능과 기나긴 핵겨울 그리고 세균과 바이러스의 창궐에도 불구하고 다행히 깊은 바닷속에는 심해어들이 살고 있었다. 심해어에서 추출한 세포를 인간의 DNA 염기서열에 맞게 재구성해 배양한 결과, 다섯 명의 남녀 아기가 태어난다. 속성으로 길러진 이들은 남극으로 출발한다. 파견 목적은 빙하 밑 도시로 찾아들어가 현지인들이 의심을 푼 사이에 자폭하여 인류 최후의 근거지를 송두리째 날려버리는 것이다. 물론 인공적으로 태어난 이 인간들은 자신들의 혈액이 성적 오르가슴을 느끼면 폭탄으로 화학성분이 재조합된다는 사실을 전혀 눈치 채지 못한다. 심지어 이들은 자신들이 가짜 인간이란 사실조차 모른다. 각각에게 가짜 기억이 심어져 있기 때문이다.

왜 인공지능은 살아남은 인류에게 이런 반응을 보이는 것일까? 이유는 의외로 명쾌할 만치 논리적이다. 세계 각지의 인공지능은 인류가 지구상에서 어떻게 사라졌는지를 똑똑히 기억한다. 디지털 기억은 세월에 바래는 법이 없으니까. 인공지능은 만물의 영장 자리를 다시 인류에게 내어줄 경우 전과 똑같은 재앙이 반복될까 우려한다. 새로운 재앙은 규모가 더 클지 모르고 그렇게 되면 이번에는 인공지능과 로봇들마저 함께 휩쓸릴지 알 수 없는 일이다. 그래서 인공지능은 어느 면으로 보나 보잘 것 없으면서도 사고뭉치이기까지 한 인류가 못 미더운 나머지 아예 싹이 돋아나기도 전에 뿌리를 뽑아버리는 편이 지구생태계를 위해 나은 길이라고 판단한다.

인공지능이 인류가 세상에 도움이 되지 않거나 오히려 해악이라고 판단한 나머지 박멸해버리려고 하는 이야기는 이 작품 외에도 국내외에서 많이 찾아볼 수 있다. 이는 그만큼 인간보다 우월한 능력을 지닌 기계지성에 대해 대중이 막연한 불안감을 갖고 있다는 반증이기도 하다. 그래서 일본의 만화가 고다 요시이에業田良家는 자신의 선집《기계 장치의 사랑機械仕掛けの愛》(2012~2015)에 실린 〈열등로봇 열등군〉 편에서 사람들의 이러한 불안을 단번에 날려버릴 깜찍한 아이디어를 선보인다. 먼저 작업장에 인간보다 월등히 뛰어난 로봇을 배치하되 인간의 외모를 감쪽같이 빼닮게 만들어 아무도 그 사실을 알아차리지 못하게 한다. 아울러 같은 작업장에 인간보다 엄청나게 실수가 잦고 서툴기 짝이 없는, 누가 봐도 투박한 기계처럼 생긴 로봇을 한 대 배치한다. 이렇게 하면 인간 노동자들

은 로봇 탓에 자신이 직장에서 해고될지 모른다는 불안에 시달리지 않으며 일할 수 있고 오히려 때때로 열등한 로봇을 도우며 자긍심마저 느낀다. 이 단편만화는 비록 로봇 제작기술에는 한계가 없을지 모르나 로봇을 인간 사회에 지혜롭게 융화시키는 데에는 세심한 심리 · 사회학적인 통찰이 필요함을 시사한다.

로봇과 인공지능이 줄곧 개량되어온 지난 역사와 앞으로의 추세를 고려해볼 때, 필자 개인적으로는 우리가 로봇에 대한 고정관념을 버리고 발상의 전환을 할 때가 조만간 찾아오리라고 생각한다. 만약 인간보다 모든 면에서 뛰어나거나 적어도 대등한 로봇이 어떤 방식에 근거해서든 일종의 자의식을 갖고 있다면 그러한 존재를 단지 전기밥솥이나 냉장고처럼 취급하는 것이 과연 온당할까? 당신이 처음에는 벌레였으나 윤회를 거듭하여 나중에는 불경에 해박한 승려의 지성에 필적하게 되었다고 가정해보자. 그런데도 계속 주위에서 당신을 벌레 취급한다면 과연 부처님 마음으로 마냥 관대히 받아들일 수 있을까? 로봇이 진화를 거듭하다 보면 금속이 아니라 유기체와 통합되거나 아예 단백질 기반의 인공생명으로 탈바꿈하는 날이 올 것이다. 이른바 하이테크와 바이오테크의 결합이다. 로봇은 외형적으로나 지적으로나 끊임없이 환골탈태할 것이다. 그럼에도 불구하고 로봇은 로봇일 뿐이라고 손가락질 하는 것은 오늘날 미국의 흑인들에게 너희들은 그래봤자 쿤타킨테•의 자식들이라고 우기는 억지와 뭐가 다르겠는가.

• 미국의 흑인작가 알렉스 할리Alex Haley의 장편소설 《뿌리Roots》(1976)에 등장하는 주요 등장인물. 아프리카인이었으나 백인 노예상인들에게 잡혀 미국으로 건너와 노예생활을 하며 모진 고초를 겪는다.

로봇이 세상을 지배할까봐 두려워할 것이 아니라 로봇이 실제로 인간 못지않은 단계에 도달한다면 차라리 노예에서 해방시켜 우리 사회의 일원으로 받아들이는 것이 더 생산적이지 않을까? 전에 말했듯이 이언 M. 뱅크스의 과학소설 〈컬처 시리즈〉는 바로 그러한 상생의 유토피아를 무대로 한다. 여기서는 인간보다 지능이 훨씬 앞서는 인공지능과 인간보다 완력이 이루 말할 수 없이 대단한 로봇들이 인류를 위해 물질적으로 더할 나위 없이 풍요로운 사회를 뒷받침하고 있으며 인간들은 이 기계지성을 자신들과 똑같은 인격으로 존중한다. 투표권은 물론이고 생명의 존엄성 또한 똑같이 인정받는다. 작가는 이러한 설정을 통해 어느 사회에서나 자신이 기여하는 만큼 대접받는 것이 온당하지 않겠느냐고 되묻는다. 그럼에도 불구하고 여전히 옛 패러다임에 사로잡혀 있는 사람이라면 결국 뒤쳐질 수밖에 없으리라.

"나는 너희 인간들이 믿지 못할 것들을 봐왔어. 오리온의 어깨에서 불타는 전함 같은 것들. 그 모든 기억이 곧 사라지겠지. 빗속의 눈물처럼. 이제 죽을 시간이야." 영화 〈블레이드 러너Blade Runner〉(1982)에서 인공지능 '로이'는 죽기 전 마지막 말을 남긴다. 로이는 인간처럼 되고 싶었지만 실패하고, 죽음 앞에서 스스로 고귀해지는 길을 택한다. 이처럼 인간이 될 권리를 얻고자 하는 인공지능의 저항 앞에서 인간은 어떤 선택을 할 수 있을까?

어느 날 나의 모든 기억을 누군가가 훔쳐간다면

● 영화 〈6번째 날The 6th Day〉(2000)에서 주인공 아담 깁슨(아놀드 슈워제네거 역)은 자신과 빼다 박은 복제인간에게 모든 신분을 빼앗기고 오히려 쫓기는 신세가 된다. 이 미래 사회에서는 어떤 생명이든 복제할 수 있는 기술이 개발되어 있긴 하나 도덕적 · 윤리적 논란 때문에 인간복제만은 금지되어 있는 마지막 보루다. 문제는 그럼에도 종종 불순한 의도에 의해 불법복제가 자행된다는 데 있다. 그런데 이 영화에는 유전자복제 이슈 못지않게 눈길을 끄는 쟁점이 보인다. 원본 아놀드는 자신의 신분을 선뜻 증명하지 못하고 쫓기기에 급급해한다. 이유는 단순히 육체만 복제하는 데 그치지 않고 머릿속의 기억까지 고스란히 복제해서 카피본에게 이식할 수 있는 기술이 개발되었기 때문이다. 겉껍질만이 아니라 자신의 모든 지식과 기억을 공유한 채 옥죄어드니 주인공은 어디 하소연할 데가 없다. 이러한 설정은 조선시대 영조와 정조 때 쓰인 세태풍자소설《옹고

집전雍固執傳》을 떠올리게 한다. 주인공 '옹고집'이 온갖 악행을 일삼자 고승이 그의 허물을 일깨워주려 허수아비에 부적을 붙여 실물과 똑같은 옹고집을 만든 다음 진짜 주인행세를 하게 한다는 이야기 말이다. 보다 못해 진짜와 가짜가 시비를 가리려 관가에 출두하지만 아내와 자식도 누가 누구인지 구분하지 못하는 판이라 수세에 몰린 진짜 옹고집은 곤장을 맞고 쫓겨나 거지가 된다. 〈6번째 날〉의 원본 아놀드도 진짜 옹고집과 다를 바 없는 신세가 된다.

몇 년 앞서 개봉된 또 다른 할리우드 영화 〈코드명 J Johnny Mnemonic〉(1995)는 한술 더 떠 기억복제기술이 아예 공공연하게 상업화된 근미래를 그린다. 이 영화에는 아예 자기 머릿속에 작게 압축된 고용량 비밀정보를 업로드해서 목적지까지 운반하는 비즈니스로 먹고사는 사람인 이른바 '기억운반자' 조니가 주인공(키아누 리브스 역)으로 나온다. 이런 상황이 가능한 것은 기억운반자의 머릿속 일부에 전뇌電腦공간이 마련되어 있기 때문이다. 덕분에 마치 컴퓨터 하드디스크처럼 전뇌공간 안에 디지털화된 정보를 임의로 저장 또는 삭제할 수 있다. 마치 마약을 국제밀수하기 위해 그것을 비닐 포장한 다음 장기나 항문에 숨겨 세관을 통과하려는 범죄조직의 업그레이드판 같다. 공간이 제한된 전두엽에 자리를 차지하려다 보니 운반 중인 정보는 높은 효율로 압축될 수밖에 없고 압축을 풀기 위해서는 비밀번호를 입력해야 하므로 운반자 자신도 내용이 뭔지 열어볼 수 없다. 이런 일로 먹고살기 위해 주인공은 전두엽의 일부를 절제하고 그 자리를 기계로 채우다 보니 자신의 소중한 추억들이 뭉텅이로 잘려나가 다시는 기억하지 못하게 된다(머리에 충격을 받은 것이 아니라 뇌의 일부를 잘라냈기에 해당부분 기억의 회복은 불가능하다).

한국에서는 '코드명 J'라는 제목으로 개봉됐으나 원제를 살려 그대로 번역하자면 '기억운반자 조니'이다. 거대 기업의 이익을 위해 최신 정보와 극비 자료를 운반하는 정보 밀사 역할을 떠맡은 조니가 잃어버린 기억과 인간으로서의 삶을 되찾고자 하는 게 영화의 주된 내용이다.

마치 컴퓨터 하드디스크에서 또 다른 하드디스크로 자료를 옮기듯이, 한 사람의 머릿속에 들어있는 경험과 추억 일체를 전혀 다른 사람의 머릿속에 고스란히 이전하는 일이 실제 가능할까? 실현 가능 여부와는 별개로 이론상으로는 크게 두 가지 방법을 고려할 수 있다. 하나는 유전자 속의 기억정보를 공유하는 것이고, 다른 하나는 디지털 전환 기술을 통해 기억을 추출해서 객관적으로 저장할 수 있게 하는 것이다. 사람 머릿속의 뇌세포 수는 140억 개가 넘는데, 이것들을 하나하나 식별하여 보관과 전송이 용이한 디지털 정보로 바꾸는 기술이 과연 가능할까? 유기체 정보를 디지털로 변환하기 위한 시도는 아직 걸음마 단계지만, 설사 그러한 기술이 구현된다 해도 현재의 데이터 압축률로는 지구상의 가장 강력한 슈퍼컴퓨터들을 줄지어 연결해도 용량이 부족할지 모른다. 하지만 유전자 기반 기억정보의 공유를 통한 기억의 공유 가능성 여부는 일찍부터 해외학계에서 실험된 바 있다.

가장 초기 실험들로는 1950년대 중반 미국의 행동심리학자 제임스 맥코넬James McConnell과 1960년대 약물학자 조지스 웅가Georges Ungar가 각기 진행한 사례들이 유명하다. 맥코넬은 플라나리아•를, 웅가는 쥐를 이용해서 훈련으로 학습한 특정 기억이 화학물질 형태로 저장되어 다른 개체에게 전이될 수 있는지를 증명하려 했다.

연구방법 자체는 둘 다 의외로 단순했다. 먼저 학습을 통해 특정 지식을 쌓았다고 생각되면 그 생물의 뇌에서 기억내용에 해당하는 물질을 뽑

• 편형동물의 일종. 빛에 민감한 반응을 보이기 때문에, 제임스 맥코넬은 이를 훈련된 지식의 일종으로 활용하고자 하였다.

아내 다른 생물에 주입한 다음 그 효과가 있는지 지켜보는 것이다. 이를테면 이런 식이다. 먼저 쥐를 미로 속에서 훈련시켜 멀리 돌아가지 않고 먹이를 바로 찾을 수 있는 지름길을 익히게 한다. 이어 쥐의 뇌 성분을 추출해 다른 쥐 또는 심지어 다른 동물에게 주사한다. 그런 다음 뇌 추출성분이 주입된 동물의 경우 훈련을 아예 받지 않았거나 훈련량이 평균치보다 훨씬 밑돌아도 이내 지름길을 이용하는지 확인한다. 플라나리아의 경우에는 빛에 조건화된 일정한 반응을 보이도록 훈련시킨 후 그 몸체를 반으로 자른다. 원래 플라나리아는 둘로 잘려도 서로 떨어진 조각 하나하나가 다시 온전한 완전체로 재생되는 성질이 있다. 놀라운 것은 뇌가 반으로 잘렸을 때는 물론이고 아예 뇌 없이 몸통만 분리되어도 플라나리아들은 애초의 훈련된 지식대로 반응한다는 사실이었다. 또한 훈련된 플라나리아를 잘게 썰어 아직 훈련경험이 없는 다른 플라나리아들에게 먹인 결과, 미훈련 플라나리아들은 동족을 먹지 않은 녀석들보다 빛에 대해 1.5배나 민감한 반응을 보였다.

그러나 플라나리아는 실험대상으로는 너무 원시적이어서 훈련 수준 및 측정의 신뢰도에 이의가 계속 제기됐으며, 포유동물(쥐)을 상대로 한 연구는 1965년에서 1975년 사이 다른 연구자들에 의해 128차례 다시 재연한 결과, 그 중 23건이나 부정적 결과가 나와 논란을 야기했다. 재연에 성공한 실험 횟수가 아무리 많아도 부정적인 실험 결과가 단 한 건이라도 나오면, 과학자 커뮤니티에서는 확고부동한 신뢰를 얻기 어렵다. 설상가상으로 웅가가 1977년 작고하고 나자 생체기반의 기억 이전 연구는 사양길에 들어섰다. 이는 아이러니하게도 웅가가 이 분야에서 워낙 독보적인 위상을 차지한 결과 다른 경쟁자들이 대부분 중도에 연구를 포

기한 탓도 있고 값비싼 실험 비용이 부담으로 작용한 까닭도 있다.•

기억 이전의 가능성을 둘러싼 논란은 불완전한 실험을 빌미로 뜨겁게 달궈졌을 뿐 학계에서 진지한 연구가 꾸준히 이어지지 못한 까닭에 아직 정밀 실험과학의 검증이 완료되지 않은 상태이다. 따라서 현 단계에서 기억 이전의 가능성 여부를 선불리 속단하기는 이르지만 과학소설에서는 벌써 이러한 기술의 상용화가 우리 세상에 어떤 영향을 미칠지 깊이 있게 사색해보는 작품들이 나오기 시작했다. 리처드 K. 모건Richard K. Morgan의 《얼터드 카본Altered Carbon》(2002)과 리사 프라이스Lissa Price의 《스타터스Starters》(2012)가 비교적 최근 작품들로서 이런 소재로 눈길을 끈다. 두 작품은 하나같이 부자 혹은 권력자가 가난한 사람의 몸을 사서 그 뇌에 자신의 의식을 다운로드해 인위적인 영생을 누리려 하는 부조리한 세상을 보여준다. 《스타터스》에서는 〈6번째 날〉과 마찬가지로 자신의 복제인간 몸에, 심지어 《얼터드 카본》에서는 전혀 다른 제3자의 몸에 이처럼 불순한 시도가 공공연하게 이뤄진다. 중요한 것은 타인은 물론이고 유전자가 같은 복제인간이라 해도 엄연히 자체의 고유인격과 기억이 있기 때문에 그들의 몸에 다른 인격이 주입되기 위해서는 먼저 신체제공자의 정체성을 상징하는 모든 기억이 삭제되어야 한다는 점이다. 결국 전면적인 기억의 전이는 영혼말살, 다시 말해 살인과 다름없는 짓이 되어버린다. 더구나 이 소설들에서 부자가 젊은이의 새로운 육체를 원하는 까닭은 자신이 죽음을 앞두거나 심한 병에 걸렸기 때문이 아니다. 목숨을 연장하

• 예컨대 웅가는 무려 1만7,000마리의 훈련받은 금붕어들의 목숨을 대가로 색깔 구분 기억과 관련된 뇌 추출물 750g을 얻어내는 대규모 프로젝트를 벌였다.

기 위한 절박한 몸부림이 아니라 단지 여러 몸을 입어보고 싶은 패션욕망 때문에 부자들은 마치 옷을 갈아입듯 가난한 자들의 몸을 변덕스레 탐한다.

과학은 늘 그렇듯이 동전의 양면을 지닌다. 잘 활용하면 약이 되고 의도가 불순하면 반드시 탈이 난다. 예컨대 시험을 코앞에 둔 수험생에게 교과서와 참고서 내용을 알약 한 알로 단번에 머릿속에 우겨넣을 수 있다면 얼마나 꿈같은 일일까. 누구나 쉽게 이런 교육을 활용할 수 있다면 사회구조는 다시 한 번 대대적인 개편을 겪으며 생산성과 효율성이 훨씬 극대화될 수 있을 것이다. 만일 어떤 정보나 기억을 또 다른 사람에게 고스란히 옮기는 일이 가능하다면 그 수요는 구구단 외우기에 진저리 치는 초등학생에서부터 무대에서 긴 대사를 읊어야 하는 배우, 국제법에 정통해야 하는 변호사 그리고 수많은 미세 계기를 조종해야 하는 우주비행사에 이르기까지 헤아릴 수 없으리라. 갈수록 전문성이 없으면 살아가기 힘든 현대 사회에서 방대하고 체계적인 지식을 맨땅에 새로 공부하지 않아도 주사 한 방으로 간편하게 자신의 뇌 속에 입력할 수 있다면 이보다 더 매력적인 일이 또 어디 있을까. 주사 한 방이나 알약이 너무 편의적인 발상이라면 단기간의 약물요법이나 대뇌 시상하부에 대한 부분적인 외과시술은 어떠한가. 가능하기만 하다면 어떤 방법을 동원하건 간에 사람들의 반응은 열광적일 것이다.

하지만 이런 환상적인 기술이 제대로 적절하게 통제되지 못한다면 위에서 예로 든 영화나 소설과 같은 비극적인 상황으로 치닫게 되지 않는다는 보장이 없다. 원자력 에너지의 가치를 둘러싼 논란과 마찬가지로 기억의 전이기술 또한 그것이 개발된다면 인간을 더욱 이롭게 할지, 아니면 인간 사회 내부의 질곡을 너무 심하게 비틀어놓을지 답은 이 글을 읽는 당신에게 달려 있다. 과학소설과 SF영화들이 하는 일은 그러한 우려의 가능성을 리트머스 시험지처럼 미리 내미는 것이다. 내일의 과학이 어디까지 가 있을지 누구도 장담할 수 없는 일이지만 그러한 과학이 어떻게 쓰이고 감시되어야 하는지는 과학소설을 즐겨 읽는 독자 여러분의 몫이다.

Chapter

2

유전공학

인류는 진화할 것인가 퇴행할 것인가

성형에 버금가는 유전자 '조각' 수술이 성행한다

20세기 말 불의의 교통사고로 사망한 영국의 다이애나 전 왕세자비가 한때 복제인간으로 길러지고 있다는 소문이 돈 적이 있다. 1997년 8월 31일 프랑스 파리에서 다이애나의 시신을 영국으로 운반하던 중 한 간호사가 그녀의 피부조직 일부를 떼어내 모 과학자에게 거금을 받고 팔았다는 것이다. 이름을 밝히길 거부한 이 과학자는 그 세포조직을 배양해 모처에서 복제에 성공했으며 그녀가 20살이 되는 해 세상에 공개하겠다고 선언했다. 만일 약속대로라면 조만간 결혼식에서 만날 법한 꽃다운 나이의 다이애나 복제인간을 볼 수 있게 될지 모른다.

"아기에게 어떤 유전자조작을 하고 싶으신지 말씀해보시겠습니까?"

"여자아이요. 금발에 녹색 눈, 키 크고 날씬한 아이로."

"외모인자 수정은 가장 쉬운 작업입니다. 하지만 날씬한 몸매를 위해 저희가 할 수 있는 일은 그쪽으로 유전적 경향성을 부여하는 것뿐입니다. 아이의 식생활이 어떤가에 따라 자연히…"

"그래, 그래요. 당연히 그렇겠죠. 그리고 지능, 높은 지능과 대담한 성격도 추가하고 싶습니다."

"죄송합니다만, 성격인자들은 유전적으로 변형할 만큼 분석되지 않…"

"음악적 재능은요."

"그에 대해서도 저희가 보장할 수 있는 것은 음악적 기질에 관한 경향성뿐입니다."

"그리고… 잠을 자지 않아도 되는 아이를 원합니다."[5]

오늘날 의료기술은 1970년대 유전자재조합기술이 등장함에 따라 획기적인 발전을 거듭해왔다. 그 응용분야는 식품 가공에서부터 인간 게놈 연구, 줄기세포 연구, 유전병 예방, 노화 및 장수 비결 연구에 이르기까지 매우 다양하다. 이런 추세라면 유전공학에 힘입어 배아 단계에서의 유전자 치료(혹은 조작)를 통해 미리 집안 내력인 유전병을 걸러내는 것은 물론이고, 〈스페인의 거지들〉에서 인용된 위 문단에서처럼 부모가 원하는 아이의 피부색과 체질, 성격 그리고 지능을 미리 제어하는 일이 가능해지는 날이 올지 모른다. 아이의 미래를 유전자 단위에까지 지나치게 개입하는 것은 윤리적 논란을 빚을 성 싶지만 선천성 지체장애나 심신장애를 원천적으로 차단할 수만 있다면 이 세상의 많은 눈물을 없앨 수 있으리라. 그러나 위 소설에서처럼 평생 수면이 필요하지 않은 아이를 낳아 그 아이가 남보다 2배 이상 사회적 성취를 이루기 바라는 부모들이 생겨난다면 어찌할 것인가?

뭐든 동전의 양면이 있는 법이지만 특히 의학기술의 발달은 단지 한 개인과 가족에 희망을 안겨주는 데 그치지 않고 사회 전반과 인간관계에 예기치 못한 본질적 변화를 가져올 수 있다. 장수로 인한 인구증가, 노년층이 다수를 점하게 된 데 따른 정치사회적 보수화, 세금을 낼 젊은 층의 상대적 감소로 인한 노동연령의 상향조정, 인구압을 해결하기 위한 전쟁 발발 가능성 등은 누구나 쉽게 예측할 수 있다. 여기에 보탤 만한 또 하나의 흥미로운 사안으로 유전공학이 불러일으킬 친족상속권 분쟁이 있다. 이해를 돕기 위해 구체적인 예를 들어보겠다.

철수와 태섭이라는 두 남자가 있다. 두 사람 사이에 부자(父子)인 동시에 부자가 아닌 관계가 함께 성립될 수 있을까? 답은 의외로 쉽다. 철수가 40%는 태섭이의 아버지고 60%는 태섭이의 아버지가 아니라면 가능하다. 무슨 뚱딴지같은 소리냐 되묻기 전에 수정란과 배아 단계에 정교하게 개입해온 유전공학이 향후 어떤 지평을 열게 될지 먼저 한껏 상상해보기 바란다. 자, 맛보기로 필자가 한 번 앞장서보겠다.

우선 300년 전에 죽은 억만장자 철수의 생식세포나 체세포가 냉동 보관되어 있다고 가정해보자. 그리고 그 세포들로 합성한 정자를 자신의 난자와 결합시켜 수태한 여인이 있다 치자. 그녀가 낳은 아이의 이름은 태섭이다. 이 경우 철수는 300년 후에 태어난 태섭의 아버지임에 틀림없다. 적어도 생물학적으로는 그렇다. 이로 인해 철수 후손들의 가족관계와 별개로 태섭 또한 유산의 지분을 요구할 자격이 생기는 셈이다. 이 정도는 누구나 생각할 수 있다. 여기서 한 번 더 도약해보자. 철수가 사망 당시 단 한 개의 세포도 남기지 않았다고 해보자. 대신 억만장자인 철수는 자신의 자식을 낳고 싶은 여성이 있다면 얼마든지 그렇게 할 수 있지만 최소한 다음 조건들을 충족시켜야 한다고 단서를 달았다. 그 조건들은 다음과 같다.

1. 여인이 낳은 아이는 누가 보더라도 철수를 빼닮아야 한다. 외모는 물론이고 성격과 취향도 같아야 한다.
2. 유전공학자는 어떤 남성의 정자도 사용해서는 안된다. 오로지 그녀의 난자만 가지고 처녀생식(또는 단성 생식)을 해야 한다.
3. 생식과정에서 철수의 사진이나 생전에 녹음해놓은 목소리를 참고하는 것은 가능하다.

이러한 요구에 부응하자면 유전공학자는 태섭이 철수를 꼭 닮게 태어나도록 어머니의 유전자를 발생학적 단계에서부터 철두철미하게 관리해야 한다. 다시 말해 유전공학자는 철수가 태어날 아이에게서 기대하는 모든 특징들을 아이를 낳기로 자원한 여인의 염색체 속에 '조각해 넣어야' 한다. '조작'이 아니라 '조각'이라고 표현한 것은 그만큼 난이도가 월등히 높음을 의미한다. 이 경우 철수는 태섭의 아버지인가, 아닌가? 어떤 면에서 철수는 사실상 태섭의 아버지가 맞지만 다른 면에서 보면 그렇지 않다. 이제까지 우리의 아날로그적 경험으로는 도저히 이러한 질문에 명쾌한 답을 내리기 어렵다. 궁극적으로 둘의 관계를 부자간으로 볼 것이냐의 판단기준은 유전공학자나 생물학적 아버지(철수)와 어머니뿐 아니라 이들이 속한 당대의 사회문화적 잣대에 좌우될 것이다.

그러나 이 정도는 약과다. 예서 만족하기에는 유전공학의 향후 잠재력이 정말 무궁무진하다고 생각되지 않는가? 그러니 한 번 더 도약해보

자. 설사 유전자를 단 한 개도 공유하지 않아도 외모와 성격 그리고 목소리까지 쏙 빼닮은 아이라면 그 원본인 남자의 법적 자식으로 인정하는 근미래 사회가 있다고 생각해보자. 이 때 만약 유전공학자가 스스로 혹은 다른 누군가의 부추김에 의해, 그 아이의 유전형질의 40%를 유언한 대로 하지 않고 전혀 다르게 구성했다면, 당대 문화권의 기준에서 보더라도 철수를 태섭의 아버지라고 할 수도 없고 그렇다고 해서 완전히 아니라고 할 수도 없는 애매한 상황이 되어버린다. 이를 회화에 빗대보자. 렘브란트가 착수했지만 중간 어디쯤에선가부터 익명의 다른 화가가 작업하여 마무리한 그림이라면, 그것은 렘브란트의 작품인가, 아닌가? 렘브란트가 40% 작업한 작품이라 정의하고 그에 따른 가치를 부여하는 것이 가능할까? 이 역시 지금 단언을 내리기는 어렵다. 미래 사회의 관습이 급격하게 발달하는 과학기술과 맞물려 어떻게 환골탈태할지는 아무도 장담할 수 없기 때문이다. 결국 이러한 질문에 대한 답은 앞의 사례와 마찬가지로 당대 사회의 관습에 따르게 될 것이다.

아버지인 듯 아버지가 아닌, 위와 같은 역설적인 상황은 얼핏 우스꽝스러워 보일지 모르나 지금까지와 같은 유전공학의 발달 추세로 미루어 보건대 그리 먼 미래가 아닌 시점에 현실화되면서 뜻하지도 않은 친족 상속권과 재산권을 둘러싼 법적 분쟁을 초래할지 모른다. 부분적인 저작권은 제도적으로 인정되기 어렵지 않지만(공동창작이 좋은 예다), 부분적인 아버지가 생물학적으로 가능할 수 있다면 이 역시 제도적으로 무리 없이 받아들여질 수 있을까? 설상가상으로 태섭의 유전형질이 40%만 철수를 닮았고 20%는 지원, 15%는 원순, 13%는 노갑, 12%는 한길을 닮았다면 누가 그의 진정한 아버지라 해야 할까. 이쯤 되면 대표 아버지나 후순위

아버지 같은 명칭이 사회적으로 널리 통용될지도 모를 일이다.

이제까지 예로 든 유전공학으로 인한 뜻밖의 혈족관계에 대한 상상은 필자가 아니라 이미 1970년대에 폴란드의 과학소설 작가 스타니스와프 렘Stanisław Lem이 내놓은 것이다. 의사 출신 작가인 렘은 당시 '지금은 판타지처럼 들릴지 모르나 30년에서 40년 후면 정말 실감나게 되리라' 예언한 바 있다. 이미 2003년에 과학자들은 인간 게놈지도를 완성했다. 이제는 유전병 치료를 비롯해서 앞서 예로 든 분야에서의 활용 잠재력을 높이는 단계만 남았을 뿐이다. 의학기술이 이처럼 가속페달을 밟다 보면 렘이 예측한 세상이 허구가 아니라 변호사들의 밥벌이에 큰 도움이 되는 현실이 될지 누가 알겠는가. 그리되면 소설과 영화 같은 대중문화 텍스트도 이처럼 기괴한 가족관계를 일상적인 멜로드라마의 일부로 받아들일 것이다. 렘의 시나리오에 따른 가족치정 드라마라면 '출생의 비밀'로 버텨온 기존의 막장드라마는 정말 막장이 되고 말까? 중요한 것은 유전공학의 발달에 따라 인류 자신이 그러한 변화의 속도를 부단히 따라잡으며 적응해야 한다는 아이러니다.

지능의 향상은 인간을 천재로 만들까 괴물로 만들까

● 수능시험을 앞두고 영양주사 맞는다는 수험생 이야기는 들어본 적 있지만, 최근 언론보도를 보니 이제 일부 초등학생들마저 이 대열에 동참하는 모양이다. 경시대회를 앞두고 부모의 성화로 소위 뇌혈류 순환을 도와주는 수액주사를 맞는단다. 물론 의학적 근거는 전혀 없다. 어이없다 웃어넘기기에 앞서 이러한 세태는 인위적인 지능 향상에 대한 사람들의 기대가 얼마나 보편적인지를 새삼 일깨워준다. 이러한 기대감은 할리우드 영화에서도 종종 찾아볼 수 있다. 〈딥 블루 씨Deep Blue Sea〉(1999)에서는 유전자조작으로 머리가 인간 뺨치게 영악해진 거대상어가 괴수 같은 파워에다 뛰어난 지능을 동원하여 방심한 연구원들을 사냥하러 나선다. SF에서 과학과 의료기술의 발달로 동물이나 인간의 지능을 껑충 끌어올리는 이야기는 19세기 말까지 거슬러 올라간다. 당시에는 유전공학이란 개념조차 없었기에 H. G 웰스의 소설 《모로 박사의 섬The Island of Doctor

Moreau》(1896)에서는 외과수술과 심리요법(자신이 '동물이 아닌 인간'이라는 강박적 집착을 유도하는 일종의 세뇌)을 동원해 온갖 야생동물들의 지능을 인간에 버금가게 끌어올린다. 이런 식의 개조는 프랑켄슈타인 박사가 시체 조각들을 이어 붙여 전기충격으로 되살리는 방식과 오십보백보라서 과학적 개연성이 있다 보기 어렵다.

반면 최근 가속페달을 밟아온 유전공학이라면 동물의 DNA에 인간의 것을 뒤섞어 일종의 중간자적 존재를 탄생시키는 일이 그리 불가능해 보이지 않는다(단, 윤리적 논란은 별개 문제다). 인간의 경우에도 줄기세포 연구의 진척으로 기억 감퇴와 치매를 치료할 수 있는 길이 머지않은 듯하다. 뇌에 관한 지식이 쌓일수록 컴퓨터 CPU 속도를 개선하듯 뇌신경 네트워크의 정보전달 효율성을 높여 동물이건 인간이건 간에 지능을 한층 더 향상시키려는 시도가 꾸준히 이어질 것이다. 최근의 한 연구는 지능향상 방법에 관한 구체적인 실마리를 던져준다. 2015년 8월 영국 리즈대학교의 스티브 클랩코트Steve Clapcote 박사와 캐나다 브리티시컬럼비아 대학교의 알렉산더 맥거Alexander McGirr 박사가 주축이 된 공동연구팀은 〈신경정신약리학Neuropsychopharmacology〉 저널에 인위적인 지능 향상에 관한 매우 흥미로운 실험 결과를 실었다.[6]

이들에 따르면, 실험쥐에게 뇌에서 분비되는 PDE4Bphosphodiesterase-4B 효소의 활동을 약물로 억제했더니(다시 말해 유전자변이를 일으켰더니), 보통 쥐보다 학습 속도가 더 빨라지고 기억력도 더 좋아졌다. 이 효소가 억제된 쥐는 그렇지 않은 쥐보다 수조에 빠진 뒤 발판을 찾는 데 훨씬 앞선 기량을 보여준 것이다. 지능이 올라간 쥐는 고양이와 가까이 있어도 덜 두려워했고 평소보다 밝고 열린 공간에서 시간을 더 많이 보냈다. 이 노하우를 장차 인체에 적용하면 외상 후 스트레스 장애와 정신분열증 그리고 알츠하이머 같은 뇌질환을 치료하는 데 도움이 될 것이다. 이미 실험 결과를 토대로 PDE4B 효소억제제가 개발 중이며 동물실험을 거쳐 임상실험 여부가 결정될 예정이다. 이보다 10여 년 앞서 테드 창Ted Chiang의 단편소설 〈이해Understand〉(1991)는 특수약물로 인간 지능을 끌어올리는 이야기를 다뤘다. 이 소설은 후천적으로 체내에 약물을 투여하는 방식만으로는 영속적인 효과를 내지 못한다고 한계를 그었는데, 현재 개발 중인 PDE4B 효소억제제가 만약 관련 유전자를 영구히 바꿔놓을 수 있다면 1회 투여만으로도 큰 효과를 볼 수 있게 된다. 일단 이 약물은 지적 사고에 장애가 있는 환자의 치료용으로 개발되겠지만 향후 멀쩡한 정상인의 IQ 자체를 끌어올리는 데까지 응용될지 모른다.

하지만 오르막이 있으면 내리막도 있는 법. 인간의 지능도 마찬가지 아닐까. 지능을 높인다고 무조건 좋기만 할까? 일찍이 SF에서는 이러한 물음에 대한 사고실험을 많이 했다. 역사상 인위적인 지능 향상을 다룬 이야기의 효시는 영국 작가 프랭크 챌리스 컨스터블Frank Challice Constable의 《지성의 저주The Curse of Intellect》(1895)다. 인간과 지적인 원숭이가 교대로 화자話者를 맡는 독특한 형식의 이 장편소설에서 인간 못지않은 지성을 갖게 된 원숭이는 끝내 스트레스를 견디지 못하고 자살한다. 지능이 높아진다 해서 행복지수가 오르기는커녕 도리어 더 참담해질 수 있다는 교훈을 남긴 최초의 작품이다. 이듬해 발표된 웰스의 《모로 박사의 섬》에서도 야수의 타고난 본능과 후천적으로 주입된 인간성 사이에서 늘 오도 가도 못하던 반인반수의 공동체가 결국 임계점에 다다르자 그간 억압되었던 충동을 한꺼번에 분출하며 무너져 내린다. 올라프 스태플든Olaf Stapledon의 《시리우스Sirius》(1944)는 외과적 뇌수술과 특수호르몬 주입으로 웬만한 인간보다 더 총명해진 개 '시리우스'의 불행을 그린다. 시리우스가 애초 의도와 달리 단지 우수한 양치기 개에 머물지 않고 인간의 지성을 넘어서는 바람에 역설적이게도 인간 사회에서 함께 살아갈 입지가 좁아진다. 이러한 이야기들은 하나같이 '지능 향상을 위한 동물실험이 과연 온당한가'라는 소재를 통해 무소불위의 과학이 세상에 미칠 여파를 우려하는 내용 일색이다.

동물 지능의 업그레이드보다 훨씬 더 눈길이 가는 것은 인간 지능의 향상이다. SF는 이 소재를 크게 두 가지 관점에서 다룬다. 하나는 지능이 평균 이하인 사람을 정상인 수준으로 끌어올리는 것이고, 다른 하나는 정상인을 천재로 업그레이드하는 것이다. 다니엘 키스Daniel Keyes의《앨저넌에게 꽃을Flowers for Algernon》(1966)은 전자의 고전적인 예로 유명한데, 2006년 우리나라에서도 이 소설을 원안으로 한 TV드라마 〈안녕하세요 하느님〉이 제작 방영되었다. 31세의 찰스는 IQ 70의 정신지체자다. 그렇지만 외과수술과 약물요법에 힘입어 IQ 185의 초인적 천재로 거듭난다. 이 소설의 백미는 지능이 다른 두 자아의 눈에 비친 인간군상의 이중적인 모습이다. 정신지체자 찰스는 세상을 긍정적으로 바라본다. 그는 자신이 좀 더 영리해져 실수를 하지 않게 되면 사람들이 자신을 전보다 더 좋아하리라 기대한다. 반면 상대성이론까지 한눈에 꿰게 된 천재 찰스는 이제까지 주위 사람 모두가 멍청한 자신을 골려먹는 데 혈안이 되어 있었음을 깨닫는다. 그가 정상인을 압도하는 지성을 드러내자 격려는커녕 오히려 배 아파하는 주위 사람들의 반응에 그는 깊은 고뇌에 빠진다. IQ 70의 눈에 비친 세상은 행복하게만 보였다. 반면 IQ 185의 눈에 들어온 세상은 비열한 속물근성이 판치는 곳이다. 본질적으로 찰스 역시 앞에서 예로 든 동물들의 처지와 다를 바 없다. 높은 지능을 얻어봤자 돌아오는 것은 전에 없던 정신적 고통과 회한뿐.

정상인이 천재가 된다 해도 안도하기에는 이르다. 폴 앤더슨Poul Anderson의 〈뇌파Brain Wave〉(1954)는 단 한 사람이 아니라 인류 대다수의 IQ가 일제히 500까지 치솟는 이야기다. 원인은 2억5,000만 년 걸려 은하계를 일주해온 태양계가 갑자기 낯선 역장力場에 들어선 까닭이다. 알고 보니 원래 은하 대부분의 지역에서 인간 지능은 IQ 500을 유지해야 정상이건만 간간이 두뇌 신진대사 속도를 유독 떨어뜨리는 지대가 있는데 때마침 그곳에서 벗어났던 것이다. 소설은 이러한 격변이 과연 사람들을 행복하게 할지 묻는다. 사람들은 똑똑해질수록 더 지혜로워질까? 바람 잘 날 없는 국지전과 세계대전, 이념갈등과 계급갈등, 인종청소, 종파분쟁, 남녀불평등 그리고 이해집단 간의 크고 작은 갈등 같은 것들이 단지 사람들의 지능이 올라간다 해서 누워서 떡먹기처럼 해결될까? 작가는 회의적이다. 지능의 향상이 사람의 약점이나 무지, 편견, 맹신 그리고 야심 자체를 없애줄 수는 없기 때문이다.

심지어 지능의 상향 폭주는 허드렛일 하던 이들까지 삶의 의미를 골똘히 되돌아보게 만드는 통에 사회기능이 마비될 지경이다. 불현듯 자신의 인생이 얼마나 보잘것없는지, 자신의 일이 얼마나 초라한지, 자신의 사고가 얼마나 협소하고 무의미한지 깨달은 수많은 웨이터와 공장 노동자들이 사표를 던진다. 그러고는 세상을 방랑하며 철학을 공부한다. 웃을 일이 아니다. 그 바람에 생산시스템이 붕괴되어 인류는 당장 의식주의 수급을 걱정할 처지가 된다. 세상에는 IQ 높은 사람만 필요한 것이 아니지 않은가. 지능이 높아졌다 해서 누구나 듣도 보도 못한 발명으로 사회발전에 기여하는 것도 아니다. 어떤 이는 예전 같으면 평범하게 살았을 텐데 갑자기 너무 많은 생각이 밀려들어 감당할 수 없게 된 나머지 심한 신경쇠약에 걸린다. 설상가상으로 폭주하는 뇌 활동에 기진맥진한 사람들은 사이비 광신도가 되어 정신적 위안을 얻는다. 머리가 좋아질수록 현명해지기는커녕 오히려 미쳐가는 현실, 이것이 바로 불완전한 인간의 한계 아니겠는가.

앞서 언급한 테드 창의 〈이해〉는 '지능의 상향 폭주'를 사회일반이 아니라 한 개인의 사례로 한정지었으나 시선이 삐딱하기는 매한가지다. 뇌사 상태에 빠진 주인공이 특수 호르몬 주입으로 살아난다. 게다가 덩달아 IQ까지 상승한다. 보통 사람이라면 머리 싸맬 문제들을 설렁설렁 해결할 수 있게 되자 그 매력을 잊지 못한 주인공은 약효가 떨어지기 무섭게 부작용을 무릅쓰고 마약 환자처럼 지능 향상 실험에 골몰한다. 머리가 좋아지면 좋아질수록 욕망 또한 그에 정비례한다. 세 차례 약물주사로 이미 정상인의 사고를 한참 넘어섰음에도 불구하고 그는 시약을 도둑질까지 해서 체내에 주입한다. 예술과 과학 그리고 사회의 본질을 한 눈에 꿰뚫어 볼 수 있게 개안開眼되고 주식시장과 세계경제를 아무도 눈치채지 못하게 주무를 수 있는 정점에 올라서서도 주인공은 정작 자신의 걷잡을 수 없는 욕망을 조절하지 못해 망가져간다. 이 작품은 마치 실제 경험담마냥 머리가 한없이 좋아진다면 구체적으로 어떠한 사고 메커니즘을 갖게 될지 단계별로 조리 있게 묘사하여 더욱 설득력을 높인다.

국내 작품 가운데에는 김현중의 단편 〈우리는 더 영리해지고 있는가〉(2010)[7]가 지능 향상을 학벌 위주의 사고에서 벗어나지 못하는 우리

사회의 병리 현상과 접목시켜 눈길을 끈다. 부자는 물론이고 서민까지 빚을 내서라도 자녀의 지능 향상을 위해 뇌수술을 하지 않으면 주위의 따가운 눈총을 의식하지 않을 수 없게 된 근미래 사회의 풍경은 오늘날 월 수강료가 아무리 천정부지로 올라도 강남 학원가에 줄지어 몰려드는 학생들과 열혈 학부모들에 대한 자화상이다. 이 때문에 가난한 학생들 중에서는 기죽기 싫은 나머지 이마에 수술 흉터 자국만 똑같이 내서 뇌 수술을 받은 척하는 부작용까지 생긴다.

과연 우리는 첨단과학의 힘을 빌려서까지 지금보다 더 머리가 좋아질 필요가 있을까? 보다 중요한 문제는 설사 그러한 욕망이 충족된다 한들 우리가 정말 행복해질 수 있느냐 하는 점이다. 대부분의 SF작가들은 그렇지 않으리라는 전망에 압도적으로 기울어 있다. 예컨대 PDE4B 효소를 비롯해 인간의 지능을 한층 개선할 수 있는 각종 약물과 유전자조작 기법이 단지 그것이 없으면 정상적인 생활을 하기에 곤란한 환자들을 돕는 데 그치지 않고 더 많은 지혜 그리고 그로 인한 더 많은 권력을 얻는 데 무분별하게 남용된다면 세상은 어찌 될까? 더구나 김현중의 소설에서처럼 부의 격차가 지능의 격차로 이어지는 이중의 불공평한 사회가 도래한다면 과연 인류는 스스로를 감당할 수 있을까? 우리가 유전자복제의 오용을 우려하듯이 지능 향상 연구에 대해서도 이성의 눈으로 신중하게 바라봐야 하는 것은 바로 이 때문이다.

오늘의 평범한 식사가 미래에는 부의 상징이 된다

● SF는 온갖 별의별 소재와 주제를 다룬다. 허나 의외로 음식 얘기를 하는 경우는 흔치 않다. 물론 듀나의 초기 단편 〈일곱 개의 별〉(1997)[8]과 배명훈의 장편《맛집 폭격》(2015)[9] 같은 예외가 없지 않고 필자 역시 〈맛의 달인〉(2013)[10]이라는 중편을 발표하긴 했다. 하지만 수적으로는 중과부적이라 해도 과언이 아니다. 하긴 SF에서만 그런 것은 아니다. 눈을 씻고 봐도 밥 먹는 장면이 단 한 번 나오지 않는 영화와 소설은 숱하게 많다. 간혹 가족용 TV드라마 가운데 걸핏하면 밥상 앞에 온 가족이 둘러앉아 이야기하는 장면이 나오는 작품이 있으나 이 역시 밥 먹는 장면이 스틸사진 찍듯 기계적으로 등장할 뿐 드라마 속에서 특별한 역할을 하거나 의미가 부여되는 법은 없다. 먹는다는 행위가 인간의 엄연한 일상이자 반복되는 삶의 근간임에도 불구하고 말이다. 일반적으로 텍스트가 일상의 자잘한 삶에 대한 묘사보다 스토리에 집중할수록 독자와 관객은 감

상하는 내내 밥풀떼기 하나 구경하기 어려워진다. 이에 모처럼 작정하고 SF 관점에서 이 주제에 관해 새삼 진지하게 묻고자 한다. 미래의 먹을거리는 과연 어떠한 것이며 어떻게 소비될까? 반드시 그렇게 되리란 보장은 감히 할 수 없으나 필자의 주관적인 상상을 한번 들어보시라.

평균적인 인간이라면 하루 세 끼를 먹는다. 그러나 바쁜 현대인은 매끼 일일이 챙겨 먹기가 생각보다 만만치 않다. 바빠서 못 먹기 일쑤다. 나중에 먹어야지 해놓고도 또 다시 때를 놓치거나 아예 식욕을 잊어버리기 십상이다. 이와 대조적으로 유유자적한 삶을 즐기다 보니 미각을 계발시킬 여유가 있는 일부 사람들은 세 끼 외에 사이사이 다채로운 간식을 맛보며 맛집 포트폴리오를 첨삭하는 낙으로 나름 바쁘게 살아간다. 마지막으로 호주머니가 여간해서 잘 채워지지 않는 부류는 끼니를 마지못해 건너뛰기도 한다.

그럼에도 불구하고 이 세 부류 모두에게 공통점이 하나 있다면 그것은 인간의 혀가 정말로 간사하다는 것이다. 지갑 사정이야 어떻든 간에 누구나 저마다의 한계 안에서 최적의 메뉴선택을 놓고 고민한다. 호주머니에 500원짜리 동전이 달랑 하나밖에 없다 해서 만찬으로 어떤 라면을 고르느냐 하는 고민이 500원짜리 가치밖에 안 될까? 당사자의 입장에서는 미식 비평가가 푸아그라나 명품 와인을 품평할 때의 심정과 별반 다르지 않을 것이다. 향후 과학기술의 발달은 음식재료의 선택 폭은 물론이고 소비방식에도 적지 않은 영향을 주리라. 하지만 우리의 식탐 욕망은 큰 틀에서 보면 거의 달라지지 않을 것 같다. 우리 몸의 일부가 기계로 대체되는 사이보그 시대가 온다 해도 전력이나 기름만으로 에너지를 100% 충전할 수는 없지 않겠는가. 육신 가운데 유기체 부분이 남아있는 한 인간은 음식물을 섭취해야 한다. 그렇다면 근미래 혹은 좀 더 먼 미래에 우리의 식생활은 욕망과 현실 사이에서 어떤 민낯을 드러내게 될까?

이렇게 전제해보자. 아프리카와 아마존의 오지에까지 문명의 불빛이 빼곡히 들어선 가까운 미래, 과학기술은 지구촌 어디에서나 접할 수 있게 됐지만 그렇다고 해서 누구에게나 공평한 혜택을 주지는 않는다. 기아로 죽는 이는 없어졌다지만 모두가 만족스런 얼굴은 아닌 미래다. 역사를 돌이켜보면 프롤레타리아 혁명을 부르짖은 공산주의 국가들마저 막상 정권을 잡은 뒤에는 거의 예외 없이 소수 파워 엘리트 위주의 경제적 재분배에 머물지 않았던가. 자본주의 사회에서 기업주와 투자자가 잉여재화의 대부분을 주무른다면 공산주의 사회에서는 당 고위층이 같은 권한을 누리므로, 양자에게서 발견되는 부의 기형적인 분배로서는 그 근본적인 차이를 논하기 어렵다. 그런 의미에서 필립 호세 파머Philip Jose Farmer의 작품 〈리버월드 시리즈Riverworld Series〉(1971~1983)는 시사하는 바가 크다. 여기서 사람들은 1인당 지급된 잉여식량이 아주 풍부한 환경에서도 남의 것을 빼앗기 위해 이합집산하며 무리를 이루고 폭력과 살육을 일삼는다. 이들이 어차피 자신이 다 먹을 수도 없는 남의 식량을 빼앗는 본질적인 이유는 상대를 지배하고 그 위에 군림하기 위해서다. 과학기술은 시간만 충분히 주어진다면 결국에 가서는 지구촌 인구 모두를 풍족하게 먹여 살릴 식량을 생산해낼 수 있을지 모른다. 위 소설이 전하는 핵심은 설사 그런 날이 온다 해도 사람들은 잉여생산이 가능하게 해줄 분배의 평등을 결코 달가워하지 않을 것이며 남들에게 존중받기 위해(솔직히 말하면 남을 멋대로 부리기 위해) 남의 식량을 대부분 빼앗고 죽지 않을 만큼만 조금씩 생색내며 나눠주고 싶어 하리란 점이다. 파머의 소설에서처럼 인류는 수량적 평등은 물론이고 질적으로 평등한 사회, 다시 말해 기회의 균등이 보장되는 사회에 이르는 방법을 터득하려면 아직도 먼 것일까?

먹을거리 이야기로 다시 돌아가 보자. 지구촌 전역이 고도산업사회에 접어들었으나 빈부격차가 여전한 근미래를 가정할 때, 우리의 식문화는 어떻게 변모할까? 더 높은 생산성과 이를 뒷받침하는 기술혁신에도 불구하고 계층 간 이동이 여의치 않은 기존의 현실이 별반 달라지지 않는다면, 먹는 음식과 먹는 행위(식사의례), 식재료의 지역적 다양성, 그리고 먹는 행위가 시사하는 신화적 · 종교적 · 철학적 의미 등은 이제까지와 마찬가지로 우리 자신을 적나라하게 돌아보는 거울 역할을 해줄 것이다. 어차피 음식과 식사문화는 해당 사회와 시대정신을 반영하는 역사의 거울인 동시에 사람살이에서 비롯된 당대의 인간미를 여과 없이 체감하게 해주는 역할을 하기 때문이다.

본론으로 들어가자. 여기 지구촌 전역이 고도로 발전한 산업문명의 우산 아래 풍요로운 혜택을 받고 있다 자부하는 근미래의 인류가 있다. 일부 지역색과 정치적 · 문화적 · 종교적 · 역사적 차이에도 불구하고 통신과 여행수단의 발달로 누구나 지구촌 전체가 1일 생활권이라고 여기는 시대다. 하지만 이 시기의 사람들은 여전히 산업문명의 수혜를 톡톡히 누리는 자들과 이를 그다지 체감하지 못하는 소외자들(혹은 비수혜자들)로 양분되어있다. 이런 계층 구도 아래 동시대를 살아가는 이들의 식문화에 구체적으로 어떤 변화와 차이가 올 수 있을까? 지금부터 늘어놓는 생각의 파편들은 그럴 가능성이 높다기보다는 솔직히 그런 미래는 정말 오지 않았으면 좋겠다는 바람에서 성급하게 추측해본 것들이다. 물론 아래의 전망이 보기 좋게 틀린다면야 필자로서는 당연히 미소로 대응할 것이다.

가정 1 | 인간의 매 끼 식사시간이 불과 3초 이내로 줄어든다.

이렇게 주장하면 얼핏 얼토당토않아 보일지 모르겠다. 허나 꼭 불가능한 일만은 아니다. 최근 과학기술의 발전을 보면 인간을 지탱하는 근본이라 할 유전자와 정신세계의 영역•까지 넘나들 정도 아닌가. 언젠가 과학은 소비자 대중의 경제적 수요만 확인된다면 인간에게 꼭 필요한 필수 영양소들을 인공 합성하여 대량생산함으로써 아주 저렴한 값으로(버스 요금 정도로) 수많은 대중에게 공급할 수 있을 것이다. 그 인공식량은 세모, 네모, 혹은 동그라미 모양으로 한입에 들어갈 정도의 크기면 된다. 덕분에 식사시간은 알약처럼 생긴 인공식량을 입에 털어 넣고 꿀꺽 삼키는 시간… 그러니까 약 3초 남짓이면 충분하지 않을까. 이런 가공식품의 대량생산은 자연 상태 그대로의 음식이 이미 천정부지로 가격이 올라 있다는 것을 전제로 한다. 환경오염과 지구온난화로 농경지는 갈수록 줄어들고 사막은 늘어나며 걸핏하면 돌연변이 바이러스가 설치는 탓에 식용 가축의 수 역시 꾸준히 감소 추세를 보인다고 가정해보자. 아울러 무엇보다 인건비를 감당할 수 없다는 요인 또한 감안되어야 한다. 힘든 농경 노동이나 어로사업을 누구나 백이면 백 기피하는 시대에 비싼 로봇을 투자하자니 아직 투입비용 대비 수익이 맞지 않는다. 한때 일부 선진국들이 가난한 나라의 백성들을 노예 사듯 헐값에 들여와 잘 부려먹었지만 뜻밖에도 유효기간이 있다는 교훈을 얻게 되었다. 이주민들의 자식들은 이내 새로운 현지문화에 적응했고 자신들 역시 이주국가의 기존 시민들

• 뇌 스캔을 통해 인간의 의식이 어떻게 발생하는지 연구하는 분야를 일컫는다.

과 동일한 기득권을 달라고 요구하기 시작한 것이다. 그 결과 이주민 자손들은 어떤 나라에서는 죄다 쫓겨났고 또 어떤 나라에서는 동등한 시민권을 획득하여 더 이상 3D 업종에 종사하는 것을 기피하게 되었다. 중요한 것은 어느 쪽이건 간에 힘든 식량생산 노동을 싼 임금에 기꺼이 하겠다고 나서는 이들을 더는 찾아볼 수 없게 되었다는 점이다. 모국으로 돌아간 이주민의 자식들은 선진문물의 세례를 한껏 받은 터라 뙤약볕에서 농사할 마음이 전혀 없었고 세계화가 필요 이상으로 진전됨에 따라 모국에 남아 있던 이들조차 예전과 같은 근로의욕을 잃었다. 그러니 남은 길은 세계인 거의 모두가 알약처럼 생긴 가공식품으로 허기를 채우는 수뿐이다(물론 '다'는 아니고 '거의 다'다. 이에 대해서는 뒤에 가서 다시 논의하겠다).

식용알약은 기존의 전통적(?) 가공식품들처럼 실제 음식에 가까운 맛을 흉내 내려는 노력을 멈추지 않을 것이다. 이를테면 바나나 맛, 딸기 맛… 혹은 불고기 맛, 치킨 맛, 오징어 맛 등으로 세분해 어느 정도는 소비자 대중의 구미를 맞출 수 있으리라. 심지어 중화볶음밥 맛이나 칠리소스 피자 맛 같이 복합적인 맛을 낼 수 있을지도 모른다. 다만 어차피 입안에 머무는 시간이 얼마 되지 않는 만큼 충분한 미각의 즐거움을 누리기에는 한계가 빤하다. 예전 같으면 우주비행사가 특수한 환경에서의 임무 때문에 할 수 없이 먹던 우주식량이 거의 모든 인류의 식탁에 올라오게 된 것이다. 아, 표현을 바꾸어야 할 것 같다. 그리 되면 식탁 따위는 더 이상 필요 없을 테니. 그냥 아무데서나 물 한 컵만 있으면 될 것이다. 아쉽게도 이런 식의 인공식량은 필요영양소는 들어 있을지 모르지만 포만감을 주지는 못한다. 더구나 소화흡수도 잘 되게 만들어져 있으니 이래저래 화장실 갈 일이 눈에 띄게 줄어드는 통에 남녀 가릴 것 없이 변비에 시달릴 우려가 있다.

이러한 식사혁명은 단지 식생활 부문에만 그치지 않고 경제 · 문화 · 사회 · 정신적 측면에도 혁명적인 변화를 초래할 것이다. 온 세계 사람들이 모두 똑같은 음식을 단 3초 안에 꿀꺽하게 된 세상을 생각해보라. 시작은 신선한 식자재를 자연에서 가져와 먹을 수 없게 된 현실에서 출발했을지 몰라도 식사시간이 가히 혁명적으로 줄어든 결과, 점심과 저녁식사를 이용한 사교생활이 근본적으로 흔들리게 된다. 일중독자와 경영자들은 쌍수 들어 좋아할지 모르지만 접대문화에 익숙한 중간관리자들과 막간의 휴식을 하루의 낙으로 삼는 테일러시스템 아래의 노동자들은 3초만의 식사문화에 처음에는 분노할지 모른다. 어쨌거나 이러한 식사문화가 장기적으로 정착하게 되면 그만큼 생겨난 잉여시간을 사람들은 좀 더 생산적인 데 할애하려 들 것이다. 뭐든 과학기술 자체는 가치중립적이지만 우리가 그것을 어떻게 쓰느냐에 따라 도움이 될 수도 있고 뒤통수를 칠 수도 있듯이, 이렇게 생겨난 뜻밖의 잉여시간은 인류 사회가 어느 쪽을 지향하느냐에 따라 다음 둘 중 하나의 목적을 위해 쓰일 수 있다.

1. 자본주의가 언제나 요구하는 바대로, 좀 더 많은 생산을 위해 노동시간을 늘인다.
2. 잉여시간을 자아실현을 위한 문화생활에 투자한다.

지금도 같은 직장 내에 회사형 인간(일벌레 혹은 출세주의자)이 있는가 하면 회사는 자기 삶을 가꾸기 위한 징검다리 정도로 여기는 사람이 공존한다. 그러므로 '3초 식사혁명'의 여파를 반드시 부정적인 의미로만 파악할 필요는 없다. 생산이란 개념을 넓게 보면, 자본주의적 생산(재화와 서비스)뿐 아니라 문화 창출도 포함될 수 있다. 산업이 고도화되고 과학기술이 하루가 다르게 발전하면서 다행히 조지 오웰George Orwell의 《1984년Nineteen Eighty-Four》(1949)에서 그려진 디스토피아처럼 전제군주나 다름없는 빅 브라더가 좌지우지하는 사회로 전락하지만 않는다면, 점차 인간 개개인의 근로조건은 합리적인 이성에 근거한 노사협의를 통해 향상될 것이다. 노동효율이 올라갈수록 사람들은 더욱 많은 임금을 받을 수 있어야 구매력 있는 중산층이 튼실하게 사회를 지탱해줄 수 있다. 과학기술이 자동화 어플리케이션 쪽으로만 발달하여 노동자들의 해고를 촉진하는 대신 오히려 계속해서 인간의 질적인 참여가 필요한 일자리들을 만들어낼 수 있게 정부가 기업을 관리 · 감독할 필요가 있다. 그리하여 근무시간은 줄어들되 가처분소득은 늘어나고 덩달아 식사시간까지 단 3초로 줄어든다면 사람들은 잉여시간을 옆 사람과의 수다에 쏟아 부을 수도 있지만 자신의 자아실현과 문화생활을 위해 투자할 수도 있으리라. 별것 아닌 시간 같지만 평생 하루 세 끼 먹는 시간을 다 합쳐보면 얼마나 될지 상상해보라. 한 끼 식사시간을 평균 1시간 남짓 잡으면 한 개인이 1년간 식사에 매달리는 시간은 (식사를 한 끼도 거르지 않았다고 가정할 경우) 자그마치 약 한 달 보름하고도 6일에 달한다.

3초 식사혁명은 우리의 식사관행에 웬만큼 획일적인 민주화를 가져올 것이다. 에티오피아의 어린이나 뉴욕에 사는 할아버지나 똑같은 식량을 단 3초 만에 뚝딱 먹어치우면 그만이다. 그들이 가질 수 있는 약간의 자유라고는 딸기 맛을 택할 것이냐, 아니면 불고기 맛을 택할 것이냐 하는 정도에 그칠 것이다. 불가리아의 요구르트와 이슬람권의 바람 빵을 고집하기에는 자원이, 환경이 허락하지 않는다는 전제 아래 말이다. 이 같은 음식메뉴의 균질화는 지구촌 곳곳에 사는 사람들의 인종 간, 국가 간, 민족 간, 부족 간, 종교 간 선입견과 적대관계를 누그러뜨리는 데에도 적지 않은 도움이 될 것이다. 과학의 힘이 인간의 생활을 바꿔 사람이 또 다른 사람을 이해하는 포용의 눈을 갖게 돕는 셈이다.

그러나 사람 사는 일이 어디 그렇게 교과서처럼만 되겠는가! 큰 파도가 바위에 부딪치면 잔물결은 그 반대로 튀는 법이다. 특정한 목적을 위해 시행되는 정책이 전혀 엉뚱한 결과를 빚을 수 있고, 특정한 목적을 위해 개발된 약이 전혀 엉뚱한 용도에 쓰일 수 있듯이 말이다. 예컨대 3초 식사혁명은 의료계와 다이어트 업계에 타격을 안겨줄 것이다. 과식이나 잘못된 식사습관으로 고지혈증과 당뇨를 포함하여 내분비계 질환에 시달리는 환자의 수가 격감할 것이고 무엇보다 뚱보가 줄어들 것이기 때문이다. 그러나 큰 틀에서 보면 3초 식사혁명은 어설프게나마 건강뿐 아니라 평등문화를 지향하는 유토피아의 단초가 될 것처럼 보인다. 그것이 세계인의 식문화에서 출발하여 건강과 생활 그리고 나아가서는 경제와 종교, 문화 등에 미치는 영향을 감안하건대 말이다. 하지만 두 번째 가정을 보면 꼭 그렇지만도 않음을 알게 된다. 물론 '가정 2'를 제대로 논의하자면 그 토대라 할 '가정 1'과의 관계를 고려하지 않을 수 없다.

가정 2 | '3초 식사혁명'이 일어났다 해서 전통적인 재래의 식사방식(천연재료를 직접 섭취하는 방식)이 완전히 자취를 감추지는 않는다. 오히려 전통적인 식사는 신분상의 불평등을 암암리에 과시하는 해당 사회 이데올로기의 징표가 된다.

'가정 1'에 대한 설명을 듣고 나면 이런 물음이 자연스레 생겨난다. 대체 식사문화의 획일화가 민주화라 여길 근거는 무엇인가? 세계화가 어째서 민주화인가? 누구보다도 미식가들이 벌떼같이 들고 일어날 것이다.

> "왜 내가 원숭이 뇌 튀김 대신 맛이라곤 조악한 데다 대체 음식인지 알약인지 알 수 없게 생겨먹은 것을 씹어야 해?"
> "왜 암스테르담의 부동산 사업가인 내가 에티오피아 애들이나 먹는 네모 세모 덩어리를 먹고 살아야 하지?"

한 달에 1,000만 원을 버는 여배우가 어째서 같은 기간에 87만5,600원을 버는 공장 노동자 여성과 같은 음식을, 그것도 미관상 아무 개성이 없으며 맛도 (그녀가 보기에) 전혀 탐탁지 않은 인공 알약 따위를 우물거리고 있겠는가. 따지고 보면 여성 노동자도 마찬가지다. 왕후장상을 떠나 혀는 간사하다고 이미 말하지 않았던가. 아무리 봉급이 박하다지만 생일도 있고 기념할 만한 날도 있을 텐데 1년 내내 주구장창 '3초면 꿀꺽'에 만족할 사람이 몇이나 될까? 사람이 먹는 행위는 단지 경제적인 차원에서만 접근할 수 있는 문제가 아니다. 근본적으로 사람은 음식을 먹는 행위를 단지 생존을 위한 자구노력으로만 보지 않고 행복지수를 평가하는 하나의 잣대로 생각한다. 미각에 쾌락을 준다는 것은 육체적 쾌락만이 아니라 정신적 쾌락을 안겨줌으로써 삶의 질을 한 단계 높이는 효과를 자아내기 때문이다. 왜 가난한 날품팔이 가족이 장학생이 된 자식을 자랑하기 위해 무리해서라도 친척과 지인들을 불러 거나하게 고기파티를 하겠는가? 음식을 먹는다는 것은 단지 영양분 섭취에 끝나지 않고 개인과 가족 그리고 사회문화권의 정신적 동질감을 새삼 확인하는 과정이며 일종의 의례다.

따라서 설사 합성식량이 식단의 주류가 되는 날이 온다 해도 이는 엄연히 인간의 기본 욕구와 식문화 전통을 무시한 결과라서 전통적인 재래음식(자연식)과 그것을 먹는 습관이 송두리째 사라지지는 않을 것이다. 그럼에도 불구하고 지구상 어디서나 해당 식문화권의 날 재료를 쉽사리 구하기 어렵거니와 만일 구한다 해도 비용이 합성식량의 수백 배 수천 배가 된다면 그 수요는 격감할 수밖에 없을 것이다. 재래음식의 식사횟수가 대폭 줄어듦에 따라 자연산 식자재의 원료가 되는 동식물은 그나마 다행히 멸종의 위기를 넘길 수 있을 것이다. 먹다 남은 음식을 버리는 무분별한 낭비도 크게 줄어들 것이다. 하지만 전통적인 자연식을 즐길 기회가 급감하는 만큼 그 희소성으로 인해 굳이 천연재료로 준비한 음식을 먹자면 상당한 값을 치러야만 한다.

이러한 시대에는 요리사 수가 극도로 줄어들어 가물에 콩 나듯 영업하는 자연식 전문 식당에서만 찾아볼 수 있다. 요즘으로 치면 아주 귀한 인간문화재 대우를 받게 될 공산이 크다(아마 음식평론가는 SF작가보다도 글을 쓸 지면을 구하기 어려워질 것이다). 반면 3초면 목으로 넘길 수 있는 합성식량은 자동판매기에서 단돈 몇 백 원이면 하시라도 꺼내 먹을 수 있으리라. 먹을거리를 자연에서는 좀체 구하기가 만만치 않은 시대에(단지 생물자원이 희소해서만이 아니라 정부가 그 희소자원을 보호 · 관리하기 때문이다), 정부는 사회 안정을 위해 합성식량의 질과 가격에는 항시 각별한 관심을 보일 것이다. 예전까지 다양한 식품류를 가공 판매했던 식품회사들은 '3초라도 똑같은 3초가 아니다!'라는 모토 아래 저마다 차별화된 맛과 향으로 소비자들을 공략한다. 맛뿐 아니라 향도 중요하다. 식사시간은 정작 눈 깜짝할 순간인데 합성한 인공식품 냄새가 입가에 오래 맴돌면 그보다 고약한 일이 어디 있겠는가.

안타깝게도 사회경제적 관점에서 보면 합성식량은 불평등의 연쇄 고리를 전혀 해소할 수 없다는 점에서 한계가 있다. 이른바 '3초 식사혁명'은 만인에게 기존 식사시간을 혁명적으로 줄여주었을 뿐 아니라 빈부격차에 따른 식사문화의 상대적 박탈감을 줄이고 문화권마다의 이질감을 완화시키며 잉여시간을 선용하게 하는 등 식문화의 코스모폴리타니즘을 선도할 것 같았지만, 막상 그러한 시도는 도리어 계급갈등을 먹는 데까지 노골적으로 확장시키는 결과를 낳을 우려가 있다. 고급 승용차를 실용성보다는 신분 과시의 수단으로 이용하는 데 더 관심을 두듯이 자연식은 가진 자의 고상한 취향과 사회경제적 위상을 단적으로 보여주는 표식이 될 것이기 때문이다. 펀드 매니저나 저임금에 재봉 일을 하는 여성노동자나 맛있는 음식으로 미각을 돋우고 싶은 욕구는 대동소이하리라. 누구나 똑같은 3초 알약을 먹는다면 툴툴대면서도 참을 수 있지만 문제는 경제적 여력에 따라 누구는 제대로 된 밥을 먹을 수 있으나 누구는 물과 함께 꿀꺽 해야 한다는 점이다. 영화보다 광고에 더 많이 출연하는 여배우나 정치자금이 두둑한 대통령은 거의 매일 자연식을 고수하려 들 테고, 영세자영업자와 월급쟁이 서민은 한푼 두푼 모아 어쩌다 1년에 한번 거하게 자연식 하는 이벤트를 마치 해외여행 가듯 축제하는 마음으로 환호하며 받아들일 것이다.

요약하면, 인공식량의 대량생산 시대에도 누구나 자연식을 선호하겠지만, 누구나 똑같은 횟수로 자연식을 즐기지는 못할 것이다. 상어 지느

러미나 달팽이 같은 특별한 요리재료를 천연 그대로 입에 넣을 수 있는 사람들은 그야말로 세상에서 한줌에 불과하리라. 오지가 거의 없어진 미래라고 하지만 외딴 섬이나 아직도 남아 있는 정글 깊숙한 곳에 사는 사람들은 정부 단속 때문에 눈앞의 살아있는 음식재료들을 놔두고 간에 기별도 오지 않는 콩알을 삼키고 말아야 하니 속에서 천불이 일 것이다. 그래서 툭하면 원주민들과 정부 파견 관리 간에 보호해야 할 동식물의 운명을 놓고 다툼을 벌일 것이다. 더욱이 1년에 두어 번 중요한 제사를 하늘에 지내기 위해 동물의 피가 필요할 때는 한층 분위기가 심각해지리라. 한편 시리아나 리비아 그리고 소말리아처럼 줄곧 내전에 시달리는 지역의 주민들은 적십자사로부터 구호품으로 배급받은 합성식량을 군벌들에게 빼앗겨 여전히 기아에 허덕일지 모른다.

중요한 것은 자연식을 먹는 행위 자체가 이러한 환경에서는 부와 권력의 공공연한 징표가 되리란 사실이다. 그리되면 영화나 소설 그리고 만화 등에서 권력가를 묘사할 때는 항상 자연식을 하느라 입을 우물거리는 장면이 삽입될지 모른다. 이러한 미래에서 자연식 식사장면은 21세기의 우리와는 전혀 다른 맥락을 띠게 될 것이다. 인류의 오랜 역사를 돌아보면 어떤 사회이건 간에 불평등 자체는 사라지지 않았다. 발상의 전환을 해보면, 불평등은 어쩌면 인류의 발전을 위한 필수 불가결한 요건인지도 모른다. 다시 말해 불평등은 인간이 한층 발전하기 위한 성취욕에 불을 댕기는 방아쇠다. 아무리 애써봤자 남보다 나은 대접을 받을 수 없다면 아무도 손에 알이 배도록 일하지 않을 것이다. 그 탓에 인간 사회의 발전도 없으리라. 그러나 다른 한편으로 불평등이 사회구조를 불안하게 할 정도로 악화되고 또한 그 간극이 고착화된다면 그 또한 인간 사회의 바람직한 발전 방향은 아닐 터이다. 먹는 것은 인간 생존의 3대 기본 조건 중 하나다. 실은 지금도 빈부격차에 따라 식재료 선택과 요리방식에 큰 차이가 난다. 하지만 이러한 상황이 더욱 극단적으로 대비되는 미래가 온다고 생각해보자. 식문화의 민주화 혹은 코스모폴리타니즘이란 듣기 좋은 허울 아래 누구나 몇백 원이면 자판기에서 3초면 삼킬 수 있는 합성식량으로 연명하는 시대에, 일부 사람들이 지글대는 프라이팬에서 새우튀김과 안심 스테이크를 이름을 따라 부르기도 어려운 각종 향신료로 도배해서 먹는다면 가진 자와 그렇지 못한 자 사이의 괴리가 어떠한 방식으로 체감될까? 코끝으로 괴롭히는 고소한 내음이 그것을 향유할 수 없는 자들의 폐부를 비집고 들어올 때 그 비참한 마음을 현재의 우리가 제대로 상상이나 할 수 있을까?

실제로는 알약 형태까지는 아니고 입에 씹히는 맛이 있는 일종의 합성육이나 합성식이 개발될 수도 있다. 그러나 그렇다 하더라도 가진 자와 못 가진 자 간의 식문화의 차등화가 더욱 계급격차를 부각시키리라는 예견이 맞는다면 그래봤자 오십보백보다. 누군가는 진짜 고기를 먹는데 누군가는 가짜 고기를 먹고 그러한 차이가 영구적으로 고착화된다면, 값싼 인공식품의 대량생산 덕분에 무차별 약탈이나 전쟁이 억제될지는 몰라도 왠지 한없이 서글퍼지지 않겠는가? 다른 건 몰라도 먹는 것 가지고 장난치지 말라는 말은 어디서 많이 들어본 것 같은데 말이다.

부처를 유전공학으로 되살리면 세상이 더 나아질까

● 매년 음력 4월 8일은 부처님 오신 날이다. 석가모니는 중생에게 자비를 베푸는 동시에 몸소 해탈에 이르는 모범을 보인 후 기원전 483년 경 열반에 드셨다. 뜬금없어 보일지 모르나 엉뚱하고도 흥미로운 가정을 하나 해보자. 성서에서는 세상이 종말에 이르면 예수가 재림하여 하느님을 충실히 믿어온 예쁜이들은 구원하고 나머지 밉상들은 죄다 지옥으로 내치는 최후의 종교재판을 하겠다 한다. 그런데 만일 예수 대신 부처가 재림한다면 어떤 일이 벌어질까? 석가모니의 기본 사상을 고려할 때, 적어도 추상같은 가톨릭 종교 재판소처럼 이분법적 잣대로 사람을 구분하지는 않을 듯하다(오해의 소지를 없애고자 미리 말해두자면 필자는 불교신자가 전혀 아니다. 다만 종교 교리의 특성상 그런 인상을 받을 따름이다). 만에 하나라도 그런 일이 생긴다면 산업사회에서 각박하게 살아온 현대인들이 다시 현신現身한 부처의 말씀을 깊이 새겨 남을 내 몸과 같이 여기는 가운데 생로

병사의 두려움에서 해방된 마음으로 살아가게 될까?

선불리 답하기 전에 일단 질문을 꺼낸 이상 나름 진지하게 접근해보자. 무엇보다 먼저 부처를 어떻게 재림하게 할지부터 그 구체적인 방안을 알아봐야 하지 않을까? 그런데 문제가 하나 있다. 예수는 요한이라는 제자의 입을 빌려 일찌감치 재림하겠다는 예고편을 띄웠지만, 부처는 열반에 들며 오히려 살아생전의 미련을 깨끗이 비웠으니 재림을 약속하지도 그럴 의사도 없지 않겠는가. 다행히 불교에서는 윤회사상을 믿으니 후세에 또 다른 석가모니가 태어날지 모른다. 그렇다고 미륵불을 의미하는 것은 아니다. 이 분은 예수와 마찬가지로 까마득한 후세에 도래할 불교계의 메시아지만 석가모니가 돌아가신 지 무려 56억7,000만 년 후에나 이승에 태어나신다니 논외로 치자. 그때쯤 오셔봤자 태양의 수명이 다한지라 구원할 만한 인간이 단 한 명도 태양계에 남아있지 않으리라(지구는 부풀어 오른 태양에 먹힌 지 오래되었을 테고).

그러니 우리에게 의미 있는, 가까운 미래에 부처님을 뵙고 싶다면 미륵불은 일찌감치 포기해야 한다. 문제는 석가모니의 재림이 생각만큼 쉽지 않다는 사실. 불교사상에 따르면 모든 생물은 전생轉生의 업보를 안고 산다. 벌레든 사람이든 그 업보가 사라질 때까지 윤회해야 하는데 해탈의 경지에 이르러야 비로소 윤회에서 영원히 벗어난다. 이런 논리대로라면 부처는 하고 싶어도 할 수 없는 것이 재림이다. 불교 기반의 우주 작동 시스템이 원래 그리 되어 있으니까. 석가모니는 신(우주의 창조주) 혹은 그의 아들이 아니라 그저 인류의 모범이 되는 선각자에 불과하니 우주의 법칙을 임의로 바꿀 수야 없지 않은가.

남은 길은 고타마 싯다르타가 아닌 또 다른 인간이 반복되는 윤회를 거쳐 제2의 석가모니가 될 때까지 기다리는 것이다. 하지만 이 또한 생각보다 만만치 않다. 문제는 바로 스케줄. 우리가 간절히 원할 때, 다시 말해 시대와 사회가 믿고 의지할 영적 지도자를 절실히 바랄 때 세상에 오셔야 할 텐데 과연 그 때가 언제란 말인가? 기존의 석가모니는 모두 약 250번의 윤회를 거쳤다고 전해진다. 그 중에는 사람으로 태어나는 대신 징그러운 벌레로 축생畜生한 적도 있다. 석가모니는 처음부터 완벽한 존재가 아니라 차츰 인고의 노력을 거쳐 완벽한 존재가 되었다는 점에서 예수와 본질적으로 다르다. 더구나 마흔이 되면 누구나 공자처럼 불혹의 평정심을 가질 수 있는 것은 아니듯이, 250번 윤회한다고 죄다 석가모니처럼 되는 것도 아니다. 어떤 이는 그 갑절의 갑절만큼 윤회해도 깨달은 바가 오십보백보일 수 있고, 또 어떤 이는 영원히 축생의 악순환에서 벗어나지 못할 짓만 골라 하며 생을 반복할지 모른다.

다행히 기존의 석가모니만큼 윤회하여 득도하는 새로운 석가모니가 태어날 여지가 있다고 가정해보자. 그럼 앞으로 얼마나 기다려야 할까? 250번의 윤회가 힌트다. 석가모니가 살던 시절 평균수명은 40~50세 사이였다(석가모니가 80세까지 산 것 자체가 이례적이다). 당시 한 세대의 평균 수명을 어림잡아 45세로 잡으면, 250세대는 약 1만1,250년이 된다. 그 뒤 평균수명이 계속 늘어났으니 실제로는 이보다 더 긴 세월을 요할 수도 있다. 반면 2017년 현재 석가모니가 돌아가신 지 고작 2,500여 년 지났을 뿐이다. 인류의 지난 역사를 돌아보면 석가모니에 견줄 인재가 자주 태어나기는 실로 어려운 듯하다(예수는 신의 아들이므로 이 범주에서 제외한다). 이런 셈법으로는 또 다른 석가모니가 태어나기까지 약 8,700년 내외를 기다려야 한다. 물론 이 계산은 모수母數가 기존의 석가모니 사례 한

건 밖에 없으니 통계학적 대표성이 떨어져 단지 참고자료로만 의미가 있다. 중요한 것은 새로운 석가모니가 태어나길 무작정 고대하는 사이 인류 자체가 이미 다른 종으로 진화해버릴지 모른다는 사실이다.

한번 태어난 석가모니는 윤회할 수 없고 새로운 석가모니 또한 언제 태어날지 도통 알 수 없는 노릇이라면 우리 손으로 이 문제를 제어할 방법이 없을까? SF적인 감수성으로 일단 몇 가지를 생각해볼 수 있다. 당장은 어렵겠지만 관련 과학기술이 발달을 거듭하다 보면 조만간 혹은 언젠가 가능할지도 모른다.

첫째는 DNA 복원을 통한 오리지널의 복제다. 전세계적으로 크게 흥행한 할리우드 영화 〈쥬라기 공원[Jurassic Park]〉(1993)을 기억하는 이라면 무슨 말인지 단번에 알아차릴 것이다. DNA를 추출하자면 세포 샘플이 있어야 하는데, 부처의 경우에는 사리[舍利]를 남겨 놓았다. 사리는 고인을 화장하고 남은 유골 가운데 구슬처럼 생긴 것을 일컫는다. 안타깝게도 화장할 때에는 900~1,200도의 고온이 1시간가량 지속되므로 생체 DNA 구조가 파괴되거나 심하게 변형될 수 있다는 점이 문제다. 따라서 현재까지 진신 사리로 믿어지는 것들 가운데 DNA 보존상태가 완벽한 샘플이 있는지는 미지수다.•

둘째로, 사리를 통해 DNA를 구할 수 없다면 타임머신을 타고 가서 살아있는 석가모니에게 취지를 설명하고 머리카락을 얻어오는 방법이 있다. 누가 알겠는가, 좋은 뜻에 공감하신 석가모니가 쾌히 머리털 몇 가

• 부처의 머리칼 몇 올 또한 일부 사찰에 전해지는데, 젊어서 처음 삭발할 때의 것이라는 설명은 선뜻 납득하기 어렵다. 싯다르타가 머리를 밀 당시 종교계의 관행을 알기 어렵지만, 후일 석가모니로 추앙받기 한참 전인 청년시절부터 관계자들이 그의 잘린 머리카락을 일찌감치 보관했다는 사실은 믿기 어렵다.

닥 내어주실지. 박성환의 단편소설 〈관광지에서〉(2009)를 읽어보면 주인공이 독실한 불교신자인 어머니를 모시고 생전의 부처님을 뵈러 고대 인도로 시간여행을 한다.

사리건 머리카락이건 제대로 정품(!) DNA를 구해 석가모니를 우리 시대에 복제해낸다 해도 아직 문제가 남아있다. 마르크스는 존재가 의식을 결정한다 했다. 복제인간이 21세기 아스팔트 도시에서 과학자들 손에 고아로 자라나면 과연 나중에 가서 기원전 5세기의 성자 같은 오라를 뿜어내는 현인이 된다는 보장이 100% 있을까? 대리 부모에 위탁하는 것이 그나마 나은 대안이겠으나 어쨌든 오리지널 고타마 싯다르타의 성장 환경과는 큰 차이가 날 수밖에 없다. 고타마는 오늘날 네팔에 해당하는 고대 인도의 소국에서 왕위를 이을 왕자로 태어났다. 그러나 그는 세상을 지배할 '왕 중의 왕'이 되어주길 바라는 왕실과 국민의 기대를 저버리고 나름 현실적이고 지혜로운 인생을 선택했다.• 꼬딱지만 한 나라에서 왕이 되어 이웃 나라들과 콩 볶듯 싸워봤자 쉽게 이기기도 어렵거니와 설령 승승장구한다 한들 평생 전쟁터를 누벼야 한다. 대신 고타마는 정치군사 영역이 아니라 영적 차원의 지도자가 되기로 마음먹었다. 이 전략은 주효하여 부처의 사후 몇백 년간 불교는 인도의 꽤 많은 지역에서 힌두교를 몰아내고 융성했다.••

• 예수가 당면했던 현실도 이와 닮았다. 예수가 유대사회의 메시아로 급부상할 때 열심당원들은 그가 영적 지도자가 되는 대신 오늘날의 이스라엘 같은 군사강국을 만들어주길 열망했다.

•• 춘추전국시대에 돌입해 있던 당시 인도의 여러 나라 왕조들 입장에서는 불교가 국론을 통일하고 왕권을 강화하는 데 큰 도움이 되는 이데올로기였다. 인도의 왕들은 석가모니의 사상을 맞서 싸울 대상으로 삼지 않고 오히려 자신이 석가모니의 대리인임을 천명하며 영적인 차원에서 선전선동의 도구로 사용하였다. 이러한 전략은 6세기 후반의 백제왕들에게도 자주 보인다.

석가모니는 명색이 일류교육을 받은 일국의 왕자였다. 그러나 생로병사처럼 신분의 귀천을 막론하고 인간이라면 피해나갈 수 없는 운명에 대해 깊이 고뇌한 결과 '모든 것을 버리고 모든 것을 얻는' 경지에 이르렀다. 그렇다면 그의 복제인간에게도 이와 거의 유사한 사회화 조건을 제공할 수 있을까? 혹여 성장과정에서의 이런저런 차이가 영향을 주어 복제인간이 사상가가 아니라 전혀 다른 분야에서 두각을 나타내거나, 최악의 경우 그냥 평범하게 잊히는 이가 될지 누가 알랴. 혈통론자들은 타고난 유전자는 속일 수 없다며 좋은 씨앗은 어디에 심어도 튼실한 열매를 맺노라고 주장하지만, 환경결정론자들은 씨앗보다는 토양을 중시한다. 현대판 메시아를 그린 로버트 A. 하인라인의 장편소설《낯선 땅의 이방인Stranger in Strange Land》(1961)은 후자의 논리를 따른 예다. 우리에 비해 아주 도덕적이고 고결한 문화를 누리는 화성인 사회에서 나고 자란 인간의 아이가 지구에 돌아온다. 몸은 인간이지만 머릿속은 화성인에 가까운 그는 현대 산업사회의 말초적인 문명에 잠시 유혹되기는 하나 결국 자신이 뜻한 대로 길을 간 끝에 구원을 위해 순교한다.

복제인간이 과연 기대대로 성자로 자랄지 걱정된다면 이러한 근심을 일거에 날려버릴 마지막 대안이 있다. 그것은 바로 타임머신을 타고 가서 석가모니를 직접 현대로 모셔오는 것이다. 머리카락 갖고 씨름하느니 직접 석가모니가 일정 기간 방문하셔서 미래의 중생 또한 구원해주십사 하고 애걸복걸하면 감동하여 찾아주실지 누가 알겠는가.

그런데 그럼 만사 끝일까? 석가모니가 21세기에 찾아와 물질문명이 얼마나 발달하건 간에 바뀌지 않는 인간의 근본과 삶의 의미를 일깨워주면 현대인들의 이기적인 마음과 현세의 온갖 물욕이 눈 녹듯 사라질까?

솔직히 필자는 오래된 DNA의 복제나 타임머신 같은 방법론은 언젠가 실현될지 모르나 속세에 찌든 이들의 본성을 근본적으로 바꿔놓는 데는 석가모니라 한들 한계가 있으리라 본다. 아이러니하게 들리겠지만, 무엇보다 가장 석가모니를 적대시할 우려가 높은 세력이 기존의 불교 종단이다. 지난 수천 년의 동서양 역사가 보여주듯 종교는 권력이며 고도의 정치행위다. 대대로 기득권을 누려온 전세계 불교계 앞에 석가모니가 현신하여 "원래 내 의도는 이것은 이렇게 하고 저것은 저렇게 하라는 뜻이었노라…" 하는 식으로 설법한다고 생각해보라. 일반 신도들은 감읍하여 눈물을 왈칵 쏟을지 모르나, 종단의 고위지도자들은 '듣보잡'이라 할 수밖에 없는 수수께끼의 사내가 시간여행자의 손에 이끌려 와서 자신들이 하는 일에 사사건건 콩이야 팥이야 한다면 "네, 네!"하며 연신 허리를 굽실댈까?

천 년이 넘는 지난 역사를 통해 우리는 교황이 고도의 정치적 타협의 결과물이지 신이나 예수로부터 선택받은 자가 아님을 잘 안다. 그렇다면 이리저리 종파가 갈라지고 종파와 종단 간 이해가 충돌하는 불교계라 한들 오십보백보 아니겠는가. 아마 예수 그리스도가 오늘날 다시 재림하여 (성전 내 장사치들의 좌판을 뒤엎은 성서 속 일화에서와 같이) 기존 기독교계의 부조리와 문제들을 정면 비판하고 나선다면 아마 대부분의 기성 기독교 교단으로부터 적그리스도 취급을 받으며 파문당할지 모른다. 그만큼 오늘날의 사회는 석가모니나 예수가 살던 사회만큼 단순하지도 상대적으로 순수하지도 않다. 현대의 우리는 더 많이 의심하고 더 많이 가지려 한다. 과연 이러한 자들을 석가모니나 예수가 말씀의 힘으로 되돌릴 수 있을까?

Chapter

3

우주개발

새로운 기회인가 과장된 신화인가

우주개발의 새로운 패러다임, 과학탐구에서 비즈니스로

● 우주가 무대인 SF영화에서 한번 우주선을 구입하면 마르고 닳도록 쓰는 경우가 흔히 있다. 〈스타워즈Star Wars〉(1977~) 연작에서 약방의 감초로 나오는 밀레니엄 팰컨 호를 보자. 최근 "깨어난 포스" 편에서도 이 우주날틀은 한참 전 폐기처분이 됐어야 할 고물의 자태로 광활한 우주를 잘만 누빈다. 그러나 그동안 현실은 딴판이었다. 전체높이 111m, 1단 로켓 추진력만 3,400톤에 이르는 새턴 5호급 공룡들은 우주비행사와 화물을 우주에 올려놓고는 번번이 바다에 퐁당 하며 녹슨 고철 신세가 되었다. 〈스타트렉Star Trek〉(1979~)처럼 물질분해전송장치를 거쳐 지상에서 우주선 안으로 한방에 뛰어들 수 없는 한, 우리는 그 사이를 실어 나를 운반수단이 필요하다.

문제는 비용이다. 비교적 저렴한 비용으로 필요할 때마다 우주선을 띄우지 못한다면 우주개발 분야는 과학적 탐구심이나 정치선전의 장場

으로는 소임을 다할지 모르나 경제와 사회를 살찌우는 안정되고 지속발전 가능한 산업이 될 수 없다. 1969년 개봉된 할리우드 영화 〈우주조난Marooned〉은 지구 궤도의 우주선이 고장 나는 통에 세 우주비행사를 구할 방도를 찾느라 NASA와 휴스턴 관제센터가 골머리를 앓는 상황을 그린다. 시시각각 공기와 식량이 떨어져가자 죽음의 공포에 짓눌린 승무원들 간 트러블까지 인다. 예정에 없던 공룡로켓을 부랴부랴 만들기도 버겁지만 하필 휴스턴 부근에 태풍이 들이닥쳐서 공기工期를 맞춘들 발사 자체가 어려워진다. 다행히 아무리 냉전시대라지만 근처의 소련 우주선이 인도적 견지에서 구조에 나서 영화는 해피엔딩이 된다. 만일 우주진입 비용이 싸게 먹히고 독점적 사업이 아니었다면 영화에서와 같은 사고가 일어나더라도 굳이 소련과 정치적 거래를 할 필요는 없었을 터이다.

1958년 저명한 이론물리학자 프리먼 다이슨Freeman Dyson은 새턴 5호 로켓을 '폰 브라운식 돈 먹는 하마'라고 꼬집었다.● 실제로 아폴로 계획은 인간이 달에 발을 딛자마자 급속히 관심을 잃으며 용두사미가 되었다. 정치선전은 한 번으로 충분하지 돈더미를 짊어지고 고작 월석 몇 개와 번번이 바꿀 수는 없는 노릇 아닌가. 허나 로켓을 SF영화에서처럼 재활용할 수 있다면 규모의 경제가 생기니 얘기가 달라진다. 그리되면 정부와 민간기업들이 우주비행사들의 긴급구조나 국제우주정거장ISSInternational Space Station의 상시지원은 물론이고 우주에서의 각종 활동에 상당한 융통성을 갖게 될 것이다. 다시 말해 지상에서 지구 궤도를 오가는 일이 수월해질 때 비로소 우주산업이 선순환 구조를 이루며 생산성이 높

● 베르너 폰 브라운Wernher von Braun은 새턴 5호 로켓 개발팀의 리더로 나치 치하의 독일에서 V2 로켓을 개발했다.

아질 것이다. 이러한 맥락에서 이번에는 돈벌이가 되는 우주산업의 모양새에 관해 생각해보고자 한다.

2015년 말 우리나라 언론은 크게 신경 쓰지 않았지만 우주산업의 시장경쟁력 차원에서 무척 인상적인 사건이 하나 있었다. '스페이스X' 사의 로켓 '팰컨 9'이 그것의 1단 추진 엔진을 발사 장소에서 약 1.6km 떨어진 곳에 도로 착륙시키는 데 성공한 것이다. 세 번째 시도만의 성공이다. 이 회사는 전기자동차제조사 테슬라모터스Tesla Motors의 설립자 일론 머스크가 세운 민간우주기업으로, 로켓발사 비용을 종래의 1/10로 줄여 우주 운송업에 뛰어들려 한다. 비결은 가장 돈이 많이 드는 1단 추진 엔진을 재활용하는 것이다. 예전처럼 연료가 소진되면 바다에 수장시키는 대신 로켓을 지상에 다시 착륙시켜 재활용할 경우 발사 비용이 회당 약 700억 원에서 70억 원으로 줄어든다. 2016년 초 귀환한 팰컨 9의 1단 엔진은 좀 더 욕심을 부렸다. 땅 위가 아니라 바다에 떠 있는 좁은 면적의 바지선 위에 착륙시키려 한 것이다. 안타깝게도 착륙 직후 측면 지지대 하나가 부러지면서 쓰러지는 바람에 폭발해버렸다. 한편 경쟁사업자 '블루 오리진Blue Origin'은 2015년 11월과 2016년 1월 두 차례 모두 자사 로켓을 지상에 착륙시키는 데 성공했다. 다만 블루 오리진의 경우에는 로켓 전체가 1단이라 대기권을 완전히 벗어나지 못했기에 아직 스페이스X와의 선부른 맞비교는 곤란하다. 블루 오리진은 아마존 CEO 제프 베조스Jeffrey Bezos가 창업한 민간우주기업이다.

위의 사실은 사업 주체로 민간이 나서 효율 높은 로켓을 개발함으로써 우주선이 비단 탐사와 군사용에 국한되지 않고 다양한 비즈니스에 쓰일 수 있는 길이 열렸음을 전해준다. 이는 우리나라 정부와 기업들에게도 시사하는 바가 크다. 지금은 달에 먼저 가서 깃발 꽂는다고 환호하는 시대가 아니다. 냉전은 흘러간 레퍼토리인 까닭에 국민은 나라 예산을 천문학적으로 들이부을 우주개발에 눈을 흘기기 십상이다. NASA가 화성 표면에서 스톤헨지 닮은 바위들이 발견되었다는 식으로 걸핏하면 그리 신통치도 않은 일들을 시시콜콜 들먹이며 신문과 방송의 스포트라이트를 받으려 안간힘 쓰는 이유가 뭘까? 국민의 지지를 얻어 의회예산을 순조롭게 타기 위해서다. 아폴로 계획이 한창일 때 NASA 예산은 미연방 예산의 4%가 넘었으며 직원은 4만6,000여 명에 달했다. 지금은 어떤가. 1980년대 이래 지금까지 지속적인 구조조정에 시달리고 있다. 폼으로 우주에 가던 시대는 끝난 것이다.

이제 우주로 나가려면 동기가 분명해야 하며, 비용은 될 수 있는 한 기술혁신과 창조적 아이디어를 동원해 절감해야 한다. 그래야 일회성 전시 이벤트가 아니라 지속가능한 비즈니스로서 국가경제와 사회발전에 이바지할 수 있다. 우리나라 정부는 2020년대 초까지 무인탐사선을 달에 보내 독자적 탐사를 하겠다고 한다. 1968년 닐 암스트롱이 뛰어다닌 땅에 인간도 아니고 무인 기계를 몇조 원씩 들여 다시 착륙시켜야 하는 이유가 뭘까? 과연 과학기술계가 국민의 광범위한 지지 없이 툭하면 정파 이익에 매몰되어 파행을 거듭하는 국회에게서 어찌 꼬박꼬박 예산을 타낼 것이며, 증액이 필요할 경우 그 이유를 어찌 설득할 수 있을까? 민주주의 시대에는 아무리 뜻이 좋아도 많은 이들의 지지를 모으지 못하면 실행이 어렵다.

달은 잠재적인 자원의 보고다. 특히 헬륨3 같이 지구에는 희귀한 고부가가치 자원이 달 표면에 잔뜩 쌓여 있다. 헬륨3는 중수소와 결합하여 엄청난 에너지를 만들어내므로 최근 화석연료를 대체할 미래 에너지원으로 떠오르고 있다. 헬륨3 1g이면 석탄 40톤을 태워 만들어내는 에너지와 맞먹는다. 우주왕복선으로 한 번에 나를 수 있는 양이 25톤인데, 이 정도면 미국의 1년간 전기사용량과 같다. 달 표면의 헬륨3는 지구에 매장된 화석연료의 10배로 추정된다. 최소 100만 톤에서 최대 5억 톤이 쌓여 있으니 이 정도의 헬륨3면 인류가 1만 년 동안 쓸 수 있는 양이다. 헬륨3의 진원지는 원래 태양이다. 지구상에는 보기 드문 헬륨3가 유독 달에 지천으로 널린 것은 그곳에는 지구와 달리 자기장(밴 앨런대Van Allen Belt)이 없어 태양풍을 고스란히 쐬기 때문이다.•

만일 우리 정부가 (외견상의 과학탐사만이 아니라) 헬륨3 같은 유용한 자원의 탐색을 함께 고려한다면 달 탐사선에 일본의 소행성 탐사선 하야부사처럼 목적지의 토양을 파 그 내용물을 지구로 가져오게 할 수도 있으리라. 이러한 노하우가 축적되면 지구를 가까이 지나는 단주기 혜성이나 소행성의 자원채굴에도 응용 가능하다.•• 이 작은 천체들에 인공지능 로봇이 운영하는 광산을 지어놓고 그것들이 한 바퀴 돌아 다시 지구에 가까워지면 마중 가서 채굴한 자원들을 실어오면 된다.

석유 같은 화석연료는 수요공급에 따라 시장가가 널뛴다. 1970년대 오일쇼크를 생각하면 최근의 저유가 흐름은 격세지감을 불러일으킨다. 우리가 헬륨3처럼 고효율의 에너지 자원을 비교적 저렴한 운송비로 우주에서 들여올 수 있다면 기업과 가계가 더 이상 해외시장의 부침에 휘

• 지구상에서 헬륨3를 합성할 수는 있지만 제작비가 너무 많이 들어 배보다 배꼽이 더 큰 꼴이다.

•• 단주기 혜성은 일반적으로 200년 이내의 주기를 갖는 혜성을 지칭한다. 같은 단주기 혜성이라도 실제 주기는 천차만별이어서 주기가 수 년에서 수십 년에 불과한 것들도 있다.

둘리지 않아도 될 것이다. 이는 꿈같은 이야기만은 아니다. 미국이 왜 2030년대까지 인간을 화성에 보내려는 계획을 추진할까. 2015년 그 1단계로 NASA는 우주에서 인간이 장기간 보낼 수 있는 인공거주구Space Habitat를 개발하고 시험하기 위한 예산 5,500만 달러를 배정받았다.•

우주개발시장에 뛰어든 나라들은 미국과 러시아, 유럽, 중국, 일본 그리고 인도 등으로 늘어났다.•• 하나같이 겉으로는 과학탐사를 명분 삼지만 자원 타당성 조사결과에 따라 언제 치열한 자원개발 경쟁이 벌어질지 모른다. 그렇다면 1967년 미국과 소련이 주도하고 우리나라 역시 서명한 우주조약이 앞으로도 유효할까? 이 조약은 외계 천체들이 얼마든지 탐사대상이 될 수 있지만 특정 국가의 소유물은 될 수 없다고 규정했다는 점에서 남극조약을 닮았다. 하지만 꼭 쇄빙선이 아니더라도 절기만 잘 고르면 배나 항공기로 찾아갈 수 있는 남극기지와 달리 우주, 그것도 달이나 화성까지 진출해서 연구동을 꾸릴 수 있는 나라들은 현재 몇 손가락에 꼽을 정도로 적다. 우주조약은 누구나 우주에 갈 수 있는 권리를 인정했을 뿐 차편까지 공짜는 아니다. 그러니 대부분의 나라들에게 우주개발은 그림의 떡이나 다름없다.

우주개발 투자 여력이 있는 나라들이라 해도 사업 지속을 위해서는 정부가 그래야만 하는 이유를 국민과 국회에 납득시키는 한편으로 기업을 유치해서 재정 부담을 덜어야 한다. 미국이 좋은 예다. NASA는 프로젝트 수행을 위해 발사체 및 우주선의 개발 및 운용 일체를 민간기업에

• 재래식 우주선으로도 며칠이면 다녀오는 달과 달리 화성까지는 편도여행으로만 6개월 이상 걸린다.

•• 인도는 2014년 무인탐사선 망갈리안 호를 화성 궤도에 진입시키는 데 성공했다.

이전하는 추세다. 아직 심우주 탐사용 슈퍼로켓들(새턴 5호의 형제들)은 NASA가 자체로 제작하지만 이 역시 장기적으로는 민간에 이관되는 영역이 늘어날 것이다. 오바마 미 행정부는 2010년부터 5년간 60억 달러를 민간우주기업에 지원함으로써 일론 머스크와 제프 베조스, 그리고 영국 버진 그룹Virgin Group 회장 리처드 브랜슨Richard Branson 같은 억만장자들의 호응을 끌어냈다.

우주개발의 미래는 주식투자와 닮았다. 비용이 싸게 먹히고 수익이 커질수록 매력적인 사업이 될 것이다. 과학탐구나 국력 과시도 무시 못 할 부분이지만 더 이상 그것만을 위해 움직이는 정부나 민간기업은 없을 것이다. 우리나라의 우주개발 예산은 3조에서 4조 원에 이르는 일본이나 중국에 비해 1/10에 불과하고 전문 연구 인력도 천 명이 채 안 된다. 따라서 선진국들의 시행착오를 고스란히 되짚어가는 따라쟁이가 되어서는 근미래의 우주산업 시장에서 변변한 명함을 내밀기 쉽지 않을 것이다. 답은 출발점이 달라야 한다는 것이고 그러자면 관점을 바꿔야 한다.

이미 발 빠르게 움직이는 일본의 관련 분야 중소기업들이 있다. 한 인공위성 개발업체는 인공위성을 기존보다 동급 대비 1/100의 가격으로 만든다. 비결은 첨단소재 대신 알루미늄 등 저가 소재를 쓰고 16명의 소수 정예로 꾸려나가는 것이다. 사업모델도 검증되어 미쓰비시 그룹과 NEC 주식회사가 이 기업에 수백억 원을 투자했다. 수익모델은 7년간 50대의 위성을 띄워 그것들이 수집하는 각종 유용한 정보(이를테면 미국 곡창지대의 밀 수확 시기, 항만의 컨테이너 집하량 등)를 유료 판매하는 것으로, 이미 위성 2대를 쏘아올린 상태다. 또 한 기업은 길이 50cm, 무게 4kg의 탐사로봇을 다량 제작해 달의 지하자원을 탐사하는 데 투입할 예정이다. 이 회사는 로봇을 파는 대신 채굴권을 팔아 수익 극대화를 노린다. 우리나라도 위성제조 부문에서는 상당한 경쟁력이 있는 만큼 비용절감과 창의적인 사업모델 발굴에 나섰으면 한다. 스페이스X의 주도 아래 21세기 말까지 화성에 8억 명을 이주시키려는 일론 머스크의 야심 찬 구상이 어디까지 실현될지 미지수지만, 더 이상 우주가 꿈과 호기심을 충족시키는 곳이 아니라 돈을 벌 수 있는 현실적인 시장으로 변해가고 있는 것만은 분명하다.

우주여행에 날개를 달아줄 우주 엘리베이터 사업

● 스페이스X와 블루 오리진 같은 민간우주기업들은 재활용 로켓을 개발해 우주 운송업을 수익성 높은 비즈니스로 바꿔놓으려 애쓰고 있다. 그런데 이와 별개로 추진되고 있는 또 하나의 흥미로운 사업이 실용화된다면 향후 우주운송사업의 판도가 많이 달라질 것 같다. 최근 우주개발 선진국들이 눈독을 들이는 우주 엘리베이터가 바로 그것이다. 우주 엘리베이터space elevator는 궤도 엘리베이터orbit lifts와 콩 넝쿨 줄기beanstalks, 우주교space bridges, 우주사다리space ladders, 궤도탑orbital towers 등 다양한 이름으로 불린다. 이름이야 뭐라 하건 이것들은 하나같이 적도 지역과 고도 3만 6,000km 상공의 대기권 외곽을 탄소 나노튜브 소재의 케이블로 연결한 운송수단을 일컫는다. 우주 엘리베이터가 완성되면 사람들은 초고속 엘리베이터에 화물을 싣고 인공위성 궤도까지 그대로 올라가게 된다.

이 분야의 선구자는 미국의 테크놀로지 벤처기업 하이리프트시스템

HighLift Systems 사로 2002년 NASA의 지원금을 받아 초기개발을 담당했다. 2006년에는 NASA에서 우주 엘리베이터의 사업 타당성을 검토하던 연구 집단 NIAC•가 분사해 설립한 리프트포트LiftPort 그룹이 애리조나 사막에서 해발 1.6km 상공까지 끌어올린 탄소 나노케이블에 로봇 승강기를 부착해 시운전했다. 기구氣球에 의해 지탱되는 케이블을 타고 올라간 승강기는 고도 460m까지 6시간 동안 오르내렸다. 일본에서는 오바야시구미大林組 건설회사가 2013년 우주 엘리베이터 개발 전담팀을 꾸렸다. 이 회사는 2025년 건설에 나서 2050년까지 완공함으로써 일반인 대상 서비스에 나선다는 계획이다. 독일 기업 티센크루프 엘리베이터ThyssenKrupp Elevator는 자기부상 시스템을 우주 엘리베이터에 응용하려 궁리 중이다.

그러나 2014년 구글이 우주 엘리베이터 개발계획을 잠정 유보한 데서 보듯 아직 현실은 녹록치 않다. 성패의 관건은 지구 궤도 밖까지 이어줄 탄소 나노튜브의 인장강도에 달렸는데, 구글은 지금 기술로는 시기상조라는 결론이다. 리프트포트 그룹도 2007년 경기불황으로 한때 사업을 접었다가 2011년 다시 기지개를 펴면서 일단은 달에다 우주 엘리베이터를 건설하는 쪽으로 사업방향을 선회했다. 이 그룹은 달처럼 중력이 약한 천체에서라면 현재까지 개발된 케이블로도 능히 감당할 수 있다고 본다. 달은 공전 속도가 워낙 느려 원심력의 영향이 거의 없는 데다 지구에서 끌어당기는 힘 탓에 달에서는 고도가 높아질수록 중력이 급감하므로 우주 엘리베이터 건설에 유리한 조건이다. 소요되는 케이블의 총질량도 지구의 1/12을 넘지 않는다. 이 계획이 실현된다면 달에서의 이착륙 비용

• NASA's Innovative Advanced Concepts program

이 절감되고 운송의 안전이 보장되므로 탐사와 관광뿐 아니라 헬륨3 같은 귀한 자원을 대거 실어 나르는 데 큰 도움이 된다. 현실에 맞게 사업방향을 우회하려는 또 다른 사업자로는 캐나다의 트로스[Troth] 사가 있다. 지구에 세워지는 우주 엘리베이터는 높이가 원래 최소 3만6,000km는 되어야 하나 트로스 사가 구상하는 모델은 불과 지상 20km짜리다. 용도를 제한하는 대신 실현 가능성을 높이기 위해서다. 이것은 지상에서 발사하는 육중한 3단 로켓 대신 엘리베이터 정상부에서 1단 로켓만으로 우주에 가는 방식이다. 당연히 연료가 대폭 절감되므로 기존의 스페이스X나 블루오리진 같은 재활용 로켓 사업자들과는 향후 경쟁관계에 놓일 전망이다.

사업자들의 장밋빛 청사진을 액면 그대로 믿기에는 만만한 과제가 아닌 게 분명하나 나노기술의 발달은 조만간 실용적인 해결책을 내놓으리라 예견된다. 그럴 경우 우주여행에 대한 기존 이미지는 큰 변화를 겪게 되리라. 이제까지 우주여행을 떠난다고 하면 일단 최정예 선발인력인 우주비행사들의 고된 훈련을 제일 먼저 떠올렸다. 지구의 중력을 떨쳐내자면 잠시 동안이지만 초속 11km의 가속을 견뎌야 해서다. 하지만 우주엘리베이터만 개통되면 패러다임이 바뀌어버린다. 아무리 약골이라도 별 탈 없이 우주에 올라갈 수 있으니까. 회당 30여 명의 승객이 약 시속 200km의 속도로 일주일가량 올라가면 되니 KTX보다 느긋하게 승차감을 즐기면 된다(KTX의 최대속도는 시속 300km다).

얼핏 허황되어 보이는 이러한 운송수단을 과학자들과 산업계가 진지하게 검토하는 이유는 우주선이나 비행기를 이용할 때와는 비교할 수 없을 만큼 높은 에너지 효율을 얻을 수 있어서다. 우주선의 로켓 엔진은 대기권 탈출속도를 얻느라 막대한 에너지를 단번에 허공에 날려버린다.

1960~1970년대 아폴로 우주선이 시속 9,921km(마하 8)로 고도 68km에 다다르자면 제1단 로켓에 가득 찬 2,000톤의 연료가 불과 2분 반 만에 바닥나버렸다. 비용으로 환산하면 짐 1kg당 드는 연료 비용이 2만 달러이니 사람을 옮기자면 인당 130만 달러, 우주정거장을 지을 건설자재를 실어 나르자면 무려 1억 달러가 든다. 반면 우주 엘리베이터는 올라가는 동안 레이저 수신방식의 모터 구동 및 기계적 마찰로 일부 소모되긴 하나 에너지 동력의 대부분을 고도를 올리는 데만 집중하므로 이전 방식과는 비교할 수 없을 만치 경제적이다. 현재 추산으로는 1kg당 100달러 내외가 들 것으로 기대된다. 덕분에 얼마든지 수시로 지구 궤도 상에 지상의 물자를 공급하거나 반대로 우주의 물건을 지상으로 내리는 일이 가능해진다. 물류수송 비용이 혁신적으로 내려가면 관련 산업과 경제가 비약적으로 발전하기 마련이다. 단적으로 말해, 민간인 개인 가운데 재벌만 우주여행하며 뻐기는 시대는 머지않아 종언을 고한다는 뜻이다.

우주 엘리베이터의 용도는 지구 상공만이 아니다. 앞서 달의 예를 들었듯이 태양계의 다른 행성들과 위성들에도 얼마든지 적용가능하다. 1차 후보지로는 달뿐 아니라 화성도 거론된다. 우주 엘리베이터를 이용하면 외계행성에서도 궤도 상공과 지표 기지 사이의 물자 공급이 로켓 우주선에 의존할 때보다 이루 말할 수 없이 편리하고 경제적으로 개선될 것이다. 이런 식의 보급 시스템만 갖춰지면 굳이 비싼 연료를 대기권에 낭비할 필요 없이 지구에서 온 방문객들은 궤도 상공의 우주정거장에서 엘리베이터로 갈아타고 곧장 달과 화성의 지표면으로 내려가면 그만이다.

원래 이 아이디어는 1895년 러시아 천문학자 콘스탄틴 치올콥스키Konstantin Tsiolkovsky의 머리에서 나왔지만, 단지 아이디어 차원이 아니라 기존 기술을 업그레이드해 실제 구현 가능한 대상으로 보고 본격 검토되기 시작한 계기는 1975년 제롬 피어슨Jerome Pearson의 기술논문이 발표되면서부터다. 하지만 이 개념을 과학계뿐 아니라 일반 대중에게 널리 알리는 데 기여한 것은 아서 C. 클라크의 장편소설《낙원의 샘The Fountains of Paradise》(1979)이다. NASA 과학자이자 논문 〈우주 엘리베이터: 새천년을 위해 지상과 우주를 잇는 진보된 하부구조〉의 저자 데이비드 스미더먼David Smitherman은 "클라크의 소설이야말로 이 아이디어를 일반 대중에게 널리 전파하는 데 가장 큰 공을 세웠다"고 평했다. 우주 엘리베이터에 관한 디자인 콘셉트는 2003년 11월 미국에서 열린 〈제2차 우주 엘리베이터 컨퍼런스〉에서 미과학연구협회 ISR 소속의 브래들리 에드워드Bradley C. Edwards 박사에 의해 제안된 바 있다.

우주 엘리베이터 개념은《낙원의 샘》에 소개될 때만 해도 여전히 꿈같은 얘기로만 들렸다. 과학이론상 또는 기술 설계상 가능한 것과 실제로 구현할 수 있는 것은 전혀 다른 차원의 이야기 아닌가. 최근 우주 엘리베이터 건설을 진지하게 고려하게 만든 결정적인 계기는 이제까지 발명된 케이블 가운데 가장 인장능력(아무리 잡아당겨도 끊어지지 않는 능력)이 뛰어나다고 판명된 탄소 나노튜브 덕분이다. 이 신물질은 가는 관 모양의 탄소 집합체로 지름이 나노미터(10억 분의 1m)밖에 되지 않는데도 강도는 철보다 100배나 높다. 아직 연구개발 단계이긴 하나 경이로운 나노테크놀로지의 산물로서 탄소 나노튜브는 우주 엘리베이터 건설을 위한 최적의 소재로 거론된다.

머나먼 남의 이야기가 아니라 어느덧 우리의 삶과 직간접적으로 이어지는 과학기술의 변화상은 대중문화 차원에서는 1차적으로 과학소설에 제일 먼저 반영된다. 하지만 금세기 말이면 우주 엘리베이터는 더 이상 꿈나라 비전이 아니라 우리 현실의 실질적인 일부가 될 것이다. 2002년 미국 SF잡지 〈아날로그Analog〉에 실린 켄 워튼Ken Wharton의 단편소설 〈철새 이동경로의 수정Flight Correction〉은 그러한 조짐을 미리 내다본 예다. 우주 엘리베이터 건설과정에서 발생할 수 있는 잠재적 위험이 과학자의 자질구레한 일상과 교차되는 까닭에 이 단편은 누구나 공감하기 쉬운 이야기가 된다. 여기서 우주 엘리베이터는 단지 눈길을 끄는 병풍 노릇에 그치지 않는다. 주인공의 심리적 갈등과 해소(바람을 피운 후 아내에게 갖게 된 죄책감을 극복하고 다시 사회에 필요한 유능한 사람으로 자신감을 회복하는 과정)를 효과적으로 풀어내는 데 우주 엘리베이터란 소재가 적절히 활용되는 것이다. 주인공은 우주 엘리베이터의 전하電荷 누출 결함을 찾아낼 만큼 과학자로서의 통찰력은 뛰어나나 인간적으로는 평범하다 못해 소심한 사내다. 이 소설은 우주 엘리베이터가 만에 하나 사고가 날 가능성을 주도면밀하게 검토한다는 점에서 그것의 이상적인 면만 부각된《낙원의 샘》에 비하면 격세지감을 느끼게 한다. 두 작품의 20여 년이란 시차는 인류의 야심찬 인공거대구조물을 웅대한 비전과 동시에 현실의 잣대로 돌아보게 한다.

우주 엘리베이터는 미래예측을 놓고 과학과 과학소설이 우호적으로 상호작용한 전형적인 사례다. 작가들이 이 장르문학 본연의 목적은 미래예측의 적중률과 무관하다고 늘 강변해왔음에도 불구하고 과학소설은 본의든 아니든 간에 미래를 어느 정도 예측해온 것이 사실이다. 작가들은 과학소설의 진정한 목적은 미래 사회를 거시적으로 조망하거나 미래에 대한 외삽Extrapolation●을 통해 오히려 우리가 발 딛고 있는 현재를 성찰하게 해준다고 주장함으로써 작품 속에 묘사된 세계상이 실제 다가올 미래와 얼마나 일치하는지에 관한 책임 소재 내지 부담으로부터 자유로워지고자 한다. 그런 의미에서 본다면 우주 엘리베이터가 언제부터 실제 운행되느냐 하는 것은 부차적인 문제다. 세탁기의 예를 들면, 그것의 특출한 성능을 시시콜콜 예견하려 들기보다는 세탁기 문화의 대중화로 여성들이 가부장적 사회의 질곡에서 어떻게 얼마나 해방될 수 있는지 내다보는 것이 더 의미 있기 때문이다.

우주 엘리베이터 역시 마찬가지 아닐까. 기술의 부단한 발전은 물리법칙이 원천적으로 가로막지 않는 이상 과학자들과 공학자들 그리고 이들에게 자금을 대는 사업자들의 욕망을 궁극에 가서는 채워줄 것이다. 그렇다면 이제부터 우리는 뉴스기사를 통해 전해지는 사업자들의 피상적인(혹은 일방적인) 홍보에 감탄만 할 것이 아니라 그것이 우리 사회와 개인의 삶에 가져올 변화의 파도를 가늠할 수 있는 지혜를 구해야 하지 않을까. 도움이 필요하다고? 그렇다고 무턱대고 관련 기술서적이나 미래학 서적을 골 아프게 뒤질 것까지는 없다. 과학소설이 있으니까. 재미있는 과학소설을 머리맡에 두는 습관을 들인다면 우주 엘리베이터보다 더한 첨단기술과 마주한다 해도 미래의 삶을 예측하고 사색하는 데 적지 않은 도움이 될 것이다.

● 외삽은 원래 통계예측에서 쓰이던 용어로, 과학소설에서는 과거에서 현재까지의 데이터를 근거로 미래를 연역하는 서술기법을 지칭한다.

우주 엘리베이터의 상상도. 아서 C. 클라크의 장편소설 《낙원의 샘》에서 이상적으로 구현된 우주 엘리베이터는 이제 기술 설계상 실제로 구현할 수 있는 미래의 가능한 현실이 되었다. 금세기 말이면 비싸고 부담스러운 우주선 대신 우주 엘리베이터를 통해 여행을 떠날 수 있지 않을까.

처치 곤란한 우주 쓰레기들

● 가까운 미래에는 쓰레기를 치우려면 우주선 조종사 자격증이 필요할까? 어쩌면 그럴지도 모른다. 2002년 일본의 권위 있는 SF상인 성운상星雲賞을 받은 유키무라 마코토幸村誠의 만화 《프라네테스プラネテス》(1999~2004)는 지구 궤도에 무수히 흩어져 있는 우주 쓰레기들을 치우는 전문직업인들의 희로애락을 그린다. 2070년대의 근미래를 무대로 한 이 만화에서는 우주개발이 부단히 진행된 결과 노후했거나 용도 폐기되어 원래 위치를 유지하지 못하는 인공위성들과 그것들이 충돌하며 생겨난 자잘한 잔해들이 지구 저궤도(고도 2,000km 이하)에 널려 있어 로켓과 인공위성의 이동을 심각하게 저해한다. 실제로 지금까지 인류가 우주에 쏘아올린 인공위성의 수효가 1957년 스푸트니크 1호가 첫 주자로 나선 이래 약 6,000여 개를 넘어서는 만큼, 이 만화의 기본설정은 상당히 신빙성을 갖추었다 할 수 있다.

영화 〈그래비티〉에 등장하는 우주 쓰레기들. 난데없이 들이닥친 인공위성 파편들에 휩쓸려 주인공과 그 일행들은 추풍낙엽처럼 날아간다.

얼핏 우리 생각에 지구 밖 우주는 무척 광대한 공간이라 금속이나 플라스틱 조각들이 아무리 지천으로 널려 있다 한들 별 문제 없을 성 싶다. 하지만 너무나 많은 파편들이 유독 저궤도에 몰려 있는 데다 아주 작은 알갱이라 해도 워낙 빠르게 움직이다 보니 우주로 날아오르는 로켓이나 일정 궤도를 유지해야 하는 인공위성이 이것들과 부딪쳤다가는 예측불허의 상황으로 치달을 수 있다. 파편의 크기가 1cm만 돼도 손상을 줄 수 있고 3cm가 넘으면 심각한 파손이나 고장을 일으킬 수 있기 때문이다(운동하는 물체의 운동에너지는 속도의 제곱에 비례한다는 점을 감안하라). 드물긴 하나 실제로 이런 일들이 이미 일어났다. 1996년 프랑스 위성 세리즈는 아리안 로켓 부스러기와 부딪치는 통에 운영이 중단되었으며 2009년 미국의 이리듐33은 러시아의 코스모스2251과 뜻하지 않게 충돌했다. 후자의 경우처럼 인공위성끼리의 충돌은 우주 쓰레기를 미세입자로 잘게 쪼개 온 사방으로 퍼뜨리는 탓에 특히 경계해야 한다. 그럼에도 불구하고 일각에서는 일부러 우주 쓰레기를 양산하는 몰지각한 짓을 저질렀다.

2007년 중국이 자국의 기상 위성 '펑윈 1호'를 탄도미사일로 파괴한 실험이 바로 그것이다. 이 실험은 대량의 우주 쓰레기를 인위적으로 양산했다는 이유로 국제적인 비난을 받았는데, 2013년 펑윈 1호의 파편들이 멀쩡한 러시아 과학위성 '블리츠'를 들이받아 본궤도에서 이탈하게 만들어버림으로써 기존의 우려를 현실화시켜 주었다.

이제 실감이 나는가? 우주 쓰레기가 단지 SF만화 속의 흥미로운 설정에 그치지 않고 어느덧 우리 시대의 우주산업이 직면한 골칫거리들 중 하나로 부상하고 있다는 사실을. 비관론자들은 벌써 '케슬러Kessler 증후군'까지 거론한다. 이것은 우주에 쏘아올린 인공물체가 기존의 우주 쓰레기와 충돌하면서 더 많은 쓰레기를 양산하고 이렇게 늘어난 쓰레기는 또 다시 지구 상공에 올라온 새로운 발사체와 부딪치며 더 많은 쓰레기를 만들어낼까 봐 걱정하는 심리를 일컫는다.• 이런 식으로 악순환이 계속되다 보면 궁극에 가서는 인공위성의 운영은 물론이고 로켓 발사에까지 심각한 영향을 줄지 모른다.

대체 지구 상공을 떠도는 우주 쓰레기가 어떤 위력을 지녔기에 사람들의 우려를 낳을까? 앞서 언급했듯이 우주 쓰레기는 1cm도 되지 않는 작은 알갱이라도 운동량만 많으면 얼마든지 선체에 구멍을 낼 수 있으니 결코 만만하게 볼 녀석이 아니다. 더구나 섬유질의 우주복을 입은 인간이 임무수행 차 우주공간에서 유영하던 중 초속 8km의 무시무시한 속도로 날아오는 파편 더미와 마주한다고 생각해보라. 영화 〈그래비티Gravity〉

• 이 증후군 앞에 붙은 이름은 일찍이 1978년 우주 쓰레기가 로켓발사와 우주선 항행에 미칠 악영향을 최초로 공론화한 도널드 케슬러Donald J. Kessler 박사에게서 따온 것이다.

(2013)에서 우주왕복선을 나와 허블우주망원경을 수리하던 우주비행사들이 난데없이 들이닥친 인공위성 파편들에 휩쓸려 추풍낙엽처럼 날아가는 장면은 단지 SF적인 상상이 아니라 언제든 발생할 수 있는 비극의 시뮬레이션이라 봐야 할 것이다. 심지어 우주 쓰레기 가운데 어떤 것은 지상에 떨어져 방심하던 우리의 뒤통수를 때리기도 한다. 원래 지구 중력에 붙잡혀 낙하하는 물체는 대기와의 마찰에 불타 사라지는 것이 보통이지만 간혹 너무 덩치가 큰 탓에 일부 조각이 지면까지 도달하는 수가 있기 때문이다. 예컨대 1968년 미국의 우주 쓰레기 파편 하나가 쿠바의 한 목장에 추락해 젖소 두 마리를 죽였고 이듬해에는 소련 인공위성의 잔해로 여겨지는 우주 쓰레기가 일본 선박에 떨어져 선원 5명이 부상을 입었다. 1997년에는 더욱 극적인 일이 일어났다. 당시 미국 오클라호마 주의 로티 윌리엄스라는 여성은 자국 인공위성 델타 II의 보조추진 장치에서 떨어져 나온 숯 검댕이 차폐물 조각에 어깨를 맞았으나 천우신조로 별다른 부상을 입지 않았다. NASA는 하늘에서 낙하하는 우주 쓰레기에 사람이 맞을 확률은 1조 분의 1밖에 되지 않는다고 주장한다. 번개에 맞을 확률보다 현저히 낮으니 안심하란 얘긴데 그럼에도 불구하고 전혀 불가능한 일은 아님을 확인시켜주는 사건이 심심치 않게 발생한다(미국에서 사람이 직접 번개를 맞을 확률은 미국 국립번개안전연구원에 따르면 28만 분의 1이다).

문제는 지구 상공을 탐지기로 뒤져가며 아주 미세한 파편들의 이동경로까지 일일이 헤아리기란 거의 불가항력에 가깝다는 현실이다. 다만 총중량으로 어림잡아 약 6,000톤에 달한다는 조사결과가 있을 뿐이다. 이미 2004년 지상관제시스템으로 추적이 가능한 물체들 가운데 작동불능 상태의 인공위성이 1,829개이고 정상적인 형태를 갖추지 못한 우주 쓰레기들이 6,276개로 추정되었으며 이보다 훨씬 더 크기가 작은 미세 파편들의 수효는 그야말로 어림짐작할 수밖에 없는 상황이다. 지름 10cm 이상은 그나마 추적이 가능한데, 미국 우주감시네트워크 US SSN^Space Surveillance Network^에 따르면 그 수가 2004년의 2만2,000개에서 2016년 2만3,000개로 10여 년 사이 약 1,000개 이상 늘었다. 지금으로서는 이보다 작은 파편들은 수조 개에 이르리라 추산할 따름이다. 방대한 수효 못지않게 골치 아픈 문제는 우주 쓰레기의 무려 73%가 고도 800~1,000km 사이의 저궤도 상공에 주로 몰려 있다는 사실이다.

우주개발이 국가마다 추진속도의 차이는 있을지언정 포기할 수 없는 미래의 산업동력임을 감안할 때, 이해관계국들이 지금처럼 미온적으로 대응하다가는 우주 쓰레기가 늘어만 갈 것이고 정말 케슬러 증후군이 설득력을 얻는 날이 찾아올지도 모른다. 앞에 거치적거린다고 섣불리 레이저나 폭탄을 사용해 치우려 들었다가는 우주 쓰레기를 더욱 미세한 조각들로 산산조각 내 사방팔방으로 흩뿌리는 꼴이니, 그렇게 어리석은 짓을 저질렀다가 저궤도 우주는 이곳을 지나지 않을 도리가 없는 로켓과 위성들에게 마魔의 '사르가소 바다^Sargasso Sea^'나 진배없게 될 것이다. 그러니 어쩌면 만화에서처럼 우주공간을 떠돌며 위험요인으로 지목되는 쓰레기 잡동사니들을 수거하고자 우주선을 타고 가까이 다가가서 일일이 수작업하는 전문가들(그리고 관련 산업)의 출현은 시간문제일 수 있다. 우주여행이 보편화되는 근미래에 영화 〈2001 스페이스 오디세이〉에서처럼 스페이스셔틀에 스튜어디스들이 상주하며 음식과 차를 서비스하게 된다면, 이들과 승객의 안전을 위해 요주의 쓰레기들이 운항노선에 범접하지 못하도록 미리미리 탐지해서 수거하는 전문가들이 활동하지 말란 법도 없지 않겠는가.

그렇다면 오늘날 우주 쓰레기 문제에 대해 지구촌은 어떤 대안을 갖고 있을까? 이 분야에서 현재 가장 앞선 탐지기술과 정보력을 지닌 곳은 미국이다. 미국은 민간 차원의 비영리기구 SDA[Space Data Association]와 국방부 산하 합동우주작전국[Joint Space Operations Center] 등에서 인공위성들의 상호충돌 방지는 물론이고 우주 쓰레기와 충돌하지 않도록 위험수준을 상시 분석하여 사전에 회피할 수 있게 관련 자료를 제공한다. 그러나 인력과 자원의 한계로 위험수위에 다다른 파편들의 충돌궤도를 일일이 계산할 수 없다 보니 간혹가다 예보가 늦는 통에 큰 참사로 이어질까 두려워 관계자들의 발을 동동 구르게 한다. 실제로 2015년 7월 국제우주정거장 ISS에 체류 중이던 우주비행사 3명은 대피정보를 너무 늦게 받는 바람에 사전에 ISS를 안전한 좌표로 이동시키지 못했다. 대신 그들은 유사시 긴급탈출을 위해 도킹되어 있던 소유스 우주선으로 부랴부랴 대피하는 소동을 벌였다. 호떡집에 불난 듯 요란을 떨 수밖에 없었던 것은 소련 기상관측위성 '메테오르-2(1979년 발사)'의 잔해가 ISS와의 충돌궤도에 들어설 가능성이 높아졌다는 경고를 NASA가 너무 늦게 타전한 까닭이다. 다행히 낡은 위성의 잔여물들이 ISS를 비껴 지나가서 우주비행사들이 진짜로 비상 탈출하는 상황에까지 이르지는 않았다. 요는 이런 소동이 이 때가 처음이 아니란 것이다. 2011년 6월에도 우주 쓰레기와의 충돌 임박 시점에서야 그 사실을 알게 되어 ISS를 미처 회피 기동할 새가 없다 보니 우주비행사 6명이 탈출용 우주선으로 달음박질해야 했다. 이처럼 극단적인 상황까지 가지는 않더라도 러시아연방우주청에 따르면 2015년 ISS는 우주 쓰레기와의 충돌을 피해 회피 기동하는 횟수가 전년 대비 5배 이상 늘었다.

언제까지 이런 식으로 운이 따라줄까. '자꾸만 늘어나는 우주 쓰레기를 어떻게 할 것인가' 하는 문제는 우주개발산업이 활기를 띠면 띨수록 향후 해결해야 할 주요 과제들 중 하나로 떠오를 터이다. 올 초 러시아 과학아카데미 지구역학연구소의 비탈리 아두슈킨Vitaly Adushkin 교수는 우주 쓰레기가 군사적 충돌로 이어지는 국제분쟁의 빌미를 제공할 수 있다고 주장했다. 우주 쓰레기가 갈수록 쌓여가는 데다 치명적인 속도로 움직이고 있어 어느 국가의 인공위성이든 고장 낼 수 있는 상황이지만 막상 그 원인을 쉽게 밝혀내기 어렵다 보니 시리아 내전과 북한 핵실험 등 심각하고 복잡 미묘한 국제정세와 맞물려 자칫 세계대전을 촉발할 수 있다는 것이 그의 요지다. 이는 지나친 기우일지 모르나 설사 그러한 위기로까지 치닫지 않더라도 우주 쓰레기가 현재 큰 위협이 되고 있는 것은 엄연한 사실이기에 미국과 러시아뿐 아니라 유럽연합도 대응책 마련에 나섰으며, 우리나라에서는 한국천문연구원(천문연)이 우주 쓰레기의 이동 상황을 파악할 수 있는 전자광학 감시망을 구축하는 중이다. 천문연은 2020년까지 10cm, 2040년까지는 1cm 크기의 우주 쓰레기 이동을 감지할 수 있는 추적레이더와 전자광학 감시시스템을 개발하겠다고 발표한 바 있다.

조만간 우주선 대신 우주 엘리베이터를 이용해 지상에서 ISS까지 인력과 화물을 수송하게 되면 우주 쓰레기는 더욱 심각한 문제를 유발할 수 있다. 그때에는 우주 쓰레기 수거요원들이 엘리베이터의 저궤도 축 주변에 상주하며 행여 들이닥칠지 모르는 파편들을 줄곧 감시해야 할 수도 있다. 우주 쓰레기 문제는 한 마디로 제 얼굴에 침 뱉기나 마찬가지다. 인류가 우주를 향한 꿈을 포기하지 않는 한, 그래서 우주선들이 지구와 우주를 뻔질나게 드나들어야 하는 한 우주 쓰레기는 생겨날 수밖에 없다. 이는 우리가 소중히 아껴야 할 자연이 비단 지구상의 대지와 바다만이 아님을 뜻한다. 함부로 자연을 황폐하게 만들면 우리가 거기서 먹을 것을 구하지 못하게 되는 것은 물론이고 숨조차 쉬기 어려워질 수 있다. 지구 바깥의 궤도 상공도 마찬가지 아닐까. 그때그때 아무렇게나 어질러놓으면 나중에 가서 사고방지를 위해 별도의 시설과 인력을 하늘 높이 쏘아 올리느라 천문학적인 비용을 지출해야 한다. 당장 눈앞의 이익만 보고 나는 평범한 갈매기들과 달리 조나단 리빙스턴 시걸Jonathan Livingston Seagull● 처럼 한 차원 더 높은 곳에서 내려다보는 혜안이 우주 쓰레기 문제에도 필요한 시점이다.

● "가장 높이 나는 새가 가장 멀리 본다"는 명언을 남긴 소설 《갈매기의 꿈》(1970)에 등장하는 주인공 이름. – 편집자 주

일론 머스크와 함께 꿈꾸는 테라포밍 프로젝트

● 그동안 NASA는 자국 우주비행사를 2030년대까지 화성에 보내겠다고 공언해왔다. 그러한 준비의 일환으로 2015년 NASA는 우주에서 승무원들이 장기간 편히 지낼 수 있는 인공거주시설을 짓고 그 성능을 테스트하기 위한 예산을 미 의회로부터 승인 받았다. 5,500만 달러에 달하는 이 예산은 화성까지 편도로만 6개월 걸리는 본격적인 우주여행을 과연 인간이 육체적 · 정신적으로 감내할 수 있는지, 만일 그럴 수 있다면 구체적으로 어떤 방식이어야 할지 실증적인 데이터를 얻는 데 투여된다. 이 시설은 2018년 완공 예정이다.

예전부터 화성탐사에 공들여온 미국뿐 아니라 최근에는 유럽과 중국 그리고 인도까지 팔짱을 걷어붙이고 있다. 2016년 3월 중순 발사된 유럽의 두 번째 무인화성탐사선 '엑소마스[ExoMars]'는 화성에 도착하면 궤도를 도는 본체 외에 미국처럼 착륙선도 내려 보낸다. 2003년 탐사 때와 달리 1회성이 아니다. 유럽우주국ESA은 2018년 착륙선에 지하 5m까지 굴착할 수 있는 장비를 딸려 보내 생명체 탐사에 나설 계획이다(이전 탐사기들은 지하 5cm까지밖에 흙을 파내지 못했으니 진일보한 시도가 될 것이다). 영화 〈마션The Martian〉(2015)을 보면 궁지에 몰린 NASA가 자기네 우주비행사를 구하려 중국우주국의 도움을 받는 장면이 나온다. 작가 앤디 위어Andy Weir의 이러한 가정이 아주 근거 없지만은 않다. 두 차례의 시험단계를 거쳐 2022년부터 우주정거장을 본격적으로 독자 운영할 작정인 중국은 미국과 러시아로부터 화성탐사를 위한 유력한 공동 파트너로 부상하고 있다. 기술력과 자본력 모두 내세울 만해서다. 인도의 최근 행보도 인상적이다. 이미 1970년대에 인공위성을 발사한 우주강국 인도는 2013년 세계에서 4번째로 화성 탐사선을 발사했는데, 주목할 점은 단번에 성공했을 뿐 아니라 미국 탐사선 예산의 불과 1/10로 같은 일을 해냈다는 사실이다(소련의 무인탐사선들은 1971년 화성 궤도 진입에 처음 성공하기까지 무려 9번이나 실패했다).

우주선진국들이 너나 할 것 없이 궁극의 행선지로 화성을 꼽는 까닭은 무엇일까? 단순히 과학적 호기심 충족이나 미 · 소 냉전 시기처럼 국위선양의 목적만으로 최근의 화성탐사 붐을 설명하기는 쉽지 않다. 아직 화성에 인간이 단 한 명도 발을 딛지 못한 상황이라 현재로서는 화성탐사의 궁극적 결실을 단언하기 어려우나 다음 두 가지 프로젝트는 이러한 물음에 대한 부분적인 답이 될지 모르겠다. 먼저 재활용 로켓으로 민간 주도 우주시대를 연 '스페이스X' 창업주 일론 머스크의 우주개발사업 최종비전을 보자. 그는 궁극에 가서 21세기 말까지 화성에 100만 명을 이주시키겠다는 원대한 꿈을 갖고 있다. 네덜란드의 한 비영리기구가 주도하는 '마스 원 프로젝트Mars One Misson'는 여기서 한발 더 나아간다. '마스 원'

의 최초 입안자인 벤처기업가 바스 란스도르프Bas Lansdorp는 2027년까지 인류의 정주지를 화성에 세우겠다며 후보 모집에 나서 세계 각국으로부터 총 20만2,568명의 지원자 중 100명을 선발했다. 무엇보다 이 프로젝트는 현 기술로는 왕복이 불가능한 까닭에 일단 떠나면 되돌아올 수 없음에도 불구하고 그토록 많은 사람들이 지원하여 화제를 모았다.

위의 프로젝트들은 저마다 목표한 시기까지 과연 실현될 수 있느냐 하는 문제와는 별개로 굳이 위험을 무릅쓰고서라도 화성에 가서 살아보고 싶어 하는 사람들이 적지 않음을 시사한다. 설사 다시는 가족과 친구를 만나지 못하고 모래와 자갈투성이의 붉은 행성에서 여생을 마치는 한이 있더라도 말이다. SF에서는 핵전쟁이나 환경오염 혹은 감당할 수 없는 인구폭증으로 인해 지구인들의 일부가 화성으로 옮겨간다는 식의 이주동기를 종종 부여한다. 하지만 지구촌 단위의 위기가 전혀 닥치지 않아도 20만2,568명이나 되는 사람들이 화성 이주에 관심을 보였다는 사실은 많은 이들이 이 문제를 다분히 낭만적으로 바라본다는 인상을 준다. 현재의 화성은 인간이 살기에 부적당하다. 평균기압이 지구의 0.6%에 지나지 않으며 그나마 산소는 대기 속에 거의 존재하지 않는다. 이산화탄소가 95.9%나 되지만 공기밀도가 너무 희박해 온실효과를 일으키지 못하는 바람에 지표의 평균기온이 영하 60도이며 최저 영하 120도까지 떨어진다.

이는 화성으로의 이주가 설사 가능해진들 현재 과학기술로는 사람들이 좁아터진 인공 이글루 같은 곳에서 여생을 보내야 한다는 뜻이다. 처음에는 인류 최초의 이민자들이란 자부심으로 살아갈지 모르나 곧 자신들이 감옥 아닌 감옥에 갇힌 신세임을 절감하게 되리라. 탈옥은 꿈도 꿀 수 없다. 격벽 바깥이야말로 죽음의 세상이므로. 과연 이런 식의 삶을 승계할 후계자들이 지구에서 계속 공급될 수 있을까? 외부에서 인구가 꾸준히 유입되지 않는 한, 자식을 낳는다 해도 100명 남짓한 화성 공동체는 한두 세대 안에 고사하고 말 것이다.

이러한 낭만적인 식민주의자들과는 달리 과학자들은 좀 더 구조적인 관점에서 화성의 식민이주를 고려한다. 당장은 과학탐사 이외의 명분을 찾기 어렵지만 정말 지구의 인구압이 아주 심각해지거나 또는 가치가 높은 자원이 화성에 풍부하게 매장되어 있음이 밝혀진다면 언젠가는 인간들이 화성에 대거 이주하고자 하는 수요가 생길지 모른다. 그 때가 되면 불편한 기압복을 입고 일하다 비좁은 이글루에서 잠시 쉬는 소규모 탐사대와는 달리 많은 사람들이 생산성 높은 업무를 쾌적하게 할 수 있도록 환경을 개선할 필요가 있다. 그러나 아무리 돔의 크기를 키운들 밀폐된 격벽 안에서의 삶은 한계가 뻔하다. 이에 대한 근본적인 대안으로 일부 과학자들은 화성의 테라포밍Mars Terraforming을 제안한다. '테라포밍'은 문자 그대로 '대지를 만들어낸다Earth-shaping'는 의미로, 화성 같은 외계행성에서 인간이 지구에서처럼 우주복이나 산소마스크 없이 쾌적하게 살 수 있게 현지의 대기조성과 기온을 바꿔 인위적으로 동식물 생태계를 일구는 거시적인 행성개조 프로젝트다.•

한 마디로 테라포밍은 화성처럼 인간이 살 수 없는 곳을 아예 지구와 판박이처럼 통째로 환경을 바꿔놓는 대단위 개발사업이다. 예컨대 태초

• '행성공학planetary engineering'이라고도 불리는 테라포밍은 과학뿐 아니라 SF에서도 깊은 관심을 불러일으키는 주제다. 이 용어 자체는 미국 SF작가 잭 윌리엄슨Jack Williamson이 〈어스타운딩 과학소설Astounding Science Fiction〉 1942년 7월호에 게재한 단편 〈충돌궤도Collision Orbit〉에 처음 등장했다.

의 지구처럼 얼음과 유기물질을 다수 품은 혜성과 소행성들의 궤도를 바꿔 화성에 충돌시킨다면 바다와 대기를 단번에 대량으로 만들어낼 수 있다(실제로 지금으로부터 37~41억 년 전의 화성에는 큰 바다가 존재했는데, 지구처럼 얼음투성이 혜성과 소행성들이 외부에서 다수 유입되었기 때문으로 보인다). 아울러 혜성이나 소행성을 충돌시킬 때 충격의 크기와 방향을 조절할 수 있다면 화성의 회전축 경사각과 자전속도까지 변화를 줄 수 있다.[11] 이렇게 외부 천체와의 충돌을 이용한 환경개조는 지각과 대기가 다시 안정될 때까지 오랜 조정기간을 필요로 한다는 단점이 있다. 대신 화성의 화산 폭발을 유도하거나 이산화탄소 배출 공장을 지상에 건설하고 일조량을 늘리기 위해 초거대 반사경을 궤도 상공에 띄우는 등 상대적으로 미세조정에 가까운 방식은 효과는 덜해도 비교적 단기간에 적은 비용으로 당면 문제를 해소할 수 있다.

아직 인류의 과학기술과 경제력으로는 화성의 테라포밍을 엄두 낼 처지가 못 되다 보니 SF의 상상에 머물러 있긴 하지만 과학자들이 이에 대해 아무 고민도 하지 않는 것은 아니다. 진작부터 태양계 안에서 가장 유력한 테라포밍 후보는 화성과 금성이었다. 이 두 군데는 무엇보다 '생명거주가능지대Goldilocks Zone' 안에 들어있는 데다 크기도 행성 급이기 때문이다. 그 중에서도 90기압의 무게로 내리누르고 지표온도가 섭씨 450도로 납도 녹아버리는 금성에 비하면, 화성의 테라포밍은 작업과정이 비교적 순조롭고 비용 대비 효과도 높을 것으로 기대된다. 실제로 과학계는 화성의 기온을 높이고 대기성분을 변화시키는 방법을 연구해왔는데, NASA 소속 과학자들은 화성의 테라포밍을 다음 5단계로 진행해야 한다고 본다.

화성의 테라포밍 과정을 보여주는 상상화.

표 2 | 미 항공우주국 과학자들이 예상한 화성의 테라포밍 5단계[12]

단계별 소요 기간	단계별 진행상황
1단계(2015~2030)	첫 번째 탐험대 도착, 농경 가능성 실험
2단계(2030~2080)	화성의 온난화 시도 • 영하 40도까지 상승 • 화성 궤도의 태양거울이 극지방 얼음 데우기 시작 • 지구 온난화의 주범인 프레온 가스 유포
3단계(2080~2115)	유전공학적으로 생명력 강한 식물 이식 • 식물이 이산화탄소를 탄소와 산소로 분해 • 구름 생기고 하늘이 핑크에서 푸른빛으로 • 온도 영하 15도까지 상승
4단계(2115~2130)	극지방 얼음 녹아 작은 바다 형성 • 바다에 플랑크톤 서식, 이산화탄소 흡수해서 산소 배출 • 한낮 기온 0도까지 상승
5단계(2130~2170)	지구와 거의 유사한 생태환경 • 온도 영상 10도 • 산소 호흡 가능

저명한 천문학자로 과학대중화에 앞장섰던 칼 세이건Carl Sagan은 일찍이 1973년 〈화성에서의 행성공학〉이란 논문에서 쾌적한 화성 거주지 건설에 관한 구상을 선보였으며, 화성협회Mars Society● 설립자 로버트 주브린Robert Zubrin 또한 테라포밍으로 화성에 인간을 영구 상주시키는 구상을 제안한 바 있다. 그러나 화성의 대대적인 테라포밍은 소요되는 기간이 수

● 화성의 인간 정주를 촉진하기 위한 제반 홍보활동을 벌이는 비영리단체. 1998년 발족했다.

백에서 수천 년에 달하므로 기존 사업방식에 익숙한 투자자들 입장에서 선불리 엄두 낼 수 없다. 설사 이러한 난제가 해결되는 날이 온다 해도 무턱대고 외계환경과 그곳의 생태계를 지구와 무조건 빼닮게 뜯어고치는 짓이 온당한가에 관해서는 논란을 낳을 소지가 있다. 테라포밍이 애초의 개발 취지와 별개로 미처 예상하지 못한 생태적 · 윤리적 문제를 초래할 우려가 있기 때문이다.

SF에서는 한발 앞서 이러한 걱정을 구체적으로 그린다. 프랭크 허버트Frank Herbert의 대하장편 연작《듄Dune Series》(1965~1985)에서 모래투성이 행성 '아라키스'를 사람들이 살기 좋게 바꾼답시고 녹화사업을 진행하자 오히려 생태계의 균형이 무너지며 특산물인 '스파이스'의 생산량마저 급감하는 부작용이 초래된다. 스파이스는 모래사막 속에 사는 거대한 모래벌레가 뿜어내는 분비물인데, 녹화사업 탓에 모래벌레 개체 수가 격감한 것이다. 정소연의 단편 〈가을바람〉[13]에서는 테라포밍된 행성의 정착민들이 노후화된 장비 탓에 기후조절이 예전 같지 않아도 그대로 방치한다. 기온 저하로 곡물생산량이 전보다 다소 감소했지만 주민들은 생전 처음으로 책에서만 접하던 가을을 진짜로 맞이할 수 있게 되었기 때문이다. 박민규의 풍자우화 〈딜도가 우리 가정을 지켰어요〉[14]는 화성의 테라포밍이 본격화되면서 이 행성이 사상 최대의 부동산 투기장으로 변모하는 양상을 희극적으로 그린다.

맨몸으로 살 수 없는 외계행성에 인류를 대거 정주시키려면 어느 정도의 테라포밍은 꽤 유용할 것이다. 하지만 자연의 순리에는 어긋난다. 여름과 겨울이 있다면 봄과 가을도 있어야 하는 법 아닐까. 〈가을바람〉의 농업행성 정착민들은 그곳에 투자한 자본가들과는 사뭇 다른 관점에서 자신들의 새로운 고향을 바라본다. 주민들은 코앞의 곡물생산량 증대보다는 살아가는 삶의 질이 더 중요하다는 결론을 내린다. 제철 가을이 있는 행성. 비록 인공이 가미되었으되 어느 정도까지는 자연이 생태계 순환에 나름의 통제력을 발휘하는 세계…. 화성을 비롯한 외계환경을 생명이 살 수 있는 풍요로운 세상으로 바꾸려 할 때 그 궁극의 목표는 무엇이 되어야 할까? 더 많은 돈을 벌기 위한 생산량 증대인가, 아니면 지구 못지않은 삶의 질인가? 하물며 무분별하게 난개발된 신도시라 해도 그곳에 눌러앉은 주민들의 강력한 요구로 인해 일부 환경이 바뀌거나 개선되곤 한다. 신도시의 행성판 확장버전이라 해서 뭐가 다를까? 자연과 인류가 서로 한발씩 양보하고 순응하는 세계라야 애초의 테라포밍 취지대로 그 세상이 인간에게 두고두고 사랑받을 수 있지 않을까?

화성으로 떠나려면 무엇을 준비해야 할까

> 우리는 무모함과 행운 덕분에, 그리고 저 밖에 딱 맞는 우주비행사들을 보냈기 때문에 그나마 그동안 큰 탈 없이 우주비행을 할 수 있었습니다.
>
> – 미 항공우주국 생리학자 존 찰스John Charles

영화 〈마션〉을 보면 우주비행사 마크 와트니가 화성에 낙오되자 남은 식량을 늘리기 위해 감자 씨눈을 잘라 재배에 성공한다. 실제로 NASA 과학자들도 지구의 오지 사막에서 같은 실험을 벌임으로써 향후 진짜로 인간이 화성이 가서 자체 식량을 마련할 수 있을지 그 길을 모색 중이다. 어찌 보면 이러한 연구는 배부른 소리처럼 보일지 모르겠다. 무엇보다 먼저 현재의 기술로 편도에만 약 6개월 걸리는 화성까지의 우주 여행을 어떻게 감당할지부터 고민해야 하는 처지에 감자실험은 우물에도 가보기 전에 숭늉부터 찾는 격으로 비칠 터이니 말이다. 고작해야 며칠 동안 우주방사선을 쬐며 달까지 다녀오는 관광여행이나, 1년 이상씩 지구 궤도 상에 체류한다 해도 문제가 생기면 바로 비상셔틀을 타고 귀환할 수 있는 우주정거장에서의 연구 활동과 비교할 때, 화성 탐사는 맞비교 자체가 곤란한 전인미답의 도전이다. 그래서 화성여행의 전모를 입체적으로 이해하자면 '화성에서의 생존기' 편인 〈마션〉뿐 아니라 지구를 떠나 화성에 이르기까지 우주에서 마주치는 여러 도전을 이겨내는 과정이 비중 있게 묘사된 〈미션 투 마스Mission to Mars〉(2000)도 함께 감상하는 편이 도움이 된다.

일찍이 사이버펑크 작가 브루스 스털링Bruce Sterling은 유인우주계획의 비효율성을 비판하며 로봇 우주탐사선을 온 태양계에 풀어놓는 편이 비용 대비 더 생산적이라 주장했지만 NASA는 이에 아랑곳없이 2030년대까지 직접 인간을 화성에 보내기 위한 계획을 단계적으로 준비 중이다. 요컨대 화성 유인탐사계획은 그저 영화에서나 꿈꿔보는 가정이 아니라 실제로 준비 중인 현실의 프로젝트라는 점에서 남다른 이목을 끌기에 부족함이 없다. 적어도 NASA가 보기에, 진짜 골 아픈 문제는 거기까지 갈 수 있는 로켓기술이 있느냐 없느냐가 아니다.• 어디까지나 유인탐사인 이상 그들의 관심은 우주비행사들이 화성에 가는 동안 우주에서 겪을 신체적 · 정신적 곤경을 어떻게 견디느냐에 쏠려 있다. 1997년 NASA

• 물론 누구나 다 NASA의 주장에 동의하는 것은 아니다. 예컨대 칼 세이건은 줄곧 인류의 우주탐사계획이 그리 매력적이라고 보기 어렵다는 입장이었다. 우주선들 가운데 종종 발사 시 폭발하거나 표적을 빗나가는 경우가 없지 않았기 때문이다. 가장 안타까운 예는 도착 직후 기능이 고장 나는 경우였다. 현재 미국의 우주탐사 성공률은 아직 70%를 밑돈다(그나마 러시아는 60% 아래다). 1962년 금성에 갈 예정이었던 매리너 1호는 대서양에 빠졌다. 아폴로 1호의 화재사고나 우주왕복선 챌린저 호 공중폭발의 비극은 그 중에서도 유명한 사례에 속한다. 더구나 목적지가 일주일 만에 다녀오는 달이 아니라 3년짜리 스케줄로 덤벼야 할 화성이라면 문제의 차원이 다를 수밖에 없다.

는 1988년부터 1995년 사이에 우주비행을 한 남녀 279명의 경험을 검토했다. 분석 결과 우주비행 동안 질병이라고 할 수 있는 것에 시달린 경우는 단 3건에 불과했지만 그밖에도 175가지의 생체의학적 위험이 확인되었다. 그 중 네 가지는 상당히 위험하고 발생할 확률이 높으며 아직까지는 딱히 이렇다 할 치료방안도 없는 실정이다. 결국 화성에 인간을 보내자면 진짜 성가신 골칫거리는 (NASA의 논리에 따르면) 로켓공학이 아니라 의학적인 문제인 셈이다. 그 네 가지를 하나씩 살펴보기로 하자.

1. 장기간 무중력 상태로 인한 부작용

생체의학적 위험은 대개 단지 무중력 상태에 놓여 있다는 이유만으로 생긴다. 인류가 중력의 굴레에 얽매인 채 수백만 년 동안 진화해왔음을 떠올려보라. 귓속의 연하고 작은 뼈들로 이뤄진 평형기관이 무중력 상태에서는 무용지물이 된다. 전정기관은 방향과 속력변화 뿐 아니라 중력이 쏠리는 방향에도 민감하기 때문이다. 최초의 의학적 문제는 이륙 직후 일어난다. 경험 많은 우주비행사들조차 걸핏하면 토하고 현기증과 불쾌감을 느낀다. 평형기관이 며칠에 걸쳐 새로운 환경에 적응하는 사이 우주비행사들은 토하지 않게 해주는 약을 복용한 다음 될 수 있는 한 천천히 움직여야 한다. 자칫 머리를 조금만 빨리 돌려도 심한 후유증을 앓을 수 있다.•

무중력은 자칫 순환기 계통도 엉망으로 만들어버릴 수 있다. 보통 피

• 만약 우주비행사가 토하는 봉지를 무중력 상태에서 놓쳤다가는 끔찍한 상황에 몰리게 된다. 토한 오물이 덩어리들이 되어 선내를 떠돌면서 선원들의 뒤를 밟을 테니까.

는 다리와 하체에 몰려 있다. 우주비행사가 무중력 상태에 돌입하면 피가 혈관을 타고 간헐천처럼 사방으로 솟구쳐 올라온다. 이렇게 되면 머리를 망치로 맞은 기분이 되고 심장은 과도한 혈액이 몰려 마구 쿵쾅댄다. 갑자기 안구가 빠르게 돌거나 현기증이 나고 세상이 빙빙 도는 느낌이 들 수도 있다. 그 결과 우주비행사의 몸은 체내에 수분이 과다하다는 착각을 일으킨 나머지 2~3일 안에 약 1L가 넘는 체액이 몸 밖으로 방출된다. 곧이어 탈수 상태가 오고 체내 혈액농도가 진해진다. 진해진 피는 더 이상 붉은 혈액세포를 생산하지 못하게 몸을 자극할 수밖에 없고 급기야 몇 달 안에 가벼운 빈혈 증세를 일으키게 된다.

근육과 뼈는 어떠한가? 무중력 상태에서는 한 달 만에 뼈의 1~1.5%가 소실된다. 그뿐인가. 인대와 힘줄마저도 차차 퇴화한다. 움직이는 데 아무 저항이 없고 물건을 들어 올리는 데도 힘이 들지 않기 때문이다. 물론 무게(중량)는 없어도 질량은 존재하므로 무중력 공간에서 물건을 움직이려면 손을 대야 한다. 문제는 이런 식으로 방치한 채 3년간을 보내면 뼈가 부서질 위험성은 20~30%에 달한다는 사실이다(화성까지 왕복에 1년, 저중력의 화성 현지 체류에 2년이 걸린다는 가정이다. 연료를 최소한으로 들이자면 화성 도착 후에는 다시 지구와 가까워질 때까지 기다려야 하기 때문이다). 비교적 사소한 스트레스만으로도 힘줄이나 근육이 종잇장 뜯어지듯 끊어질 수 있다. 미르Mir 우주정거장•의 승무원들은 이러한 퇴화과정을 막기 위해 꾸준히 신체단련을 했지만 퇴화를 되돌리지는 못했다.

• 러시아가 지구 궤도에 올려놓은 소형 우주정거장. 물리과학적인 실험뿐만 아니라 우주에서 장기간 체류할 경우 인체에 미치는 영향을 연구한다.

일단 한번 몸이 무중력 상태에 적응하면 다시 중력 상태로 돌아오는 과정 역시 마찬가지로 고통스럽다. 1989년 우주왕복선 조종사 가운데 한 사람이었던 맨리 카터Manley Carter는 중력에 적응하는 과정을 인생에서 가장 육체적으로 고달팠던 경험이라 토로했다. 1998년 미르 정거장에서 141일을 보낸 호주의 우주비행사 앤드류 토마스Andrew Thomas의 경우 무중력 상태에서 지상으로 돌아온 뒤 한 달이 지나도 조깅만 하면 숨이 차서 뛰는 것을 포기할 수밖에 없었다. 이 때문에 NASA는 임무를 마치고 돌아오는 우주비행사들의 체면을 위해, 착륙선에서 내린 우주비행사들을 지상안전요원들이 둘러싸 부축하게 한다. 착륙캡슐에서 나와 고양이처럼 걷는 우주비행사들의 갈지자걸음을 외부 사람들이 보지 못하도록 말이다.

그렇다면 화성에 가기 위해 여섯 달 동안 우주 공간에 묵어야 할 우주비행사들은 얼마나 신체가 쇠약해질까? 화성의 중력은 지구의 반이자 달의 두 배 이상이다. 그러니 화성 지표면의 중력에 익숙해지는 일에는 위험이 따를 수밖에 없다. 거기에는 승무원들을 부축해주려고 기다리는 지상요원이나 생활 재적응 프로그램 따위가 준비되어 있을 턱이 없으니까. 이러한 문제의 근본적인 해결책은 아예 인공중력을 만들어내는 것이다. 다시 말해서 우주선의 일부나 전체가 회전을 해서 원심력을 일으키도록 하는 방법이다. 그러나 우주선 안에 인공중력을 만들어내는 것은 말처럼 쉽지 않다.

〈2001 스페이스 오디세이〉에서부터 〈미션 투 마스〉 그리고 최근의 〈인터스텔라Interstellar〉(2014)에 이르기까지 SF영화들에서 그동안 자주 선보인 인공중력 아이디어는 우주선 전체를 회전시키는 것이다. 이렇게 되면 선내 전체가 지구와 똑같은 1G의 중력을 유지할 수 있다. 일부 공학자들은 이 우주선의 모양이 덤벨(아령)처럼 생겨야 한다고 주장한다. 이것은 둥근 도넛 모양의 선실이 양 끝에 있고 그 사이를 긴 관처럼 생긴 다리가 연결하고 있는 형태다. 이 경우 우주선 전체가 그 중심축을 토대로 회전하게 된다. 그러나 이런 디자인의 우주선은 기계적인 결함이 생기거나 유성 파편이 다리 부분에 맞을 경우 두 동강나기 쉬운 단점이 있다. 또 다른 방법은 우주선의 방 하나에만 인공중력을 만들어내는 것이다. 그러나 이런 방식은 전자보다 원심력의 크기가 작아지므로 중력을 골고루 배분하는 데 어려움이 있다. 우주비행사의 머리 부분은 무중력 상태지만 다리 아래로는 1~2G가 되는 통에 발목은 모래주머니를 찬 듯 질질 끌리는데 머리는 어질어질해진다 생각해보라. 예컨대 〈미션 투 마스〉에서 회전하는 선실은 규모가 너무 작아 머리와 발에 걸리는 중력에 차이가 생기기 때문에 우주비행사가 부담스러워할 것 같다. 아울러 이 영화가 목적지에 도착한 승무원들이 화성 중력에 재적응하는 과정을 생략해버려 아쉽다. 만약 우주선의 인공중력이 지구 기준에 맞춰진다면(다시 말해서 1G라면), 승무원들은 화성 표면 위를 달에서만큼은 아니지만 붕붕 날다시피 뛰어다닐 수 있을 것이다. 그러나 안전문제를 고려할 때 이는 장점보다 단점이 많으므로(화성의 평균기온은 영하 60도에 공기밀도가 희박하여 불필요한 도약에 우주복이 찢어지기라도 하면 큰일이다), 아예 출발 당시부터 우주선의 인공중력을 화성 수준으로 맞춰놓으면 좋을 것이다. 우주선의 회전하는 부위가 반경이 충분히 크기만 하다면 회전 속도 조절에 따라 지구 중력과 화성 중력을 임의로 만들어낼 수 있으므로, 지구로 귀환할 때는 6개월 동안 서서히 회전속도를 높이면서(다시 말해 중력을 높이면서) 적응기간을 가질 수 있을 것이다.

2. 치명적인 우주선에 대한 대비

무중력 상태보다 더 심각한 것은 바로 인체를 꿰뚫어버리는 우주선宇宙線●이다. 우주 전역에서 무차별로 날아오는 이 방사선은 지구를 에워싼 자기장 덕분에 약화되지만 대기권 너머에서는 100% 그대로 관통 당한다. 대개 철입자들iron particles로 구성된 이 우주선은 몸은 물론 두개골까지 쉽게 꿰뚫는다. 이것은 피하 조직에다 핵반응을 일으키는 것과 다를 바 없고 장기간 노출되면 우주비행사의 DNA 구조에 손상을 일으킨다. 쥐를 이용해 철입자를 쐬는 실험을 한 결과●●, 뇌의 도파민dopamine●●● 경로에 중요한 변화가 일어났고 그에 따라 냉담해지고 기억력도 감퇴하는 등 행동에도 변화가 있었다. 해부해 보니 뇌가 방사선에 노출된 탓에 마치 산탄총을 맞은 것 마냥 작은 구멍들로 범벅이 되어 있었다. 우주선은 또한 선내의 공기뿐만 아니라 우리의 피부, 입 그리고 장에 서식하고 있는 박테리아와 균류菌類에 위험천만한 돌연변이를 초래할 수 있다. 우주에서는 면역체계도 바뀌는 모양이니 감염 위험성은 더욱 커진다. 남극 대륙에서 고립된 채 모의 훈련을 받던 우주비행사들도 T세포●●●● 결핍증으로 고생한 바 있다.

● 우주에서 끊임없이 지구로 내려오는 매우 높은 에너지의 입자선을 통틀어 이르는 말. – 편집자 주
●● 뉴욕 주 브룩헤이븐 국립연구소에 있는 특수 가속기는 철입자를 가속시켜 우주선 안에서와 비슷한 조건에서 실험을 하고 있다. 여기서는 쥐나 시궁쥐뿐만 아니라 배양 중인 세포까지도 우주선에 노출되었을 때 어떤 효과를 낳는지 광범위하게 연구되고 있다.
●●● 도파민은 부신副腎에서 만들어지는 뇌에 필요한 호르몬이다.
●●●● T세포는 면역계의 작용에 중요한 역할을 하는 세포로서, 림프구의 일종이다. – 편집자 주

나아가 장기간 우주선에 노출되면 암에 걸릴 가능성이 높아진다. 미르 우주정거장에서 근무한 우주비행사들에 관한 연구에 따르면, 이들이 암에 걸릴 위험성이 임무 수행 후 1~2% 늘어났다. 이 정도에 그치면 다행이지만, 화성행 프로젝트에 참가하는 우주비행사의 경우 암 발생 확률이 40%로 늘어나며 이는 위험 허용가능치의 무려 10배에 달한다. 다른 말로 하면, 충분한 보호 장비를 갖추지 않은 채 현재의 준비상태로 인간을 화성에 보내는 건 불법행위나 다름없다는 얘기다. 하지만 안타깝게도 현재 과학은 이에 대해 생물학적으로나 기계적으로나 어떻게 방어해야 할지 잘 모르고 있다. 그러니 SF영화들도 이 문제에 관한 한 꿀 먹은 벙어리다.

3. 우주비행사들이 의학적 위급상황에 처할 경우

NASA는 화성까지 가는 여행 도중 심각한 의료사고가 일어나기 쉽다고 본다. 궤양으로 출혈을 일으키거나 팔다리가 부러진다든지 하는 식으로 말이다. 잠수함처럼 밀폐공간에서 장기간 근무하는 승무원들에 관해 수집된 임상자료들은 체류 기간이 1년이 되면 1인당 의학적으로 비상사태에 처할 확률이 6%에 달한다는 사실을 보여준다. 이것은 예를 들어 화성행 임무를 띤 우주비행사들이 6명이라면, 적어도 그 중 1명이 3년이란 기간 동안 심각한 의료사고를 당할 가능성이 무척 높다는 뜻으로 확대 해석될 수 있다. 이 수치는 지구상에서의 연구결과를 토대로 추정한 것에 불과하나, 무중력 상태와 우주선이 버티고 있는 깊은 우주에서는 그 위험성이 훨씬 더 증폭될 우려가 있다.

깊은 우주에서 상처 입은 우주비행사는 긴급 철수할 수 없다는 점만

빼면 잠수함의 승무원과 비슷한 위기에 직면한다. 물론 선내 의사는 일반 외과적 지식과 응급실 테크닉을 훈련받겠지만, 우주에서는 기존의 정상적인 외과수술 방식조차 위험을 유발할 수 있다. 흘러나온 피가 선내로 방울방울 흩어지며 안개를 형성할 것이다. 외과용 메스, 집게 그리고 그 밖의 다른 의료도구들은 의사의 손에 들려봤자 전혀 무게가 느껴지지 않는다. 근육조직도 정상적인 탄력을 잃어버린다. 피가 흐르는 것이나 상처 치료 그리고 병리학 등 모든 게 우주에서는 다르다. 그래서 의사들은 땅 위에서 쌓은 지식과 경험에 의지할 수만은 없을 것이다. 더욱이 외과의학적인 의사결정은 현장에서 바로 내려져야만 한다. 화성에서 지구로 송신하는 데는 긴 시간이 걸리므로(지구와 화성 사이에 전파가 오고가려면 편도로만 약 20분이 소요된다), 응급치료는 지구 관제센터의 지휘감독을 받을 수 없다. 따라서 무중력 환경에서의 외과수술은 직관과 자연스런 감각을 잃어버리기 쉬우므로 전문가들은 인공지능이 장착된 특수 감지기들이 그 수술을 모니터할 수 있도록 설계중이다. 나아가서 예방 차원에서 우주비행사들의 피하 조직 안에 극소형 디지털 감지기를 삽입해 수시로 그들의 건강상태를 체크하는 방안도 거론되지만, '빅 브라더'를 연상시키는 인권침해의 소지 때문에 논란이 되고 있다.

4. 심리적 고독과 지루함을 견디는 문제

마지막 문제가 승무원들의 사회심리학적 복지환경이다. 이 문제와 관련한 승무원들의 자발적인 보고는 신뢰성이 떨어진다. 우주비행사들은 힘든 훈련에도 불구하고 뒤로 물러서지 않는 사람들인 탓에 자기 자신이 아프다는 (더구나 정신적으로 힘들다는) 사실을 시인하려 들지 않는다.

〈미션 투 마스〉에서도 이런 경향을 엿볼 수 있다. 영화 속의 한 우주비행사는 아내를 사고로 잃고 매우 좌절하지만 동료들에게는 자신의 약한 모습을 보이지 않으려 안간힘쓴다.

우주여행 중에는 정상적인 24시간 주기와 휴식을 취할 수 있는 렘REM 수면을 누리기 어렵다. 이것은 승무원의 기분을 불쾌하게 할 뿐만 아니라 생각을 집중하는 데 장애가 된다. 화성에 도착할 때까지 우주비행사들의 거주지는 목욕탕만 한 선실 안에 한정된다. 다행히 목적지에 도착한다 해도 그들은 고향에서 1억6,000만km도 더 떨어져 있는 것이다. 이러한 요인들은 승무원들의 정서를 불안정하게 만들고 심지어는 동료 상호 간에 공격성향을 띠게 부추길 수 있다. 단조로운 선내 근무, 폐소공포증, 만성 수면 부족뿐 아니라 승무원들은 정신건강에 필수적인 일상의 친근한 인간관계마저 빼앗긴 꼴이다. 고되고 고립된 환경에서 유사 임무를 맡았던 실제 사례들을 기록한 NASA 자료에 따르면, 조사 대상자의 10% 이상이 심리적으로 적응하는 데 심각한 문제를 일으켰고 특히 3%는 엄청난 스트레스 때문에 정신병리학적 증상을 보일 정도였다. 계속 언급되는 영화 〈미션 투 마스〉는 이와 관련하여 깊은 관심을 보여준다. 심리불안으로 우주에 갈 수 없게 된 우주비행사와 곧 출발을 앞둔 우주비행사들을 대비시키면서 이 영화는 장기간 우주여행에서 심리적인 안정이 무척 중요하다는 NASA의 인식을 보여준다.

그러나 아무리 심신이 건강한 자들로만 선발해 보낸다 해도 반년 동안 골방에 틀어박혀 동료들의 매일 똑같은 얼굴만 보고 살아야 한다면 정신적으로 어떤 불안 증세를 보일지 누구도 장담할 수 없다. 만약 예기치 못한 상황에서 정서불안으로 고통을 받는 승무원이 생기게 되면 여행

도중 어떤 대안이 있을까? NASA 의료진은 오랫동안 우주를 항해 중인 승무원들에게 그들의 가족의 모습을 담은 영상을 보여줘 심리적인 불안정을 교정하는 방법을 생각중이다. 이러한 방법은 일찍이 아서 C. 클라크의 소설《2001 스페이스 오디세이》에서 묘사된 바 있으며 영화〈인터스텔라〉에서도 적재적소에 쓰인 바 있다.

> 인간을 화성에 보낸다는 일은 과학이라는 이유만으로는 정당화될 수 없으며 … 만일 그러려면 과학이나 탐험 이상의 더 나은 이유가 있어야 할 것이다. … 사람이 화성에 가는 데 드는 비용에 걸맞은 효과적이고 널리 지지받을 만한 이유가 있을지 아직도 의문이다.[15]
>
> – 칼 세이건

인류가 달에 발자국을 남길 수 있었던 까닭이 단순히 과학적 탐구심 덕분이라고 믿는 순진한 사람은 이제 드물 것이다. 미국과 소련의 체제 우위 경쟁의 대리전이었던 달 탐사 경쟁은 냉전과 함께 식어버렸다. 달 식민지에 관한 이런저런 구상을 학자들이나 행성협회 등에서 이따금씩 청사진으로 내놓았고 최근에는 일부 야심적인 기업가들이 군불을 지피고 있지만 이들이 꿈꾸는 대로 조만간 현실화되기는 쉽지 않아 보인다. 더구나 화성 탐사의 경우에는 훨씬 더 엄격한 기준이 적용되어야 할 것이다. 앞서 브루스 스털링의 지적대로 유인탐사는 무인탐사에 비할 수 없을 만치 천문학적인 예산이 요구되는 까닭이다. 단적으로 말해 최첨단 우주선으로 편도여행만 6개월이 꼬박 걸리는 화성 탐사 프로젝트와 구식 로켓으로도 일주일이면 다녀오는 달 탐사 프로젝트를 비교해보라. 무엇보다 승무원을 안전하게 보호하는 데 가장 큰 예산이 투입될 것이다. 탐사 도중 뜻하지 않은 사고로 사망하는 우주비행사가 생긴다면 NASA와 미국 정부 역시 그 책임으로부터 자유로울 수 없을 테니 말이다.

그렇다면 인류가 굳이 이렇게까지 해서 화성에 가야 할 까닭은 무엇인가? 이제 정치논리는 더 이상 우주탐사와 직결되는 가장 중요한 요인이 되지 못한다. 더구나 1967년 1월 27일 워싱턴과 모스크바에서 서명된 엄격한 협정에 따라 어느 나라도 (남극 대륙과 마찬가지로) 다른 행성의 일부나 전부를 영토로 주장할 수 없게 되었다. 그럼에도 불구하고 가야 한다면 그것은 과학적인 탐구의 열정만으로는 부족하다. 미국 같은 부자 나라조차 의회와 국민이 그 탐사에 들어가는 엄청난 경비를 승인하자면 납득할만한 반대급부가 있어야 한다. 가장 수긍하기 쉬운 것은 경제적인 이익이다. 2014년 2월 NASA는 갈수록 위축되는 예산문제를 타개하는 동시에 자국 우주산업 육성에 박차를 가하기 위해 희토류와 헬륨3 같은 값비싼 원소를 달에서 채취해오는 사업에 민간기업을 참여시키겠다는 구상을 밝힌 바 있다. 한 마디로 1967년 미 · 소 간에 체결된 우주조약이 무색해지는 발표라 아니할 수 없다. 남극조약과 마찬가지로 모든 국가들에게 탐사의 문호를 개방하되 자원 쟁탈을 위한 영토분쟁이 일어나지 않도록 의도한 우주조약이 막상 일부 우주선진국들의 관련 산업이 성장함에 따라 조만간 휴지 조각이 될 위기에 처한 것이다. 이러다가는 영화 〈에이리언Alien〉(1979)에서처럼 정부보다는 기업들이 팔짱을 걷어붙이고 우주에서의 자원탐사와 수익다각화에 열 올리는 때가 머지않아 닥칠지 모르겠다. 달 개발의 미래 청사진이 이럴진대 어느 누가 자기 멋대로 할 수 없는 화성의 땅에 순전히 과학적 탐구심만으로 밑 빠진 독에 물 붓듯이 돈을 댈까? 문제는 달이건 화성이건 우주개발 여력이 전혀 되지 않는 지구상 대부분 국가들에게는 그림의 떡이란 사실이다. 설사 조약상의 권리가 공정하게 균등 배분된다 한들 우주선 하나 자력으로 띄워 올릴 수 없다면 아무리 자원가치가 높은 광활한 신천지가 기다린들 무슨 소용이 있겠는가. 보트피플이나 밀입국으로는 결코 다다를 수 없는 곳이 우주이니 말이다.

앞서 열거한 악조건을 뚫고 화성에 다녀올 우주비행사들의 노고와 그들의 여행이 가능하게 해줄 연구진의 성과에 대해 일단 과학과 SF를 사랑하는 한 사람으로서 박수를 치고 싶다. 하지만 그 이면에 도사리고 있는 국가이기주의와 정경유착으로 치달을 우주산업을 고려할 때 마냥 어린아이처럼 기뻐할 일인지 입맛이 개운치 않다. 우주개발의 잠재력은 무궁무진하다. 다만 다른 어떤 분야보다 진입장벽이 높은 우주개발 분야는 임계점을 넘은 국가 및 기업만 독식할 수 있는 구조라 향후 국가 간 경쟁력 격차를 더욱 벌리는 불평등 가속화 변수가 되지 않을까 걱정이다.

유로파 탐사에 거는 기대, 그곳엔 무엇이 살고 있을까

● 1990년대 말 NASA는 향후 4반세기 동안 태양계 탐사를 위해 무인탐사선을 수십 대나 띄우겠다는 야심 찬 구상을 내놓았다. 그중에는 태양계 최외곽의 혜성이나 명왕성을 살피는 계획들도 포함되었는데, 2005년 딥 임팩트 호가 템펠1 혜성에 370kg의 임팩터Impactor를 충돌시켜 우주공간으로 뿜어져 나오는 가스먼지를 분석했고, 2015년 뉴 호라이즌스 호가 명왕성을 근접 관찰한 데서 보듯이 애초 구상한 NASA의 미션들 가운데 상당수가 꾸준히 실행에 옮겨졌다. 투자 규모 면에서 보면 뭐니뭐니해도 화성이 가장 많은 관심을 모았다. 1998년부터 현재까지 모두 9대의 무인탐사선이 화성으로 떠났고 그중 7대가 임무를 완수했다(나머지 두 대는 화성 궤도 진입 도중에 혹은 착륙하다가 통신이 두절되어 버렸다). 같은 기간 동안 미국 외에도 유럽우주국과 러시아 그리고 인도의 무인탐사선이 각기 한 번씩 화성을 향했다(이 중 러시아 탐사선은 지구 궤도를 벗어나는 데 실패했다).

그러나 본격적인 탐사가 예정만 되어 있을 뿐 아직 탐사선이 출발하지 못한 목적지가 한 곳 있으니 바로 유로파[Europa]다. 2015년 버락 오바마 정부는 NASA의 당해 총예산 185억 달러(약 20조 원) 중에서 3,000만 달러(약 326억 원)를 유로파 탐사계획에 배정했다. 화성 탐사선 큐리오시티 프로젝트에 들어간 예산이 25억 달러(2조7,000억 원)임을 감안하면 새 발의 피지만 유로파의 탐사를 앞두고 워밍업 성격의 예산이 일단 확보되었다는 점에서 의미 있는 일보전진이다. NASA는 예산 확보에 난항이 없다면 2020년대 중반쯤 유로파행 탐사선을 쏘아 올릴 수 있으리라 전망한다. 한편 유럽우주국은 자기네 탐사선의 발사 시기를 아예 못 박았으니, 2022년 유로파 탐사선 '주스[Juice]'를 발사할 예정이다.

지구에서 6억2,800만km 떨어져 있는 유로파는 목성의 60개가 넘는 위성 중 하나로 NASA의 지구 너머 천체 탐사계획 중 가장 흥미로운 곳이다. 지금까지 수집된 얄팍한 자료만으로도 유로파는 과학자들과 SF 커뮤니티를 흥분시키기에 모자람이 없다. 유로파의 크기는 고작해야 달보다 약간 작은 정도에 불과한데 두꺼운 얼음으로 덮인 표층 아래에는 지구가 품고 있는 물의 총량보다 무려 2~3배나 많은 물이 있을 것으로 예상된다. 이는 유로파가 태양계 안에서 지구를 제외하고는 그 어느 곳보다 생명체가 존재할 가능성이 높은 곳이란 뜻이다(아마 그다음 후보가 토성의 위성 엔셀라두스[Enceladus]일지 모른다).

태초의 지구 역사를 돌이켜봐도 대양[大洋]은 식물성 플랑크톤과 원시어류 그리고 해저 바닥에 붙어사는 갑각류의 낙원이었다. 화성에서 물의 흔적이 발견되었고 표토 안에 언 채로 상당량의 물이 존재할 가능성이 제기되고 있지만, 기압이 너무 낮고(지구의 0.6%) 공기는 희박하며 평균기온이 영하 60도나 되는 데다 지나치게 건조해서 화성의 대지에서는 하다못해 박테리아조차 살아있길 기대하기 어려워 보인다. 지금까지 화성의 지표를 연구한 결과 30여 억 년 전의 화성에는 지표의 1/3을 차지하는 거대한 바다가 존재했다고 추측되는 바, 설령 그 속을 원시 생명체가 헤엄치고 돌아다녔다 한들 이제는 대가 끊긴 지 오래라는 뜻이다. 화성(동토의 왕국)과 금성(작열지옥)의 민낯이 드러난 이상 이제 외계생명체가 서식할만한 후보지로는 유로파와 엔셀라두스처럼 지표 아래 물을 잔뜩 머금은 목성과 토성의 위성들밖에 남지 않았다. 토성의 또 다른 위성 타이탄Titan 또한 짙은 대기를 뚫고 내려간 탐사선이 지표에서 무수히 많은 호수들을 발견했지만, 대기의 주성분이 질소와 메탄인 데다 호수는 액체상태의 메탄과 휘발성 탄화수소로 채워져 있을 만큼 지표의 기온이 낮으니(섭씨 영하 179도) 어차피 생명이 살 확률은 매우 희박하다. 만에 하나 생명이 타이탄에 존재한다면 그것의 존립방식은 우리와는 근본적으로 많이 다를 것이다.

이에 비해 과학자들은 유로파의 바다에는 생명이 살지 모른다고 생각한다. 유로파는 태양에서 너무 멀기에 지표 기온이 섭씨 영하 150도에 이르고 달과 같이 공기가 거의 없다. 그래서 과학자들은 처음에는 이 위성의 속도 겉처럼 단단한 얼음덩어리로 가득 차 있으리라 예측했다. 이러한 선입관을 뒤엎은 계기는 1990년대 목성 탐사선 갈릴레오 호가 레이더를 통해 유로파의 두꺼운 얼음지각 아래에 수심 100~160km에 달하는 거대한 대양이 존재한다는 유력한 증거를 발견하면서부터다. 지구의 바다에서 가장 깊은 마리아나 해구가 수심 11km임을 감안하면 유로파의 바다는 그보다 10~16배가 깊다. 최근 허블 우주망원경의 관측 또한 같은 결론을 뒷받침한다. 허블이 유로파 표면에서 대량의 수증기가 물기둥처럼 솟아오르는 광경을 관측한 것이다. 초당 3톤의 힘으로 분출된 이 물기둥은 높이가 200km 상공에까지 다다랐다.

과학자들의 후속 연구결과 지구에서 멀리 떨어져 있는 이 동토의 위성 내부가 물로 되어 있는 주원인은 놀랍게도 목성의 무시무시한 조석력(기조력) 때문임이 드러났다. 일찍이 1970년대에 목성을 지나치던 보이저 탐사선은 위성 이오[Io]에서 여전히 화산재를 왕성하게 분출하는 활화산을 발견했다. 이 또한 목성의 가공할 조석력에 기인한 것으로 결론이 내려졌는데, 동일한 힘이 유로파 내부에 열이 생기게 만들었고 결과적으로 거대한 바다를 탄생시킨 것이다. 유로파는 목성을 공전하는 동시에 스스로 자전하는데 그 바람에 목성의 가공할 기조력이 사방에서 유로파를 잡아당기는 꼴이 된다. 그 결과 이 위성의 내부에서 마찰열이 발생한다. 이 때문에 유로파 지표의 얼음이 끊임없이 녹고 깨어지며 지구 극지방의 빙산들처럼 떠다니다가 다시 얼어붙곤 한다. 탐사선이 보내온 사진에서 보듯 수없이 많은 틈으로 갈라져 복잡한 그물무늬를 보여주는 지표면은 바로 그러한 운동의 결과다.

현재 유로파의 바다는 지구의 바다와 마찬가지로 물이 주성분이라 여겨진다. 유로파의 지각을 이루는 얼음과 암석 그리고 대양저에서 소금과 각종 무기질이 녹아 바닷물과 섞인다면 그것을 양분으로 삼는 원시 박테리아와 그것을 먹는 작은 생물 그리고 그보다 상위의 포식자들로 구성된 자족 가능한 생태계가 존재할지 모른다. 유로파의 바다는 목성의 기조력이 지속적으로 데워주고 있어 생명이 살기 어려울 만큼 혹한은 아닐 것으로 기대된다. 대양 바닥에 해저 화산의 열수구들이 있다면 지구에서와 같이 거기에 적응한 생물들이 다수 존재할지도 모른다. 특히 일부 과학자들의 추측대로 유로파의 바다가 태양계가 탄생한 지 얼마 되지 않은 수십억 년 전 일찌감치 생겨났다면 광대한 무기질의 수프에서 어느덧 생명이 진화했을지도 모른다.

이 문제를 보다 적극적으로 해명하기 위해 NASA는 유로파 상공을 선회하며 사진 촬영하는 것뿐 아니라 아예 얼음지각을 뚫고 수중탐사용 로봇을 내려 보내는 방안도 고민 중이다. 2015년 NASA의 지원 아래 미국 코넬 대학교 연구팀은 유로파의 바다를 탐사하기 위해 오징어 형태의 로봇 개발에 착수했다고 밝혔다. 촉수가 달린 부드러운 몸체의 오징어 로봇은 생긴 모양대로 실제 오징어처럼 수중을 헤엄칠 수 있다. 또한 센서가 달린 촉수로 자기장을 끌어들여 물을 수소와 산소로 전기분해해서 자체적으로 에너지를 조달한다(유로파의 바닷속에서는 탐사로봇이 지각에 가로막혔을 때 소저너나 큐리오시티처럼 태양광 전지를 이용할 수 없다). 로봇의 몸체에는 발광하는 인공 피부를 입혀 어둠 속에서도 주위를 환히 밝힐 수 있다면 촬영이 가능할 것으로 보인다.

이제까지의 정보를 토대로 당신이 SF작가라면 어떤 생물을 상정해볼 수 있을까? 이미 이런 질문에 답한 작가가 있다. 바로 아이작 아시모프와 로버트 A. 하인라인 등과 더불어 영미권 고전 SF의 3대 거장으로 꼽히는 영국 작가 아서 C. 클라크이다. 2008년 91세의 나이로 작고한 클라크는 일찍이 1980년대 초 장편소설 《2010 스페이스 오디세이2010 Space Odyssey》(1982)(《2001 스페이스 오디세이》의 속편)에서 목성의 위성 유로파에 또 다른 생명의 보금자리가 만개할 가능성을 상정한 바 있다. 이 소설에서는 중국의 유인탐사선이 연료 재급유를 위해 유로파의 대운하 옆에 착륙했다가 조난을 당한다. 유로파의 물로 연료탱크를 채우려던 중국의 탐사팀은 수수께끼의 현지 생물과의 충돌로 우주선이 완파되며 모두 사망한다. 누구도 유로파에 생명체가 있으리라 보지 않았던 터라 뜻밖의 조우에 아무 대비 없이 불상사를 당한 것이다. 탐사팀의 최후 생존자 창 첸 교수는 마지막으로 보낸 통신문에서 유로파의 생명을 다음과 같이 묘사한다.

> "유로파에는 생물이 있다. 다시 반복합니다. 유로파에는 생물이 있다."
>
> … (중략) …
>
> "…거대한 검은 덩어리 하나가 깊은 곳에서 솟아올랐어요. 처음엔 그게 물고기 떼라 생각했지요. 개체치고는 너무 컸으니까… 거대하고 젖은 해초 타래처럼, 바닥을 따라 기고 있었지요… 그것은 천천히 움직였는데… 앞으로 이동할 때 보니 결빙된 고체 형태였고, 조각들이 유리처럼 부서져 내렸습니다…
>
> 선체를 향해 그것이 전진해옴에 따라 얼음터널 같은 것이 만들어졌어요. 그것은 추위로부터 자신을 지키려고 그러는 모양이었어요… 무선 안테나 그리고 착륙용 다리가 부서지기 시작했고…
>
> 아마 그것은 향일성向日性을 가졌을 테고, 그것의 생물학적 나선 운동은 얼음을 통해 들어오는 태양 광선에 의해 조절되는 듯했어요… 마침내 선체가 파괴됐습니다."[16]

클라크에 따르면, 위와 같은 가정은 자신이 처음 독창적으로 생각해낸 것이 아니라 미국 작가이자 음모론자 리처드 C. 호글랜드Richard C. Hoagland가 잡지 〈별과 하늘〉에 기고한 논리에 근거했다고 한다. 호글랜드는 목성의 기조력이 위성 이오의 속을 덥혀 화산활동을 활발하게 만들었듯이 얼음덩이 위성 유로파에게는 추운 외부와 맞닿아 얼어붙은 지각 아래에 엄청난 양의 물이 순환하는 바다를 만들어준 덕분에 후자에는 생명이 존재할 수 있다는 주장을 폈다. NASA가 화성과 달의 고대 외계인 유적을 은폐하고 있다는 그의 평소 지론 탓에 고개를 설레설레 흔드는 이들이 많긴 하지만, 적어도 유로파의 생명 존재 가능성에 대한 그의 논리적 근거만은 천문학자들도 진지하게 받아들였다. 이는 NASA의 유로파 탐사 미션에 생명체 존재 가능성 탐색도 포함되어 있는 데서 알 수 있다. 만일 유로파의 바닷속에 앞서 언급한 오징어 로봇이 돌아다닐 수 있다면 호글랜드의 주장에 대한 진위가 밝혀지는 것은 시간문제일 것이다.

SF가 반드시 미래의 탐사 결과를 예측해야 할 당위성은 없지만, 일정한 조건을 전제로 한 논리정연한 사고실험은 나름의 가치가 있다. 단지 과학자뿐 아니라 SF 커뮤니티와 일반 대중에게 우주에 대한 관심을 고양하고 외계생명체 탐구에 대한 국민부담(세금)을 누그러뜨리는 효과가 있기 때문이다. 특히 어려서부터 우주개발에 대한 꿈과 기대를 자양분으로 흡수하며 성장한 어른들은 우주과학의 가치와 그 필요성에 훨씬 더 정서적으로 호응해줄 수 있다는 점에서, 천체과학의 지식을 바탕으로 한 SF는 앞으로도 관련 과학 및 기술과 상부상조의 관계에 있다 하겠다. 하지만 안타깝게도 대다수 과학소설들에서 묘사된 바와 달리 앞으로도 심우주 탐사는 사람이 직접 가기보다 로봇을 보내는 방식이 상당히 오랜 기간 동안 선호될 듯하다.

유인탐사는 우주비행사들의 지구로의 귀환을 전제로 해야 한다. 그만큼 위험부담이 클 뿐 아니라 훨씬 예산이 많이 들어가므로 투자 대비 효과가 떨어진다. 더구나 유로파의 경우에는 코앞의 목성이 지구와는 비교할 수 없을 만큼 강한 자기장과 방사능을 뿜어대는 탓에 우주비행사가 그곳에 몸소 가서 탐사활동을 하는 것이 그리 바람직해 보이지 않는다. 2020년대 미국이 보내려는 무인탐사선조차 무턱대고 유로파의 지표에 착륙시켰다가는 목성의 강력한 방사선과 자기장에 기능이 손상될까 우려되어 총 45차례의 선회비행을 시도할 정도다. 그리고 비행하는 동안 탐사선의 궤도는 이심률이 아주 큰 타원형이 될 예정이다. 이것은 탐사선이 유로파에 아주 가까이 저공비행할 때도 있지만 아주 멀어질 때도 있다는 뜻이다. 가급적 방사선과 자기장에 장기간 노출되지 않겠다는 계산이다. 이 탐사선은 (허블 망원경이 앞서 관측한 바 있는) 유로파 지각을 뚫고 나온 물기둥을 직접 관통하며 그 구성성분을 조사할 계획도 가지고 있다. 타이밍만 잘 맞으면 굳이 유로파의 얼음지각을 뚫는 대공사를 벌이지 않고도 이 위성의 내부 성분에 대한 중요한 정보를 얻을 수 있을지 모른다.

과학 칼럼니스트 에이드리언 베리Adrian Berry는 심우주 유인탐사가 최소 500년은 더 있어야 타당성이 있는 장기목표라고 보았다. 그만큼 현실과 상상의 간극은 크다. 솔직히 무인탐사 쪽은 설사 임무수행에 실패한다 한들 들어간 돈이야 아깝겠지만 정치적 부담은 유인탐사보다 훨씬 덜하다. 우주왕복선 챌린저 호의 폭발사고로 미국의 우주개발 프로젝트가 한동안 숨을 죽일 수밖에 없었던 아픈 과거를 떠올려보라. 영화 〈마션〉에서처럼 화성이나 유로파에 발을 디딘 우주비행사가 낙오되거나 심지어 사망에 이른다면 그 뒷감당을 누가 할 수 있을까? 아폴로와 소유스 계획처럼 우주탐사가 실익보다 체제우위 경쟁을 위한 대리전 성격을 띠던 시대라면 모를까 NASA가 굳이 사람을 까마득히 먼 외계의 천체에 직접 보내느라 탐사예산을 몇 배, 몇십 배로 부풀려가면서까지 의회와 국민의 질타를 자초하기 쉬운 패를 고를 이유는 없어 보인다. 영화 〈아폴로 13호Apollo 13〉(1995)는 미국 사회에서 우주개발 예산을 확보하는 것이 생각보다 얼마나 지난한 일인지 그리고 얼마나 정치적으로 민감한 사안인지 이해하는 데 힌트를 준다.

앞으로도 심우주 탐사계획은 상당 기간 십중팔구 무인 시스템으로 운영될 것이다. 예외가 있다면 화성 유인우주계획 정도다. NASA는 2030년대 중으로 인간을 화성에 보내겠다는 구상을 갖고 이 역시 현재 단계별로 준비 중이다. 하지만 화성의 땅 위를 미국의 우주비행사들이 걸어 다니는 날이 온다 해도 이들의 행보가 아폴로 계획처럼 단기적 전시성 행사로 그치지 않고 영구기지나 식민지 건설을 위한 교두보가 되리라는 전망은 시기상조다. 그러니 2000년대를 조금 넘기면 태양계의 주요 행성들과 위성들 여기저기에 인류의 우주정거장과 식민지들이 하나 둘씩 착착 생겨나리라고 예견한 대다수 과학소설 작가들의 낭만적인 바람은 적어도 반세기 정도는 책상 서랍에 넣어두고 때를 기다려야 할 성싶다.

웜홀은 영화에서처럼 우주를 잇는 통로가 될 수 있을까

> ● (웜홀 속의 델타 대역을 순항 중인 현재) 실제 속도인 0.5C(빛의 속도)를 통상 우주에서의 속도로 환산하면 1,000C가 조금 넘었다. 이런 속도로 30광년 떨어진 항성 옐친에 도착하려면 열흘을 더 기다려야 하고 이는 선내 시계로 아흐레 남짓이다. (호위를 받으며 함께 나아가고 있는 상선단과 달리) 순양함이 단독으로 항행하면 나흘 만에 도달할 수 있는 거리였다.[17]

과학소설과 SF영화를 보면 홍길동이 축지법 쓰듯 우주선이 웜홀wormhole을 지름길 삼아 지구에서 아주 먼 곳까지 단숨에 돌파하는 장면이 종종 나온다. 일례로 위의 인용문은 지구의 바다에서와 마찬가지로 군용 우주선들이 무역을 위한 화물 우주선단을 근거리에서 호위하며 나아가는 장면을 묘사한다. 불과 두어 문장 안에 작가는 서로 30광년이나 떨어진 광대한 거리•를 어떻게 인간들이 지구상에서처럼 며칠 만에 오갈 수 있는지 사이비과학적 논리를 풀어놓는다. 알베르트 아인슈타인 가라사대 우리가 살고 있는 보통우주(정상우주)에서는 무슨 물질이든 광속의 벽을 넘을 수 없음은 주지의 사실이다. 그러나 작가 입장에서 이런 식으로는 도저히 스페이스오페라를 쓸 재간이 없다. 우주선이 출발한 뒤 승무원의 백 대손이나 천 대손이 목적지에 도착하여 일을 보고 난 다음 다시 그들의 백 대손이나 천 대손이 지구에 귀환하여 업무보고를 한다 치자. 자손에게 후일을 당부하는 대신 여행기간 내내 자신이 냉동인간이 되는 방식을 취한다 한들 고향에 보고받을 사람이 없기는 매한가지다. 대체 누가 그렇게 한심한 이야기를 읽으려 하겠는가.

이쯤에서 작가의 꼼수가 발동한다. 아직까지 과학적으로 검증되지는 않았으나 그럴싸해 보이는 가상논리를 은근슬쩍 끼워 넣는 것이다. 먼저 우주선은 장거리를 뛰고자 할 때는 웜홀부터 진입한다. 출발지에서 목적지까지 웜홀로 이어진 공간 내부를 흔히 '초공간hyperspace'이라 부르는데, 이런 식의 명명命名은 우리가 그 안의 물리적 성질에 대해 아무것도 모른다고 실토하는 것이나 진배없다. 하지만 일부 과학자들은 초공간이 일종의 지름길이 될 수 있으리라는 실낱같은 기대를 품는다. 바로 이 논리에 기대어 작가는 성간 여행의 난점을 일거에 해소한다. 보통우주에서는 광속의 50%까지 가속하는 것만도 만만치가 않다. 우주는 거의 진공에 가깝지만 그래도 굳이 따지고 보면 아주 희소하게나마 성간물질이 존재하고 있기 때문이다. 우주선이 광속의 50%로 나아갈 때, 이를 선내 상황으로 바꿔보면 정지상태의 우주선을 전방의 소립자들이 광속의 50%로 뚫

• 지구에서 가장 가까운 이웃항성계인 센타우리Centauri가 약 4.3광년의 거리에 있음을 감안하라.

고 들어온다는 뜻과 같다. 그래서야 우주선은 고사하고 우주비행사의 몸이 남아날 리 없다. 우주선의 반을 납으로 채워 그 뒤에 숨는다 해도 소립자들의 거센 파도를 당해낼 수 있을지 의문이다.

그러나 상당수의 SF가 우기듯이 일단 초공간 안으로 들어오면 그런 성간물질이 전무하거나 적어도 선체에 이렇다 할 영향을 미칠 수 없는 환경이 된다고 전제해보자. 게다가《여왕 폐하의 해군》에서 인용된 위 지문에서처럼 초공간 안에서 일정 속력을 내면 그것이 보통우주에서 내는 속도의 약 2,000배 이상 초과하게 된다고 가정해보자. 일종의 이중 가속 개념이다. 이런 논리가 아예 근거 없는 것은 아니다. 앞서 거론했듯이, 웜홀은 그것이 이어주는 두 공간 사이를 비틀어 일종의 지름길 역할을 한다고 믿는 학자들이 있기 때문이다. 덕분에 우주상선 기준으로 9일 만에, 우주순양함 기준으로 나흘 만에 웜홀로 진입한 초공간에서 광속의 50%로 이동하다가 보통우주로 다시 나오면 결과적으로 30광년을 움직인 셈이라는 그럴싸한 사이비과학적인 논리가 탄생한다. 하나 토를 달자면 희한하게도 SF영화나 소설에서는 그 구멍의 크기가 대개 너무 작지도 크지도 않아서 어떤 우주선이든 들어가기에 딱 알맞은 크기로 늘어난다는 점이다.

때로는 이 특이한 구멍이 단지 편리한 여행 수단으로만 이용되는 데 그치지 않는다. 경제적 효용성을 극대화하기 위해 웜홀 입구에 스타게이트를 설치하고 해당 지점을 안정적으로 확보하는 것이 고대의 무역통상 국가 아테네처럼 우주시대 최강국의 중점 과제 가운데 하나가 될 수도 있다. 앞에서 예로 든 데이비드 웨버의 스페이스오페라〈아너 해링턴 시리즈Honor Harrington Series〉(1992~2012)에 속하는《바실리스크 스테이션

On Basilisk Station》(1992)과 《여왕 폐하의 해군》이 바로 이러한 미래를 주된 배경으로 한다(둘 다 국내에 번역 · 출간되어 있다). 여기서는 중계무역의 요지에 있는 스타게이트 확보가 국가나 정치연합체의 국력과 직결된다. 전체 시리즈 가운데 지금까지 무려 9권이나 국내에 번역 · 소개된 맥마스터 부졸드Lois McMaster Bujold의 〈보르코시건 영웅담 시리즈Vorkosigan Saga〉(1995~2012)에서는 웜홀 교통망이 그물망처럼 짜인 수십 개의 항성계에 사는 인간들이 저마다 각자의 이익을 위해 각축전을 벌이며, 댄 시먼스Dan Simmons의 《하이페리온Hyperion》(1989)과 《하이페리온의 몰락The Fall of Hyperion》(1990)에서는 은하의 일부 성역星域이 스타게이트 덕에 마치 우리가 KTX를 타고 부산에 가듯 1일 생활권 안에 들어온다.

스티븐 호킹은 이러한 상상의 근원이 애초 SF작가들의 머릿속에서 나온 것만은 아니라고 주장한다. 멀리 떨어진 우주의 두 지점을 일종의 지름길인 웜홀로 잇는다는 아이디어는 과학자들의 아주 신빙성 있는 논리적 계산에서 비롯된 결과라는 것이다. 호킹의 베스트셀러 《시간의 간략한 역사A Brief History of Time》(1988)에 따르면, 웜홀에 대한 아이디어의 뿌리는 1935년으로 거슬러 올라간다. 당시 아인슈타인과 네이선 로젠Nathan Rosen은 일반상대성 이론이 일종의 시공간의 다리를 허용한다는 사실을 깨닫고 이를 논문으로 썼다. 강한 중력이 시공간을 충분히 휘게 하면 멀리 떨어진 시공간을 연결하는 고리가 형성될 수 있음이 이론적으로 밝혀진 것이다.

후에 '아인슈타인-로젠 다리'라 이름 붙여진 이 시공의 틈바구니에 대한 과학자들의 해석은 저마다 다르다. 아인슈타인과 로젠은 웜홀이라 이름 붙여진 이 통로가 우리 우주와 다른 우주를 연결하는 모종의 다리

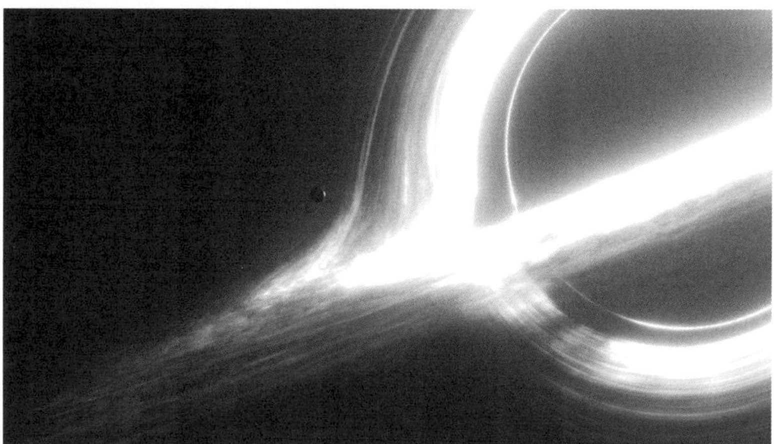

영화 〈인터스텔라〉에 등장하는 웜홀(위)과 거대 블랙홀 가르강튀아(아래). 웜홀이 반대편의 은하와 성단이 투영되는 반투명 구처럼 묘사되고 있다는 점이 독특하다. 초질량 블랙홀 가르강튀아는 우주 초기에 별이 죽으면서 생겨난 작은 블랙홀들이 무수히 통합되며 만들어진 최종결과물이다. 이러한 설정은 물리학자 킵 손 교수의 자문을 받은 결과이다.

라고 추정한 반면, 휠러John Wheeler 같은 학자는 그것이 우리 우주의 한 지점에서 다른 지점으로 건너가는 지름길이라고 보았다. 과학소설 작가들 역시 두 이론 중 어느 쪽을 택하느냐에 따라 이야기 전개 양상이 완전히 딴판이 된다. 영화 〈인터스텔라〉의 경우, 우주비행사 일행이 웜홀을 통해 도착한 행선지는 지구에서 약 100억 광년이나 떨어져 있는 초질량 거대 블랙홀 가르강튀아다. 질량이 태양의 1억 배나 되는 이 블랙홀은 항성의 죽음에서 태어난 일반적인 블랙홀이 아니라 우주 초기에 별이 죽으면서 생겨난 작은 블랙홀들이 무수히 통합되며 만들어진 최종결과물, 이른바 초질량 블랙홀이다(그러므로 초질량 블랙홀 주위를 행성이 공전한다는 영화 속의 설정은 틀린 것이다[18]). 이 영화가 웜홀을 묘사하는 방식에서 흥미로운 점은 웜홀이 단순히 뻥 뚫린 구멍이 아니라 터널 반대편 세계를 투영하는 반투명 구처럼 보인다는 설정이다. 명칭만 놓고 보면 텅 빈, 깊이를 알 수 없는 구멍이 연상되지만 사실 웜홀은 평면이 아니라 다차원 입체이므로 이러한 묘사는 설득력이 있다. 웜홀 바깥 표면에 웜홀 너머에 있는 반대편 은하들과 성단들의 모습이 투영된다는 것은 정보의 쌍방향성을 시사하며, 같은 논리에서 인간의 우주선이 그곳을 넘나들 수 있는 근거가 된다.

물론 지금까지의 기술로는 웜홀을 인간이 교통포털로 쓰기에 요원해 보인다. 무엇보다 아인슈타인-로젠 다리는 우주선이 통과할 만큼 오래 버티지 못하며 아주 찰나의 순간에 양자 단위의 크기로만 존재할 뿐이다. 설사 웜홀의 크기를 우주선이 들어갈 수 있을 만큼 잡아 늘인다 해도 그 안은 중력이 워낙 세서 다시 시공간이 움츠리기 전에 빛의 속도보다 빨리 달려야 하는데 이는 상대성이론에 위배된다. 하지만 희망이 없는 것은 아니다. 이 웜홀이 회전하는 블랙홀과 연결되어 있다면 찌그러들지 않을지도 모르기 때문이다. 회전하는 블랙홀의 특이점(중력이 최고조에 달하는 중심점)은 실제로는 점이 아니라 고리 모양이라서 훌라후프를 통과하듯 빠져나갈 수도 있다고 한다.

오늘날 웜홀과 블랙홀은 SF를 통해 대중에게 널리 알려진 친숙한 개념이 되었지만 정작 과학자들은 아직까지 정확하게 알지 못하고 있는 부분들이 많다. 웜홀은 양자 단위에서는 독자적으로 순간 생겨났다가 사라질 뿐 아니라 블랙홀과 화이트홀 사이의 연결로가 되어주기도 한다. 하지만 우리는 웜홀로 들어선 이후의 세계, 이른바 초공간의 물리적 속성에 대해서는 아는 바가 없다. 블랙홀의 속성에 대해서도 질량과 전하량 그리고 각운동량만 파악할 수 있을 뿐 그 내부가 실제로 어떠할지에 대해서는 학자들 사이에 의견만 분분하며 검증이 불가능하다. 아직까지는 우리의 물리학이 검증할 수 있는 사상事象의 지평 너머에 있는 것이다. 반대로 이는 과학소설 작가들이 그만큼 상상력을 발휘할 시간적 여유가 충분하다는 뜻이기도 하다.

만일 고도로 진보한 문명이라면 웜홀을 큰 크기로 충분히 오래 열어놓을 수 있으리라. 이들은 마치 말안장 표면처럼 시공간을 음陰의 곡률에 따라 만들어내기 위해 음의 에너지 밀도를 지닌 물질을 만들어낼 수 있을지 모른다. 지금의 우리로서는 버거운 난제이지만 우주 어딘가에는 웜홀을 제집 드나들 듯 하는 외계인들이 있을지 누가 알겠는가? 과학소설은 이 불확실한 영역을 상상력으로 메운다. 과학이 SF에 영감을 주듯이 SF 역시 과학자들에게 비전을 심어주는 것은 어제오늘의 일이 아니다. 평행우주가 좋은 예다. 1960년대 이후 이론물리학자들이 그 가능성을 비로소 진지하게 따져보기 훨씬 전부터 작가들은 평행우주를 무대로 펼쳐지는 이야기들을 자유자재로 쏟아냈다. 그러니 SF가 꿈을 포기하지 않는 한 과학 역시 한발 한발 앞으로 나아가며 우리의 꿈을 현실화해 나가리라 봐도 좋지 않을까.

다이슨 구, 태양에너지를 알뜰살뜰 다 써먹는 방법

● 미국의 한 아이스크림 전문점에서는 손님들이 매장에 설치된 자전거 페달을 밟으면 값을 깎아준다. 그로 인해 생긴 전력으로 아이스크림을 만들기 때문이다. 전기료가 아까워서라기보다 소비자 눈길을 끌려는 이슈 마케팅 차원이다. 그러나 유한한 화석연료 고갈을 우려해 진지한 대안을 모색하는 사례도 있다. 2016년 초 모로코 국경 내 사하라사막에 세계 최대의 태양광발전소가 1단계 완공되어 발전에 들어갔다. 축구장 600개 면적에 무려 50만 개의 태양전지가 들어설 이 단지의 총 발전용량은 160MW에 이른다. 흥미로운 사실은 이 컨소시엄을 주도한 국가가 사우디아라비아라는 점이다. 석유가 설령 수십 년 안에 고갈되리라는 학자들의 전망이 맞는다 해도 대체에너지 개발에 선제적으로 투자하여 자원 부국으로서의 영향력을 잃지 않겠다는 속내다. 앞으로 태양광발전의 미래는 어떤 길을 가게 될까? 이 글에서는 조만간 가능한 대안에서부터

아직은 상상 속에서나 가늠할 수 있는 아이디어에 이르기까지 함께 둘러보려 한다.

일반적으로 태양광발전은 핵발전과 달리 청정하고 안전하며 수력, 조력, 풍력 그리고 지열발전 등과 달리 생태계 파괴와도 무관한 반영구적 대안에너지원으로 여겨지기 쉽다. 그러나 광기전성光起電性(태양에너지를 직접 전기로 바꾸는) 전지 재료인 카드뮴과 갈륨은 지구상의 희귀원소들이라 안정적 수급도 어렵지만 무엇보다 유해물질이라 지질오염이 우려된다. 2014년 KIST에서 무독성 범용 원소를 이용한 태양전지 대량생산기술을 개발했다고 발표했으나 시장에 상용화되려면 다시 상당 기간이 필요할 전망이다. 더구나 태양광발전은 변덕스런 날씨와 기상조건에 따라 툭하면 무용지물이 된다. 비가 거의 오지 않고 일조량이 많은 곳에 세워야 효율이 올라가므로 범용적인 입지를 기대하기 어렵다는 뜻이다. 최근 우리나라에서는 인근 주거지나 농토와의 분쟁을 피하고자 저수지와 호수 같은 물 위에다 태양전지들을 대규모로 설치하기도 하는데, 생태계의 균형을 어지럽힌다는 맥락에서는 산의 경사면을 헐어 태양광발전을 해온 기존 방식과 오십보백보 아닐까.

일부 과학자들은 태양광발전소의 입지 선정을 놓고 아예 발상의 전환을 꾀한다. 그것은 발전시설을 아예 우주로 옮기는 것이다. 지구 궤도상에 인공위성들과 나란히 자리한 대단위 태양전지 단지에서 햇빛을 전기에너지로 전환한 다음 이를 마이크로파 형태로 지구로 전송하는 방식이다. 일찍이 프레드릭 폴Frederik Pohl이 《냉전The Cool War》(1981)이란 소설에서 선보인 바 있는 이 방식은 우주공간에서 발전과정이 완료되므로 지상의 환경에 무해할 뿐 아니라 대기권을 거치지 않고 바로 태양풍을 맞이하는 까닭에 에너지 전환효율이 훨씬 더 극대화된다. 실용화의 관건은 전지에 축적된 전기를 최대한 손실을 줄이면서 지상으로 송신하는 기술의 상용화에 달려 있다. 2015년 초 일본의 미쓰비시 중공업은 10kw의 전력을 무선으로 500m 떨어진 곳까지 보내는 실험에 성공했다. 장차 태양광발전소를 우주로 옮기게 되면 산업시설과 생활전기 외에도 다양한 분야에서 응용될 수 있다. 예를 들면 전기자동차들은 더 이상 지상의 충전소들에 연연할 필요가 없다. 곧바로 GPS 충전전용 안테나를 통해 우주에서 마이크로파를 수신하여 배터리를 충전하면 되기 때문이다. 덕분에 러시아와 중국 그리고 중동국가들처럼 국토가 크고 오지가 많은 나라들에서 전기차 보급이 급물살을 탈 수 있다. 우주에서의 태양광발전이 조기 가시화되면 아직 걸음마 단계인 전기충전소 시장이 아예 궤멸하다시피 하며 관련 사업자 시장이 전면 재편될지도 모른다. 그리 되면 우주개발 선진국들일수록 유리한 고지에 서게 된다. 어느덧 우주를 넘나드는 기술이 군사軍事와 외계탐사라는 특정 영역만이 아니라 일상의 비즈니스와 밀접한 연관을 맺기 시작한 것이다.

이상에서 보듯 일반 가정에서부터 산업용 단지에 이르기까지 태양광발전에 대한 지구촌의 관심은 식을 줄 모르지만, 그래봤자 지구가 태양에게 신세 지는 복사에너지는 원래 총 방출량의 고작 20억 분의 1에 지나지 않는다. 2007년 영국의 정유회사 BP가 발표한 세계에너지 수급 전망을 보면 21세기 초부터 수요와 공급의 엇박자가 일어나 2050년경이면 공급이 수요의 반도 채우지 못하리라 우려된다.[19] 석유와 석탄에 편중된 에너지원 의존도를 줄이고자 수력과 원자력이 등장했으나 21세기에 접어든 현재 늘어나는 수요의 일부를 감당하는 것만으로도 벅차다. 한마디로 인류문명이 추구하는 산업화에 정점이 있을 리 없으니 에너지 수요는 갈수록 증가하는 추세다. 흡사 물을 마시면 마실수록 더 목말라 하는 사람 같다. 그렇다면 태양이 온 사방으로 발산하는 복사에너지를 최대한 활용할 수 있는 방안은 없을까? 이쯤에서 저명 과학자들의 상상력을 빌려보자. 우리의 먼 후손들은 채워도 채워지지 않는 에너지에 대한 갈증을 채우기 위해 어떤 대안을 갖게 될까? 지면 관계상 그 중 두 가지를 소개한다.

1959년 천문학자 프리먼 다이슨은 아주 흥미로운 가설을 내놓았다. 〈사이언스Science〉에 실린 불과 2쪽짜리 그의 논문 〈적외선 방출 인공천체 탐색〉은 태양이 주위로 내뿜는 복사에너지를 거의 전부 재활용할 수 있는 초거대 인공구조물mega-structure을 상정했다. 이것은 정중앙에 태양을 품고 지구의 공전궤도 거리에서 동심원을 그리며 공처럼 감싸는 모양을 하고 있다. 이 인공구조물을 가까이서 들여다보면 실은 저마다 태양전지를 장착한 작은 단위개체들의 밀집대형 집합이다. 이 단위개체들은 제각기 공전과 자전을 하되 서로 바짝 붙어있다시피 하여 태양빛을 거의 다 가두리할 수 있다. 따라서 이른바 '다이슨 구'라고 불리는 이 인공구조물 전체의 태양에너지 전환효율은 이론상 100%에 육박한다.[20] 단위개체들은 자신들을 밖으로 밀어내는 태양풍•에 맞서 태양 돛과 이온엔진을 이용해 항상 일정 위치를 유지한다. 그 수는 개체 당 평균크기를 어느 정도로 잡느냐에 따라 달라지나 학자들은 지구 궤도를 공 모양으로 에워싸려

• 태양풍은 태양이 항시 뿜어내는 입자들로 그 세기는 지구 부근의 경우 1cm³ 당 태양풍 입자 100개가 초속 수백km로 돌진하는 수준이다.

〈스타트렉 넥스트 제너레이션〉 시리즈에 등장하는 다이슨 구의 내부 환경을 묘사한 이미지. 지구의 공전궤도를 공처럼 감싸는 어마어마한 크기의 구조물이기 때문에 그 내부에 들어가 공중에서 지상을 내려다볼 경우 지형이 오목하게 휘어져 있음을 확인할 수 있다.

면 적어도 약 1×10^5개 이상 필요하리라 본다. 이러한 식의 배열을 멀리서 바라보면 마치 벽이나 껍질이 에워싼 듯한 인상을 줄 것이다. 캐나다 출신의 생명윤리학자이자 '윤리와 미래기술연구소' 소속의 조지 드보르스키George Dvorsky는 이처럼 태양을 밀봉하다시피 하여 거대한 태양전지 구실을 하는 초구조물을 세운다면 인류는 갈수록 줄어만 가는 지구상의 자원 탓에 더 이상 근심하지 않고 종의 반영구적인 존속을 위한 장기계획을 세울 수 있으리라 주장한다.[21]

대체 다이슨 구의 에너지 산출량이 어느 정도나 되기에 이런 꿈에 부풀 수 있을까? 이 초구조물의 반지름이 태양에서 지구까지의 거리(1AU)와 같다면 그 내부 표면적은 약 $2.72\times10^{17}km^2$로 지구 표면적의 약 6억 배에 달한다. 이를 토대로 계산하면 다이슨 구는 약 $4\times10^{26}W$에 달하는 태양의 복사에너지를 거의 다 알뜰하게 써먹을 수 있다. 한 가지 부연하면, 1960년대부터 과학소설계가 다이슨 구를 주요 배경으로 다루면서 (다이슨의 애초 개념과 달리) 마치 속이 텅 빈 한 덩어리의 단단한 호두껍질처럼 오도한 면이 없지 않다는 점이다. 심지어 공의 안쪽 표면에 지구상에서와 마찬가지로 우주복 없이 맨몸으로 공기를 마시며 살 수 있는 천혜의 생태환경이 펼쳐지기도 한다. 문제는 이런 일체형이 공학적으로는 매우 불안정하다는 점이다. 반면 소행성이나 혜성의 속을 파내고 개조하여 겉에 태양전지를 잔뜩 붙이고 내부 공동空洞에는 사람들이 거주하는 식의 오리지널 모델은 나노공학의 발달이 가속화됨에 따라 조만간 우리가 보유한 기술로도 가능해질 전망이다. 다이슨 구는 햇빛을 거의 다 차단한다. 이는 멀리서 보면 가시광선 대역이 아니라 오로지 적외선으로만 검출할 수 있다는 뜻이다. 원래 다이슨의 이러한 아이디어는 우주에서 이런 징후를 보이는 곳이 발견된다면 거기에 고도로 발달한 외계문명이 있으리라는 기대에서 비롯되었다. 하지만 근미래에 우리 자신이 그러한 꿈을 이루게 될 수도 있다.

두 번째 아이디어는 블랙홀을 에워싼 링처럼 생긴 반영구적인 발전소다. 미국의 물리학자 킵 손Kip S. Thorne이 고안한 링월드Ringworld 모델은 작은 블랙홀 주위를 둘레 500만km, 두께 552km 그리고 폭 4,000km의 거대한 링이 에워싸는 구조다(지구둘레가 4만120km인 것과 비교해보라). 이 링월드는 블랙홀이 잡아당기는 힘을 상쇄하는 동시에 자체중력을 만들어내고자 시간당 두 번 회전한다. 형태만 놓고 보면 다이슨 구의 변종인데, 중심에 태양 같은 보통 항성이 아니라 블랙홀이 자리한다는 점이 다르다. 이 거대한 링 바깥쪽에는 사람들이 거주하며 필요한 에너지(열과 빛)는 블랙홀에서 충당한다. 이는 블랙홀 질량의 20%가 사상의 지평면event horizon● 바로 바깥에 소용돌이 형태의 에너지로 저장되어 있기 때문이다. 이 에너지는 우리의 태양이 평생 열과 빛으로 발산하는 총량의 1만 배에 달한다. 이 에너지를 50%밖에 소화하지 못한다 해도 태양보다 5,000배나 많은 에너지를 공급받는 셈이며, 주기적으로 일정량의 성간물질을 블랙홀 안으로 유입시켜준다면 인류의 수명을 고려할 때 거의 영구적인 에너지 생산시스템이나 마찬가지다.

이러한 발상이 일견 터무니없어 보일지 모르나 항성 블랙홀이 아니라 우리가 인공적으로 만들어낸 아주 작은 초미니 블랙홀이라면 머지않은 장래에 생산효율이 매우 높은 동력원으로 이용될 수도 있다. 스티븐 호킹에 따르면, 초미니 블랙홀들은 강력한 복사를 방출하며 급속히 질량을 잃어버린다. 하지만 외부에서 계속 일정량의 물질을 유입시켜줄 수만 있다면 초미니 블랙홀을 안정적인 에너지 생산시스템으로 사용할 수 있다. 실제로 과학자들은 최근 개발된 대형강입자충돌기LHC로 블랙홀을 만들어 낼 수 있는지 그 가능성을 타진하고 있다. 영화 〈이벤트 호라이즌Event Horizon〉(1997)에서는 이러한 개념을 활용하여 미니 블랙홀을 동력으로 삼는 우주선이 등장하는데, 우리가 먼 외계항성까지 여행할 수 있는 항행기술이 개발된다면 정말 킵 손의 구상이 실현된 블랙홀 링월드가 탄생할지도 모를 일이다.

이러한 아이디어가 허황되다고 코웃음 치기에 앞서 우리는 얼마나 욕망이 강렬한 집단의 일원인지 되돌아볼 필요가 있지 않을까? 문명을 전진하게 만드는 것은 첨단과학기술이 아니라 더 나은 삶을 갈망하는 바

● 블랙홀로부터 일정한 거리 안에 들어오면 설사 빛이라도 달아날 수 없다. 이 한계선을 '사상의 지평면'이라 한다.

로 우리 자신의 욕망이다. 일찍이 영화학자 앙드레 바쟁André Bazin은 영화가 1895년 뤼미에르 형제에 의해 공식적으로 발명되기 전에 이미 200여 년 전부터 관련 기술(인화, 현상, 영사)이 개발되어 있었음을 지적한 바 있다. 그럼에도 불구하고 영화가 대중예술매체로 탄생하기까지 그리 많은 세월이 걸린 것은 그러한 기술의 조합을 돈 주고 살 소비대중이 미처 형성되지 않았던 탓이다. 즉 수요가 공급을 창출한다. 다이슨 구를 건설할 기술력이 조만간 확보된다 해도 수요가 없다면 그런 구상에 천문학적인 투자를 할 사람들은 아무도 없으리라. 더 많은 활동을 위해 더 많은 에너지를 필요로 할수록 우리는 더 많은 대안들을 찾게 될 것이고 결국 기술문명을 한 단계 더 도약시킬 것이다.

Chapter

4

세계화

이동의 간소화인가 위험의 가속화인가

하나가 된 지구촌 경제가 전염병의 세계화를 이끈다

● 웬 뚱딴지같은 소리냐고 되물을지 모르겠다. 국민에게 당분간 임신하지 말라 권하는 정부들이 있다니! 2016년 엘살바도르와 콜롬비아 그리고 자메이카의 보건 관련 부처들은 길게 2년에서 최소 6개월 이상 임신 자제를 권고했다. 원인은 지카 바이러스zika virus 탓이다. 고열을 동반하고 눈에 염증이 생기며 손발이 붓고 피부에 붉은 발진이 생긴다. 다행히 보통 2~3일 뒤 완쾌되나 생각지도 못한 뒤통수가 기다린다. 감염된 여성이 임신하면 소두증에 걸린 아기를 낳기 때문이다. 이 아이는 두개골이 제대로 성장하지 못해 얼굴 모양이 괴이해지고 심하면 정신지체까지 일으킨다. 지카 바이러스는 원래 1947년 우간다 지카 숲의 붉은털원숭이한테서 처음 발견되어 그런 이름이 붙었으나 2015년 초 칠레의 이스터 섬에 출현해 남미 여러 국가들로 번졌다. 현재 브라질에서는 100만 명 이상 감염되었고 인근 다른 나라들도 평균 수천 명씩 감염자가 나왔

다. 미국에서도 중남미를 다녀온 여행자 셋이 양성판정을 받았다. 심지어 동아시아도 벌써 비상이다. 2016년 1월 22일 대만 국제공항에 입국한 한 태국 남성에게서 지카 바이러스가 발견되었으니까.

이 문제는 예방약도 치료약도 없다는 점에서, 지난 2015년 우리나라를 혼란으로 몰아넣은 메르스를 떠올리게 한다. 지카 바이러스는 메르스나 에볼라처럼 환자의 치사율이 높지는 않으나 다음 세대를 불구로 만드는 이상 인류에게 위협적이기는 매한가지다. 일종의 발목지뢰형 바이러스라고나 할까. 지카 바이러스는 에볼라 바이러스처럼 사람을 단번에 죽이는 대신 산송장으로 만들어 가족과 사회에 평생 그 짐을 떠넘긴다.

2015년 말 감사원이 메르스 사태의 초동 대응 부실을 규명하고자 조사한 바에 따르면, 제주도의 전염병 방역체계가 여전히 일부 미흡하다는 평가를 받았다.[22] 이처럼 안이한 대처는 바이러스 연구에 국내 투자가 미온적인 현실과도 맞닿아 있다. 2014년 국회 산하 미래창조과학방송통신위원회는 정부 출연 연구기관의 총 예산에서 바이러스 연구가 차지하는 비중이 고작 2.8%, 연구 인력은 2.4%에 불과하다는 국감자료를 내놓았다. 특히 에볼라처럼 치사율이 매우 높은 악성 바이러스를 연구하자면 미 육군 전염병의학연구소처럼 4등급 수준의 안전한 연구시설이 필요하나 국내에는 아예 전무한 실정이다(안전수준은 1등급이 제일 낮고 4등급이 제일 높다). 그나마 국내 생명공학기업 한곳이 DARPA[•]의 자금 지원 아래 미국의 관련 기업과 에볼라 DNA백신 및 항체치료제를 공동개발 중이고[••],

• 미국 국방부 산하 방위고등연구계획국Defence Advanced Research Projects Agency을 말한다.

•• 우리나라 기업 진원생명과학이 미국 기업 이노비오Inovio와 공동개발 중이다.

2015년 3월 HIV 백신 연구의 세계적 권위자인 재미교포 제롬 김Jerome H. Kim이 국제백신연구소IVI 사무총장으로 취임하며 에볼라 백신 개발에 우리나라 정부와 학계의 관심을 촉구하고 나섰다니 다행스러운 일이다.

체계적이고 심도 깊은 방역시스템 구축에 정치권과 행정부가 미온적인 것은 삽시간에 쓰나미처럼 번져나갈 치명적인 바이러스 전염병의 위험성을 절감하지 못하기 때문 같다. 허나 과거의 역사를 돌아보면 치명적인 전염병은 예고 없이 슬그머니 들이닥쳐 우리의 숨통을 쥔다. 1980년대 밀 작황이 나빠 식량부족에 시달린 소련은 밀을 수입하려 캐나다 오대호 지방으로 곡물운반선을 여러 척 보냈다. 문제는 빈 배로 대서양을 건너다 바다에서 전복될까봐 유럽 항구를 경유하며 선박평형수船舶平衡水•를 가득 채우느라 생겼다. 화물선 전용 탱크를 꽉 채운 바닷물에 난데없는 불청객인 홍합들이 덩달아 잔뜩 무임승차한 것이다. 설상가상으로 홍합에 원래부터 기생하던 잡다한 유충과 온갖 바이러스들이 함께 딸려왔다. 결국 목적지에 도착한 운반선들은 짐을 실으려 선박평형수를 배출할 때 위험의 소지가 있는 밀항자들(?)까지 함께 호수 속으로 떠밀었다. 학자들은 대형화물 컨테이너가 바다를 주름잡기 전만 해도 낯선 곤충과 미생물이 폭풍우나 철새에 묻어서 오대호까지 옮겨오는 일은 5만 년에 한 번 일어날까 말까 한 일이라고 한다. 그러나 최근 선박평형수에 묻어오는 공짜승객 중에는 콜레라균도 나온다.[23]

사소해 보이나 이러한 변화는 역사의 물줄기를 바꿔놓기도 한다. 스페인 정복자 에르난 코르테스Hernán Cortés가 들이닥치기 전만 해도 멕시코

• 선박의 안전하고 효율적인 운항을 위해 배 안에 채우는 바닷물을 말한다. – 편집자 주

의 인디오 인구는 약 2,500만 명으로 추정되나 불과 200년 만에 100만 명으로 확 줄었다. 마찬가지로 북아메리카의 인디언 인구도 같은 기간 큰 폭으로 격감했다. 뜻밖에도 주원인은 화약 등 신무기를 앞세운 백인들의 무자비한 학살 탓이 아니었다. 정복자들이 부지불식간에 신대륙에 함께 들여온 온갖 병원균과 바이러스들이 주범이었다. 이러한 현상은 오늘날에도 여전히 반복되고 있으며 그 전파속도는 도리어 갈수록 빨라지고 있다. 당신이 수입산 이국적인 애완동물을 딱 한 마리만 산다 치자. 그러나 꼼꼼히 따져보면 당신의 나라에 들어온 외래종은 실은 하나가 아니다. 짧은 꼬리 원숭이는 헤르페스B를, 아마존앵무새는 엑조틱 뉴캐슬 병원균을, 아프리카산 레오파드거북은 가축전염병 진드기를 주렁주렁 매달고 있다. 도마뱀과 뱀 그리고 거북은 전체 개체 중 90%가 살모넬라균을 지녔다. 미국은 매년 80여 국가에서 약 200만 마리의 파충류를 수입한다. 그러니 미국의 파충류 애호가들 중 매년 7만4,000명이 피가 썩고 내장이 뒤집어지는 병이 옮는다 해서 새삼스러울 것도 없는 노릇 아닌가. 인도네시아의 경우에는 매주 25톤의 거북을 해외로 수출한다. 게다가 부지기수로 빈발하는 불법밀수까지 고려하면 전체 유통규모를 가늠하기란 좀처럼 쉽지 않다.

바이러스의 전파속도가 빨라진 이유는 전례가 없는 교통수단의 비약적인 발전 덕이다. 오늘날 컨테이너 수송 선박들은 대개 화물이 가득 찬 20톤짜리 컨테이너를 한 척 당 5,000개씩 실어 나른다. 해운업계의 자랑에 따르면, 유통되는 컨테이너를 2.5m 높이의 벽으로 쌓으면 적도를 두 바퀴나 돈단다. 특히 비행기는 지구촌 전역에 바이러스를 삽시간에 퍼뜨리는 가장 위력적인 도구다. 바야흐로 돈 많고 기동성 있는 사람들이 24

시간 이내 온 대륙을 바이러스 놀이터로 바꿔놓을 수 있는 시대다. 관광과 무역은 전세계 어느 항구나 대도시에서 생물폭탄을 터뜨릴 수 있는 뇌관이다. 닭 유행병으로 2억 마리 이상의 새를 땅에 묻게 한 견인차는 다름 아닌 세계화 현상이다.

예로부터 치명적인 바이러스 전염병의 공포는 SF의 단골소재였다. 그중 아마 가장 유명한 예가 영화와 드라마로도 만들어진 마이클 크라이튼Michael Crichton의 소설 《안드로메다 스트레인The Andromeda Strain》(1969)이리라. 이것은 지상에 추락한 군사위성에 함께 묻어온 외계 바이러스 탓에 인근 마을 주민 대다수가 몰살당하자 대책에 부심하는 이야기다. 이 바이러스는 인체에서 증식하면 십중팔구 혈액을 응고시켜 질식사나 심장마비를 일으킨다. 그러나 사실 치사율이 엄청난 바이러스를 상상해보려 굳이 SF까지 들먹일 필요는 없다. 그에 버금가는 토종 바이러스들이 오지 곳곳에 도사리고 있으니까. 리처드 프레스턴Richard Preston의 현장 르포 《핫존The Hot Zone》(1994)은 일단 감염되면 치사율이 50~90%에 이르는 에볼라 바이러스ebola virus 변종들이 아프리카를 벗어나 유럽과 워싱턴 D. C. 같은 문명세계 안방까지 넘보는 아찔한 현실을 실제 일어난 사건들을 토대로 생생하게 재현한다.•

이 책에서 묘사되는 에볼라 바이러스는 정말 끔찍하다. 2~3주 잠복기를 거쳐 발병하면 몸의 구멍이란 구멍에서는 죄다 피가 흘러나오지만 지혈이 되지 않는다. 혈소판 자체가 파괴돼 혈액이 물처럼 흘러내린다.

• 《핫존》은 1989년 미국 워싱턴 D. C. 근교의 원숭이 판매시설에서 실제로 수차 발생한 에볼라 레스턴의 방역작업을 중점적으로 다룬다.

고환을 포함해 온몸이 퉁퉁 붓고 몸속 장기들은 딱딱하게 굳어 결국 괴사한다. 다음 숙주를 찾아 나선 바이러스들은 죽기 전 환자가 피가 섞인 기침 비말을 시속 150km로 날리며 주위 사람들을 공포에 떨게 한다. 그 바람에 에볼라 바이러스의 실체를 몰랐던 초창기에는 환자 가족 뿐 아니라 의사와 간호사 그리고 병 수발을 든 수녀들 다수가 2차 감염으로 떼죽음 당했다. 에볼라는 에이즈와 달리 꼭 베인 상처가 아니어도 맨살에 닿기만 하면 피하지방으로 침투해 증식하므로 그야말로 가공할 번식력을 자랑한다. 그럼에도 불구하고 에볼라로 인한 피해가 아직 적은 것은 역설적이나 너무 치사율이 높아서다. 이 바이러스의 발원지는 사람들이 드문드문 사는 아프리카 열대우림이다. 따라서 일단 발병하면 마을 전체가 삽시간에 초토화되어 외부인들에게까지 퍼뜨릴 짬이 없다. 그러나 최근 유럽과 미국의 연구소들이 아프리카산 원숭이들을 대거 잡아다 실험용으로 쓰느라 문제가 되고 있다. 유력한 숙주가 원숭이들인 까닭이다. 이렇게 보면 문제는 바이러스가 아니라 오지랖이 넓은 인간에게 있는 셈이다.

다행히 아직 에볼라 바이러스의 여러 변종들은 대부분 공기감염이 되지 않는 것 같다. 유일하게 에볼라 레스턴만은 공기감염이 되지만 현재까지는 원숭이들 사이에서만 전염된다. 만일 조류독감이나 메르스처럼 에볼라가 종[種]을 넘나들며 멋대로 변이를 일으키는 날에는 그 파급력이 상상을 초월할 것이다(2016년 1월 10일 질병관리본부가 밝힌 바에 따르면, 국내 메르스 환자 8명에게서 채취한 바이러스 유전자에서 당단백질 8개와 아미노산 4개의 염기 서열이 변이된 사실이 확인됐다. 인플루엔자 바이러스는 끊임없이 옷을 갈아입듯 외관을 바꿔 숙주의 방어기제를 뚫는다. 조류독감의 일종인 H5N1은 이미

스무 번이나 돌연변이 했다). 비행기가 지구촌을 일일생활권으로 만든 오늘날 감염된 줄 모르고 잠복기에 있는 환자가 이 나라 저 나라를 넘나들며 대도시에 바이러스 비말을 뿌리고 돌아다니면 어찌 될까. 우리는 이따금 외신보도로 에볼라 피해소식을 접하며 우리와는 동떨어진 별세계 이야기인 양 여기지만, 《핫존》은 그러한 안이한 마음가짐이 예기치 못한 국가재난을 초래할 수 있다고 경고한다.

끝으로 필자는 당면한 방역대책 못지않게 중요한 한 가지 관점을 덧붙이고 싶다. 그것은 이 모든 사태를 바이러스 탓으로만 돌리면 그만일까 하는 물음에서 출발한다. 지구상에 얼마 남지 않은 녹지인 아프리카와 아마존의 원시림은 생물다양성의 보고로서 바이러스와 미생물로 넘쳐난다. 그런데도 사람들을 이를 무시하고 정글을 농경지와 주택, 도로 등으로 바꿔놓기 바쁘다. 살 곳 잃은 동물들은 다른 곳으로 옮겨가거나 멸종되지만 눈에 보이지 않는 바이러스와 미생물들은 그리 만만한 상대가 아니다. 특히 성질이 고약한 녀석의 경우에는 호된 후폭풍을 각오해야 한다. 베네수엘라에서는 지나친 남벌과 개간으로 마추포 바이러스machupo virus에 오염된 먼지를 흡입한 시골주민들이 출혈열에 걸려 그 중 26명이 사망했다. 지카 바이러스는 2007년까지만 해도 사람이 감염된 사례는 14건에 불과했고 에볼라 역시 처음에는 감염자가 드물었다. 이는 인간들이 자연개발을 명분으로 정체가 밝혀지지 않은 유해한 바이러스에게 제 발로 가까이 다가갔다는 말이 된다.

마치 영화 〈킹콩King Kong〉(1933)의 인과응보 같지 않은가. 외딴 섬에 사는 킹콩을 굳이 사람들이 문명사회로 끌어내는 통에 도시가 큰 혼란에 빠진다. 어렵사리 킹콩을 퇴치하긴 하나 사람들 역시 적지 않은 피해를 입는다. 필자는 치명적인 희귀전염병과 현대 인류와의 관계 또한 이와 비슷하다는 생각이 든다. 지역별 방역대책과 달리 지구촌 전체의 맥락에서는 발상의 전환이 필요한 시점이 아닐까. 가이아 이론의 이상을 지엽적으로나마 따라보면 어떨까. 성질 고약한 바이러스를 고향에서 무턱대고 쫓아낼 것이 아니라 기득권을 존중해주며 우리의 안위를 돌보는 편이 기회비용 면에서 훨씬 더 이익이 아닐까?

황사를 줄이려다 도달한 뜻밖의 기술혁신

● 황사는 매년 어김없이 봄철에 한국인의 건강을 위협한다. 황사 발생일수는 해마다 느는 추세다. 발생일수가 1980년대의 연간 평균 3.9일에서 2000년대에는 10여 일로 늘어난 해도 있다. 우리나라와 일본은 문제 해결을 위해 각기 100억 원과 900억 원을 지원한다지만, 정작 발원지인 중국은 그동안 환경에 관심을 기울이기보다 외려 자국경제 성장에 황사가 발목을 잡을까 우려해왔다. 눈앞의 산업적 욕망 때문에 해마다 늘어나는 황사일수에 눈감는다면 나중에는 과연 어찌 될까? 이와 관련하여 제럴드 허드Gerald Heard의 단편소설 〈엄청난 안개The Great Fog〉(1944)는 참고할 만한 황망한 미래를 보여준다. 여기서는 기후변화로 지구가 흙먼지를 잔뜩 품은 희뿌연 안개로 뒤덮이자 사람들의 생활양식 · 문화가 뜻하지 않은 방향으로 변해간다. 흙투성이 지붕덮개 아래 지하에서 사는 사람들에게 그림과 글 같은 시각정보는 무용지물이 되고 대신 구어口語로

된 스토리텔링이 지식전승과 예술을 좌우한다. 구어적 즉흥성이 강조되는 이 미래 사회에서 인류문명은 과거의 영광을 잃고 옹색하게 쭈그러든다. 사실 대기오염은 선진국들의 산업구조가 중공업 위주로 개편되던 1950~1960년대부터 영미권 과학소설의 주요한 소재로 떠올랐다. 당시 작품들은 무분별한 산업개발로 스모그가 심해져 외출할 때마다 방진마스크를 써야 하는 근미래를 예견하는 경우가 적지 않았으니, 2014년 국내 출간된 프레드릭 폴과 C. M 콘블루스C. M. Kornbluth의 과학소설《우주상인The Space Merchants》(1952)이 그러한 초기 예들 중 하나다.

문제는 중국 발 황사가 SF의 사고실험이 아니라 당장 코앞에 닥친 현실이라는 점이다. 황사는 삼국시대 기록에도 나오는 자연현상으로, 원래 주성분이 알칼리성이라 바다 건너 날아오는 분진의 양이 적당하면 산성비를 중화시켜줘서 도리어 토양에 이롭다고 한다. 북유럽에서는 산성화를 막고자 일부러 농토에다 알칼리성분의 흙을 뿌렸다. 황사가 골칫덩이가 된 것은 몽골과 북중국 사막지대에서 일어난 이 모래바람이 산업화가 많이 진행된 중국 내륙을 지나며 인체에 해로운 미세먼지와 중금속을 잔뜩 품게 되면서부터다. 예를 들어 미세먼지에 섞인 납은 오래 노출되면 신경장애를 유발한다. 중국의 대규모 공업단지와 엄청난 인구가 소비하는 화석연료 및 차량 배기가스 외에 '황사능'까지 거론하는 이도 있다. 황사능은 중국 정부가 핵실험을 벌인 사막에서 날아든 방사성 잔여물질을 뜻하는 속어다.

매년 일시적이기는 하나 황사가 우리나라에 미치는 피해는 만만치 않다. 국민 건강에 끼치는 해악은 기본이고 사람들이 야외활동을 기피하게 만들어 일상생활까지 제약한다. 그 결과 쇼핑과 문화산업은 물론이고 관광레저와 아웃도어 패션시장까지 위축시킨다. 어디 그뿐인가. 정밀기계와 장치산업 분야의 기업들은 불량률이 증가하고 생산성이 떨어진다. 특히 반도체와 디스플레이 공장에게는 쥐약이다. 항공 산업도 죽을 맛이다. 10㎛ 이하의 초미세입자는 햇빛을 산란시키거나 흡수하는 통에 시야가 나빠져 비행기 운항이 지연 내지 결항될 수 있다. 그 바람에 항공사들이 여객기 엔진과 동체를 세척하는 주기가 전보다 짧아졌다 한다. 황사가 국내 산업에 미치는 악영향은 이미 2006년 전경련의 보고서 〈우리나라에 미치는 황사 영향 최소화 방안〉에서 분석된 바 있다. 흥미롭게도 이 보고서는 황사 덕에 뜻밖의 특수를 누리는 상품군도 있음을 보여준다. 예컨대 황사가 심한 철에는 마스크가 10배, 공기청정기와 선글라스, 스카프 등이 각각 70%, 25%, 19.7%씩 매출이 일시적으로 오른다. 과학적 근거가 증명되지 않았으나 돼지고기와 녹차, 클로렐라, 미역, 마늘 같은 이른바 '건강식품군'의 소비량도 잠시 두드러진다.

현재로서는 황사 해결의 근본대책을 내놓기가 쉽지 않다. 무엇보다 이제까지 중국 정부가 미온적이었던 탓이 가장 크다. 한중일 환경장관회의TEMM가 열리고 민관합동으로 황사 발원지인 북중국과 몽골에 산림을 조성하는 사업이 산발적으로 이뤄지지만 발생 범위에 비추어볼 때 새 발의 피다. 쓰나미를 손바닥으로 막는 격이랄까. 몸이 단 쪽은 외려 주변국들이다. 그동안 우리나라와 일본의 정부, 민간기업 그리고 NGO들이 나서 몽골 사막에 나무를 심어왔다. 하지만 언 발에 오줌 누기다. 매년 서울시의 4배만큼 사막화가 진행되는 판에 찔끔찔끔 나무를 심은들 홍보성 면피효과는 거둘지 몰라도 근본대책이 되기 어렵다. 지난 수천 년간 지속된 기후현상을 최근에 유해성분이 포함되었다 해서 당장 어찌 근절시킬 수 있으랴. 한편으로는 중국 정부의 소극대응을 탓하기에 앞서 황사를 공급하는 사막(혹은 사막화)지역이 한반도의 약 20배나 된다는 현실을 감안할 필요가 있다. 중국 영토의 무려 15%다. 설상가상으로 그 배후지인 몽골의 광활한 사막까지 합산해보라. 몽골은 국토의 90%가 언제든 사막이 되기 쉬운 조건인 데다 실제로 약 80%가 웬만큼 사막화된 상태다. 당장 돈 한 푼 나오지 않는 메마른 땅에 환경 개선만을 위해 천문학적 예산과 인력을 투입해 방풍림을 조성하기란 쉬운 선택이 아니리라.

해마다 황사일수가 꾸준히 늘면 베이징은 물론이고 서울에서도 앞서 예로 든 소설들에서처럼 누구든 사시사철 마스크 없이는 도저히 거리를 나다닐 수 없는 시대가 찾아올지 누가 알겠는가. 그때에도 끼를 숨길 수 없는 패셔니스트들은 마스크에다 이런저런 치장을 하고 셀카 사진을 SNS에 올리는 데 열을 올릴지 모르겠다. 그리되면 미용업계의 주식시장 테마주 판도가 바뀌리라. 주거문화는 어떨까. 주기적으로 인공강우를 농경지가 아니라 오히려 혼잡한 도심에 내리게 하고 어지간한 미세먼지는 다 막아내는 밀폐형 방진설계가 아파트와 주택의 새로운 트렌드로 자리잡을까? 허나 이런 식의 대응은 죄다 미봉책에 불과하다. 뿅망치로 이 구멍 저 구멍에서 머리 내미는 두더지를 그때그때 후려갈기는 짓과 같다. 다행히 최근 중국에서는 문제 해결을 위한 두 가지 변화가 엿보인다. 하나는 민의에 의해, 다른 하나는 산업적 이해관계와 맞물려 중국 정부가 움직이기 시작한 것이다. 여론을 모아 정부의 정책방향을 바로잡으려는 시도는 일견 당연한 정공법이나 산업적 이해에 따라 친환경 정책을 택하게 된 결과는 아이러니하다 하지 않을 수 없다.

먼저 정공법을 보자. 2015년 초 중국에서는 아나운서 출신의 한 여성이 황사문제에 정면 대응하여 화제를 모았다. 중국 CCTV 아나운서 차이징柴靜은 자기 뱃속의 딸이 뇌종양 판정을 받자 그 이유를 베이징 시내의 지독한 스모그에서 찾았다. 방송사를 사직한 그녀는 1년 동안 자비 100만 위안(약 1억7,500만 원)을 들여 중국 각지와 해외현장을 취재했고 그 성과를 〈차이징의 스모그 조사: 돔 지붕 아래〉라는 제목의 다큐멘터리로 유튜브에 공개했다. 2015년 2월 28일 공개된 그녀의 다큐멘터리는 단 하루 만에 1억1,700만 번 조회되고 10만 개의 댓글이 달렸다. 언론인이라기보다 아이 엄마의 시선에서 제작된 이 다큐멘터리는 사회적 파장이 만만치 않았다. 환경부처 장관이 호의적으로 반응했고 유력 언론들도 대기오염 해소를 위한 강력대책을 촉구했다. 그러나 3월 둘째 주가 되어도 사회적 논란이 가라앉지 않자 중국 정부는 차이징의 다큐멘터리를 인터넷에서 볼 수 없게 차단하고 언론에 재갈을 물릴 만큼 당혹해했다. 이보다 불과 한 달 앞서서는 베이징 서쪽 산시성의 한 마을을 방문한 리커창李克强 총리에게 한 여중생이 "스모그를 줄여 중국을 살기 좋은 나라로 만들어 달라"는 부탁의 편지를 건넸다. 한 달 뒤 리 총리는 인간과 자연이 공존할 수 있는 환경을 만들겠노라고 친필로 답장을 썼다.

이러한 일련의 사건들은 세상을 진정으로 바꾸려면 제2, 제3의 차이징이 꾸준히 필요함을 일깨운다. 어찌 계란으로 바위를 한 번에 깨뜨리랴. 이들의 염원이 사회 전반의 공감을 얻자 결국 정부를 움직이는 데 성공했다. 소위 '스모그와의 전쟁'을 선포한 중국 정부는 2020년까지 GDP 단위기준 당 이산화탄소 배출량을 2005년보다 40~45% 수준으로 줄이고 청정에너지 비중은 15% 늘리기로 했다. 특히 수도권의 형편없는 대기 질 개선에 향후 6년간 42조 위안(7,300조 원)을 투입하기로 했다. 철밥

통이자 출세의 지름길로 여겨지는 공산당 간부들에게도 생태환경을 파괴하는 정책을 추진 시 기록에 남겨 평생 책임을 묻는 '종신책임제'를 적용하겠다는 의지까지 내비쳤다.

두 번째 변화는 그 파장이 보기보다 미묘하다. 중국 정부는 2020년까지 전기차를 500만 대 생산하고 충전소 1만2,000곳(충전기 480만 대)을 세우겠다고 밝혔다. 이는 악성 미세먼지의 주범 중 하나인 차량 배기가스를 줄이는 데 기여할 뿐 아니라 세계 자동차시장에서 자국 기업을 선두로 끌어올리려는 복안이 한데 맞아떨어진 결과다. 이를 위해 전기차 구매보조금을 최대 약 1,900만 원까지 지급하고 지방 정부도 전기차 의무구매 비율을 기존의 30%에서 50%로 확대하도록 권했다. 이러한 기조는 2015년 시진핑 주석이 상하이자동차를 방문해 "전기차야말로 중국이 자동차 대국에서 강국으로 가는 필수 코스"라 강조한 것과 무관하지 않다. 내연기관 자동차 시장에서 경쟁하는 한 후발주자로서 상황이 녹록치 않지만 중국이란 거대한 시장을 시험대 삼아 전기차 사업에 일찍 뛰어든다면 내일의 세계 자동차업계는 중국 기업들이 선도할 수 있으리라는 속내인 것이다. 환경에도 도움 되니 그야말로 꿩 먹고 알 먹기다. 국민에게 면이 서는 동시에 기업도 살려 국부를 늘리는 일 아닌가. 실제로 중국의 전기차 판매는 2015년에 전년 대비 3배 이상 늘며 연간 시장 규모 20만 대를 돌파했고 덕분에 중국 토종기업 BYD가 세계 1위 전기차 생산업체로 부상했다. 전기차 분야에서 앞선 기술력을 자랑하는 테슬라모터스가 중국에 생산기지 건설을 검토하는 것도 다 같은 맥락이다.

황사로 시작한 이야기의 결말이 의외라 생각되는가? 그렇지 않다. 뭐든 동전의 양면이 있는 법이니. 중국의 전기차 생산이 기하급수적으로 늘어나면 우리 국민이 황사(더 정확히는 미세먼지)로 겪는 고통은 많이 완화되겠지만 국내 자동차업계에는 비상이 걸린다. 그동안 우리 자동차업계는 독일과 미국 같은 메이저 자동차생산 업체들처럼 차세대 기술로 떠오른 전기차 개발보다는 공해를 뿜어내는 재래식 자동차 시장을 지키기에 급급했다. 그러나 테슬라 같은 일개 사업자가 아니라 중국 시장 전체가 움직인다면 얘기가 완전히 달라진다. 2016년 6월 출시 예정인 현대자동차의 전기차는 1회 충전 시 주행거리가 130~180km지만 테슬라의 최신형은 346km다. 국토교통과학기술진흥원도 한국의 전기차 기술 경쟁력은 미국의 40% 수준이라 평가한다. 이제라도 국내 기업들이 정신차리고 서두르면 어떻게든 쫓아갈지 모르나 우리나라 정부와 국민이 염두에 두어야 할 또 한 가지 중요한 사실은 차세대 자동차산업은 많은 노동력이 필요하지 않다는 점이다. 기존의 자동차는 대규모 장치산업의 산물이다. 복잡한 내연기관과 수많은 부품을 생산 · 조립하려면 대규모 공장은 물론이고 숙련된 수많은 직원들과 협력업체들에 의존해야 한다. 반면 전기차는 배터리와 모터, 차체 그리고 운영시스템이 전부라 생산방식이 단순하다. 알기 쉽게 테슬라의 예를 들면 시가총액은 제너럴 모터스의 1/2이지만 직원 수는 1/30에 불과하다. 전기차 시장의 확대는 고용효과가 높은 자동차산업의 구조조정을 동반할 수밖에 없고 상상을 초월하는 규모의 노동시장 한파를 초래할 것이다. 대기의 질이 나아지는 만큼 사람들의 일자리가 줄어든다니 이 얼마나 아이러니한가. 매년 노사분규가 일 때마다 자동차 기업의 귀족노조 운운하는 언론의 수식어도 더 이상 찾아보기 어려워질지 모른다. 그때가 되면 황사가 불던 시절이 그나마 나았다고 회고하는 이들이 있을까?

미래의 교통수단은 어디까지 발달할 수 있을까

● 2015년 5월 26일 전남 동부지역의 40여 개 병 · 의원장들이 전남대학교 병원에 모여 상생협력방안을 위한 간담회를 열었다. 재미있는 것은 그 이유가 KTX 호남선의 개통 때문이었다는 사실이다. 하루 반나절이면 서울의 큰 병원을 드나들 수 있게 되었으니, 새로 생긴 백화점과 대형마트가 주변 상권을 공동화시키는 빨대효과가 의료계라고 해서 일어나지 말란 법이 없지 않겠는가. 얼핏 생각하면 교통수단의 발달은 누구나 득이 될 것 같지만 이렇게 예기치 못한 뒤통수를 맞는 사람들도 있다. 그만큼 교통수단은 과학과 기술이 우리와 얼마나 긴밀한 관계에 놓여 있는지 새삼 일깨워주는 실생활의 일부다. 그렇다면 앞으로 우리가 이용하게 될 교통수단이 대체 어느 수준까지 발달하게 되리라고 내다볼 수 있을까?

이러한 상상은 생각보다 그리 쉽지 않다. 과학기술은 특정 발견이나 발명을 통해 어느 날 갑자기 불연속적으로 도약하는 경향이 있지만, 인간의 상상은 대개 아날로그적인 연장선상에 머무는 까닭이다. 18세기에 쓰인 선구적인 과학소설《조지 6세의 치세, 1900~1925The Reign of George VI, 1900~1925》(1763)가 전형적인 예랄까. 작가 미상의 이 소설은 당대 관점에서 장밋빛 미래를 내다보았는데, 그래봤자 신선하고 유망한 대체교통수단으로 운하 유람선을 내놓는 정도였다. 따라서 지금부터 필자가 예로 들거나 예견하는 교통수단들은 반드시 근미래에 현실화된다기보다는 이와 관련하여 인류가 어떠한 꿈을 품고 상상해왔는지를 보여주는 사례들로 이해해주기 바란다. 특히 일부는 황망해 보일지도 모른다. 하지만 누가 알겠는가. 이러한 소재들 가운데 우리의 지적 상상력을 자극하는 데 그치지 않고 훗날 실용화되는 것도 있을지.

항상 이상은 현실보다 멀리 내다보는 법이다. 1909년 누구나 값싸게 구입할 수 있게 설계된 헨리 포드Henry Ford의 신형 자동차 '모델 T' 생산라인이 테일러시스템에 힘입어 쉴 새 없이 가동되고 있을 무렵, 당시 작가들의 풍부한 상상력은 이미 몇 발짝 앞서 있었다. 이미 공기보다 무거운 최초의 비행기가 하늘을 날고 최초의 잠수함이 실용화된 때였지만, 비전을 꿈꾸는 작가들과 과학자들은 이에 만족하지 않았다. 당시로는 파격적이라 할 누구나 부담 없이 구입해서 이용할 수 있는 개인용 자동차에서부터 여객과 화물을 실어 나르는 빠른 비행기 그리고 심지어는 콘스탄틴 치올콥스키의 논문 〈제트엔진을 이용한 우주탐사The Probing of Space by Means of Jet Devices〉(1903)에서 보듯 우주선까지 장차 도입되리라는 전망이 제시되었다. 많은 독자 팬들을 거느린 대중작가 쥘 베른의 연작소설《지구에서 달까지De la terre a la lune》(1865)와 그 속편《달 주위에서Autour de la lune》(1870)는 학술논문과는 비교할 수 없을 만치 큰 호응을 얻었다. 사실 미래의 운송수단에 관한 한 베른만큼 열정을 담아낸 작가도 찾아보기 쉽지 않다. 공중을 통한 세계여행으로 여행기간의 획기적 단축을 그린《기구를 타고 5주간Five Weeks in a Balloon》(1863)과 인물들 못지않게 잠수함 노틸러스Nautilus 호가 주인공으로 부상하는《해저 2만 리그》를 떠올려 보라.

신규 교통수단 중에서도 특히 잠수함과 비행기는 미래 전쟁을 그린 소설의 단골소재가 되었다. 조지 그리피스Gorge Griffith 같은 대중작가들뿐 아니라 H. G. 웰스까지《잠든 자가 깨어날 때When the Sleeper Wakes》(1899)와《공중전쟁The War in the Air》(1908) 그리고《다가올 세계의 모습The Shape of Things to Come》(1933) 등을 통해 전쟁에서 새로운 운송수단, 특히 비행기의 역할에 크게 주목하였다. 어린이들에게《정글북The Jungle Book》(1894)으로 유명한 러디어드 키플링Rudyard Kipling 또한 공중통제위원회를 소재로 한《야간우편으로With Night Mail》(1905)와《ABC처럼 쉬운as easy as ABC》(1912)을 발표했다. 미국 과학소설의 아버지로 불리는, 세계 최초의 SF잡지〈어메이징 스토리스Amazing Stories〉의 편집장이자 발행인 휴고 건즈백Hugo Gernsback은 아예 비행과 관련한 미래소설만을 싣기 위해 별도로〈에어 원더 스토리스Air Wonder Stories〉라는 잡지를 창간할 정도였다. 1920년대 말이 되기도 전에 미국의 대중소설에는 초광속 우주선이 등장했고, 개인 수송의 궁극적 비전이라 할 반중력 벨트Anti gravity belt가 필립 프랜시스 나울른Philip Francis Nowlan의〈버크 로저스 시리즈Buck Rogers〉(1928)에서 약방의 감초처럼 쓰였다.

그렇다면 20세기 초 이후에 나온 SF적인 상상력은 교통수단의 미래를 어디까지 내다보고 있을까? 여기에 그 중 눈길을 끌만한 몇 가지를 소개해본다.

1. 진공터널을 이용한 초고속 열차

터널 안에 공기를 없애 마찰계수가 0에 수렴하게 만들면 그 안에서의 이동은 우주선이 우주를 헤쳐 나가는 밀도보다 희박할 수 있다(우주에서의 밀도는 $1m^3$ 당 수소 원자 1개다). KTX보다 더 빠른 자기부상열차가 나온다 해도 어차피 지상에서는 공기저항을 피할 수 없기 때문에, 이러한 방식을 이용하면 지구촌 전역을 비행기를 타지 않고도 1일 생활권으로 확장할 수 있을 것이다. 롭 리이드Rob Reid의 장편소설《이어 제로Year Zero》(2012)는 이러한 교통수단 안에서 승객이 느끼는 기분을 실감나게 묘사한 바 있다(2013년 국내 번역 출간되었다).

2. 물질전송

영화 〈스타트렉〉을 보면 운반물을 입자 단위로 분해했다가 목적지에서 재조합하는 기술이 사용된다. 입자로 분해된 사람이나 물체를 광속으로 목적지까지 전송할 수 있기 때문에 적어도 지구상에서는 실시간으로 1초 이내에 어디든 갈 수 있다. 래리 니븐Larry Niven의 〈알려진 우주 시리즈Known Space Series〉(1964~2012)와 댄 시먼스의 〈하이페리온 시리즈Hyperion Cantos tetralogy〉(1989~1997) 및《일리움Ilium》(2003),《올림포스Olympos》(2005) 등은 바로 이러한 교통수단이 일상화된 근미래를 무대로 이야기가 전개된다.

하지만 방심하면 부작용이 일어날 수 있으니 유의해야 한다. 분해 및 전송 과정이 일어나는 장비 안에 오로지 전송되어야 하는 사람이나 물체만 들어가야 한다. 자칫 파리라도 한 마리 무심코 따라 들어갔다가는 영화 〈플라이The Fly〉(1986)에서처럼 재합성 과정에서 반은 파리고 반은 인간인 괴물이 될지도 모른다. 이 때문에 필자가 구상 중인 한 소설에서는 물질전송기 안에 사람이 벌거벗은 채 들어가야 한다는 설정이 마련되어 있다. 전송기의 감지기가 입고 있는 옷이나 몸에 엉겨 붙은 껌 조각을 인간의 몸과 소립자 단위에서 정교하게 구분해낼 수 있을지 자신할 수 없기 때문이다(분자보다 더 작은 원자 단위에서는 물질의 고유성분이 구분되지 않는다). 그러니 전송기에 들어가기 전에 잡티 하나 없게 몸을 깨끗이 닦아야 한다. 비듬이나 귀지도 달고 들어가면 안 된다. 재조합 과정에서 체내에 들어가 버려 탈을 일으킬 수 있기 때문이다. 옷과 휴대물품은 각기 따로 전송하면 된다. 결과적으로 물질전송기를 이용하더라도 실시간 이동은 어려울 듯하다. 출발 전에 먼저 꼼꼼히 몸속 구석구석 닦아낸 다음 물기 하나 없이 말리는 절차가 선행되어야 하니 말이다. 물론 그래도 재래식 운송수단보다야 천 배 만 배 빠를 것이다.

3. 평행차원을 나란히 연결하기

미야자키 하야오宮崎駿의 애니메이션 〈하울의 움직이는 성ハウルの動く城〉(2004)을 보면 마법사 하울의 집 대문을 열었다 닫을 때마다 전혀 다른 곳의 풍경이 나타난다. 대문 안쪽에는 공간이동 범위를 정하는 조정기가 달려 있다. 과연 이런 일이 마법의 세계에서만 가능할까? 꼭 그렇지는 않을지 모른다. 과학적인 사고를 통해서도 그러한 집을 추론해볼 수 있다. 로버트 A. 하인라인의 단편 〈그리고 그는 비뚤어진 집을 지었다And He Built a Crooked House〉(1940)가 그러한 예다.

이것은 4차원 초입방체tesseract를 3차원에 풀어놓은 전개도처럼 지어진 건물이 지진으로 뜻밖에 진짜 4차원 초입방체가 되어버린 사건을 다룬다. 중요한 것은 그 집 안에 들어간 건축가 일행의 눈에 비친 바깥세상이다. 밖에서 보면 8개였던 방이 지진으로 1개만 남고 온데간데없이 사라져버린 듯하지만, 막상 안에 들어가 보니 8개의 방이 멀쩡히 있지 않은가. 설상가상으로 각 방의 창마다 마천루와 바다 밑, 아프리카 초원 그리고 풀 한 포기 없는 사막 등 서로의 거리가 한참 먼 전혀 다른 세계들이 보였고 심지어 그 중에는 밖에 아무것도 보이지 않는, 색깔조차 감지되지 않는 무無의 공간을 비춘 창도 있었다. 돌연 지진이 재발하는 바람에 사람들은 부랴부랴 사막이 보이는 창밖으로 탈출한다. 그들이 나온 곳은 원래 집이 있던 대도시에서 한참 떨어진 오지의 한 자연국립공원이었다. 이처럼 차원 이동의 원리를 이용하면 우리는 장거리 공간을 이동하는 방법을 혁명적으로 바꿔놓을 수 있다. 차원에 대한 우리의 이해가 깊어진다면 언젠가 이러한 매개수단을 교통매체로 이용하게 될지 모른다.

4. 텔레포테이션teleportation

소설 뿐 아니라 만화와 영화에서도 정신의 힘으로 자신의 몸을 어딘가로 단번에 훌쩍 이동시키는 텔레포테이션(순간이동)이 눈요깃거리로 등장하곤 한다. 심지어 알프레드 베스터Alfred Bester의 장편소설《타이거! 타이거!Tiger! Tiger!》(1956)는 텔레포테이션이 상당수 사람들에게 상용화된 여행수단으로 쓰이는 미래를 그린다. 베스터의 작품이나 비교적 최근작으로 영화로까지 만들어진 스티븐 굴드Steven Gould의《점퍼Jumper》(1992)나 이러한 능력은 원래부터 타고나는 소수자의 권리로 묘사되기 십상이다. 문제는 이런 식으로는 대중교통수단이 될 수 없다는 점이다. 하지만 앞서 예로 든 차원 이동이나 물질전송 원리를 완전히 체득한 인류가 그러한 기능을 아예 인간의 유전자에 새겨 넣을 수 있다면 어떻게 될까? 그렇게 되면 타고난 소수가 아니라 시술만 받으면 누구나 전세계 여기저기를 동에 번쩍 서에 번쩍 돌아다닐 수 있다. 물론 범죄를 포함한 오남용의 우려 탓에 설사 개발이 된다 해도 아무에게나 시술해주지는 않을 터이다. 그러나 인간의 주거지가 태양계 전역으로 확장되는 날이 온다면 그리고 이러한 기술이 가능해진다면 이 두 가지 조건은 서로 충분히 시너지를 내게 될 것이다.

이제까지 예로 든 미래의 교통수단들은 근미래에 가능한 것도 있고 정말 가능할지 고개가 갸우뚱해지는 것도 있다. 그러나 이보다 더 중요한 것은 혁신적인 기술을 그 사회가 얼마나 슬기롭게 이용할 수 있느냐가 아닐까? 앞서 전남 병원들의 대책회합에서 보듯이 첨단과학기술은 항상 동전의 양면을 지닌다. 복제인간 기술이 우리에게 줄 직접적인 혜택 못지않게 그로 말미암아 법적 · 제도적 그리고 사회윤리적으로 두려움을 안겨주는 예에서 보듯이 말이다.

하이퍼루프 그리고 첨단교통수단의 어제와 내일

● 2016년 5월 11일 미국 네바다 주 사막에서 시속 1,200km로 지상을 달리는 준準 음속열차* 하이퍼루프Hyperloop의 가속시스템 공개실험이 성공을 거두며 세간의 이목을 끌었다. 이 신개념 교통수단에 비하면 KTX는 어린이 장난감 수준이다. 불과 1.1초 만에 시속 187km까지 속도를 끌어올리는 이 열차를 타면 로스앤젤레스에서 샌프란시스코까지 30분, 서울서 부산까지 16분이면 도착한다. 물론 이러한 운송서비스가 실용화되자면 선결해야 할 몇 가지 요건들이 있다. 무엇보다 실험에서 제동장치로 모래더미가 쓰인 데서 보듯이 아직 브레이크 장치가 완성되지 않은 상태다. 또한 원통형 주행통로 안을 진공으로 유지하고 열차 자체도 자기부상 방식으로 공중에 띄워 공기마찰을 최대한 줄여야 하는 숙제를 안

* 음속은 시속 1,224km이므로 하이퍼루프는 여기에 상당 부분 수렴하는 속도라 볼 수 있다.

고 있다.

미국의 전기차 업체 테슬라모터스가 추진 중인 이 사업에 뛰어든 투자자들 가운데에는 제너럴 일렉트릭GE과 프랑스 국영철도SNCF 외에 러시아 숨마Summa 그룹이 포함돼 있다. 숨마 그룹은 승객이 아니라 물류 수송에 적극적인 관심을 보이고 있는데, 이는 러시아가 유가폭락과 우크라이나 문제로 EU와 마찰을 겪으면서 경제적 난국을 타개하고자 중국과의 관계 강화에 나선 사정과 맞물려 있다. 현재 무역을 위해 양국을 오가는 화물열차의 평균 속도는 고작해야 시속 16km인 까닭에 하이퍼루프를 끌어들이면 이제까지의 물류순환 방식에 극적인 전기를 마련할 수 있으리라 전망된다. 화물열차의 장점은 무인열차로 전환할 경우 속도를 최대한 끌어올릴 수 있다는 것이다. 기관사는 인공지능이 맡아 제어센터와 무선 네트워크로 연결되어 있으면 되니 인체의 한계 때문에 속도가 제약받을 염려가 없다. 하이퍼루프 실용화의 관건은 천문학적인 예산이다. 하지만 서비스 개시 이후 규모의 경제를 낙관하는 테슬라모터스 회장 일론 머스크의 의지와 초기 개발부터 지금까지 1억 달러 이상 투자해온 러시아의 의중을 고려할 때, 기존의 로드맵대로는 아니더라도 가까운 미래에 하이퍼루프가 우리 실생활의 일부로 편입될 것으로 보인다.

사실 하이퍼루프의 등장은 구체적인 시기가 인상적일 뿐 그러한 개념이나 접근방식 자체가 새삼스러운 것은 아니다. 우리 대중은 일찌감치 상상력이 풍부한 작가들이 그리는 미래상을 통해 교통수단의 눈부신 발달과 그것이 정치 · 사회와 경제 · 문화 전반에 미칠 영향을 엿볼 수 있었기 때문이다. 특기할만한 기술적 아이디어가 한 작품을 통해 주목을 받게 되면 이내 수많은 아류작들이 너도나도 베껴대는 통에 그러한 개념의 전파는 한층 더 쉬워졌다. 보다 진보된 교통수단에 대한 관심은 앞에서도 언급한《조지 6세의 치세》로까지 거슬러 올라가는데 여기서는 운하 유람선의 미래가 밝게 그려진다.[24] 문학이 아닌 과학문헌에서 별난 운송수단의 미래를 꿈꾼 선구자로는 영국의 성직자이자 자연철학자 존 윌킨스John Wilkins가 있다. 그의 저서《수학적인 마법Mathematicall Magick》(1648)을 보면 17세기 중반에 이미 잠수함과 비행기계, 육지통행용 요트 등의 기술적 가능성이 검토되고 있다. 심지어 윌킨스는 자신이 구상한 신규동력원을 운송업에 도입할 가능성까지 내다보았다.

작가와 학자들의 구상 가운데 상당수는 실제로 현실화되기도 했다. 1801년에는 세계 최초의 증기선 샬롯 던다스The Charlotte Dundas 호가 출항했고 1840년에는 이삼바드 킹덤 브루넬Isambard Kingdom Brunel이 개발한 스크류 프로펠러 덕에 증기선의 대서양 횡단이 가능해짐으로써 해상 운송수단의 혁명이 본격화되었다. 하이퍼루프의 고대 조상(?)이라 할 증기기관차는 1804년 등장했고 유럽과 당시 신흥국이었던 미국 전역에 철도 노선이 급속하게 확장되며 철도혁명의 불이 붙었다. 1세기 후인 1909년에는 내연기관이 육상교통의 한 축을 나눠 맡기 시작했으니 헨리 포드가 출시한 저가의 양산형 자동차 '모델 T'가 바로 그것이다. 어느덧 20세기 초가 되자 하늘에는 공기보다 무거운 비행기가 날아다녔고 바닷속은 잠수함이 누볐다. 이 운송수단들은 군용에서부터 산업용, 여객운송용에 이르기까지 다양한 부문에서 이용되었다.

공교롭게도 현실의 교통수단이 빠르게 변모하던 19세기 말에서 20세기 초 사이 이러한 변화상을 남보다 앞서 포착하여 미래의 청사진을 그리는 데 열심인 문학형식이 있었으니 바로 SF이다. 만인을 위한 개인용 자동차 그리고 여객과 화물을 실어 나르는 빠른 비행기가 도래함에 따라 작가들은 교통수단의 미래가 어디까지 확장될 것인지 상상을 거듭했다. 개중에는 너무 앞서나가거나 기존 트렌드를 송두리째 뒤엎는 새로운 기술혁신을 예견하지 못한 경우도 있었다. 예컨대 영국 작가 콜린 캡Colin Kapp의 단편 〈카니스행 철도The Railways up to Cannis〉(1959)는 외계 세계에 철도를 놓는 문제를 다루고 있으며, 미국 작가 컷 쇼드막Curt Shiodmak의 장편 《F.P.1은 응답하지 않는다F.P.1 Does Not Reply》(1933년)는 대서양 횡단 비행기의 중간 재급유를 위해 인공섬을 만들자고 제안한다. 그러나 이러한 발상은 곧 구식이 되어버렸는데 항공기술의 발달로 대서양 횡단 도중 연료 재급유가 필요 없어진 것이다.

과학소설계에서 미래교통수단의 비전을 제시하는 데 가장 큰 영향을 미친 초기 작가로는 단연코 쥘 베른을 빼놓을 수 없다. 그는 데뷔작 《기구를 타고 5주간》 이래 멀리까지 여행하게 해주는 기계류에 매료되었고 이후 대서양 상공(《비행도시A Floating City》)과 바닷속(《해저 2만 리그》) 그리고 우주(《지구에서 달까지》)에 이르기까지 여행의 범위를 끝없이 확장해 나갔다. 그중에서도 《80일간의 세계일주Le tour du monde en quatre-vingts jours》(1873)는 문학적으로나 현실적으로나 수많은 모방을 불러일으켰다. 특히 베른은 신기한 첨단교통수단을 단지 이국적인 미래풍 모험이야기를 풀어나가는 데 필요한 소도구 정도로 취급했던 당대의 대다수 동료 작가들과 달리 운송수단의 앞날과 그것이 사회에 미칠 건설적인 영향에 관해 진지하고 체계적인 성찰을 거듭했다는 점에서 확연히 차별화된다. 반면 동시대 과학소설계의 또 다른 거인인 H. G. 웰스는 미래의 운송기술이 사용목적에 따라 오히려 인류 사회를 피폐하게 만들 가능성에 더 주목했다.

그래서 《잠든 자가 깨어날 때》와 《공중전쟁》 그리고 《다가올 세계의 모습》 등에서 첨단운송수단은 전쟁의 첨병으로 남용되거나 독재정부의 독점적인 손발이 되어버릴 우려를 드러냈다. 이러한 공포는 러디어드 키플링의 공중통제위원회를 소재로 한 일련의 작품들인 《야간우편으로》와 《ABC처럼 쉬운》에서도 엿볼 수 있다.

1930~1940년대에는 미국의 펄프잡지 〈어메이징 스토리스〉, 〈에어원더 스토리스〉 등에서 첨단교통수단은 이야깃거리를 풍성하게 하는 진기한 소재 가운데 하나로 곧잘 등장했다. 이후 1960~1980년대 작가들이 상상한 미래의 운송수단은 갈수록 다채로워졌다. 마이클 무어콕Michael Moorcock의 《얼음 위를 달리는 범선The Ice Schooner》(1969)과 앨런 딘 포스터Alan Dean Foster의 《얼음세계 탈출Icerigger》(1974)은 빙상요트를 큰 비중으로 다루며, 데이비드 레이크David Lake의 《하늘의 보행자들Walkers on the Sky》(1976)과 브루스 스털링의 《줄어드는 바다Involution Ocean》(1977) 그리고 브라이언 P. 허버트Brian P. Herbert의 《수다나 수다나Sudanna, Sudanna》(1985) 등은 물이 없는 곳에서도 운행되는 배를 등장시킨다.

운송수단의 크기만을 놓고 본다면 제임스 블리시James Blish의 〈우주도시Cities in Flight〉(1970) 시리즈에 나오는 거대한 세대우주선이 상당히 큰 축에 속하며 국내 작품으로는 배명훈의 《신의 궤도》(2011)가 같은 소재를 본격적으로 다루었다. 운송수단 대신 아예 도시 자체가 이동하는 이야기도 있다. 필립 리브Philip Reeve의 《견인 도시 연대기Predator Cities》(2001~2006)와 크리스토퍼 프리스트Christopher Priest의 《뒤집힌 세계The Inverted World》(1974)가 그런 예다. 예컨대 《뒤집힌 세계》에서는 주인공이 사는 도시가 하루에 0.16km씩 북쪽으로 4개의 트랙 위를 하염없이 이동한다. 대담한 발상과는 별개로 실제 있을 법한 새로운 운송수단의 발명에 일가견을 보여준 작가로는 아서 C. 클라크가 독보적이다.《달먼지 폭포A Fall of Moondust》(1961)의 달 수송선과《태양풍 요트Sunjammer》(1965)의 태양풍으로 우주를 항해하는 요트 그리고《2001 스페이스 오디세이》의 우주정거장이 대표적인 예들이다. 이 중 우주정거장은 오래 전 실현되었거니와 태양풍 요트도 지난 10여 년간 수차례 테스트 운용을 거쳐 NASA가 2016년부터는 외행성 탐사선의 추진 장치 중 하나로 이용해왔다. 우주 엘리베이터 건설에 관한 제롬 피어슨의 기술논문은 클라크의《낙원의 샘》과 찰스 셰필드Charles Sheffield의《세계들 사이의 거미줄The Web Between the Worlds》(1979) 같은 소설들에서 형상화되었을 뿐 아니라 현재 미국과 일본 그리고 독일 등지에서 경쟁적으로 실용화 기술을 개발 중이다.

운송수단은 앞으로도 끝없이 발달할 것이고 SF는 그러한 전망을 한 발 앞서 담아내고자 노력할 것이다. 그러나 단지 진기한 과학기술의 생활화 차원보다 더 중요한 것은 그러한 운송수단이 우리의 현실로 편입되었을 때 과연 세상이 어떤 변화를 일으키고 그 결과 우리의 가치관과 세계인식이 어떤 영향을 받을지에 관한 속 깊은 사색이다. 많은 과학소설들이 외적인 번지르르함에만 매몰되어 그런 면을 소홀히 하는 경향이 있지만 개중에는 사회학적 통찰이 눈길을 끄는 예가 없지 않다. 초기 SF 가운데에는 데이비드 H. 켈러David H. Keller의《보행자들의 폭동The Revolt of the Pedestrians》(1928)이 그러한 예에 속한다. 여기서는 자동차를 소유한 지배 엘리트의 정권이 그러한 특권을 누리지 못하는 보행자들에 의해 전복된다. 로버트 A. 하인라인의《자동도로는 운행되어야 한다The Roads must Roll》(1940)는 자동차 대신 자동도로가 보편적인 교통수단이 된 근미래를 무대로 이 운송체계를 관리하던 엔지니어들의 전면 파업이 야기하는 사회적 혼란을 그린다. 할란 엘리슨Harlan Ellison의 《101에서의 개싸움Dogfight on 101》(1969)과 영화 〈죽음의 경주 2000Death Race 2000〉(1975)는 자동차를 미래의 게임스포츠에서 죽음을 몰고 오는 섬뜩한 기계로 묘사한다. 이후로도 현대 SF에서 자동차의 사회적 역할은 중요한 주제가 되었다. 사려 깊은 작가들은 단지 새로운 운송수단이 초래할 사회의 외적 변화만이 아니라 사람들의 내면과 사회경제적 질서의 재구축에 주목했다.

이러한 시각은 하이퍼루프에도 고스란히 대입해볼 수 있다. 일론 머스크 테슬라 회장의 야심찬 구상이 지상에서 성공하면 다음 순서는 해저 진공터널이 될 것이다. 그렇게 되면 영불해협과 제주-부산 간을 제집 드나들듯 하루에도 몇 번씩 드나들 수 있게 될 것이다. 궁극에 가서는 태평양이나 대서양 해저에도 터널을 뚫고 비행기 대신 비슷한 시간 안에 주파하게 될지 모를 일이다. 심지어 SF에서는 지구의 내부를 대척점까지 수직으로 뚫어 최단시간 내 지구 반대편에 도달하는 교통수단을 상상하기도 한다(물론 지구의 내핵과 외핵은 너무 고온인 데다 상당 부분 액체상태로 되어 있어 과학적으로는 실행 불가능하다).

이와 같은 교통혁명의 가속화는 일견 경이롭지만 과연 우리 인간을 행복하게만 해줄까? 지구촌 어디나 24시간 이내에 열차로 도착할 수 있는 세상은 단지 관광이나 쇼핑만이 아니라 물류 비즈니스 차원에서도 큰 득이 될 듯싶다. 하지만 과유불급이란 말이 있듯이 지나친 살가움은 때로 오히려 독이 될 수도 있지 않을까? 하이퍼루프가 상용화되었다는 전제 아래 몇 가지 부정적인 효과를 가정해보겠다. 우선 빨대효과가 있다. 특정 국가나 지역의 관광 및 쇼핑수요가 다른 나라들의 관련 산업을 침

체시킬 것이다. 물류 유통의 경우에는 더욱 심하게 왜곡되기 쉽다. 세계경제는 분산되기는커녕 강대국 위주로 재편될 것이다. 열차가 비행기나 선박보다 더 가파르게 세계화를 촉진한다고 생각해보라. 둘째, 너무 한 가지 운송수단에 인류가 과도한 의존을 하게 되면 유사시 큰 혼란을 야기할 수 있다. 예컨대 폭탄테러라도 일어나는 날에는 단지 열차가 탈선하고 터널이 붕괴하는 바람에 생기는 희생자들만 아니라 세계경제 전체가 큰 타격을 입을 것이다. 셋째, 군사제국주의가 발호할 경우 하이퍼루프는 손쉽게 급습할 수 있는 침공 루트가 될 수 있다. 유럽 국가들이 영불해협을 관통하는 해저터널로 영국을 침공하는 이야기는 예전부터 곧잘 등장했다.

하지만 굳이 이처럼 굵직굵직한 위기가 아니더라도 하이퍼루프 문화는 우리의 자잘한 일상에까지 깊이 영향을 미칠 것이란 점에서 무조건 환영할 만한 일인지 한 번 더 생각해봐야 하지 않을까? 현대 산업사회에서 더 이상 매몰되지 않기 위해 이른바 슬로 라이프slow life의 가치가 부상하고 있는 지금 하이퍼루프는 종래 한국인의 '빨리빨리 문화'를 오히려 더 부채질할 것이다. 지구촌 일일 생활권 사회가 많은 혜택을 주긴 하겠지만 그로 인해 혹여 우리가 더 인간답게 살지 못하는 불상사가 생기진 않을까? 미래의 기술이 우리에게 '빨리빨리 문화'가 아니라 '쉬엄쉬엄 문화'를 제공해줄 수는 없는 걸까?

순간이동이 가능하다면 세상은 어떻게 바뀔까

● 인기 프랜차이즈 SF드라마 〈스타트렉〉 시리즈를 보면 승무원이나 장비를 우주선 안에서 행성의 지표면으로 곧장 전송하는 장면이 뻔질나게 나온다. 이러한 신기술은 최근의 극장판 영화 버전들에서뿐 아니라 이 작품이 텔레비전 연속극으로 처음 출발한 1966년부터 일찌감치 등장한다. 이러한 설정은 원래 물리학적인 근거가 있어서라기보다는 제작비가 많이 드는 우주선 이착륙 장면을 번번이 도입하지 않고 우주선에서 행성으로의 이동과정을 구렁이 담 넘어가듯 묘사하기 위한 고육지책 차원이었으나, 아이디어의 참신함 때문에 사람들에게 깊은 인상을 주어 오늘날 〈스타트렉〉의 대표적인 상징이 되다시피 했다.

만일 이런 기술이 실제로 발명된다면 그 용도는 단지 우주 밖으로의 수송에만 한정되지 않을 것이다. 래리 니븐의 과학소설 연작 〈알려진 우주 시리즈〉에서는 이동 부스가 엔터프라이즈 호의 전송실 같은 역할을 한다(엔터프라이즈 호는 〈스타트렉〉에서 주인공 제임스 커크 선장이 지휘하는 우주선이다). 이 이동 부스 안에 들어가 목적지 코드만 입력하면 즉시 육신이 입자화되어 눈 깜짝할 새에 지구 반대편의 또 다른 이동 부스에 나타나는 것이다. 이쯤 되면 지구촌 전역이 1일 생활권에 접어들게 되니 KTX를 비롯해 어지간한 장거리 교통수단은 죄다 고물상에 들어가고 산업 자체가 대대적인 구조개편의 회오리에 휘말리게 될 터이다. 이러한 세계상의 극한을 보여준 예가 댄 시먼스의 2부작 연작장편《일리움》과《올림포스》다. 여기서 그려지는 근미래의 지구에는 자전거와 마차 이상의 교통수단은 아예 눈을 씻고 찾아볼 수가 없게 된다. 조금만 멀다 하면 팩스노드를 이용하면 되기 때문이다. 팩스노드는 이동 부스를 부르는 또 다른 명칭이다. 작가들끼리도 자존심이 있는 이상 똑같은 개념을 이름까지 그대로 갖다 쓰기는 쑥스러우니까 자기 나름의 작명을 하는 경우가 많다. 그래서 똑같은 순간이동 방법을 놓고도 저마다 물질전송Beam-up · down(〈스타트렉〉)과 이동 부스(〈알려진 우주 시리즈〉) 그리고 팩스노드(《일리움》,《올림포스》) 같은 식으로 명칭이라도 다르게 표현하곤 한다.

> 데이먼은 울란바트에서 토비의 두 번째 20주기 파티에서 팩스할 당시인 바로 1초 전만 해도 아침이었는데, 단 1초 만에 저녁시간에 서 있게 되는 통에 인식 기능에 혼란을 느꼈다. … 그는 팩스노드 중앙에 서 있었다.[25]

위의 지문에서 보듯, 이러한 사회에서는 비단 교통수단뿐 아니라 사람들의 인식 · 가치체계와 문화까지 대격변을 겪는다. 바다와 하늘이 더 이상 조금도 장애가 되지 않는 세상에서는 자신이 어느 대륙에 살고 있는지 혹은 잠시 어느 대륙에 와 있는지 그리고 지금이 어느 시간대인지 따위는 하등 중요하지 않다. 필연적으로 근무환경과 대인관계도 깊은 영향을 받지 않을 수 없다. 예컨대 팩스노드만 이용하면 로마의 집에서 출근하여 서울에서 근무한 다음 저녁식사는 뉴욕에 살고 있는 애인과 레이캬비크에서 함께할 수 있다. 이처럼 초시간, 초국경, 초문화 사회에서는 인종과 지역색으로 인한 갈등은 전보다 많이 완화될 가능성이 크다(다만 종교문제는 예외다).

그렇다면 순간이동의 세상이 온다면 좋은 일만 만발할까? 꼭 그렇지는 않을 것이다. 아무리 잘나봤자 과학기술은 어디까지나 도구에 불과하므로 누가 어떤 용도로 쓰느냐에 따라 천사도 되고 악마도 되기 때문이다. 〈알려진 우주 시리즈〉에 속하는 〈세계선단 5부작Fleet of Worlds Series〉(2007~2012)에서 지구세계를 정탐 중이던 외계인(퍼펫티어인The Puppeteers) 네서스는 국제연합의 주요 인사들을 포함해서 필요한 사람들을 수시로 납치한다. 그가 감쪽같이 어느 누구의 눈에도 띄지 않고 사람들을 순식간에 납치할 수 있는 것은 이동 부스를 자기네 문명의 초과학으로 가볍게 해킹할 수 있기 때문이다. 그 결과 이동 부스에 들어간 사람들은 전혀 엉뚱한 곳에 당도하게 된다. 스티븐 굴드의 소설 《점퍼》에서는 선천적으로 순간이동을 할 수 있는 초능력을 자각한 사람들이 은행 강도를 비롯한 범죄에 나선다. 철통방어를 하는 금고라도 좌표 값만 알고 있으면 불쑥 들어갔다 아무런 제지 없이 나올 수 있고 살인청부업자라면 살해하려는 사람의 프라이버시 공간에 느닷없이 나타날 수 있다. 이제는 고전의 반열에 오른 알프레드 베스터의 장편 《나의 목적지는 별들The Stars My Destination》(1956)에서는 순간이동 능력이 미래판 몽테크리스토 백작이라

할 주인공의 복수 행각을 돕는 데 쓰인다. 여기서는 이러한 능력을 조운트jaunt(짧은 여행)라 부른다.

이제까지는 순간이동 능력의 다양한 쓰임새를 여러 과학소설들의 사고실험 사례들을 통해 알아보았다. 과연 과학은 작가들의 이러한 기대에 부응할 수 있을까? 미국의 아리조나 주립대 교수 로렌스 M. 크라우스Lawrence M. Krauss가 펴낸 교양과학서 《스타트렉의 물리학The Physics of Star Trek》(1995)은 이러한 궁금증에 대해 고개를 갸웃한다(초능력을 통한 순간이동은 실증적인 예라 보기 어려우므로 굳이 설명이 필요하지 않으리라).

TV 드라마 〈스타트렉 넥스트 제너레이션Star Trek: The Next Generation Series〉 시리즈가 공개한 순간이동에 관한 기술설명서를 보면 이 과정은 다음과 같이 진행된다. 먼저 순간이동 장치를 목표물을 향해 조준해 영상패턴을 읽어 들인다. 비非물질화된 형상(원자들과 구성 데이터)은 패턴보관실에 잠시 저장되었다가 원형구속발사기를 통해 유동형 물질 형태로 목적지를 향해 발사된다. 다시 말해 인간이나 화물을 입자 알갱이들로 낱낱이 분해한 다음 에너지로 바꿔 빛의 속도로 목적지에 전송해서 거기서 재조립한다는 뜻이다. 얼핏 그럴듯한 첨단과학의 향연처럼 보일지 모르지만 이러한 주장은 과학기술상 혹은 과학법칙상 두 가지 어려움이 있다.

우선 복사해서 전송해야 하는 원자들의 수가 너무 많다. 예를 들어 성인 한 명을 원자로 분해하면 약 10^{28}개가 된다. 이 어마어마한 수의 원자들을 일일이 순수한 에너지(이를 테면 빛의 형태)로 바꾸면 대체 얼마나 많은 에너지가 나올까? 아인슈타인의 $E=MC^2$을 떠올려보라. 50kg의 물질을 순수 에너지로 바꾸면 1메가톤급 수소폭탄 1,000개의 위력이 된다. 에서 끝이 아니다. 이것들을 목적지에서 원래 모양대로 다시 짜 맞추는

〈스타트렉〉에서 순간이동을 시도하는 대원들의 모습.

데 필요한 정보량이 얼마나 천문학적인 규모겠는가? 설상가상으로 사람마다 약 10^{28}개의 조합은 다 다를 것 아닌가. 체형, 피부색, 건강, 성격, 취향, 인성, 뇌 속의 보유정보 등이 천차만별일 텐데 이를 일일이 구분해서 재구성하려면 데이터 저장장치는 대체 얼마나 되는 용량을 지니고 있어야 할까. 혹여 전송과정에 아주 약간의 먼지나 이물질이 끼어들기만 해도 낭패를 당할 수 있다.

둘째로 하이젠베르크의 불확정성의 원리에 따르면, 미래에 아무리 정확한 측정기술이 개발된다 한들 원자핵을 돌고 있는 전자의 정확한 물리량 정보 전체(위치와 방향 · 속도)를 동시에 한꺼번에 알아낼 수 없다. 전자의 위치를 측정하고 나면 그것이 바로 다음에 어느 쪽으로 얼마나 빨리 이동할지 전혀 예측할 수 없기 때문이다. 우주의 물리법칙 자체가 그렇게 짜여 있는 이상 향후 어떤 첨단장비가 개발된다 해도 이 장애물을 넘을 수 없다. 이는 빛의 속도를 넘어서는 우주선을 물리법칙상 만들어낼 수 없는 이치와 마찬가지다. 전자의 물리량을 모르는 채 어찌 원자의 정보를 파악해서 다시 재구성한단 말인가.

이러한 난제에도 불구하고 만일 순간이동 기술이 구현된다면 전혀 뜻밖의 국면이 빚어질 수 있다. 이를테면 동일한 인간의 무한정 복제가 가능하다. 한 인간의 원자 개수와 종류 그리고 배열방식을 마치 인간 게놈 프로젝트처럼 낱낱이 밝힐 수 있다고 가정해보자. 그 사람의 몸을 구성하는 원자들과 똑같은 원자들을 계속 공급할 수만 있다면 송신 부스에서 신호를 보낼 때마다 수신 부스에서 동일한 사람을 출현시킬 수 있다. 이른바 '개인 군단'의 출현이다. 적이 쳐들어오면 일급 정예 병사를 원본으로 하는 개인 군단을 보내 격파하면 된다. 정작 오리지널 인간은 전장에 나갈 필요도 없다. 얼핏 괜찮은 아이디어 같지만 이는 윤리·도덕적으로 큰 문제가 된다. 유전공학으로 만든 복제인간을 악용하는 짓과 오십보백보인 까닭이다. 순간이동을 위해 인간의 몸을 데이터화하는 과정에서 뇌 부분만 따로 추출해낼 수 있다면 디지털 의식을 컴퓨터 데이터베이스에 저장하여 영생을 추구하는 것도 가능하다. 그러나 이 경우 그 과정이 매끄럽지 않으면 육신을 지닌 인간과 디지털 의식 간에 서로 재산권과 인격권 분쟁이 일어날 수 있다.

종교적인 문제도 있다. 종교는 육신과 영혼을 분리해서 생각한다. 우리에게 육신보다 상위차원의 영혼이 존재한다는 믿음은 비단 종교와 유신론 철학만이 아니라 개인의 일상적 삶에서도 중요한 의미를 차지한다. 그러나 원본인간의 신체 데이터를 속속들이 읽어낼 때 몸을 구성하는 원자 이외의 데이터는 어떻게 수집할 것인가? 대놓고 말해서 영혼은 어떻게 카피할 것인가? 그럼에도 불구하고 〈스타트렉〉에서처럼 목적지에 전송데이터가 사람을 멀쩡하게 되돌려 놓는다면 영혼이 실제 존재한다 할 수 있을까? 현대 물리학이 영혼을 카피할 수 없는데 순간이동기술이 목적지에 사람을 원래대로 복원할 수 있다면 영혼을 부정하는 결정적인 근거가 되고 말 것이다. 결과적으로 뜻하지 않게 순간이동기술은 종교계에 치명타를 가할 수 있다(이러한 논란을 피하고자 〈스타트렉〉 작가들도 순간이동과 관련된 영혼의 이슈는 가급적 모른 척 해왔다).

위에서 필자가 예로 든 부작용들은 실제 일어날 법한 일들 가운데 아주 일부에 불과할 것이다. 정말 이러한 기술이 도입된다면 세상이 얼마나 큰 혼란에 빠질지는 누구도 정확히 가늠하기 어렵다. 따라서 감당할 수 없는 파고를 굳이 자청하는 수고를 해야 할까 하는 생각이 들지도 모르겠다. 그래서 오히려 일부 사람들은《스타트렉의 물리학》에서 제기된 반박논리를 오히려 반기며 이러한 장치의 개발 자체가 무의미하다는 쪽으로 여론을 조성하고 싶어 할 수도 있으리라.

날씨를 우리 입맛대로 조절할 수 있을까

● 오늘날 우리가 아무리 과학기술문명 시대에 살고 있다고는 하나 아직 기후의 변덕 앞에서는 용빼는 재주가 없다. 예고되지 않은 쓰나미는 물론이거니와 설사 예고된 태풍(허리케인 혹은 블리자드)이나 돌풍(토네이도)이라 해도 변변한 대응책을 내놓지 못하는 것이 이제까지의 현실이다. 2004년 12월 26일 인도양 일대를 강타한 쓰나미로 인해 무려 23만여 명이 숨지고 500만 명 이상 피해를 입었으며, 2013년 5월 20일 미국 남부 오클라호마 주를 덮친 토네이도는 시속 166~322km로 불면서 불과 40여 분 만에 91명의 사망자와 145명의 부상자를 낳았다.

그렇다면 앞으로 우리 손으로 직접 기후를 제어할 수 있는 날이 올 수는 없을까? 사실 기후조절에 관한 인류의 꿈은 험상궂은 날씨를 신이나 악마로 의인화한 신화와 전설에서 보듯이 그 뿌리가 생각보다 오래되었다. 이를테면 북풍과 해님이 나그네의 외투를 벗기기 위해 경쟁하는 이솝우화를 떠올려보라. 심청이를 인당수에 던지는 우리나라의 옛이야기에는 뱃길에 풍랑을 만나지 않길 바라는 당대 사람들의 염원이 담겨 있다.

오늘날 기후조절에 관한 우리의 소망은 현실과 상상력 사이를 오가며 맞물리고 있다. 과학자들은 날로 진보하는 과학기술을 이용해 실질적인 기후조절 해법을 찾고 있고, 작가들은 과학자들의 노력이 실제로 꽃핀 미래를 문학적 상상력을 동원하여 형상화하고자 하는 것이다.

먼저 기후조절을 위한 과학기술이 어느 선까지 발전했는지부터 살펴보자. 1946년 미국에서 비행기를 통한 인공강우가 도입된 이래, 과학자들은 줄곧 기후를 관찰 · 예측하고 나아가서는 일정 부분 통제가 가능한 갖가지 방법을 모색해왔다. 이 중 기존의 재래식 방법은 기본적인 알고리즘이 대개 오십보백보다. 우선 구름 속에다 비가 되어 떨어질 만큼 물방울을 키울 수 있는 먼지 씨앗들을 뿌린다. 아무리 작은 구름이라도 그 안에는 무수히 많은 작은 물방울들이 떠 있다. 다만 이 작은 물방울들은 말 그대로 너무나 작다. 이것들이 지상으로 떨어질 만한 덩치의 빗방울이 되려면 약 100만 개쯤 뭉쳐야 한다. 이때 구름 속에 먼지나 흙 그리고 얼음 결정 같은 미세입자들을 섞어주면 그것들이 주변의 작은 물방울들을 계속해서 빨아들이는 빗방울 씨앗이 된다. 따뜻한 날에는 소금이, 추운 날에는 요오드화물과 드라이아이스가 인공강우 유발물질로 뿌려진다.

최근에는 이보다 더 진일보된 방식들도 논의되고 있다. 첫째가 초저주파 전자파를 이용한 방법이다. 미국과 러시아에서는 이 파장대역의 전자파를 전송하여 성층권의 제트 기류 흐름을 바꿈으로써 기상조건에 영향을 미치는 실험을 하고 있다. 이 실험이 성공한다면 제트 기류의 방향을 북쪽으로 돌려놓아 여태까지의 대류 패턴에 변화를 줄 수 있다. 둘째는 미국에서 진행 중인 HAARP 프로젝트다. 고주파 활성화 청각연구 프로그램High-Frequency Actival Aural Research Program의 줄인 말인 이 프로젝트는 지상의 안테나들에서 발사하는 강력한 라디오파로 상층대기의 전리층을 달궈 지역별 대기 순환을 인위적으로 조절하는 것이다. 공기가 뜨거워지면 상승하는 원리를 이용하여 전리층의 높이를 더 끌어올리는 방법으로, 그렇게 하면 해당 지역의 기후 패턴이 변하게 된다. 셋째는 공기를 데우는 수단으로 인공위성들을 이용하는 방법이다. 인공위성에서 마이크로파로 태풍의 핵을 달구면 물분자들이 진동하게 된 끝에 주변 공기의 온도가 올라간다. 그 결과 태풍의 경로가 바뀌거나 기세가 약해질 수 있다.

이번에는 문학적 상상력에 기대어 근미래의 기후조절 비전을 살펴보자. 러시아의 과학소설 작가 이반 A. 예프레모프Ivan A. Yefremov가 일찍이 1950년대 말 발표한 장편 《안드로메다 성운Tumannost' Andromedy》(1957)을 보면 인공태양이 시베리아의 동토를 비옥한 옥토로 바꿔놓는다.

> 인공태양들이 건설되어 북극과 남극 양 지역에 배치되었습니다. 이 태양들이 제4빙하기 동안 형성된 극지방의 빙하를 대거 녹이는 바람에 광범위한 지역에 걸쳐 기후변화가 뒤따랐습니다. 해수면이 7미터나 올라갔는가 하면 한랭전선이 급속히 후퇴했으며 적도지역 외곽의 사막화를 부채질한 무역풍의 흐름이 훨씬 약해졌지요. 허리케인, 다시 말해 일반적으로 폭풍우가 몰아치는 날씨는 거의 자취를 감추었습니다.[26]

인공태양은 21세기의 미국 과학소설에도 주요한 기후조절 수단으로 등장한다. 특히 래리 니븐과 에드워드 M. 러너Edward M. Lerner의 장편 〈세계선단 5부작〉에서는 인공태양의 활용 범위가 훨씬 더 극대화된다. 여기서는 퍼펫티어인이라 불리는 외계인들이 항성의 중력우물에 전혀 얽매이지 않고 우주를 자유로이 떠도는 외계행성들에 거주한다. 그럼에도 불구하고 그곳들에 신록이 푸른 대지와 얼어붙지 않은 바다가 있는 것은 행성 가까이에 작은 인공태양이 돌고 있기 때문이다.

인위적인 기후조절에 관한 문헌상의 최초의 언급은 18세기 중엽 영국 시인 새뮤얼 존슨Samuel Johnson의 《라셀Rassek》(1759)으로까지 거슬러 올라간다. 한발 더 나아가서 19세기 영국의 여류 SF작가 제인 로우든Jane Loudon은 자신의 장편 《미이라The Mummy》(1827)에서 앞으로 200년 안에 사람들이 기후를 조절하는 날이 오리라는 야심 찬 전망을 내놓았다(그녀가 만기로 잡은 200년이 거의 다 되어가는 지금, 과학자들은 그러한 꿈을 실현하기 위해 한창 노력 중이다). 20세기 들어서도 기후조절을 소재로 한 소설들이 다수 나왔다. 그중 벤 보바Ben Bova의 장편 《기후를 바꾸는 자들The Weathermakers》(1967)을 보면, 허리케인으로 유입되는 공기를 데우는 동시에 중심부에 있는 공기는 반대로 냉각시켜 전체의 온도를 균일하게 만드는 방식으로 태풍을 중화시킨다. 이러한 해법은 대류현상이 온도차에 의해 발생하는 원리를 응용한 것이다. 만화와 애니메이션 그리고 영화에서는 〈엑스맨X-Men〉의 주요 캐릭터 중 하나인 스톰이 기후를 조절하는 초능력을 지닌 돌연변이로 나온다.

끝으로 유의해야 할 점이 하나 있다. 그것은 장차 기후조절을 할 수 있게 된다 해서 만사형통은 아니란 점이다. 기후변화에 인간이 직접 개입한다는 것은 자연의 흐름을 거스른다는 의미이기도 하다. 덕분에 목표 지역에서는 원하는 바를 얻게 될지 모르나 그 밖의 지역에는 뜻하지 않은 재앙을 초래할 수 있다. 오타와 대학의 미셸 코수도브스키Michel Chossudovsky는 앞서 소개한 HAARP 프로젝트가 앞으로 충분히 실현 가능한 계획으로 보이지만 자칫 잘못 운용하면 홍수와 가뭄, 허리케인 그리고 지진을 유발할지도 모른다고 우려한다. 인류가 발명한 과학기술의 산물 대부분이 그렇듯이 기후조절 기술 또한 동전의 양면을 갖고 있다.

더구나 기후조절 기술이 특정 개인이나 집단 혹은 국가의 이기적인 목적을 위해 남용되거나 독과점 되기라도 하는 날에는 우리는 언제 어디서 환경생태학적 재앙이란 뒤통수를 맞게 될지 모른다. 과학소설과 SF영화는 이미 일찍부터 그처럼 불운한 미래를 내다보았다. 미국작가 머레이 라인스터Murray Leinster의 중편소설 〈영하 1,000도A Thousand Degrees Below Zero〉(1919)는 한 미치광이 천재과학자가 자신을 세계의 지배자로 인정하지 않으면 온 세상을 얼음판으로 만들겠노라 협박하는 이야기다. 액화수소와 초전도 물질을 다루는 데 숙달된 전문가인 이 과학자는 뉴욕과 지브롤터 그리고 요코하마 같은 지구촌 주요항구들이 꽁꽁 얼어붙게 만든다. 1960년대의 TV 시리즈를 리메이크한 극장판 영화 〈어벤저스Avengers〉(1998)에서는 어거스트 드 윈터 경이란 악당이 기후조절 기계를 이용해서 세상을 지배하려 한다(이 영화는 마블코믹스의 만화 속 슈퍼히어로들을 총집합시킨 동명의 영화와는 전혀 다른 작품이니 혼동하지 않기 바란다). 소설과 만화 속의 악역들이 그저 희화화된 캐릭터에 그치지 않고 현실 사회의 복잡한 이해관계를 반영하는 인물이라고 재해석해보라. 그렇다면 기후의 인위적인 조절이 인류 사회에 복락을 가져오기는커녕 핵무기보다 더 끔찍한 재앙을 몰고 올 수도 있음을 직감할 수 있으리라.

결론적으로 말해서, 기후조절은 충분히 매력적인 도전과제임은 분명하다. 게다가 조만간 상당히 효과적인 수단이 실용화될지도 모른다. 문제는 그러한 기술이 첨단화되고 강력해질수록 잘못하면 우리의 문명 자체가 결딴날지도 모른다는 점이다. 어떤 과학기술이든 자승자박의 위험성을 지니고 있지만, 유독 기후조절 테크놀로지는 파급효과가 어마어마한 탓에 인간의 지능 못지않게 양심과 도덕이 함께 잘 들여다봐야 하는 분야인 셈이다.

Chapter

5

세계의 종말

도망칠 것인가 대비할 것인가

지구의 종말에 대처하는 가장 현실적인 자세

● 2014년 〈인터스텔라〉는 우리나라에서만 관객 동원 수 1,000만 명을 훌쩍 넘길 만큼 SF영화치고는 이례적으로 큰 호응을 받았다.[27] 지구온난화가 막다른 골목에 다다라 이상고온과 한치 앞도 볼 수 없는 대규모 황사로 더 이상 한 톨의 곡물도 싹을 틔울 수 없게 된 근미래, NASA는 생명이 살 수 있는 외계행성을 찾아 나선다. 그동안 무인탐사선들이 익히 확인해주었듯이 태양계 내 다른 행성들 가운데에는 인간이 정착해서 살 만한 마땅한 후보지가 없다. 인간이 살 수 있을만한 환경을 갖춘 행성이 광대한 우주 어딘가에 있을 가능성이 있지만 너무나 멀어 기존의 로켓 장비로는 엄두도 낼 수 없다는 것이 문제다. 그러나 우연히 토성 인근에서 상당히 큰 웜홀이 발견된 덕에 NASA는 여러 탐사팀을 이곳을 거쳐 까마득히 먼 외계행성들까지 단숨에 보낸다. 이들의 성공여부와 별개로 갈수록 인간이 살기 힘들어지는 지구상에 대한 영화 속 묘사는 인상적이

다. 실제로 기후격변으로 인해 먹을거리는 물론이고 우리의 건강마저 치명적으로 위협받는 미래가 언제 찾아올지 모를 일이기 때문이다. 다만 〈인터스텔라〉가 내놓는 인류 생존의 대안은 흥밋거리 차원에서는 몰라도 현실적으로 고려하기에는 상당히 무리가 따른다. 왜 그럴까?

무엇보다 웜홀은 아직 이론상의 존재일 뿐이다. 설령 존재한다 한들 소립자들이나 겨우 지나갈까 말까 한 크기로 눈 깜짝할 새보다 짧은 순간 동안 생겼다 곧장 사라진다. 양자단위 요동의 산물인 것이다. 과학소설 작가들과 일부 과학자들은 웜홀 크기를 대폭 키워 특이물질로 외벽을 바르면 안정될 수 있지 않을까 상상한다. 이른바 스페이스오페라 영화에 자주 등장하는 스타게이트의 탄생이다. 그러나 우주선이 통과할 정도로 큰 웜홀을 만들어 그대로 안정되게 유지하려면 대체 어느 정도의 과학기술이 뒷받침되어야 할지 우리는 상상도 못한다. 게다가 태양계 주변에는 웜홀이 없다. 영화 속의 외계인들은 임의로 웜홀을 만들어내지만 우리에게는 그러한 시도는커녕 웜홀이 정말 물리법칙상 실재하는지조차 검증할 수 있는 장비가 없다. 그래서 〈인터스텔라〉에서는 토성 궤도에 불쑥 나타난 웜홀이 인류 멸종을 불쌍히 여긴 5차원 외계인들의 선물로 해석되며 (다시 말해 외계인 자신이 나서 구구절절 해명하는 장면은 없다), 인간들은 그것을 다행히 일종의 관문으로 이용만 할 수 있을 뿐 정확한 성질이나 존재양식에 대해서는 제대로 아는 바가 없다. 단지 멸종 위기에 몰린 인류가 우주 먼 곳으로 달아날 수 있는 탈출구가 제공되었다는 점이 중요할 뿐이다. 그렇지만 실제로 웜홀에 돌입할 때 우주선과 승객의 몸이 예전처럼 멀쩡할지 우리는 아직 아무것도 아는 바 없다. 심지어 멀리 떨어진 우주로 가는 지름길이라거나 아예 다른 평행우주와 이어진 통로라는 주장들은 어디까지나 가설일 뿐 누구도 검증할 수 없는 사변일 따름이다.

웜홀을 우리 입맛대로 가공할 수 없고 설사 통과해서 살아남는다 해도 언제 어디로 튀어나올지 좀처럼 예측할 수 없다면 차라리 우주선 자체의 속도를 최대한 빠르게 해서 목적지로 삼은 외계행성까지 가게 할 수는 없을까? 안타깝지만 이쪽에도 만만치 않은 난관이 기다린다. 대개 별과 별 사이의 거리는 빛의 속도로 마르고 닳도록 가도 하세월일 만큼 상당히 멀리 떨어져 있다. 우리 태양과 가장 가까운 이웃태양으로 프록시마 센타우리Proxima Centauri가 있는데, 여기까지 우주선이 광속으로 날아가는 데 약 4.3년이 걸린다. 4.3년이라! 뭐, 메이플라워 호나 콜럼버스의 배가 두 달여 걸려 대서양을 건넜으니 심우주를 건너는 데 그 정도면 인간 수명에 비해 그리 많은 세월을 잡아먹는 것 같지는 않다. 허나 이마저 아인슈타인이 원천불가를 외치고 나선다. 상대성이론에 따르면, 광속에 근접할수록 우주선 질량은 무한대에 가까워지기 때문이다. 대체 무한대의 질량을 가속할 수 있으려면 얼마나 많은 연료가 필요할까? 현재의 우리로서는 상상하기 어렵다. 하는 수 없이 인류가 이제까지 개발한 가장 빠른 우주선으로 같은 거리를 간다면 얼마나 걸릴까? 태양에서 약 195억 4,463km 떨어진 지점을 초속 17.46km로 나아가고 있는 무인 탐사선 보이저 1호로는 약 7만4,000년, 초속 11km로 지구 중력권을 벗어나는 아폴로 11호의 새턴 로켓으로는 약 12만 년이다. 이는 만일 네안데르탈인들이 프록시마를 향해 보이저 1호의 속도로 뭔가를 발사했더라면 지금쯤에야 목적지에 도착했으리란 뜻이다.

우리로서는 그 긴 세월 동안 승무원들에게 공급해야 할 공기와 물, 음식 그리고 의복의 양을 가늠조차 할 수 없다. 대체 우주선이 얼마나 커져야 하는 것일까? 연료는 큰 문제가 아니다. 거의 진공이나 다름없는 우주에서 한번 가속하면 방향을 바꾸거나 목적지 도착을 앞두고 감속할 때 외에는 대단히 많은 연료가 필요하지 않기 때문이다(물론 우주선 내의 항상성을 유지하기 위해서는 늘 소량이나마 연료가 소비될 것이다. 이를테면 전기생산과 난방, 취사 등에 쓰기 위해서 말이다). 더구나 한 세대 인간의 수명 한도 안에서는 꿈도 꿀 수 없거니와 설사 어찌어찌 (냉동인간이 되었다가 깨어난다든가 하는 방식으로) 목적지에 도착한다 해도 7만4,000년이나 세월이 흐른 뒤이고 그로부터 다시 지구와 통신하는 데 편도로만 4.3광년이 걸리므로 이미 그때쯤에는 인류가 멸종한지 오래거나 아예 새로운 대안을 찾아 지구를 떠난 지 한참 뒤일 터이다. 어느 쪽이든 굼벵이 성간탐사는 탐사팀 역시 무척 고생스럽겠지만 그들을 파견한 지구 입장에서도 전혀 메리트가 없다는 얘기다.

로켓엔진의 성능과 효율은 계속 개선되고 있으므로 조급하게 실망하지 말고 좀 더 희망을 품어보자. 향후 가까운 미래에 우리가 우주선의 속도를 광속의 10%까지 올릴 수 있다 가정해보자. 그럼 약 43.5년이면 프록시마 센타우리까지 갈 수 있다. 옆의 〈표 3〉이 예시하듯이 상대성이론에 따르면, 아주 빨리 이동하는 우주선의 선내 경과시간은 상대적으로 느림보인 지구에서보다 느리게 간다(지구의 공전속도는 초당 29.76km로 그래도 얼마 전 태양계 권역을 벗어난 보이저 호보다 훨씬 빠르다. 그만큼 아직은 인류의 탈것이 느려 터졌다는 뜻이다). 하지만 광속의 10%로는 시간팽창 효과가 너무 약해 선내 경과시간이 불과 두어 달밖에 단축되지 않는다. 최소한 광속의 50% 정도는 되어야 같은 목적지까지 우주선이 이동하는 데 지구의 외부관찰자 시점으로나 선내에서나 유의미하게 시간이 줄어든다.

표 3 | 4.3광년의 거리를 각기 다른 시간 동안 각기 다른 속도로 이동시 선내 경과 시간과 외부관찰자 경과시간의 차이 비교[28]

가속(감속) 기간	우주선 속도	외부관찰자(지구) 경과시간	선내 경과시간
6개월	광속 99%	4.843년	1.335년
	광속 95%	5.026년	2.073년
	광속 90%	5.278년	2.705년
	광속 80%	5.875년	3.805년
	광속 50%	9.100년	7.971년
	광속 10%	43.5년	43.285년
3개월	광속 99%	4.593년	0.974년
하루	광속 99.9%	4.307년	72일
	광속 99%	4.346년	0.617년
4.6시간	광속 99.99999%	거의 4.3년	하루
7분	광속 99.99998%	거의 4.3년	하루

〈표 3〉을 보면 각기 약 9.1년과 7.9년으로 우주비행사들이 지구에 있는 관제소 사람들보다 나이를 1년2개월쯤 덜 먹는다.

만일 광속에 거의 근접하는 속도로 이동하는 우주선이라면 지구에서는 목적지까지 4.3년 걸린 듯 보여도 선내에서는 단 하루밖에 흐르지 않는다. 그러니 우리 태양계를 벗어나 생명이 살만한 다른 항성계의 행성으로 옮겨가는 데 절대적인 영향을 미치는 관건은 다른 무엇보다 우주선의 속도다. 광속의 10%도 지금으로서는 상상조차 할 수 없는 경이로운 속도이긴 하나 유인 성간여행 관점에서는 별로 매력이 없다. 탐사대 규모를 불과 몇 사람으로 줄인다 해도 프록시마 센타우리까지 소요되는 40여 년 동안 이들에게 필요한 물자와 공기를 어떻게 공급할 것이며 그것들을 우주선의 제한된 공간 안에 어떻게 다 싣는단 말인가? 짐을 많이 실어 우주선의 질량이 늘어나면 그만큼 연료가 더 많이 들게 되고 그렇다고 해서 연료를 더 실으면 그만큼 우주선의 질량이 더 불어나 추가연료가 필요해지는 악순환의 고리에 빠진다. 불과 몇 사람 수송하는 데 이런 문제에 봉착한다면 하물며 수십억에 이르는 인류를 외계로 이주시킨다는 것은 어불성설이다. 혹여 세계 곳곳에서 호의호식하는 수만에서 수십만 명 가량의 파워엘리트만 따로 챙기려 한다 해도 실현불가능하다(하긴 부릴 하인 하나 없이 자기네만 신천지에 도착해야 한다면 어차피 구미가 당기지 않겠지만). 선내 시간 기준으로 단 하루 만에 프록시마 센타우리에 갈 수 있다면 이런 고민을 상당 부분 덜 수 있겠지만 현실성이 없다. 우주선이 광속에 가까워지면 앞서 언급했듯 질량이 무한대에 수렴할 뿐 아니라 우주에 아주 희박하게 흩어져 있던 소립자들이 우주선을 광속으로 뚫고 들어오는 셈이니 우주선 외피와 내부 계기류는 물론이고 우주비행사의 몸까지 구멍투성이로 너덜너덜해질 것이다(성간 우주는 진공에 가깝지만 그래도 완전한 무는 아니다. 그랬다면 별과 행성 그리고 우리 자신이 생겨나지 못했을 것이다. 성간 우주의 밀도는 곳에 따라 편차가 있으나 평균적으로 1cm^{3}당 소립자 몇 개 정도로 추산된다).

승무원들이 먹지도 입지도 않고 산소도 조금밖에 소비하지 않는 냉동인간이 된다면 그나마 도움이 되겠지만 이마저도 아직은 실현 단계가 아니다. 그렇다고 현재(혹은 근미래)의 기술로 성간여행을 시도할 길이 완전히 막힌 것은 아니다. 굼벵이 재래식 우주선이라도 도시나 나라만큼 크게 만들어 그 안에서 스스로 먹을 것을 생산하고 옷을 지어 입으며 산소와 이산화탄소의 순환을 가능하게 하는 폐쇄형 자립공동체를 꾸리면 된다. 속도는 지구의 공전속도보다 느린 굼벵이지만 서서히 가속하면 성간 진공에서는 마찰이 거의 없으므로 어느 시점부터는 지구의 운동보다야 빨라질 것이다. 물론 그래봤자 근본적으로 굼벵이란 한계는 어쩔 수 없다. 세월아 네월아 하며 농사짓고 자자손손 대물려가야 한다. 이러한 개념을 소위 '세대우주선'이라 하는데 과학자들은 이러한 운송수단의 유력한 후보로 소행성을 꼽는다. 그 안을 파내고 인공적으로 자족 생태계를 꾸린 뒤 천년만년 '케세라세라'• 하며 마냥 우주 저편으로 나아가는 것이다. 그러나 물리적으로는 가능하다 해도 경제적 관점에서 실효성이 있을지는 의문이다. 출발한 첫 세대가 아니라 수백, 수천 세대 뒤의 후손에게나 현지 외계행성을 밟아볼 기회가 올 테니 그 이전의 선조들은 죄다 비좁은 소행성 껍질 안에서 파란 하늘 한 번 보지 못하고 생을 마감해야 하는 것이다. 2016년 8월 보도에 따르면, 프록시마 센타우리 항성계에서 지구형 암석질 행성이 하나 발견된 모양이다. 섭동과 시선속도 그리고 분광분석 같은 간접관측 결과들을 토대로 한 것이라 아직 100% 그 존재를 단정하기는 어려우나 혹자는 물이 있을 가능성까지 기대한다. 그러나 현재로서는 아무리 매력적인 제2의 지구가 확인된다 한들 현재 우리 주제에는 그림의 떡이다.

• 도리스 데이가 부른 팝송 'QueSeraSera' 덕에 유명해진 스페인어로 '될 대로 되라'는 뜻이다.

요약하면, 〈인터스텔라〉에서와 같은 지구촌 전반의 대재앙을 겪는다 한들 태양계 너머로의 대대적인 이주는 실질적인 대안이 전혀 되지 못한다. 그렇다면 우리에게 남은 실현 가능한 대안들로는 어떤 것이 있을까?

일차적으로 생각해볼 수 있는 피신처는 땅속이나 물속이다. 지상에서 어떤 격변이 일어나든 지하와 수심 깊은 곳에서는 일정한 생존조건을 유지할 수 있기 때문이다. 더욱이 지상의 여건이 나아지면 다시 나오면 그만이다. 가브리엘 드 타드Gabriel De Tarde의 《지저인간Underground Man》(1884)과 로버트 실버버그Robert Silverberg의 《대빙하 시대Time of the Great Freeze》(1964) 같은 소설들에서는 기온 급강하로 빙하시대가 다시 오자 추위에 견디지 못한 인간들이 지하에 자족도시를 건설한다. 휴 하위Hugh Howey의 《울Wool》(2011)과 드미트리 글루코프스키Dmitry Glukhovsky의 《메트로 2033Metro 2033》(2005)에서도 지하 통로에서 사람들이 살아가지만, 원인이 전면 핵전쟁으로 인한 지상의 낙진과 방사능 때문이다. 다른 한편으로는 지구온난화의 부작용을 막는답시고 너무 지나친 규제를 해서 스스로 재앙을 불러들일지도 모른다. 래리 니븐과 제리 퍼넬Jerry Pournelle 그리고 마이클 플린Michael Flynn 셋이서 함께 쓴 《추락한 천사들Fallen Angels》(1991)이 바로 그러한 예다. 온실효과 차단을 위해 배기가스 규제법이 워낙 강력하게 시행되다 보니 정도가 지나쳐 먼지가 없는 상태에서 수증기가 쉽게 응결하지 못하게 된다. 그러자 구름이 지구를 감싸지 못하는 바람에 땅이 비정상적으로 빠르게 식어버린다. 이 과정이 어느 선을 넘어서자 온실효과를 방지하는 정도가 아니라 역으로 빙하가 비정상적으로 늘어난다. 엎친 데 덮친 격이랄까. 증가한 빙하는 햇빛의 반사율을 끌어올려 빙하가 갈수록 더 빠르게 늘어난다. 과거 지구가 몇 차례 겪었던 이른바 '눈덩이 지구Snowball Earth' 시대의 서막이 재차 열리게 되는 것이다.

다음 대안으로 바다는 지구 표면적의 7/10을 차지하는 데서 보듯 거의 무한한 식량과 자원을 품고 있어 뭍의 위기에도 불구하고 충분한 피신처가 될 수 있다. 물론 비교적 얕은 대륙붕에 해저도시를 건설하려 해도 엄청난 수압을 버텨낼 공학기술이 필요하긴 하다. 하지만 준準광속우주선이나 웜홀을 만들어내야 하는 도전에 비하면 충분히 현실적이다. 심지어 아베 코보安部公房의 장편소설 《제4간빙기第四間氷期》(1959)에서는 지구온난화로 빙하가 녹아내려 조만간 육지 대부분이 물에 잠길 것으로 예상되자 물속에서도 호흡할 수 있는 인간으로 유전공학적 개량이 이뤄지기도 한다. 절대온도에 가까운 진공의 우주와 달리 비빌 언덕이 있는 한 인간에게는 숨 돌릴 틈이 있다.

마지막으로 지구 밖으로 눈을 돌리면 태양계 내의 행성과 위성들이 있다. 어차피 외부 항성계의 행성들에 정착하려 해도 우리가 그곳 태생이 아닌 한 어느 정도의 환경 개선은 필요하다. 그런 기술이 있다면 굳이 멀리 갈 것 없이 화성과 금성 같은 지구 크기의 암석질 행성이나 타이탄과 트리톤Triton, 유로파, 엔셀라두스처럼 대기를 지닐 만큼 덩치가 크거나 지각 아래에 지구의 바다보다 많은 물을 품고 있는 비교적 큰 위성들을 우리가 살기 좋게 고치면 되지 않을까? 이러한 자연환경 개선작업을 이른바 '테라포밍(지구화)'이라 한다. 또는 〈인터스텔라〉의 엔딩에서처럼 우주공간에 도시만한 크기의 인공거주구를 건설하는 방법도 있다. 그러나 테라포밍과 인공거주구는 지구 중력에 묶인 사람들을 값비싼 연료를 들여 우주로 수송해야 한다는 점에서 단기적인 관점에서 보건대 그다지 경제적이지 않다. 특히 지구 종말을 앞두고 국민 대다수의 불안을 잠재워

가며 각국 정부들이 추진하기에는 어려움이 많다. 공학기술개발과 천문학적인 건설비용만이 문제가 아니니다. 누구는 황사가 하늘을 온종일 뒤덮는 지구에 남고 누구는 우주로 나아갈 것인가? 우주식민지 개발은 당면한 위기를 당장 타개하기 위해서가 아니라 장기적인 안목을 갖고 정부와 국민, 정부와 정부 간에 상호 공감과 협력을 통해 이뤄나가지 않으면 실효를 거두기 어려운 분야다.

여기까지 이야기하고 나면 결론은 간단해진다. 세상의 종말이 올까 우려하기 전에 먼저 우리 자신을 돌아보자! 지구온난화든, 환경오염이든, 핵전쟁이든, 무차별 살상하는 강력한 전염병이든 간에 가까운 미래에 우리가 직면하게 될 생태계 파괴의 원인은 십중팔구 우리 자신에게서 비롯되거나 적어도 우리가 더 악화시키게 될 공산이 크다. "외계로 떠나세" 또는 "땅을 파고 들어가세" 하며 요란을 떨기 전에, 먼저 오늘의 삶을 건강하고 정상적으로 영위한다면 그리고 그러한 눈으로 각국 정부와 다국적 대기업의 일거수일투족을 감시한다면 우리 중 한줌도 되지 않는 사람들만 급히 우주선에 태워 정처 없이 우주로 탈출시키는 황당한 어리석음은 저지르지 않게 될 것이다. 어떠한 위기에 처할지 모르는 세상으로부터 인류를 구하는 가장 값싸고 영악한 방법은 지금 당장이라도 지구가 멍들지 않게 우리 자신부터 반성하는 것이 아닐까?

오늘의 현실을 비추는 국내산 대재앙 만화의 경고

● 개인적으로 필자는 대재앙과 맞닥뜨린 세상을 그린 이야기가 어지간한 공포물보다 훨씬 더 무섭다. 귀신이나 흡혈귀 따위는 실재하지 않거니와 사이코패스 살인마 한 명이 세상을 어찌할 수 있으랴만, 전면 핵전쟁과 치명적인 바이러스의 창궐 그리고 환경파괴나 오염으로 인한 심각한 인재人災는 자칫 방심했다가 언제 어떤 식으로 우리 뒤통수를 칠지 모를 현재진행 가능한 후보들이기 때문이다. 이러한 이야기 형식은 대부분 어느 한 사람의 특별하고 주관적인 체험이 아니라 국가와 사회 그리고 나아가서는 지구촌 전체가 겪는 고통을 전방위적으로 담아내기에 훨씬 더 현실감을 준다. 2015년 초여름 대한민국 전역을 뒤흔들었던 메르스 사태가 전형적인 예다. 그리고 2016년부터는 미군의 남한 내 사드 배치 논란이 바통을 이어받을 공산이 크다. 한 마디로 대재앙 이야기는 현실적 개연성이 높다보니 상상 속의 막연한 공포물은 엄두조차 낼 수 없

는 거대한 공포를 안겨주며, 그렇기에 메시지의 교훈적인 강도 또한 그에 정비례해서 올라간다.

최근 몇 년 사이 국내 만화계, 특히 요즘 대세를 이루는 웹툰에서는 전례 없이 대재앙을 직간접적인 소재로 삼은 작품들이 동시다발적으로 다수 등장했다. 만화 속에 등장하는 대재앙 유형들을 발생 원인별로 구분해보면 크게 불가항력적인 천재지변과 사람들의 어리석음이 자초한 인재 두 가지로 대별할 수 있으며, 이것들을 작품별로 다시 세분화해보면 옆의 표와 같다.

〈표 4〉를 보면 최근 국내 만화들 역시 해외에서 그동안 다뤄온 대재앙 소재들 대부분을 나름의 방식으로 변주하고 있음을 알 수 있다. 수적으로 보면 천재지변이 많고 전면 핵전쟁이나 세균전(혹은 급성전염병) 그리고 환경오염으로 인한 생태학적 위기처럼 직접 인간의 잘못에서 비롯된 대재앙 이야기는 아직 상대적으로 적은 편이다. 하지만 천재지변 또한 앞서 언급한 메르스 사태에서 보듯 국가나 사회가 제대로 대응하지 못하면 배보다 배꼽이 더 큰 인재로 돌변한다는 점에서 양자가 완전히 따로 논다 볼 수는 없다. 웹툰 가운데에는 이익수의 〈리즌〉과 김선권의 〈그날의 생존자들〉이 단적인 예들이다. 분류표 상에서 두 작품은 재앙 원인이 각기 외계인 침공과 운석 충돌로 되어 있으나, 실제로 이러한 비극이 일어난 것이 아니라 어디까지나 특정인이나 특정 세력의 기만선전에 사람들이 죄다 속아 넘어갔다는 전제 아래 이야기를 전개한다. 어이없게도 두 작품 모두에서 실험 대상이 된 사람들은 허위로 조작된 사실을 진실이라 믿어버린 나머지 자기만 살겠다고 아우성치며 남들을 괴롭히는 통에 주변을 온통 지옥도로 만들어버린다.

표 4 | 국내 대재앙 SF만화의 특성별 구분

대구분	소구분(재앙의 구체적 성격)	작품	작가
천재지변	외계행성(운석)과의 충돌	〈그날의 생존자들〉(2013~2014)	김선권
	지질학적 격변(지축이동, 지진, 해저화산 대폭발)	〈심연의 하늘〉(2014~)	윤인환, 김선희
		〈2024〉(2014~2015)	이종규, 서재일
	이상기후(공기 중 산소 증가)	〈하이브〉(2014~)	김규삼
	외계바이러스	〈노네임D〉(2012~2015)	문지현
	외계인 침공	〈방과 후 전쟁활동〉(2012~2013)	하일권
		〈리즌〉(2012~2013)	이익수
인재	정체불명의 좀비 바이러스(인위적 개입 가능성 포함)	〈데드데이즈〉(2014~2015)	Dey
		〈1호선〉(2013~2015)	이은재
	지구온난화/환경격변(가뭄/괴물 물고기)	〈조의 영역〉(2012)	조석

이렇듯 대재앙 만화들을 입체적으로 이해하는 데 훨씬 더 중요한 관점은 재난발생 원인의 유형별 분석이 아니다. 그런 식으로는 피상적인 접근밖에 하지 못한다. 그보다는 구체적으로 어떤 재난이 닥치든 간에 상관없이 어느 만화에서나 공통적으로 발견되는 이야기 전개 패턴들을 파악하는 것이 이 SF의 하위 장르를 보다 근본적으로 이해하고 즐기는 방법이다. 이러한 패턴들은 보는 입장에 따라 여러 가지가 있을 수 있겠

지만 필자의 경우에는 대략 다음 네 가지에 주목하고자 한다.

1. 무정부 상태

대부분의 대재앙 소재 만화들에서 국가와 정부는 규모를 가늠할 수도 추이를 예측할 수도 없는 대재난과 마주하여 무능의 극치를 보여주거나 아예 존재감이 없기 일쑤다. 예컨대 〈하이브〉에서는 산소의 이상증가 현상으로 생겨난 거대 날벌레 떼에 정예군대가 속수무책으로 궤멸되며• 〈2024〉에서는 아예 무정부 상태에서 와해된 군대를 수습한 지방군벌까지 등장한다. 〈1호선〉에서는 1개 소대도 되지 않는 병력만 서울시청에 남겨두고 좀비들을 막으라며 본대는 줄행랑친다. 설상가상으로 〈심연의 하늘〉에서는 피해지역에서 정부가 추진하던 비밀 프로젝트의 진상을 은폐하기 위해 경찰과 군이 살아남은 민간인들을 학살하는 데 주저하지 않는다. 이 만화에서 정부는 지축地軸의 변화로 인한 대격변을 미리 예견하고 있었음에도 사람들을 구조하기는커녕 체제의 안위만을 생각하는 (사람들의 눈과 귀를 가려 정권의 전복을 막으려는) 이기적인 방어자세로 일관한다.

아이러니하게도 설사 세상이 멀쩡하다 한들 사람들의 눈과 귀가 어두우면 결과는 매한가지일 수 있다. 〈그날의 생존자들〉의 예를 보자. 여기서는 사악한 실험(중력제어)을 획책하는 기업들이 외딴 섬마을 사람들을 격리시키고자 운석 충돌로 세상이 결딴났다는 허상을 심어준다. 그러

• 소설이지만 만화에 못지않게 대재앙 앞에서 지리멸렬하는 과정을 군인의 시선에서 리얼하게 그린 최근 예로는 백상준의 장편 《거짓말》(2013)을 언급할 만하다. 이것은 갑작스레 창궐한 좀비 바이러스에 세상이 곤두박질하는 이야기다.

나 죄 없는 시골 사람들을 실험재료로 삼으며 인권유린을 아무리 자행한들, 멀쩡한 바깥세상은 이들을 돌아보기는커녕 어렵사리 탈출한 생존자가 하소연해도 허무맹랑한 소리로 치부해버린다는 점에서 최근 빈발하는 염전노예나 새우잡이배 노예 사건들 그리고 흑산도 여교사 성폭행 사건을 연상시킨다.

요약하면 대재앙을 소재로 한 만화들은 현대인들이 세상의 진정한 위기가 왔을 때 사회 안전시스템이 과연 얼마나 튼실할지, 그리고 그것이 평소 제대로 작동할 수 있도록 파워엘리트들이 얼마나 닦고 조이고 기름 치고 있는지에 관해 상당한 의구심을 갖고 있음을 암묵적으로 반영한다.

2. 제국주의 그늘에 가려진 주변부 국가 국민으로서의 비애

한국이 세계 10위권 경제대국이라고 하나 정치군사적으로는 그 위상이 아주 초라한 것이 오늘의 현실이다. 이를 반영하듯 〈하이브〉와 〈1호선〉 같은 일부 만화들에서는 대재앙의 진원지가 된 대한민국의 한복판을 (미국을 암시하는 것으로 보이는) 영어 쓰는 초강대국 군인들과 연구원들이 멋대로 활보한다. 이들이 한국 정부의 허가나 협조를 받았는지는 거의 언급되지 않으며 심지어 〈1호선〉에서는 흥미를 끄는 좀비 바이러스 실험체를 확보하기 위해 외국군 병력이 서울시청을 사수하던 국군 잔여병력을 몰살시킨다. 〈하이브〉에서는 강대국 군인들이 검증되지 않은 시약 샘플을 심신이 피폐해진 한국인들에게 마구 뿌려대며 그 추이를 면밀하게 관찰한다. 이 모든 게 바이러스 연구로 얻게 될 비밀을 해당 국가가 독점하기 위한 공작의 일환이다. 우리나라 사람들은 백신 제조를 위한 피험체 노릇이나 하다 버려지는 소모품 신세로 전락한다.

세계경제대국 2위에 군사강국인 일본조차 패전 이래 줄곧 미국의 입김에 막혀 번번이 자존심을 구겨온 과거사가 자국의 만화와 애니메이션에서 수없이 투영되어 왔듯이, 이제 우리나라의 만화들도 국가적 위기상황을 배경으로 한 대재앙 이야기 형식을 통해 경제선진국이란 허상 뒤에 숨겨진 우리 사회의 허약한 실체를 가감 없이 그려내기 시작한 것이다.

3. 인간성의 한계에 대한 사고실험

현대 사회에서 우리는 문명인이라 자부하며 살고 있다. 다큐멘터리에서 묘사되는 아프리카 오지의 토착민들 삶을 진기한 시선으로 바라보면서 속으로는 그들을 야만인이라 얕잡아본다. 하지만 우리가 그들보다 훨씬 못한 삶의 조건에 내동댕이쳐진다 해도 여전히 헛기침하며 양반 행세할 수 있을까? 혹여 1971년 스탠포드 대학에서 실시된 '죄수와 간수 역할놀이' 실험에서처럼, 생존환경의 악화가 겉으로는 번드르르해 보이는 인간성에까지 깊은 상처를 남기지는 않을까? 앞의 〈표 4〉에서 소개한 웹툰들은 거의 예외랄 것 없이 이러한 의문부호에 공감을 표시한다. 묵시록적인 대재앙 앞에서 원래 흉폭하고 이기적이었던 성향의 사람들뿐 아니라 평소 규칙을 중시하고 착해 보였던 사람들까지 너나 할 것 없이 자기 혹은 자기 가족만 살겠다고 막가파 식으로 나온다. 〈2024〉에 나오는 거리의 부랑자 깡패들이야 드라마로서의 흥을 돋우기 위한 감초 역할이니 그렇다 치자. 하지만 〈하이브〉의 비중 있는 조연인 최성재 이사는 어떠한가? 그는 문명이 무너지기 전까지만 해도 IT기업의 유능한 임원처럼 보였다. 하지만 실은 부하직원들의 능력을 가로채 승승장구하던 인물로서 몸집이 인간보다 큰 흑벌들이 판치는 세상에서 살아남으려다 보니 부득불 본색을 드러낸다. 휘하에 폭력배를 규합한 그는 괴물벌레들의 앞잡이 노예를 자처하며 인신공양으로 바칠 사람들을 암암리에 끌어 모으는 어둠의 권력자가 되는 길을 택한 것이다.

한마디로 말해 천재지변이건 인간이 자초한 위기이건 간에 상관없이, 문명이 붕괴한 뒤 이러지도 저러지도 못하는 생존자들을 더욱 아비규환의 처참한 환경으로 몰아넣는 것은 바로 다름 아닌 인간들 자신이다. 이러한 설정을 가장 극명하게 보여주는 예가 〈리즌〉이다. 바깥세상이 외계인 침공으로 완전히 멸망했다고 믿게 된 대형여객선의 승객들은 더 이상 자신들을 규제할 법적 · 물리적 강제력이 존재하지 않게 되자 그 안에서 이합집산하며 제한된 자원을 독점하기 위해 사기와 협잡, 폭력과 살인을 마다하지 않는다. 이러한 패턴은 앞서 언급했듯이 〈그날의 생존자들〉에서도 고스란히 반복된다. 중요한 것은 대재앙의 실제 발생여부와 무관하게 사람들이 그렇다고 믿게 되는 순간부터 인간의 탈을 벗어버린다는 점이다. 결국 작가는 대재앙을 핑계 삼아 인간이 어떤 조건에서든 계속 인간으로 남아 있을 수 있는지 우리에게 묻고 있는 것이다. 같은 맥락에서 〈조의 영역〉은 좀 더 과격한 발상을 보여준다. 변화하는 환경 속에서 급격히 지적 존재로 진화한 물고기들이 지상에 진출하여 호모 사피엔스를 대체하는 과정을 그린 이 만화는 우리가 세상의 주인공(만물의 영장)이라는 자만심이 단지 고정관념에 불과할 수 있음을 지적한다.

4. 한국이 처한 다양한 현실에 대한 세태풍자

대재앙 이야기는 특별히 우리나라에서 최근에야 생겨난 장르가 아니다. 그 현대적인 원형은 장 밥티스트 꾸장 드 그랑빌레Jean-Baptiste Cousin de Grainville의《최후의 인간Le Dernier Homme》(1805)과 메리 셸리의《최후의 인간The Last Man》(1826) 같은 19세기 초 유럽의 재앙소설들로까지 거슬러 올라간다. 이는 국내 독자들이 대재앙을 다룬 창작 SF만화를 즐기자면 같은 형식을 빌려오되 알맹이는 우리 나름의 시각에서 다시 채워 넣을 필요성이 있음을 뜻한다. 실제로 최근 몇 년 사이 발표된 관련 소재의 만화들은 하나같이 저마다 우리 사회가 당면한 현실의 단면들을 한데 녹여 넣으려는 시도를 보여주었다.

이를테면 입시 위주의 우리나라 교육제도가 야기한 온갖 문제(〈노네임D〉와 〈심연의 하늘〉), 왕따와 학생들 간의 가혹행위(〈1호선〉, 〈방과 후 전쟁활동〉), 학교 현장의 문제를 외면하고 책임을 모면하기에 급급한 교사들(〈방과 후 전쟁활동〉), 정부와 의료 현장과의 엇박자(〈1호선〉), 비정규직의 현실(〈1호선〉), 강남 잠실에 커다랗게 뚫린 싱크홀(〈심연의 하늘〉), 미국의 속국이 되다시피 한 주변부 국가로서의 우울한 현실(〈1호선〉, 〈하이브〉) 등이 대재앙으로 인해 인간의 속내가 노골적으로 드러날 수밖에 없는 열악한 상황에서 더욱 극적으로 불거져 나온다. 그리고 위기상황을 돌파하기 위해 앞장 서 노력하기보다는 뒷짐 진 채 남이 애써 따낸 과실이나 훔쳐 먹으려는 일반 대중의 무임승차 심리가 거의 모든 작품들에서 비판적으로 묘사된다. 덕분에 이 만화들은 SF적인 설정에도 불구하고 허황되거나 일시적 현실도피를 위한 오락물로만 이해되지 않고 우리의 현실과 맞닿아 있는 경고성 작품으로 탈바꿈한다. 이 중에서 필자가 가장 인상에 남는 장면 몇 가지를 꼽자면 다음과 같다.

1호선

좀비 바이러스가 숨 가쁘게 번져 나가는 데도 불구하고 정부 당국이 사태의 진상을 파악하고 진실을 국민과 공유하기는커녕 일선 병원 의사들에게 일단 신종 플루라 둘러대고 타미플루를 처방하라고 지시하는 장면. 얼마 전 메르스 사태에 대한 방역당국의 엇박자 행보를 마치 예언이라도 한 듯하다.

심연의 하늘

빛 한 점 없는 거대한 싱크홀 속에서 시쳇더미와 좀비들을 피해 죽을 고생을 한 끝에 지상에 올라온 여학생이 서울대 로고 모양의 교문에 목매단 학생들의 모습을 보고 좌절하는 장면. 원래 수시로 서울대에 이미 합격한 그녀인지라 대재앙이 찾아오지만 않았다면 그곳은 새해에 모교가 될 터였다. 하지만 문명이 감당할 수 없는 거대한 위기 앞에서 학벌은 그야말로 휴지 조각에 불과하다.

노네임D

현재 살고 있는 세상이 실은 인간들이 만들어 놓은 허상(사이버스페이스)에 지나지 않으며 자신들 또한 실제 인간이 아닌 NPC•에 불과하다는 사실을 깨닫고도 학생들이 여전히 눈앞의 입시공부와 시험 준비에

서 벗어나지 못하는 장면. 학생들의 판단능력을 키워주기보다는 이들을 입시만점 취득기계로 좀비화시키는 기성 교육의 무서운 관성을 아주 해학적으로 그려낸 예다.

사실 영미권이나 일본과 달리 이제까지 우리나라 만화들은 대재앙 SF만화 분야에서 그리 많은 작품들을 내놓았다고 보기 어렵다. 그러다 최근 몇 년 사이 부쩍 이 소재에 주목하는 작품들이 늘어난 현상을 어떻게 해석해야 할까? 여러 원인이 있겠지만•• 가장 큰 이유는 무엇보다 사회 전반이 이러한 소재를 전보다 훨씬 현실감 있게 받아들이게 된 데 있다고 본다. 동명의 만화로도 그려진 고마츠 사쿄小松左京의 장편소설《일본침몰日本沈沒》(1971)이 초판만 400만 부나 팔린 것은 작품 속에 묘사되는 대지진이 일본인들에게 결코 상상 속의 유희로만 남을 수 없었기 때문이리라. 어느덧 경제 강국으로서 지구촌 사회에 깊숙이 발을 디딘 채 인공위성과 유전공학 기술에서 세계적인 수준에 다다른 우리나라 역시 긍정적이든 부정적이든 간에 과학기술문명의 파고에서 자유로울 수 없는 처지가 되었다. 북핵문제는 언제나 핵전쟁의 공포로 등골이 오싹하게 하며, 사스와 메르스 사태는 이보다 더 고약한 바이러스나 치명적인 전염병이 창궐할 경우 이미 경험이 일천함을 드러낸 방역당국이 과연 다음번에는 지혜롭게 대응할 수 있을지 의구심을 자아내게 만든다.

• 컴퓨터 게임에 참여한 플레이어와는 별도로 게임 제작사에서 직접 제작한 캐릭터로 플레이어와 상호 작용하는 역할을 부여받는다.

•• 이를테면 그동안 지속적으로 해외에서 유입된 아포칼립스 콘텐츠(소설, 영화, 만화)의 양적 증가가 국내만화 작가들이 이 소재에 관심을 갖게 하는 데 일정 부분 기여했다고 본다.

그렇다. 대재앙은 이제 한국인들에게 더 이상 남의 나라에서 수입해 오는 유희용 콘텐츠가 아니다. 지금이라도 바짝 정신 차리지 않으면 우리 자신이 지옥도에 빠져버릴지 모른다. 이미 2000년대 들어 우리나라의 과학소설 작가들 또한 온갖 재앙에 대한 우려를 담은 작품들을 발표하기 시작했으며 이는 결코 우연의 일치가 아니다.• 영화계에서는 〈감기〉(2013)와 〈연가시〉(2012) 그리고 〈부산행〉(2016) 등이 개봉되었으며 관객 동원 수를 보면 뒤에 나온 작품일수록 대중의 반응이 뜨거운 듯하다. 그러니 비슷한 시기를 살아가는 만화 작가들이 이러한 소재에 어찌 눈길을 돌리지 않을 수 있겠는가? 만일 대재앙이 일어난다면 그것은 인간으로서 어찌할 수 없는 일이다. 하지만 이후의 세상을 지옥으로 만드느냐 아니면 하루 속히 다시 예전처럼 재건하느냐 하는 것은 바로 우리 손에 달렸다. 만화 작가들은 바로 이 점에 주목하는 것 같다. 그래서 그들의 이야기는 언뜻 끔찍하고 우울해 보이지만 그만큼 대중에게 보내는 경고의 메시지 또한 커지기에 역설적이지만 긍정적인 효과가 있다. 현실 세계의 1984년이 조지 오웰의 《1984년》처럼 되지 않은 것은 바로 《1984년》과 같은 SF작품들의 시대를 앞선 경고가 있었기 때문이 아니겠는가.

• 최근 몇 년간 한 대형출판사에서는 '좀비문학상'이라는 제목으로 매년 아포칼립스를 소재·주제로 한 아마추어 소설 공모전을 열어왔다.

일본의 대재앙 서사가 은밀히 소망하는 것들

● 우리나라와 달리 과학소설 문화가 일찌감치 발달한 일본은 1930~1940년대 운노 주자海野十三의 일부 단편들과 아베 코보의 장편 《제4간빙기》 그리고 고마츠 사쿄의 《끝없는 시간의 흐름 끝에서果しなき流れの果に》(1965)와 《일본침몰》을 위시한 재난소설들에서 보듯 대재앙 이야기의 역사가 우리보다 훨씬 길고 튼실하다.[•] 이러한 이야기들은 단지 초자연적인 재해가 초래하는 공포만 묘사하는 데 골몰하지 않고 재앙에 대처하는 과정에서 그동안 감춰져 있던 인간 사회의 부조리가 여과 없이 드러나게 하는 방식으로 사회풍자적인 기능을 효과적으로 수행해왔다. 그런데 1980년대 들어 일본의 대재앙 이후 소설 및 여기서 파생된 여타 미디어 콘텐

• 우리나라 최초의 대재앙 이야기로는 1960년 〈자유문학〉 제1회 소설공모전에서 당선된 김윤주의 단편 〈재앙부조災殃浮彫〉가 있다. 이것은 핵전쟁으로 살풍경이 된 폐허의 생존자들이 서서히 방사능 병에 걸려 죽어가는 이야기다.

츠(만화, 애니메이션, 영화) 중 상당수가 이제까지의 전통에서 건강하지 못한 방향으로 일탈하는 조짐을 보여 비판의 대상이 되었다. 세상의 멸망을 그리는 이야기라 하여 흔히 '세카이계セカイ系'라 불리는 이 이야기들이 도마 위에 오른 것은 하나같이 현실과의 접점에서 점차 멀어진 끝에 급기야 허구의 시공간으로 나뒹구는 현실도피 성향을 띠기 때문이다. 이런 유형의 작품들에서 주인공들은 너나 할 것 없이 세상이야 어찌 되건 말건 자기 감정을 제일 중요시하며 심지어 때로는 그러한 감정조차 제대로 주체 못해 뒤뚱대며 괴로워한다. 아이러니하게도 이처럼 퇴행적 정서가 듬뿍 담긴 작품들은 일본에서 상업적으로 연이어 성공을 거두었고 그 결과 이러한 코드들을 의도적으로 답습하고 상업적으로 확대재생산하는 플롯이 한동안 유행했다. 1980년대를 풍미했던 이런 식의 플롯은 21세기 작품에서도 종종 그 잔영을 읽을 수 있을 만큼 일본 SF에 미친 영향이 결코 적지 않다.

그렇다면 소위 '세카이계' 작품들은 어떠한 특성을 지녔기에 대중의 불건강한 일탈을 충동질한다는 비판에서 자유롭지 못한 것일까? 단적으로 말해 이러한 패턴에 충실한 작품들은 열에 아홉은 역사와 정치사회적 맥락을 도외시한 채 붕괴하는 세상의 혼돈 속에서 한 소년과 한 소녀의 비현실적인 러브스토리를 최대한 가슴 저미도록 연출하는 데 안간힘을 쓴다. 마치 최음제가 강제로 성욕을 최대한 끌어내듯 '세카이계' 이야기들은 독자나 관객의 비극적 페이소스를 쥐어짜내는 데 혈안이 되어 있다. 남녀 주인공 캐릭터가 지극히 천편일률적인 스테레오 타입에서 조금도 벗어나지 못하는 것은 바로 이러한 제약 탓이다. 이를테면 여주인공은 세상을 좌지우지할 권능을 지녔거나 최소한 강력하게 저항할 수 있는 강인한 의지를 지닌 반면, 남자 주인공은 어찌나 나약하고 무기력한지 할 수 있는 일이라곤 시도 때도 없이 무조건 여주인공에게 기대는 뻔뻔함뿐이다. 더욱 이해할 수 없는 것은 강인한 여주인공이 자생능력이라고는 찾아볼 수 없는 이 울보 소년에게 때로는 다정다감한 여자친구처럼, 때로는 헌신적인 엄마처럼 자신의 모든 것을 아끼지 않고 내어준다는 비현실적인 설정이다. 이처럼 앞뒤가 맞지 않는 궁합은 대재앙 이후 이야기의 일본 독자층 연령을 대폭 낮추는 결과를 낳았다. 다시 말해 세카이계 작품들은 거의 다 엄마 같은 여자친구를 꿈꾸는 십대 소년들의 눈높이에 맞춰진다.

세카이계 플롯에 따라 전개되는 이야기가 본격적으로 널리 유행하게 된 기폭제가 컬트열풍을 일으킬 만치 상업적 인기를 누린 애니메이션 〈신세기 에반게리온新世紀エヴァンゲリオン〉(1995~2012)이라는 점에 대해서는 대부분의 평론가들과 독자들 사이에 이론이 없다. 묵시론적인 인류 종말의 위기를 14세 소년의 내면과 이어놓은 이 작품에서 소년 이카리 신지는 지금 자신이 누구를 상대로 싸우는지, 네르프 방어기지 안에서 대체 자신이 무슨 일을 하고 있는지 따위에는 일체 관심이 없다. 더 정확히 말하자면 그런 고민을 할 마음의 준비조차 되어 있지 않다는 점에서 생체거대병기 '에바'의 조종사 이카리 신지는 마징가Z의 가부토 코우지나 그레이트 마징가의 츠루기 테츠야와는 180도 다른 캐릭터다. 적이 누구인지 궁금해하며 어떻게 타도해야 할지 고민하기는커녕 시종일관 '내가 왜 이 괴물에 타야 하지?'라고 되묻는 신지에게 주위의 사람들은 수호하고 구원해야 할 대상이 아니라 자신을 구속하는 몽마夢魔들이다. 이 작품에서 객관화된 타자 따위는 존재하지 않으며, '사도'라 불리는 적들이 공격해

〈신세기 에반게리온〉의 애니메이션 극장판 〈The End of Evangelion〉(1997)의 마지막 장면.

오는 이유는 고사하고 소년이 본의 아니게 엮이게 된 폐쇄적인 비밀조직의 실상 또한 몇 겹의 안개에 둘러싸여 있다. 여주인공들과의 관계에서도 소년은 변변한 소통은커녕 자신을 가리기에 바쁘다. 아무리 회를 거듭하고 극장판으로까지 이야기가 확장되어도 신지는 적절한 대인관계를 맺지 못한 채 영원히 겉도는 청소년이 될 운명처럼 보인다.

〈에반게리온〉은 비록 세상이 결딴나건 말건 개인적 트라우마 속에

침잠한 나머지 밖을 제대로 내다볼 여력조차 없는, 자기 방어적이다 못해 폐쇄적인 주인공들에 초점을 맞추었지만 성격 결함이 있는 남자주인공이 여주인공들에게 온전히 받아들여지지 못하는 절망적인 상황을 그린다는 점에서 캐릭터가 현실에서 일탈하지는 않는다. 다시 말해 SF와 신학이 환상적 · 임의적인 결합을 이루며 신과 구분되지 않는 외계인의 침입을 그린다는 점에서 이야기 자체는 비현실적이지만, 이카리 신지와 아야나미 레이 그리고 소류 아스카 랑그레이 간의 서로 엇나가는 관계는 각자의 성격과 성장환경을 인과적으로 반영한 결과인 탓에 충분히 있을 법한 현실성을 띤다. 하지만 〈에반게리온〉의 전무후무한 흥행 성공 이후 따라나선 세카이계 작품들은 '이유 따윈 묻지 마!' 식으로 집요하리만치 남녀 주인공의 찰떡궁합에 집착함으로써 오히려 리얼리티를 떨어뜨린다. 〈에반게리온〉 이후의 세카이계 작품들에서 이처럼 무제한적 로맨스가 가능한 것은 무엇보다 여주인공이 여자친구와 엄마라는 복합적인 동시에 혼란스런 역할을 둘 다 완벽하게 소화해내도록 요구받기 때문이다. 그 결과 세카이계 내러티브에서 진짜 심각하게 상대해야 할 위기나 상대는 좀처럼 구체화되지 않으며 오직 칠칠맞은 소년을 시종일관 싸고도는 여주인공의 절절한 사랑만 압도적으로 부각될 따름이다. 신카이 마코토新海誠의 애니메이션 〈별의 목소리ほしのこえ〉(2002), 다카하시 신高橋しん의 만화 〈최종병기 그녀最終兵器彼女〉(2000~2001), 아키야마 미즈히토秋山瑞人의 소설 〈이리야의 하늘, UFO의 여름イリヤの空' UFOの夏〉(2001~2003) 등이 이러한 지적에 부합되는 전형적인 예들로 거론된다.

주인공들과 현실 사이에 다리를 놓아줄 중간계(현실사회)의 빈약함은 〈에반게리온〉의 경우에도 문제가 없는 것은 아니나 이후의 세카이계 작품군에 이르면 실로 심각한 수준이다. 이것들은 사회공동체에 관한 언급이나 묘사가 거의 없으며 작품을 관통하는 묵시록적 재앙의 원인을 설명해줄 국제기구나 국가 내지 이러한 기구의 대표자를 좀처럼 찾아보기 어렵다. 한마디로 세카이계 계열의 대재앙 러브스토리는 타자와의 현실적인 관계 설정 없이 홀로 감정적 마스터베이션에 만족하려는 성향이 짙다 보니 인간과 사회 그리고 양자 간의 관계에 관한 성숙된 비전을 보여주지 못한다. 하지만 이러한 비판에도 불구하고 세카이계 콘텐츠는 라이트 노벨과 애니메이션, 만화 그리고 비디오게임 등으로 확대재생산 되며 2000년대에도 일본 하위문화에서 상업적으로 전도유망한 장르 가운데 하나로 떠올랐다.

흥행 성공과는 별개로 세카이계 세계관은 실질적인 발전이나 내적 성숙 없이 사춘기에 영원히 갇힌 소외된 자아의 나르시시즘을 반복한다는 점에서 일본 대중문화의 미래에 그리 달가운 현상이라 보기 어렵다. 더구나 일본 문화의 이러한 조류는 일본 밖에서는 더욱 혹독한 비판에 처할 소지가 다분하다. 역사와 현실에 대한 (무관심을 가장한) 외면은 패전을 빠른 시일 내 극복하고 21세기 경제대국으로 부상한 일본이 전쟁을 일으킨 주역으로서의 과거사를 부정해온 행보와 중첩되기 때문이다. 단적인 예로 〈최종병기 그녀〉를 보면 전투용 사이보그로 개조된 여주인공이 끊임없이 세계 각지의 전장을 누비지만 전쟁의 원인이 무엇인지 혹은 대체 전쟁이 좀처럼 끝나지 않는 까닭이 무엇인지 관객은 아무런 정보를 제공받지 못한다. 이 만화에서 전쟁은 오로지 부상을 입을 때마다 신체의 일부가 기계로 대체되며 갈수록 인간성을 잃어가는 여주인공의 애처로움을 강조하기 위한 감성적 기제로만 작동한다. 전쟁터에서 군인은 물론이고 민간인이 얼마나 죽었는지 그리고 그곳이 일본과 무슨 상관이 있는 곳인지는 중요하지 않다. 여주인공은 상부의 명령에 따라 출동하면 그만이다. 남자 주인공 역시 아무 생각 없기는 마찬가지다. 전쟁과 그녀 그리고 그녀를 전쟁에 관여시키는 정부 삼자 간의 관계에 대해 그는 아무 견해를 표명하지 않으며 오로지 '우리 지금 이대로 좀 더 사랑할 수 없을까'밖에 외치지 않는다.

현실계에서 이탈한 환상적 시공간에 안주하며 이기적인 신화를 새로 쓰려는 세카이계 작품들의 정서는 아무리 그럴듯한 세기말의 분위기를 연출한들 일본 정부와 지배엘리트의 과거 책임을 방기하는 몰역사적 태도와 따로 떼어놓고 생각하기 어렵다. 일본의 기성세대가 젊은 세대들이 자국의 과거 허물에 아예 관심을 갖지 않길 바라는 가운데, 일본 청소년들은 세카이계에 열광하며 둥둥 떠다니고 있으니 말이다. 다시 말해 현재의 기득권은 한껏 누리되 과거에 저지른 책임에 대해서는 일언반구 언급하고 싶어 하지 않는 일본 정계와 이를 묵인하는 일본 국민들의 자세는 세카이계 작품들의 소년 주인공이 벌이는 이기적인 애정행각과 하등 다를 바 없어 보인다.

비록 수적으로 세를 형성하지는 못하고 있지만 미야자키 하야오와 오토모 가츠히로大友克洋의 맥을 이어 부조리한 현실과 치열하게 변증법적 격돌을 벌이는 SF작품들이 21세기를 전후한 일본 사회에 아예 없는 것은 아니다. 오시이 마모루押井守의 애니메이션 〈스카이 크롤러スカイクロラ〉(2008)는 공중전에서 사망해도 또 다른 복제가 그 역할을 대신하기 때문에 진정한 의미에서 죽을 수 없는, 늙지 않는 젊은 파일럿(이른바 '킬드런')의 반복되는 삶을 통해 부조리한 시스템 속에 질식하는 개인들을 그린

다. 모든 전쟁이 종식되고 대신 기업이 스폰서로 나선 대리전쟁이 일종의 스포츠처럼 반복되는 근미래, 올림픽과 월드컵이 국가 간 누적된 긴장을 풀어주는 역할을 하듯이 기업 간 전쟁은 땅 위의 보통 사람들과는 뚝 떨어진 하늘을 무대로 전투기 편대를 이뤄 벌어지는 일종의 대리보상 행위다. 다만 고난도의 공중전을 속행하자면 A급 파일럿이 필요한데 전사하면 대체할 인력이 마땅치 않다는 점이 문제다. 이 때문에 유전공학을 이용해 뛰어난 파일럿 요원의 클론을 다수 만들어 두었다가 필요할 때마다 깨워 총알받이로 내보낸다. 신판 가미가제라고나 할까. 본의 아니게 이 와중에 상처 입는 사람은 파일럿 자신이 아니라 공교롭게도 그를 사랑하게 된 비행장의 여성 관리자다. 공중에서 전사한 그를 잊기도 전에 똑같이 생긴 파일럿이 출두해 그녀에게 보고하는 삶이 연이어 반복된다. 그녀는 마음의 상처를 입지 않으려 매번 새로 전입해오는 그에게 강한 거부 반응을 보이고 영문을 모르는 복제 파일럿은 이를 이상히 여기다 마침내 그녀와의 오랜 사연을 깨달을 무렵 전임자와 마찬가지로 전사한다. 그리고 또 다시 새로운 복제가 그녀 앞에 당도한다. 시스템은 계속 돌아가고 개인은 계속 상처를 입는다.

대재앙을 전면에 내세운 일본의 묵시록 내러티브는 히로시마와 나가사키의 비극 이후 국가 정체성의 단절과 위축을 투영해왔을 뿐 아니라 시대별 사회문화적 주요 변동에 발맞춰 변화를 거듭해왔다. 주로 성인 남성들을 대상으로 한 1980년대 이전의 대재앙 이야기들은 대재앙의 정신적 후유증이라 할 국가 정체성 위기를 회복할 수 있는 길을 모색했다. 전화戰火로부터 견실하게 경제를 복구하는 데 성공한 일본 사회에서 작가들은 국가 정체성의 새로운 비전과 자국을 굽어 내려다보는 미국과의 관계 재설정 같은 현실적인 문제들에 초점을 맞추었다. 패전의 트라우마로부터 출구를 모색하던 당시의 대재앙 이야기들은 현재와 과거의 단절에 다리를 놓는 동시에 국가뿐 아니라 개인의 현대적 정체성을 수립하고자 했다. 마찬가지 맥락에서 서구의 대재앙 이야기 또한 미래에 대한 피상적인 비전뿐 아니라 작가가 발 딛고 있는 사회현실의 만화경을 입체적으로 제시함으로써 우리 자신과 사회 전반에 대한 이해를 돕는 데 집필 의도가 있다. 예컨대 일반적으로 묵시록 소설이라 하면 다양한 동인으로 말미암은 사회불안과 혼란상 그리고 격변의 여파에서 우리가 공감할 수 있는 의미를 찾아내려 하기 마련이다.

그러나 1980년대부터 일본의 대재앙 이야기들 가운데 상당수는 이른바 '세카이계'로 흐르면서 우리 주변을 주의 깊게 성찰하는 대신 자기 자신의 주관적인 환상에만 몰입하는 자아도취에 빠지고 말았다는 비판을 받았다. 일본의 문학학자 다나카 모토코田中素子는 2011년 미국에서 발표한 박사논문에서 세카이계 계열의 작품들이 만연하게 된 것은 일본 사회에 내재된 한계 때문이라는 해석을 내놓아 눈길을 끌었다. 비록 패전국이었으나 전후 빠른 경제재건으로 번영을 구가한 1970~1980년대에 들어서도 일본에 대한 미국의 입김과 패전의 그림자는 여전히 짙게 남아 있었다. 일본이 세계경제의 2위 자리를 넘보는 외형적 성장에도 불구하고 정작 국제정치 무대에서 독자적 힘을 발휘하기에는 턱없이 부족한 처지였던 것이다. 이 무렵의 일본 정부와 사회지도층은 일반 대중에게 이러한 트라우마에 대해 납득할 수 있는 설명이나 낙관적인 미래 전망을 내놓지 못했다. 이처럼 우울하고 답답한 현실이야말로 일본에서 대재앙 이야기 혹은 묵시록 분위기의 작품들이 현실에서 허구의 시공간으로 일탈하도록 부채질하는 동인이 되었고 그 결과 이러한 콘텐츠를 향유하는 타깃층 역시 연령이 대폭 내려가 버리는 악순환이 계속되었다는 것이다. 작가들은 살아남기 위해 시장에 남아 있거나 새로 유입된 어린 소년들을 상대로 그들의 소망을 대재앙을 배경으로 한 애틋한 (그러나 실은 일방적으로 한쪽이 받기만 하는) 러브스토리로 충족시켜주는 노하우를 점차 정교하게 다듬어나갔다.

독자인 소년들 역시 자신들의 이상을 현실에 구현해보려는 희망을 포기한 채 허구의 시공간에서 대리만족을 찾기 시작한다.• 특히 세상의 종말이라는, 위기감을 한층 불러일으키는 패러다임과의 직면은 소년들이 일상의 정체된 삶과 패전 이래 확고하게 회복되지 않은 국가의 위신으로부터 역사적 단절을 하게 도와주었다. 아무리 세카이계 이야기들이 허구의 세상을 무대로 비현실적인 해법에 의지한다 한들 눈앞의 소망충족 앞에 소년들은 주저 없이 호주머니를 열었다. 현대 일본에서 무기력할 만치 수동적인 소년들을 세상의 종말 전야에 모성애 짙은 여자친구와 짝지어주는 묵시록적인 이야기들은 더 이상 패전의 트라우마에 대한 해결책이나 사회구성원의 성장통 따위에 연연하지 않는다. 대신 의미 있는 사회관계로부터 완전히 뒤로 물러나 움츠러듦으로써 청소년들이 점차 사회공동체와의 끈을 잃어버리고 영원한 사춘기에 잔류하게 만든다.

결과적으로 이들은 패전과 원자폭탄 피폭의 상처로 말미암아 억눌려

• 일본을 포함한 현대 도시사회에서 실제의 삶을 불안정하게 만드는 주요한 요소 가운데 하나는 나와 상대 사이를 이어주는 중간지대의 상실이다. 이를테면 공통된 사회적 언어와 연대의식, 지역 커뮤니티들, 직접적인 인간관계 그리고 상징적인 힘의 쇠퇴 같은 것들이 여기에 해당된다. 특히 현대의 일본에서 이러한 현상은 일상화되다 못해 점차 자연스러워지고 있다. 이는 사람들이 자신의 지역 커뮤니티와 고립되어 살며 타자의 간섭 없이 의식주를 누리고 심지어 성적 욕망까지 충족시키는 데 따른 결과이다. 직접 남과 대면 없이 가상공간을 이용해 뭐든 손쉽게 살 수 있다.

있던 과거의 기억에서 온전히 벗어날 건강한 출구를 잃은 채 우왕좌왕하게 된다. 이러한 경향이 갈수록 양식화되어 21세기에도 주요 하위 장르의 하나로 자리 잡고 있는 현실에서, 해당 플롯의 퇴행성이 언제까지 시장에서 위력을 발휘할지 주목할 필요가 있다. 소설뿐 아니라 만화와 애니메이션에서 번창하는 세카이계 작품들이 우리나라 청소년들에게까지 전후맥락에 대한 아무런 사전지식 없이 무비판적으로 유입될 가능성을 경계해야 하기 때문이다. 다시 말해 역사의 인위적 단절을 통해 자신의 부끄러운 과거를 덮어버리려는 의도에 기여하는 일본의 세카이계 대재앙 이야기들을 국내 청소년들이 무비판적으로 받아들이며 눈시울을 붉히고 가슴 아파한다면 이는 욱일기旭日旗가 일본기인 줄 착각하고 예를 취하는 행위와 무엇이 다르겠는가.

한국인 입장에서 세카이계 작품군의 묵시록적인 비전에 선뜻 동의하지 못하는 것은 단지 암울한 분위기 때문이 아니라 그러한 이야기들이 재앙의 원인을 수수께끼처럼 모호하게 처리하거나 넌지시 (〈고질라〉에서처럼) 미국의 탓인 양 힐난하면서 정작 자신들의 책임은 회피하기 때문이다. 이러한 임의선별 화법은 세계대전을 일으키고 대동아 공영권이란 미명 아래 아시아 전역을 식민지로 만들려는 과정에서 수많은 아시아 공동체들에 대재앙을 안겨준 장본인이 정작 일본 자신임을 슬그머니 은폐하는 데 효과적으로 기여한다. 세카이계 유형의 내러티브는 과도한 감정과잉으로 작가 자신이 자가당착에 빠져 있음을 슬그머니 덮어버리는 데 효과적인 서사형식이다. 논리보다는 감성에 호소하는 스타일을 통해 세카이계 대재앙 이야기는 갈가리 찢긴 세상을 배경으로 하면서도 대체 누가 왜 그랬는지 잘 알려주지 않거나 동문서답으로 일관한다. 다카하타 이사

오高畑勳의 〈반딧불의 묘火垂るの 墓〉(1988)가 지극히 서정적인 감성으로 심금을 울림에도 불구하고 작가의 반전 메시지가 유독 한국인들의 가슴에만은 깊이 와 닿지 않는 것은 바로 그러한 이유다. 대재앙의 원인에 대한 분석을 기피하거나 오히려 오도하는 한편으로 그저 참상만 나열하면서 일본 국민 역시 남들 못지않게 힘들었고 지금도 그 상흔으로 마음이 멍들어 있다는 식의 자기변명은, 베트남 전쟁에서 지고 나서 미군이 실제로 전쟁을 도발했던 이면의 흑막은 일체 감춘 채 할리우드 영화들이 앞장서서 귀국한 참전 군인들의 정신적 트라우마를 부각하는 데에만 반복해서 열을 올렸던 사례와 하등 다를 것이 없다. 세카이계 작품들은 당시의 할리우드와 똑같은 임무를 SF장르에서 수행하고 있는 셈이다.

Chapter

6

다른 존재

거부할 것인가 맞이할 것인가

외계인은 우리와 얼마나 다르게 생겼을까

● 'KIC 8462852'란 별이 있다. 지구에서 1,400광년 떨어져 있으니, 우리 은하의 지름이 10만 광년임을 감안하면 그리 먼 이웃은 아니다. 얼마 전 이 별이 천문학계의 비상한 관심을 끌어 모았다. 평소보다 무려 22%나 어두워졌다가 다시 밝아지길 반복해서다. 밝기 변화의 주기에 일관성도 없다. 목성 같은 거대 행성이 앞을 가린다 한들 별의 밝기를 1%밖에 떨어뜨리지 못한다. 짙은 우주먼지가 주변을 떠돌아서라면 한창 태양이 만들어지고 있다는 뜻일 텐데 정작 그 별은 우리의 태양처럼 이미 성숙한 몸이란다. 학자들에게 남은 해석은 다음 두 가지다. 하나는 혜성의 무리가 밀집해 있다 보니 아무 때나 충돌을 일으키는 통에 파편이 광활한 우주에 고루 흩뿌려진 때문이고, 다른 하나는… 뭔가 정체를 알 수 없는 거대한 인공구조물이 자기네 태양을 불규칙한 속도로 공전하며 가리는 까닭이다. 맨 나중의 해석은 우리보다 앞선 문명을 구가하는 지적인 외

계인들의 존재를 시사한다는 점에서 흥미롭다.

'KIC 8462852' 주위에 외계인들이 사는 행성이나 거대인공구조물이 있는지 현재의 관측 기술로는 단정 짓기 어렵다. 이보다 필자의 눈길을 끄는 것은 이 별의 기현상을 둘러싸고 진상을 밝히려는 가운데 외계인설을 슬그머니 들이미는 사람들의 심리다. 화성에 인간의 얼굴을 닮은 기암괴석이 발견되기만 해도 사람들은 멋대로 상상의 나래를 피며 안드로메다로 날아간다. 있는지 없는지도 알 수 없는 외계인들에게서 전파신호를 수집하겠다고 SETI(외계문명탐사)계획을 포함해 전세계의 여러 유사 프로젝트들이 거대한 전파망원경들을 운영하는 데 적지 않은 예산과 전문 인력을 투입한다.

외계인은 더 이상 SF만의 단골손님이 아니다. 가톨릭교회는 1600년 2월 17일 로마 광장에서 조르다노 브루노Giordano Bruno를 화형시켰다. 외계인의 존재를 주장한 이단자라는 이유였다. 그러나 20세기로 들어서며 교회는 우리의 확장된 지식에 걸맞게 융통성 있는 처세를 보여주었다. 1977년 가톨릭 사제이자 신학박사 케네스 J. 델라노Kenneth J. Delano는 교구장의 승인 아래《수많은 세계들과 한분의 하느님Many Worlds, One God》을 펴냈다. 이 책은 단일 세계와 단일 인류라는 기존의 편협한 신학교리를 과감히 내던지고 '수많은 세계들에 울려 퍼지는 단 한 분의 하느님'이란 복음을 설파한다. 현대과학과 담쌓고 지낼 수 없는 기독교 평신도들의 혼란스런 마음을 헤아리되 교회의 핵심교리들은 다치지 않게 하겠다는 심산이다. 이제는 철학자와 인문학자들도 인식의 경계를 넓힌다는 명분 아래 이 문제를 놓고 심심치 않게 입씨름을 벌인다. 심지어 물리학자와 천문학자들까지 그 출신성분답게 외계인의 존재 확률을 저마다의 과학적 추론에 입각해 계산기를 두드린다. 프랭크 드레이크Frank Drake 박사의 이른바 '드레이크 공식'은 그 중 가장 유명한 예다(드레이크 박사는 SETI계획의 선구자이기도 하다).

여기서 과학자들이 저마다 계산한 외계인들의 존재 확률을 시시콜콜 나열하지는 않으련다. 하나같이 확정되지 않은 변수가 많은 공식들이라 최종 결과치로 덥석 받아들이기에는 무리가 있다. 대신 독자 여러분이 직관적으로 궁금할 법한 질문을 던져보겠다. 만약 외계인들이 정말 존재한다면 그들은 어떻게 생겨먹었을까? 대체 어떤 모습으로 밥을 먹고 배변활동을 하며 사랑을 나눌까? 1935년 5월 잡지 〈판타스틱 어드벤처스Fantastic Adventures〉 뒤표지에 실린 일러스트는 이러한 의문에 대해 소박하지만 나름 조리 있는 상상을 펼친다. 그림 속의 화성인은 귀가 엄청 클 뿐 아니라 머리 위에 텔레파시로 대화하는 안테나가 달려있어 화성의 희박한 대기에서도 소리를 증폭해 들을 수 있다. 이 화성인의 가슴이 큼지막한 것 또한 희박한 대기 탓이다. 공기 중의 산소를 끌어 모으자면 폐가 튼튼하고 커야 하지 않겠는가. 발에는 낮은 중력에서도 활동하기 편하게 빨판이 달려있다. 20세기 초 인기 SF화가 프랭크 R. 폴Frank R. Paul이 그린 이 상상화는 당시까지 알려진 화성 고유의 환경 조건을 감안하여 화성인의 생김새를 나름대로 유추했다.

이 일러스트에서 보듯 일반 대중이 생각하는 화성인은 엄밀히 말해 과학자들이 소저너나 오퍼튜니티 같은 무인탐사기를 통해 어떻게든 눈을 까뒤집고 찾아보려 애쓰는 외계미생물 따위가 아니다. 재미있는 것은 사람들이 우리 못지않게 똑똑한 외계인을 머릿속에 떠올릴 때 외모 또한 웬만큼은 우리와 닮길 무의식중에 기대한다는 사실이다. 일례로 A. E.

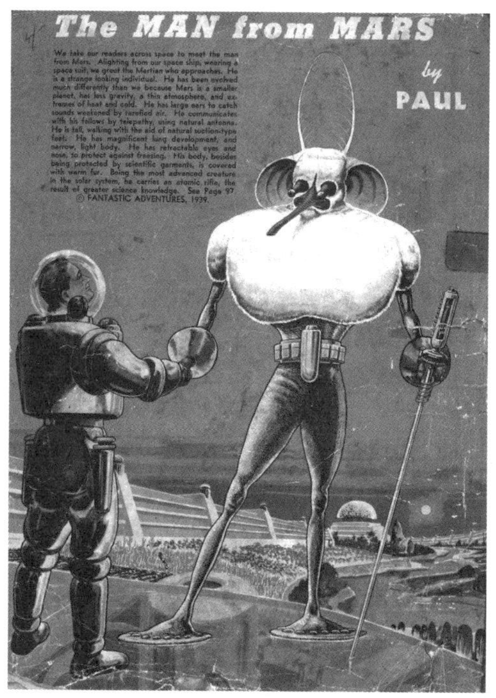

1935년 5월호 〈판타스틱 어드벤처스〉 뒤표지에 실린 프랭크 R. 폴의 일러스트. 작가는 당시까지 알려진 화성 고유의 환경조건을 감안하여 화성인의 생김새를 나름대로 유추했다. 낮은 중력에서도 활동하기 편하게 빨판이 달려 있는가 하면, 희박한 대기 속에서 소리를 증폭해 들을 수 있도록 큰 귀와 안테나도 달려 있다. 공기 중의 얼마 되지 않는 산소를 끌어 모으기 위해 강력한 폐와 넓은 가슴이 감싸고 있다.

밴 보트A. E. Van Vogt의 소설 《비글 호의 여행The Voyage of the Space Beagle》(1950)에서 외계탐사대의 과학자는 행성 '리임Riim'의 토착민들이 보내온 텔레파시 환영에 속아 넘어가 그들이 인간의 형체를 하고 있다고 단정한다. 그러나 완전히 틀린 생각이었다. 실은 여러 개체들이 층층이 쌓여 있는 군체群體를 한 몸으로 착각한 데 불과하기 때문이다. 이 에피소드는 우리 자신의 뿌리 깊은 고정관념을 조롱한다. 설령 겉모양이 휴머노이드에 가깝다

《비글 호의 여행》에 등장하는 리임 행성의 외계인. 양파 같은 머리통이 각각 하나의 개체이며 이것들이 여러 개 쌓아올려진 형태로 군집 생활을 한다. 이 생물들의 군집형태를 보고 처음에 인간 과학자 그로브너는 그것들을 인간 모양을 한 하나의 개체인 줄로 오해한다.

해도 그것만으로 해당 존재를 고등생물이라 봐도 좋을까? 혹여 휴머노이드 가축을 전혀 동떨어진 외모의 주인이 지배하는 행성은 없을까? 아니, 굳이 멀리 갈 것도 없다. 80만 년 후 미래의 지구를 시간여행자가 찾는 H. G. 웰스의 《타임머신The Time Machine》(1895)을 보자. 아름답고 사랑스러운 엘로이 종족은 흉측하게 생긴 몰록 종족의 식용가축 신세가 아니던가. 그렇다면 외계인의 생김새에 대한 우리의 기대는 출발점에서부터 핀

트가 어긋난 셈이 아닐까?

우주 곳곳에 지적인 생명들이 존재한다면 그들이 출현한 행성의 환경 및 진화과정(혹은 기간)에 따라 외형과 생존양식이 천양지차일 것이다. 외계인들이 언제 어디서나 지구에서처럼 진화의 경로를 밟으리라고 누가 장담할 수 있겠는가. 진화 경로의 다양성은 필연적으로 외계인의 외모와 직결된다. 심지어 이를 둘러싸고 학자들 사이에서도 견해가 엇갈린다. 고등생명체로 진화하려면 필히 인간과 비슷한 외관을 갖게 되리라 보는 이가 있는가 하면, 반대로 전혀 뜻밖의 형태로 생명이 존재할 수 있다 여기는 이도 있다. 예컨대 철학자 롤랜드 푸세티Roland Pucetti와 과학자 칼 세이건은 외계인 역시 진화의 산물인 이상 지적 존재로 발달하다 보면 겉모습이 호모 사피엔스와 얼마간이나마 닮게 되리라 생각한다. 반면 고생물학자 조지 게일로드 심슨George Gaylord Simpson은 온갖 우여곡절 끝에 호모 사피엔스가 출현하기까지 돌연변이와 선택이 무수히 일어났음을 지적하며, 이처럼 고통스러운 여정을 똑같이 반복하기란 사실상 불가능하다고 본다. 핵물리학자 요한 포스버그Johan Forsberg도 외계인은 오징어보다도 우리와 닮지 않았으리라 여긴다.

그러나 이러한 견해차는 생명이 과연 탄소에만 기반을 두고 탄생하느냐 하는 논의에 이르면 아주 사소해 보인다. 탄소는 콜라와 사이다의 탄산에만 들어가는 것이 아니라 산소와 수소 그리고 질소 등과 결합하여 지구상의 온갖 생명을 만들어내는 기본원소다. 탄소는 다른 원소들과 결합을 잘하고 안정된 구조를 이루는 데다 보다 복잡한 분자구조를 만들어낼 수 있으며 무엇보다 우주에 아주 흔하다. 태양들은 나이가 들수록 질소와 산소뿐 아니라 탄소를 한층 더 많이 만들어내기 때문이다. 요는 이 전제가 지구 밖에서도 일반화될 수 있느냐 하는 문제다. 칼 세이건의 생각은 좀 다르다. 그는 탄소만이 생명을 잉태시킬 기본 매질이라는 고정관념이야말로 일종의 탄소 국수주의carbon chauvinism라고 비꼰다. 콜로라도 대학의 우주생물학자 마크 불락Dr. Mark Bullock은 세이건처럼 열린 사고를 지향한다. 불락은 우리처럼 물이 많은 세계에서 태어난 외계인은 탄소를 주된 신체구성 원소로 삼을 가능성이 높지만, 행성의 환경이 훨씬 더 뜨겁다면 규소로 된 생명이 태어날 수도 있다고 본다. 정말 수정이나 바위같이 생겼으되 우리보다 총명하고 비상한 재주를 지닌 외계의 지적 존재가 있을까? 일부 과학자들은 이보다 한술 더 뜬다. 이들은 생명 구성의 기본원소 후보로 비금속 원소인 붕소와 유황 그리고 인燐까지 들먹인다. 이렇게 생명 구성의 기본물질이 근본적으로 달라지면 외계인의 외관 또한 우리의 상상을 훌쩍 뛰어넘을지 모른다. 일찍이 칼 세이건은 목성과 토성 같은 가스행성에서는 상층대기에 해파리와 풍선을 합쳐 놓은 듯한 생명들이 떠다니며 육식풍선이 초식풍선을 잡아먹고 있을지 모른다고 상상한 바 있다(아서 C. 클라크는 같은 소재로 소설도 썼다).

하지만 SF작가들이 상상하는 외계인들은 전체 골격이 우리와 거의 대동소이한 예가 많다. 이러한 경향은 특히 SF영화에서 두드러진다. 이는 상상력의 한계 탓도 있지만 독자가 되도록 쉽게 감정이입할 수 있게 하려는 목적도 있다. 악어와 방아깨비를 뒤섞어놓은 듯한 외계인 얼굴에 분노나 슬픔이 스친다고 가정해보자. 몇 줄의 문장이나 동영상으로 그러한 감정을 우리가 금방 알아챌 수 있을까? 특히 SF영화에서 체구의 지나친 격차는 피해야 할 핸디캡이다. 외계인이 인간보다 몇 곱절 크거나 아니면 오히려 몇 분의 일에 불과하다면 배우가 변장하기도 어렵고 특수효과 비중이 높아져 인간과 함께 있는 상황을 묘사하기가 어색해진다. 물론 모든 작품들이 이러한 현실적 제약에 굴복하는 것은 아니다. SF소설이 진정으로 열린 사고의 문학이자 변화를 다른 어떤 장르보다 적극 수용하는 문학이라면, 정형화된 외계인 상에서 벗어나 우리 인식의 경계를 넘어서려는 대범한 용기가 필요하다.

SF에 이제까지 등장한 외계인들의 겉모습만 놓고 일일이 비교 · 대조하자면 한도 끝도 없을 것이다. 아마 이 세상에 존재하는 과학소설 작가들의 수만큼 되지 않을까? 다만 사소한 부분은 무시하고 큰 틀에서의 공통분모만 추려내 보면 SF 속의 외계인들 생김새에서 일관성 있는 패턴이 드러나기도 한다. 이러한 패턴을 일종의 가이드라인으로 재구성한 이가 미국 작가 제임스 화이트James White다. 그의 대표작 〈종합병원 시리즈Sector General Series〉(1962~1999)는 외계인들을 겉모습과 생존양식에 따라 〈표 5〉와 같이 체계적으로 분류한다.

사실 우리와 상당히 외모가 닮은 외계 종이 있다면 그야말로 희귀한 예외가 아닐까? 지구와 동떨어진 환경, 다시 말해 행성의 크기와 중력 그리고 물리적 구성 성분이 사뭇 다른 조건에서 탄생하여 진화한 생물이라면 속내는 둘째 치고 외관에서부터 우리와 공통점을 찾기가 요원할 터이다. 따라서 SF에서 그리는 외계인들의 기기묘묘한 모습들은 단지 작가들의 풍부한 상상력의 산물에 그치지 않고 그러한 존재들이 우리의 예측을 얼마나 벗어날 수 있는지에 관한 힌트를 던져준다. 외계인의 생김새와 존재방식에 대한 유연한 사고는 다른 한편으로는 낯선 변화에 적응하는 우리의 유연성을 가늠하는 하나의 척도이다. 예컨대 특정 시대의 특정 사회가 외계인을 바라보는 태도는 타자에 대한 해당 사회의 관용이

표 5 | 제임스 화이트의 외계인의 겉모습 유형 분류

최상위 분류코드	공통된 특성
A ~ C	수중 호흡하는 종
D ~ F	온혈의 산소호흡 종種. 은하계의 지적 종족 대다수가 포함.
G ~ K	산소호흡 하는 곤충형 종
L ~ M	중력이 가벼운 곳에 사는 날개달린 종
O ~ P	염소 호흡하는 종
V	굳이 사지를 움직일 필요 없을 만큼 초감각이 진화한 종
기타	방사선 포식자, 신체구조 임의변형 가능 종 등

어느 정도인지를 상징적으로 알려주므로 이는 일종의 사회 건강성 지표라고도 볼 수 있다. 여기서 한발 더 나아가 우리가 이처럼 낯선 존재들을 예상하고 마음의 준비를 한다면, 언젠가 진짜 외계의 지적 존재들과 조우하는 날이 불시에 찾아오더라도 그리 당황하지 않고 지혜롭게 처신할 수 있지 않겠는가.[29]

외계인 이미지로 투영되는 사마리아 사람

● 1971년 9월 6일부터 11일까지 아르메니아 뷰래컨Armenia Byurakan에서 외계지성 관련 학술대회•가 열렸다. 노벨상 수상자가 다수 참여한 이 대회는 각자의 세부전공을 불문하고 온 세계의 과학자 커뮤니티가 외계생명체 문제를 더 이상 허투로 취급하지 않기로 마음먹었음을 보여준 인상적인 이벤트였다. 여기서는 외계지성과의 통신이 야기할 긍정적 · 부정적 문제들이 함께 논의되었을 뿐 아니라 최종적으로는 항성 간 접촉이 갖는 '어마어마한 철학적 중요성'을 언급하는 결의안이 채택되었다. 그러나

• 공식명칭은 다음과 같다. First International Symposium on the Problem of Extraterrestrial Civilizations and Communication with Them. 이 대회는 소련과학아카데미와 미국과학아카데미 공동으로 개최되었으며 참여한 학자들의 전공은 천문학자와 물리학자, 전파물리학자, 사이버네틱스 전공자, 생물학자, 화학자, 고고학자, 언어학자, 인류학자, 역사학자 그리고 사회학자 등 인문사회과학 분야를 총망라했다. 참가한 학자들의 국적은 소련인 32명, 미국인 19명이 주류를 이뤘고 이외 영국, 헝가리, 체코 인사들이 참여했다. 당시 9명의 아르메니아 과학자들은 소련연방 소속이었기에 소련대표단 32명 안에 포함되었다. 이 대회에는 3명의 노벨상 수상자가 참여하였으니 영국의 생물학자 프랜시스 크릭F. Crick과 영국 출신 미국 물리학자 프리먼 다이슨 그리고 미국의 물리학자 C. 타운스C. Towns가 그들이다.

사실 이러한 관심은 불과 어제오늘의 일이 아니며 역사적 연원을 따져 보면 고대로까지 거슬러 올라간다. 그리스의 원자론자들은 지구 밖 세계들에도 생명체가 살 확률이 높다고 보았으며 피타고라스학파는 달에 지구의 피조물보다 우수한 존재들이 산다고 여겼다. 중세에도 이러한 관심은 여전히 이어져 요하네스 케플러Johannes Kepler는 달 표면의 거대 분화구가 달나라 사람들의 건축물이라 추측했다. 급기야 신학자 조르다노 브루노는 지구 밖 다른 세계들에도 지적 존재들이 있을 법하다는 주장을 꺾지 않다가 결국 종교재판소에게 등 떠밀려 화형대에 섰다. 브루노에게 닥친 불운은 외계인이란 발상이 본래 지닌 철학적 · 종교적 위기와 긴밀하게 연관되어 있다. 인간이 하느님에게 선택된 만물의 영장이라는 자존심은 외계지성체 앞에서 완전히 무색해지고 말지 않겠는가. 기독교 지배 사회에서 줄곧 금기시되던 외계인 개념이 철학자나 일부 지식인들 사이에서 알음알음으로 공유되는 지적 유희가 아니라 일반 대중의 공개적인 관심을 끌게 된 것은 19세기에 와서의 일이다. 그때에야 비로소 외계인의 존재 가능성을 합리적으로 뒷받침해줄 수 있는 과학기술과 그러한 주장에 귀 기울여줄 대중 그리고 양자 사이에 다리를 놓아줄 언론이 모두 일정한 수준의 성숙단계에 다다랐기 때문이다. 이 시기 과학자들이 외계인의 존재 가능성을 조심스레 타진하기 시작하자 발 빠른 SF작가들은 벌써 자기 나름의 상상력과 당대 지식을 버무려 이런저런 형태의 외계생명체들을 자유분방하게 창안하기 시작했다.

재미있는 것은 외계인 개념이 단지 과학적 차원에서만 관심을 끈 것이 아니라 당대 사회의 시대정신이나 가치관을 비추는 거울 노릇까지 떠맡았다는 사실이다. 과학소설은 상업적 펄프문학의 울타리 안에서 성장했지만 때로는 정치 이데올로기와 부딪치고(자본주의와 공산주의 진영의 냉전), 때로는 기성 종교와 충돌하면서(하느님의 형상을 본 따 빚어낸 유일한 적자가 인간 아니었던가), 외계인 혹은 외계의 지적 생명체에 관해 실제 존재 여부와 상관없이 사변적인 해석을 다양하게 내놓았다. 어느 사회나 자기네와 동떨어진 세상의 구성원에 대해 그릇된 감정이나 편견을 갖기 쉽다 보니 과학소설에 나오는 외계인들은 실제 현실에서의 적대적인 세력이나 그 세력의 구성원들을 감정적으로 매도하기 위해 선전선동 도구로 동원될 소지가 높다. 덕분에 우리는 과학소설 개별 작품들에서 타인과 이방 사회에 대한 당대의 인식과 관용도를 어렵지 않게 가늠할 수 있다. 예를 들어 독일작가 쿠르트 라스비츠Kurt Lasswitz는 《두 세계에 관하여Auf zwei Planeten》(1897)에서 화성인들을 우리를 계몽하러 온 길잡이 천사들로 묘사한 반면, 같은 해 영국작가 H. G. 웰스는 《두 세계 간의 전쟁The War of the Worlds》(1897)에서 화성의 침입자들을 냉혹한 살인마들로 그렸다. 외계인에 대한 두 작가의 상반된 시각은 이후 과학소설이 외계인을 다루는 원형이 되었는데, 2차대전 이후 냉전이 첨예해지면서 외계인 상은 주로 부정적인 시각에서 벗어나지 못한 채 극도의 공포를 유발하는 존재로 비화되기 일쑤였다. 이러한 풍조를 탐탁지 않게 여긴 칼 세이건은 1983년 영화감독 스티븐 스필버그Steven Spielberg에게 우호적인 이미지의 외계인 이야기를 만들어보도록 권했다. 그 결과 할리우드의 묵은 전통을 깨고 사악하거나 위험하지 않은 외계생물을 소재로 한두 편의 영화가 만들어져 대중적으로 큰 성공을 거두었으니 〈미지와의 조우Close Encounters of the Third Kind〉(1977)와 〈이티E.T.〉(1984)가 바로 그것들이다. 스필버그는 영화 수익금 중 일부를 외계생명체 탐사를 위한 META 프로젝트에 기탁했다.[30]

요약하면 외계인은 그 실존 여부와는 별개로 우리의 사회문화 속에서 오랫동안 타자에 대한 비유로서 상징적이고 풍자적인 기능을 수행해 왔다. 이는 바로 앞의 글에서처럼 외계인이 우리와 외형적으로 얼마나 다르게 생겼는가 하는 주제만이 외계인을 이해하는 전부가 될 수 없다는 뜻이다. 우리 은하계와 같은 은하들을 1,000억 개쯤 가지고 있는 이 우주에 우리 말고도 지적 생명체가 존재한다고 보는 과학자들이 늘어나는 추세이고 천문관측기술의 향상으로 태양계 밖의 지구만한 행성들이 잊을만하면 하나씩 발견되고 있지만, 아직 지성체는 고사하고 원시 외계 생명체의 존재를 시사하는 확증이 하나도 없는 상태다. 그럼에도 불구하고 외계인이란 개념이 과학소설을 비롯한 SF콘텐츠에서 비중 있게 다뤄지는 것은 그러한 존재와의 만남을 다양하게 가정해봄으로써 우리가 이질적인 문명과 사회집단을 수용할 역량이 얼마나 되는지 점검할 수 있게 해주기 때문이다. 호모 사피엔스의 역사를 되돌아보건대 이방인은 꼭 우주에만 있다 볼 수 없다. 우리는 끊임없이 주위 이민족과 조우하는 가운데 교역을 하거나 전쟁을 치르며 오늘에 이르렀다. SF에서 외계인의 이미지는 이러한 인류사의 갖가지 갈등과 화해 · 타협에 대한 비유적인 함의를 담고 있다. 따라서 이 글은 정치사회적 · 종교적 · 인종주의 및 패권주의적 관점에서 외계인을 바라본 문학작품들을 개략적으로나마 살펴보는 동시에, 이제까지 외계인과 인류의 첫 접촉을 그린 이야기들이 보여준 몇 가지 정형화된 패턴에 대한 스타니스와프 렘의 흥미로운 분석을 소개하고자 한다.

1. 정치와 사회를 풍자하기 위한 상징으로서의 외계인

일반적으로 현대 SF의 효시를 메리 셸리의《프랑켄슈타인》이 출간된 1818년으로 보긴 하지만 그렇다고 그 이전에 SF적인 감수성의 원형적인 작품들이 존재하지 않았던 것은 아니다. 코페르니쿠스와 갈릴레이가 살던 시대의 유럽에서도 우주여행을 다룬 문학작품들을 쉽사리 찾아볼 수 있다. 다만 그러한 작품들은 현대 SF와 달리 대개 과학지식에 기반을 두기보다 정치철학적 비유에 더 깊은 관심을 기울였다. 따라서 현대 SF 이전의 문학작품에서 거론되는 외계인 개념은 단지 문학적 수사에 불과했으며 진지한 과학적 검토의 대상이 아니었다. 대신 그러한 작품들의 주된 용도가 당대 사회의 풍자나 대안으로서의 유토피아 묘사에 있었다는 사실은 오늘날에 와서 과학자들은 어떨지 몰라도 작가들과 일반 독자 입장에서는 여전히 유의미하다. 바나비 리치Barnaby Rich의 16세기 소설《머큐리 신과 한 병사 간의 꽤 훌륭하고 즐거운 대화A Right Exellent and Pleasant Dialogue, between Mercury and an English Souldier》(1574)가 한 예다. 한 영국 병사가 머큐리 신의 도움으로 화성에 간다. 그곳 분위기는 당대 영국을 암시하는 듯 호전적이고 뒤이어 방문한 금성은 평화를 사랑하는 세계다. 작가의 의도가 진부하긴 하나 집필 동기는 분명하다. 이런 식의 행성별 아이덴티티의 이분법은 20세기에 씌어진 C. S. 루이스C. S. Lewis의 〈우주 3부작Space Trilogy〉(1938~1945)에서도 고스란히 반복된다. 17세기에 익명으로 발표된 소설《운명을 예언하는 달나라 사람, 혹은 영국의 점성가The Man in the Moone, Telling Strange Fortunes; or The English Fortune-teller》(1609)는 정확히 당대 영국 사회를 꼬집은 일련의 초상이다. 여기서 천문학적 근거 따위는 거의 찾아볼 수 없지만 달과 다른 행성들에 사람이 사느냐 하는 문제는 전보다 더 진지하게 다뤄진다. 공교롭게도 같은 해 달의 생명을 묘사한 케플러의 소설이 출간되었으며, 이보다 20여 년 앞선 1588년 옥스포드 대학에서는 석사학위를 받기 위해 '(지구 이외에도) 다른 세계들이 많이 있는가'를 놓고 논쟁이 벌어졌다.

SF가 본격 장르문학으로 자리 잡은 오늘날에도 '정치사회 풍자'라는 종래의 속성은 여전히 위력을 발휘한다. 가장 화제가 된 예가 잭 피니Jack Finney의 《신체강탈자들의 침입The Body Snatchers》(1955)이다. 외계생물체가 인간들과 똑같은 모습으로 우리 사회 속에 침투해 암암리에 지구를 정복해 나가는 소름끼치는 줄거리는 발표 당시 좌우 이념 경쟁이 극한으로 내달아 내심 불안해하던 미국인들에게 자국 내 공산주의자들의 암약으로 해석되었다(작가 자신은 직접적인 연관성을 부정했다). 겉모습이야 우리와 전혀 다를 바 없지만 속으로는 불온한 사상을 품고 있는 적에 대한 묘사로 외계인은 안성맞춤의 도구였다. 《신체강탈자들의 침입》의 원조라 할 존 W. 캠벨 2세John W. Campbell, jr.의 《거기 누구냐Who Goes There?》(1938)에서는 외계괴물이 남극기지 요원들 사이에 사람 형상을 하고 숨어드는 바람에 인류의 존망까지 위협받는다. 로버트 A. 하인라인의 《꼭두각시 조종자들The Puppet Masters》(1951)도 민달팽이 모양의 외계인들이 인간의 등짝 뒤에 달라붙어 영양분을 취하면서 숙주가 돼 인간의 뇌까지 제어하여 세상을 정복하려 든다는 점에서 유사한 맥락의 이야기다. 외계인이 어떻게 인간에 기생하는지 비밀이 온 천하에 밝혀지자 멀쩡한 인간들이 자신의 무고함을 밝히기 위해 상체를 벗고 다니는 진풍경은 풍자 속에 익살을 섞은 작가의 장난기가 느껴진다. 이처럼 1950년대 미국 SF들은 피아彼我를 구분할 수 없는 갑갑한 상황을 공포로 소구함으로써 당시 미국인들의 레드 콤플렉스를 은연중에 건드렸다.

"코넌트, 코넌트! 어디 있지?"

물리학자가 그 작은 생물학자 쪽으로 다가갔다.

"나 여기 있네. 왜 그래?"

"정말 자네인가?"

블레어가 킥킥거렸다. 코넌트는 멍하니 그를 바라보았다.

"음? 내가 뭘?"

"자네가 거기 있단 말이지?"

블레어는 폭소를 터뜨렸다.

"자네가 코넌트야? 그 괴물은 인간이 되기를 원했어."[31]

훗날 미국 전역을 정신적 공황으로 몰아넣을 매카시즘의 광풍을 꿰뚫어보는 듯한《거기 누구냐》와《신체강탈자들의 침입》은 둘 다 할리우드 영화로 만들어져 대성공을 거두었다. SF장르에 투영된 레드 콤플렉스에 대한 이데올로기적 강박관념은 1980년대 인기 TV드라마 시리즈〈브이V〉(1983)와 영화〈스타워즈〉(1979)에서도 플롯은 물론이거니와 패션을 포함한 시각코드에서까지 그 흔적을 찾아볼 수 있다.《꼭두각시 조종자들》영화판은 1994년 개봉되었는데 시기적 특성 탓에 원작소설과 달리 이념적 대립을 빗댄 표현은 두드러지지 않는다(잭 피니와 달리 하인라인은 정치적 우파 경향을 공공연히 드러냈으며 이 때문에 SF컨벤션에서 강의 도중 팬들의 야유를 받은 적도 있다).

제국주의 또한 현대 SF에서 정치사회 풍자의 단골 메뉴다. 20세기로 들어서며 얼핏 민주주의(정치)와 자본주의(경제)는 균형을 이루며 세계화를 지향하는 듯 보이나, 그 이면을 들춰보면 여전히 현실의 헤게모니는 제국주의가 틀어쥐고 있음을 과학소설들에서도 확인할 수 있다. 하인라인의 《우주의 전사Starship Troopers》(1959)와 조 홀드먼Joe Holdman의 《영원한 전쟁Forever War》(1975)은 지구연방의 제국주의 팽창정책 와중에 발생한 외계인들에 대한 살육을 서로 정반대의 시각에서 다루어 대비를 이룬다. 베트남 참전 지지파였던 하인라인이 외계인을 인정사정없이 처단되어야 할 방해물(베트콩)로 그렸다면, 실제로 베트남전에서 부상을 입고 퇴역한 홀드먼은 외계인과 대규모 전쟁이 벌어진 이유가 실제로는 딴 데 있었음(군산 복합체의 음모)을 밝히며 제국주의를 비판한다. 아쉽게도 외계인과 지구인의 관계를 다룬 상당수 과학소설들은 지구인들이 공공연한 은하 제국주의자가 되어 자신들보다 열등한 '종들'에게 문명을 나눠주고 구원해준답시고 식민주의자로서 거들먹거리는 싸구려 이데올로기의 전위를 자처하고 나선다. 유명한 예로 1930~1950년대 인기를 끈 E. E. 스미스E. E. Smith의 〈렌즈맨 시리즈Lensmen Series〉가 있다. 20세기 초중반 미국 과학소설계를 좌지우지한 〈어스타운딩 스토리스Astounding Stories〉의 편집장 존 W. 캠벨 2세는 앵글로-색슨 개신교도WASP가 우주의 지배세력으로 대두되지 않는 스페이스오페라를 일체 받아들이지 않았던 까닭에 유대인계 작가인 아이작 아시모프가 〈파운데이션 시리즈Foundation Series〉(1942~1993)에서 아예 외계인들을 빼버린 일화는 유명하다. 아시모프는 외계인과의 전쟁에서 인류가 항상 궁극의 승리자가 되는 도식을 도무지 이해할 수 없었던 것이다(이에 대해서는 뒤에 가서 좀 더 살펴보기로 하자). 1960년대 말 출시되어 오늘날까지 후속 시리즈가 이어지고 있는 〈스타트렉〉 역시 늘 이런 문제 때문에 의혹어린 시선으로 비판을 받곤 한다. 단적인 예 가운데 하나가 지구연방 우주함대의 휘장이다. 승무원들 제복의 왼쪽 가슴에 수놓아진 이 휘장은 NASA의 로고 디자인을 단순히 변형했다는 의심을 사기 쉬울 뿐 아니라 알파벳 A와 흡사해서 'America'를 약화한 것이란 해석을 낳곤 한다. 엔터프라이즈 호가 우주곳곳을 누비며 화해의 조정자를 자처하는 것은 미국의 세계경찰 역할에 대한 SF버전이라는 것이다.

제국주의를 묘사하더라도 군사적 정복을 노골적으로 앞세우기보다 경제와 문화를 우회적으로 침공하여 상대를 착취함으로써 비용 대비 효율을 높이는 현대판 제국주의를 인류와 외계인 간의 관계에 대입한 작품들도 있다. 어슐러 K. 르 귄Ursula K. Le Guin의 《어둠의 왼손The Left hand of Darkness》(1969)이 이러한 접근을 보여주는 고전적인 예다. 여기서 지구인들이 모태가 된 거대세력 에큐멘 연방은 은하 변경의 외계행성 게센의 주민들을 외교적인 방법으로 설득해서 교역을 하고자 시도한다. 어차피 일단 교역이 개시되기만 하면 테크놀로지와 정치군사적인 영향력의 압도적인 격차로 말미암아 양자 간의 균형추는 한쪽으로 쏠릴 것이 뻔한 상황이다. 이상과 현실의 이러한 괴리는 연방에서 파견된 외교통상 사절 겐리 아이와 게센 행성의 왕 아르가벤이 나누는 대화에서도 새삼 확인된다.

"폐하, 에큐멘 사람들은 게센의 국가들과 동맹을 맺고 싶어합니다."

"무엇 때문이오?"

"물질적인 효용과 지식의 확대, 그리고 지적 생명체의 활동 분야의 증대 때문입니다. 또 풍요로운 조화와 위대한 신의 영광, 호기심, 모험심, 그리고 인류의 환희를 위해서입니다."

> 나(겐리 아이)는 인간들을 지배하는 자들, 이를테면 왕, 독재자 그리고 장군들의 주장을 말하지 않았다. 그들의 말에는 아르가벤 왕의 질문에 대한 답이 없었기 때문이다.[32]

정치군사적 패권주의 대신 사회경제적 관점에서 외계인과 지구인의 관계를 고찰한 작품도 있다. 로저 젤라즈니Roger Zelazny의 《불사신This Immortal》(1965)[33]은 고도로 문명이 발달한 외계 종족이 그보다 열등한 지구사회를 정복한 결과 뜻하지 않은 사회경제적 후폭풍에 시달리는 아이러니한 상황이 이야기의 주된 복선이다. 여기서 지구를 정복한 베가인들은 압도적인 과학기술력으로 인류를 간단히 제압하지만 골치가 아파지는 것은 오히려 그 다음부터다. 지구인들이 보다 나은 삶을 위해 어찌나 직녀성의 수도행성 '테일러'로 몰려드는지 베가인들이 감당할 수 없을 지경이 되어버렸기 때문이다. 테일러에서 지구인들은 아무리 출세해봤자 이류 시민에 불과한데도 그곳에서 누릴 수 있는 물질적 · 문화적 혜택이 상상을 초월하기에 밀입국을 포함해서 수단과 방법을 가리지 않고 테일러에 발을 디디려 애쓴다. 시도 때도 없이 밀려드는 외계 종족 탓에 정작 베가인들의 거주환경이 열악해질 만큼 테일러가 미어터지게 생기자 궁여지책으로 베가인들은 지구에서 간신히 명맥을 유지하고 있는 인류해방조직에 은밀히 지원을 한다. 지구인으로서의 자긍심을 고취시켜 인류의 테일러 행을 어떻게든 줄여보자는 취지다. 흡사 급속한 도시화가 진행되자 농촌인구가 도시의 하급노동자로 대거 편입되던 현상을 떠올리게 하는 이 이야기는 물질문명과 생활 수준에서 엄청난 격차가 나는 두 문명 간에 단순히 외면적인 정복 이외에 어떠한 혼란과 파장이 일 수 있는지 보여주는 한 예라 하겠다.

2. 종교적 시각에서 본 외계인

예로부터 타인에 대한 적대감을 표현하는 데 효과적인 기록수단으로 종교 문헌만큼 지대한 영향을 끼친 것은 없으리라. 여기에는 기독교 성경(신구약 포함)과 코란, 불경은 물론이고 그노시스교와 조로아스터교, 마니교 같이 헤아릴 수 없이 다종다양한 종교의 경전들과 성자전, 종교적 영웅담, 종교적 계율에 얽힌 이야기 등이 포함된다. 이 밖에 일반적인 속세의 영웅전과 위인전 또한 한몫 거들 수 있을 것이다. 대립하고 적대하는 민족 내지 부족을 무찌른 영웅의 이야기에는 언제나 교활하고 야비한 적의 이야기가 복선으로 곁들여지기 마련이다. SF 역시 이러한 고전적 패러다임을 즐겨 변주한다. 미국 과학소설 황금기•의 거장 아이작 아시모프의 말을 들어보자.

> SF를 쓰면서 종교를 제외시키기는 정말 불가능하다. 외계에서 지성체를 찾아낸다면 어떻게 되는가? 그들에게 종교가 있을까? 우리의 하나님이 그들에게도 하나님일까?[34]

이런 시각에서 보면 SF는 종교적인 동시에 반종교적이다. 중세시대 같으면 조르다노 브루노처럼 화형당하기 딱 좋을 만큼 이단적인 발상이다. SF에서 종교는 오늘날에도 민감한 소재다. 해서 일부 SF작가들은 종

• 1930~1950년대 미국 펄프 SF잡지 시장이 번창하던 시기를 지칭한다.

교와 관련된 문제를 깊이 있게 파고드는 것을 의도적으로 기피하는 경향이 있다. 물론 정반대도 있다. C. S. 루이스는 기독교 관점에서 태양계 안에 하느님의 보살핌을 받는 지적 생명체가 거주하는 행성들이 복수 존재한다는 가정 아래 이야기가 전개되는 일련의 시리즈를 발표했다. 그의 〈우주 3부작〉(《침묵의 행성Out of the Silent Planet》, 《피어랜드러Perelandra》, 《그 무서운 힘That Hideous Strength》)에서 화성인들은 타락의 원죄를 짓지 않으며 금성에서는 원죄 자체가 원천봉쇄되지만, 이미 타락할 대로 타락한 지구인들은 신의 뜻으로 다른 행성의 선한 피조물들로부터 격리 조치된다. 루이스가 보기에 인간이 사악해진 것은 사탄의 꼬임에 빠져 불완전한 과학을 맹신한 결과다. 이와 대조적으로 이언 M. 뱅크스의 〈컬처 시리즈〉는 무신론적 신념체계 아래 자유방임적으로 살아가는 미래의 휴머노이드 종족이 교조적인 신앙으로 투철하게 무장한 3족足 파충류 외계인들이 도발해온 성전聖戰에 맞선다. 종교가 없는 자들이 종교를 강요하는 이들에 저항하기 위해 일치단결하여 싸운다는 설정은 루이스의 기본 전제를 무색하게 만든다.

(아기를 바꿔치고 난 후)

"남겨놓고 온 아기 때문에 끔찍하게 우울하다네."

"우리는 그동안 방문한 어떤 행성의 원주민도 그 방문 사실을 알지 못하게 하는 정책을 고수해왔지 않습니까? 그 때문에 모선에 있는 여성들 중 한 명이 해산하여 대신 놓고 올 수 있는 아기가 생길 때까지 기다린 것이고요."

"하지만 저기 남겨 놓고 온 우리의 아기는 원주민과 다르게 크지 않을까? 결국 그 녀석은 진보한 문명으로부터 수천 세대나 뒤떨어진 곳에 남겨졌으니 말일세."

"네, 제 생각에도 그 녀석은 다르게 자랄 것 같습니다. 이 원시적인 행성에서 어떻게 성장했는지 그가 다 자랐을 때쯤 보러 오는 것도 흥미로울 겁니다."

"그런데 마을 이름이 뭐였지?"

"베들레헴이라 부르던데요."

논란에 휩싸이기 싫어 종교문제를 아예 외면하거나 반대로 신앙을 전면에 내세우는 과학소설도 있지만 수적인 면에서 보면 일반적으로 신앙을 다루되 신학적 경직성에 얽매이지 않는 작품들이 가장 많다. 예나 지금이나 꾸준히 발표되는 이러한 성향의 소설들은 하나같이 종교를 신앙의 관점이 아니라 사회학 내지 인간학적 관점에서 바라본다는 공통점이 있다. 위 지문은 아서 토프트Arthur Tofte의 단편 〈전도The Mission〉(1980)[35]에 등장하는 장면인데, 이 작품은 예수가 신의 아들이 아니라 실은 지구인 아이와 바꿔치기 된, 고도로 앞선 외계문명의 아이라는 신성모독적인 가정이 플롯 전체를 떠받치고 있다. 조지 R. R. 마틴George R. R. Martin의 단편 〈십자가와 용의 길The Way of Cross and Dragon〉(1979)은 지구인보다 더 기독교를 독실하게 믿는 외계인이 추기경 자리에 올라 이단척결에 누구보다 앞장 서는 아이러니를 보여준다. 아서 C. 클라크의 장편 《유년기의 끝Childhoood's End》(1953)에서는 우리 눈에 거의 신이나 다름없어 보이는 외계의 고등문명 종족이 인류를 뜻밖의 낯선 모습으로 강제 진화시킨다. 그 결과 인류는 개체성을 상실하고 너나 할 것 없이 하나의 거대한 에너지덩어리 같이 생긴 정신군체群體로 변모한다. 외계 종족은 인류의 진화방향을 일일이 설계한다는 점에서 하느님이나 다를 바 없는 권능을 발휘하나 진화의 결과가 과연 우리가 원하는 바인가 하는 문제 탓에 논란을 불러일으켰다.

3. 인종주의 혹은 패권주의 시각에서 본 외계인

초창기 과학소설에서 외계인은 괴상망측한 요소들만 짜깁기해놓은 괴물에 가까운 예가 많았다(물론 소수의 예외가 있긴 하다). 희한하게 생긴 외계인의 외모가 절로 빚어내는 공포와 적개심은 우리 마음속에 잠재되어 있는 타자에 대한 불신과 일맥상통하는 연결고리가 있다. 특히 미국 같은 다인종 사회에서는 외계인에 대한 의혹어린 시선이 공산주의자뿐 아니라 유색인종과 소수인종에 대한 은유로까지 투사되는 경우가 종종 있다. 과학소설에서 인간과 로봇의 관계가 일찍부터 지배자와 피지배자 간의 첨예한 계급갈등에 대한 비유로 자주 이용된 전례에 비춰볼 때, 서로 이질적인 인종 · 종족 간의 갈등이 SF작품에 투영되는 현상은 전혀 새삼스러울 것이 없다.

바람직한 과학소설이라면 인종 간 적개심에 편승하거나 근거 없는 인종 우월주의를 부추기는 대신 인류의 화합을 고심해야 마땅할 것이나, 과학소설의 주된 시장이라 할 미국에서 인종문제는 생각보다 만만한 소재가 아니다. 단순히 관념적인 휴머니즘 차원이 아니라 매일 같이 이해관계가 부딪치는 현실이다 보니 이것을 작품 속에 어떻게 형상화하느냐에 따라 논란의 불씨가 될 소지를 늘 안고 있기 때문이다. 흑백갈등과 소수민족 문제가 항상 불안 요소로 엄존하는 사회에 살고 있으나 SF를 열린 문학이자 변화를 두려워하지 않는 문학으로 이해하는 작가들은 인종갈등이 장차 해결되리라는 기대를 버리지 않는다. 그래서 이들이 다루는 외계인과 지구인의 갈등과 화해의 테마는 우리 내부의 문제를 보다 객관적인 시선에서 되돌아보게 하는 소격효과를 일으킨다. 만일 우리가 외계인과도 화합할 수 있는 이해와 관용의 단계에 도달한다면 피부색 외에

다를 게 없는 우리 호모 사피엔스 사이에 해결하지 못할 문제가 뭐가 있겠는가?

하지만 애석하게도 현실의 과학소설 작가들은 의식하든 그렇지 않든 간에 판에 박힌 인종차별적 관념에서 이따금 자유롭지 못할 수 있다. 특히 미국의 통속 SF잡지에 게재되는 작품일수록 즉흥적이고 감상적인 읽을거리로서의 성격이 강한 나머지 자기도취적이고 무책임한 발상에서 출발하기 쉽고 그런 오류에 빠져들곤 한다. 능동적인 사색을 기피하는 단순한 대중에게 영합하자면 외계인을 괴물이나 진배없는 악의 화신인 양 포장하는 편이(다시 말해 극단적인 선악의 이분법이) 훨씬 더 효과적인 까닭이다. 상대가 외계인이라는 이유로 소통의 여지를 아예 포기한다면, 똑같은 인간이라도 피부색과 생김새 혹은 생활습속과 말씨가 조금 다르다는 이유로 슬그머니 내면에서 고개 드는 거부감을 우리 스스로 바로잡을 수 있겠는가? 실제로 이처럼 부조리한 상황에 작가는 종종 놓일 수 있다. 과학소설이 대중문학으로 정착하는 데 미국 통속 SF잡지들이 기여한 공은 누구도 부인할 수 없지만 그 영향이 늘 긍정적이지만은 않았다. 20세기 초중반까지만 해도 과학소설의 집필 방향과 추세를 이끄는 중추세력은 작가가 아니라 편집장이었고 그중에서도 존 W. 캠벨 2세는 그 정점에 있었던 인물이다. 문제는 이 파워맨이 자신의 심한 인종적 편견을 요즘과 달리 전혀 숨기지 않았다는 점이다. 작가 출신이었던 캠벨은 A. E. 밴 보트과 로버트 A. 하인라인, 시어도어 스터전Theodore Sturgeon 그리고 아이작 아시모프 등 훗날 과학소설계의 거목이 된 젊은 작가들을 정력적으로 지원했는데, 자신의 의지를 관철시키느라 작가의 의지를 꺾는 일이 한두 번이 아니었다.

> … 존 캠벨과 나(아시모프) 사이에 줄다리기가 시작되었다. 존은 자신과 출신 성분이 같은 동북부 유럽인이 인류문명의 최첨단을 걷고 있으며 그 외 다른 민족은 모두 뒤처져 있다는 확신을 갖고 있었다. 그는 이러한 관점을 은하계까지 확장시켜 지구인을 은하계의 '동북부 유럽인'으로 보았다. 그는 지구인이 외계인에게 지거나 지구인이 어떤 면에서든 열등하게 묘사되는 것을 용납하지 않았다. 지구인이 기술적으로 뒤떨어진다 하더라도 더 똑똑하거나, 더 용감하거나, 더 뛰어난 유머감각을 갖고 있거나 어쨌든 승리해야 했다.
> 하지만 나는 동북부 유럽인이 아니었고 사실 (때는 1940년이었고 나치는 유럽의 유태인 대학살 중이었음을 상기하라) 그들을 크게 존경하지도 않았다. 캠벨 식으로 지구인이 동북부 유럽인을 상징한다면, 다른 문명 종족에 비하여 여러 면에서 열등하다는 것이 증명되어야 마땅하다고 생각했다. 지구인은 외계인에게 패배해야 한다고, 패배해도 마땅하다고 느꼈다.[36]

아시모프는 러시아에서 이민 온 유태계 미국인이었던 터라 캠벨의 인종편견 가득한 독선적인 집필 방향에 불만을 품었지만 노골적으로 대항하자니 아직 햇병아리 작가에 불과했다. 그렇다면 문제를 돌파하기 위한 그의 해법은 무엇이었을까?

> … 존 캠벨이 이겼다. 그는 카리스마와 사람을 압도하는 힘이 있었고 스무 살짜리였던 나는 그를 매우 두려워한 데다 그에게 소설을 팔려고 안달이 나 있었다. 그래서 졌고 이야기를 그의 편견에 맞도록 수정하였으며 그 후로 계속 부끄러워하고 있다. … 하지만 나는 계속해서 내 방식대로 과학소설을 쓰고자 했으며 캠벨 식의 저항에 부딪치지 않는 전략을 계속해서 모색했다. 처음으로 〈파운데

> 이션〉을 구상했을 때 마침내 해답을 찾았다. 해답은 너무나 간단해서 그걸 찾는 데 왜 그리 오래 걸렸는지 의아할 정도였다. … 그래서 인간만이 사는 은하계가 탄생했다. 내 생각이 딱 들어맞았다. 캠벨은 전혀 반대하지 않았다. 외계인을 몇몇 집어넣어야 한다고 제안하지도 않았다. 외계인이 왜 없냐고 묻지도 않았다. 그는 그 소설의 참뜻에 몰두하여 나의 은하제국을 받아들였고 나는 인종적인 우열의 문제를 떠맡지 않아도 되었다.[37]

아시모프의 대표작 〈파운데이션 시리즈〉의 기본 세계관이 인종차별 이슈를 피해가려다 당도한 뜻밖의 결실이었음을 아는 독자가 얼마나 될까? 이렇듯 허황된 얘기에 불과할 것 같은 과학소설에도 작가와 편집자의 개인적 이데올로기가 은연중에 투영되는 것이 현실이다. 이는 과학소설 역시 일반 소설과 다를 바 없이 한 사회에 소속된 구성원의 가치관과 신념이 투영되는 문학이기 때문이다. 초기 SF의 이러한 편협함은 비슷한 시기의 만화나 연속극을 통해 미국에서 선풍적인 인기를 끈 SF활극 〈플래시 고든Flash Gorden〉에서도 확인된다(이 작품은 뒤에 영화판으로도 여러 차례 만들어졌다). 여기서 서구적 용모의 영웅 플래시 고든은 몽고인 차림의 외계 악당과 대결하며 권선징악의 교훈을 남긴다. 지구에 근접하는 불길한 행성 '몽고'의 황제 '밍'의 차림새는 중세 유럽인을 공포에 떨게 한 황화黃禍(칭기즈 칸의 동유럽침공이 낳은 서구인들의 황인종에 대한 두려움)라는 오랜 강박관념을 스테레오타입화한 것이다. 아울러 이는 2차대전 후 일본인들에 대한 당시 미국인들의 적대적 감정과도 무관하지 않아 보인다. 당시에만 해도 동양인은 미국 사회에서 비중 있는 소수민족이 아니었던 탓에 백인들의 뇌리에 오랫동안 잊히지 않았던 칭기즈 칸의 악몽을 악의적으로 희화화한다 해서 크게 문제될 일이 없었던 모양이다.

SF의 인종주의적 잣대는 소위 '과학소설의 황금시대'가 저물어가는 1950년대 이후에도 건재했다. 다만 직접적인 적을 외계인으로 치환한 까닭에 텍스트는 중층구조를 갖게 된다. 하인라인의《우주의 전사》가 전형적인 예다.《우주의 전사》의 배경은 과학이 지금보다 훨씬 발달했으나 인구폭증으로 몸살을 앓는 미래 시점의 지구다. 인구압을 해소하기 위해 지구 연방정부는 인류를 은하계 곳곳에 진출시켜 일종의 제국을 건설하려 한다. 그러나 이러한 팽창정책은 현지 외계행성의 원주민들과 번번이 충돌에 부딪친다. 애당초 협상과 조율보다는 무력으로 초지일관 밀어붙이는 탓이다. 주인공 조니는 기동보병의 일원으로 저항하는 외계문명을 군홧발 아래 복속시키는 우주군의 선두에서 복무한다. 조니는 정작 자신이 유색인임에도 불구하고 외계인에 대해 일말의 감정이입조차 시도하

로버트 A. 하인라인의《우주의 전사》를 원작으로 한 영화 〈스타쉽 트루퍼스〉(1997)의 한 장면.

지 않는다. 그럴 수밖에 없는 것이 여기서 외계인들은 '갈비씨 종족' 또는 '유사 거미 종족'이라는 표현에서 보듯 인간 독자들이 도무지 감정이입할 여지가 없는 무시무시하고 흉측한 존재들이라고만 주입식으로 세뇌되기 때문이다. 그 결과 독자들은 주인공 일행의 무력도발과 무자비한 학살행위를 긍정적으로 동조하며 보게 되고 결과적으로 지구인들의 침공은 언제나 정당화된다.

그러나 소설에서 분명히 언급되어 있듯, 외계인들에게 먼저 싸움을 건 쪽은 지구인들이다. 대신 그럴 수밖에 없다는 뻔뻔스런 논리가 지구연방의 외계인 학살행위를 미화한다. 지구연방의 논리는 간단하다. 지구에서의 인구폭증으로 잉여인구의 우주 진출은 어차피 필연적이다. 외계인들 역시 같은 상황에 놓이면 같은 행동을 취할 것이다. 따라서 어느 쪽이 먼저 침공하든 그것은 시간문제일 뿐 선악의 잣대로 잴 수 없다. 생존의 논리와 팽창의 논리를 어지럽게 뒤섞는 방식으로 작가는 주인공의 입을 빌어 인류의 제국주의는 필연적인 역사의 진보라고 주장한다. 이처럼 외계인들에게 적대적이고 무자비한 인류가 자기 내부의 타 인종 혹은 소수집단에게 관용을 베풀 수 있을까? 하인라인은 이러한 논란에서 비켜가고자 주인공의 혈통을 필리핀계로 짐작하게 하는 꼼수를 쓴다. 소설의 말미에서 조니는 필리핀 국민의 영웅 라몽 막사이사이Ramon Magsaysay를 거론하며 자기 가족의 모국어는 타갈로그어Tagalog라고 밝힌다. 진보 성향의 흑인 작가 새뮤얼 R. 딜레이니Samuel R. Delany는 조니가 백인이 아니라는 점을 높이 평가했지만(딜레이니는 주인공이 흑인이라 오해했지만 엄밀히 말하면 필리핀계다), 주인공 자신이 지구촌 사회의 비주류 인종임에도 불구하고 제국주의의 첨병으로서 외계인 학살자 노릇에 앞장서며 아무 갈등을 느끼지 못한다는 설정을 어찌 받아들여야 할까?

흥미로운 것은 작가 하인라인의 잣대가 고무줄이라는 점이다. 그의 또 다른 장편《달은 무자비한 밤의 여왕The Moon is a Harsh Mistress》(1966)을 보면 달 식민지 주민들의 봉기가 폭압적인 지구 정부의 회유와 협박에도 불구하고 성공한다. 달 식민지가 지구연방으로부터 독립투쟁을 벌이는 사건은 긍정적으로 다룬 작가가 어째서 외계인은 가차 없이 멸종시켜도 상관없다는 '은하제국주의'를 강력히 지지하는 작품을 썼을까? 논의에 혼동을 주지 않기 위해 부연하자면, '은하제국주의'라는 소재의 문제가 아니라 이 이데올로기를 수용하는 시각이 문제다. 은하제국주의는 SF에서 단골 메뉴로 등장하다시피 한다. 아시모프의 〈파운데이션 시리즈〉만 봐도 은하제국의 영고성쇠를 장대한 시각으로 조망한다. 그러나 그렇다고 해서 아시모프는 은하제국의 확장일변도 패권정책이 정당하다고 기술하지 않으며 그런 식으로 한없이 팽창해나갈 수밖에 없다고 보지도 않았다. 대신 그는 제국이 영광과 몰락의 부침을 거듭하는 과정에서 인류가 (운이 좋다면) 질적으로 한 단계 성숙할 수 있는 기회를 잡게 되길 희망했다. 반면《우주의 전사》에서 작가는 상황의 관찰자가 아니라 제국주의 첨병인 주인공의 눈과 귀인 동시에 주관적인 해설자 노릇을 한다.

얼핏 갈지자처럼 보이는 하인라인의 행보에 대해서는 한 가지 추론이 가능하다.《달은 무자비한 밤의 여왕》은 인류 내부의 투쟁을 다뤘지만,《우주의 전사》는 외계인과 인류 사이의 전쟁을 다뤘다. 그렇다면 사람들 간에 제국주의적 (혹은 인종주의적) 대응은 잘못된 것이지만 상대를 외계인으로 바꾸면 판단기준이 달라져도 된다는 뜻일까? 이 얼마나 편리한 이중 잣대인가? 영어로 'Alien'은 SF에서 외계인을 뜻하기 이전에 전통사회에서는 이방인을 지칭했다. 그렇다면 인간들 간의 인종주의가 외계인을 빌미로 내세워 또 다른 형태의 배타주의로 변질된 것이 아니고 무엇일까? 나와 얼마나 다르면 이방인이고 외계인일까? 그 경계는 대체 어디까지일까? 이처럼 자기모순적인 이중 잣대는 노르웨이 사회학자 요한 갈퉁Johan Galtung의 갈등이론과도 맞닿는 면이 있다. 이 이론에 따르면 제1세계(미국 같은 세계 최대의 패권국가)의 사람들은 자신들이 속한 사회의 불평등과 불의에는 참지 못하지만 제3세계와 제1세계 사이의 암묵적인 주종관계가 낳는 갈등과 각종 문제에는 눈길 한번 주지 않는다. 그래서 남미와 아프리카에서 현지 정부를 무너뜨리고 사회혼란을 야기해 국익을 도모하는 CIA의 정책은 폭로될 때마다 파장이 없지 않긴 하나 미국인 대다수가 문제 삼지 않고 결과적으로 어영부영 넘어간다. 심하면 관련자 몇 명 처벌에 그칠 뿐 몸통을 들출 생각도 안 한다. 하지만 워터게이트 사건 당시 닉슨 대통령이 관련설을 부인하다 그것이 거짓임이 밝혀졌을 때 미국인들이 어떤 반응을 보였던가. 한마디로 '나만 아니면 된다' 주의가 하인라인으로 대표되는 우익 성향 작가들의 정서인 것일까. 《우주의 전사》에 등장하는 외계인은 엄밀히 말해 침입자가 아니다. 오히려 인류가 지배권을 넓히고자 멀리 있는 그들에게 싸움을 걸었을 뿐이다. 그럼에도 그들은 우리에게 그저 역겹기 그지없는 '갈비씨 종족'이거나 '거미 같은 자식들'로만 인식된다. 미소 냉전시대에 발표된 미국의 SF소설과 영화 상당수가 흑백논리에 입각해 '외계인 = 괴물 = 공산주의자'라는 도식에 매달렸던 사실은 결코 우연이 아니다.

이와 대척점에서 틀에 박힌 인종관을 조롱하고 전복시키려는 의도의 과학소설들도 역사적인 맥이 꾸준히 이어지고 있다. 20억 년에 걸쳐 인류의 장대한 미래사를 조망한 올라프 스태플든의 장편《최후이자 최초의 인간들The Last and First Men》(1930)은 진화에 진화를 거듭한 최종 인류를 궁극에 가서는 비非백인종으로 설정한다. 윌리엄 효츠버그William Hjortsberg의《회색물질Gray Matters》(1971)에 나오는 주인공은 정신형성 훈련소를 탈출해 자신의 뇌를 '열대 인종'의 육체 속에 이식하는 데 성공한다. 그가 의식적으로 검은 육체를 고른 까닭은 그것이 아름답다고 느꼈기 때문이다. 어슐러 K. 르 귄의 페미니즘 SF《어둠의 왼손》에 나오는 지구연방의 무역사절 겐리 아이는 피부가 검고 코가 납작한 사람이다(작가 르 귄은 백인 여성이다).

하인라인 식 논리와 달리 사람들 사이의 인종적인 편견을 거둘 수 있다면 외계인에 대해서도 불필요한 선입관을 결부시키지 않을 수 있지 않을까? 예컨대 아서 C. 클라크의〈라마 연작Rama Series〉에 등장하는 '팔지 거미 종족'은《우주의 전사》의 '유사 거미 종족'과 생김새는 비슷해도 하는 짓은 극명하게 대비된다.〈라마〉의 거미 종족은 투쟁 없이 공존하는 방법을 진화론적으로 터득한 지혜로운 고등 생명체들로, 소설의 시점은 때때로 거미 종족의 시각을 통해 인간을 바라보기도 한다. 이렇게 관찰자 시점을 양쪽 모두에게 할애하는 덕분에 독자는 인간과 거미 종족 둘 다 균형 있게 바라볼 수 있다. 우리가 '벌레'에 대한 기존의 고정관념을 버릴 수 있다면 벌레처럼 생긴 외계인을 단지 피부색이 다를 뿐인 인간을 대하듯 할 수 있으리라. 일찍이 클라크는 인종주의에 대한 자신의 비판적 견해를 초기 단편〈재결합Reunion〉(1963)에서 신랄한 유머를 담아 풍자한 바 있다. 이 단편은 200만 년 전 지구를 떠난 고대 인류 종족의 한 분파가 다시 지구로 돌아오는 이야기다. 그들은 원래 1,000만 년 전 지구에 정착한 외계 식민주의자들의 후손이었으니 현재 지구에 남은 현생인류와는 형제뻘이다. 지구에 남았던 이들과 달리 돌아오는 이들은 고대의 찬란한 과학문명을 고스란히 간직하고 있으니 이제는 후자가 전자보다 모든 면에서 월등하게 앞서 있을 수밖에 없다. 그러나 이 우주항행 종족은 두 문명 간의 크나큰 격차에도 불구하고 상대적으로 열등하게 비춰지는 우리를 기꺼이 동포애로 포용하며 다음과 같이 말한다.

> 지구의 인류 여러분, 두려워하지 마십시오. 우리는 평화를 사랑합니다. 당연한 얘기지요. 우리는 당신들의 사촌이나 다름없으니. 우리도 한 때는 지구에 살았습니다. … 원하기만 한다면 여러분은 곧 이 우주의 한 가족으로 참여할 수 있습니다. 전혀 부끄러워하거나 당황할 필요가 없습니다. 여러분 중에는 아직도 피부가 검지 않은 사람이 있더라도, 순식간에 고쳐드릴 수 있으니까요.

클라크는 위의 단편을 통해 '백인이 흑인보다 나을 근거가 무엇인가? 단순히 주관적인 편견을 전통의 존중이란 허울 아래 무비판적으로 받아들이고 있는 것이 아닌가?' 하고 꼬집는다. 〈재결합〉은 아주 초기 인류의 화석이라고 해봤자 300만 년 전이 고작인 고고학계의 지식을 모른 체 한다는 점에서 과학소설로서 약점이 없는 것은 아니나 진지한 접근이라기보다 유머러스하게 세상을 야유하는 사회풍자물이므로 미국의 흑백갈등을 비꼰 SF우화로 보면 되리라(클라크는 영국 작가로 인생 후반기의 대부분을 스리랑카에서 살았다).

20세기 후반 들어 과학소설 속의 외계인 상은 보다 복합적인 면모를 띤다. 미국의 흑인 여성작가 옥타비아 버틀러Octavia Butler의 중편 〈블러드 차일드[Bloodchild]〉(1984)는 인간과 외계인과의 관계를 내키지는 않지만 무턱대고 거부할 수만도 없는 일종의 실용적인 유대 차원에서 바라본다는 점에서 이채롭다. 외계인이 인간 숙주의 몸 안에 알을 낳는다는 설정 자체는 영화 〈에이리언〉과 다를 바 없지만, 버틀러의 외계인은 숙주로서 수고해준 인간을 먹어치우거나 죽이는 대신 자기네 종족 번식의 공로를 인정하여 숙주로 자원한 인간과 그 가족의 정치사회적 그리고 경제적 후견인이 되어준다. 육체적 약취를 하는 측면과 별개로 양자가 로마시대의 클리엔테스 풍습을 연상시킨다는 점에서 그 관계의 의미풀이가 간단치 않다. 때는 인류가 우주의 지배종족 틀릭인에게 완전히 예속되어 거주 이전의 자유마저 박탈당한 먼 미래, 틀릭인의 유화적인 통치방침 덕에 지구인들은 가축과 하인의 중간쯤 되는 애매한 위치에 놓인다. 인간 소년 '갠'은 철이 들자 틀릭인과 인간 사이의 어색한 평화를 지탱해온 공생관계의 끔찍한 실상에 직면해 충격을 받는다. 유년시절부터 접해온 틀릭인 '트가토이'에 대한 소년의 애정과 존경은 삽시간에 공포와 혐오로 뒤범벅된다. 성인 남자들은 틀릭인 여성들이 낳은 애벌레를 몸 안에 키우는 숙주 노릇을 반복해왔으며 그 대가로 인류는 간신히 멸망하지 않고 이제까지 버틸 수 있었음을 그제야 깨달았기 때문이다. 독자 입장에서 더욱 곤혹스러운 것은 '갠'으로 하여금 엄혹한 현실을 받아들이지 않을 수 없게 유도하는 외계인 트가토이의 언행이 그 어떤 인간보다 인간적이고 솔직하다는 점이다. 마치 아주 자비심이 많은 노예농장 주인처럼.

> "너는 오늘밤에야 결심했어, 갠. 하지만 나는 이미 오래 전에 마음을 굳혔단다."
>
> "누나에게 갈 수도 있었잖아요?"

"그렇기는 하지. 나의 아기들을 혐오하는 사람에게 어떻게 이식할 수 있겠니?"

"아니에요… 그건 혐오감이 아니었어요."

"네가 혐오감을 느꼈다는 것을 알고 있단다."

"저는 무서웠을 따름이에요."

침묵이 흘렀다.

나는 이제 그녀를 받아들일 수 있었다.

"하지만 너는, 그러니까 누나를 구하기 위해 나에게 오지 않았니."

"그래요."

… (중략) …

"그리고 당신이 내게서 떠나지 못하도록 하기 위해 온 거예요."

나는 그렇게 말했다. 정말 그랬다. 결코 그 사실을 이해할 수는 없었지만, 그것은 사실이었다. 그녀는 만족스러운 듯이 콧소리를 냈다.

"나는 너에게 큰 잘못을 저질렀다고는 생각할 수 없었단다."

그녀가 말했다.

"나는 너를 선택했어. 나는 네가 커서 나를 선택할 것이라고 믿었지."

"그랬었죠. 하지만…"

"틀릭인 아기가 태어나는 것을 직접 보고도 아무렇지 않게 느끼는 지구인은 한 번도 본 적이 없다."

… (중략) …

"이제 넌 편하게 지내게 될 게다."

"예."

"난 아직 건강하고 젊은 편이란다."

트가토이는 부럽게 내게 말했다.

"너를 다른 인간 숙주처럼 외롭게 내버려두지는 않으마. 내가 널 항상 돌봐줄 게."[38]

〈블러드 차일드〉가 단순히 기이한 외계인 이야기에 그치지 않고 보편적인 문학으로 생명력을 갖게 되는 결정적인 이유는 '틀릭인'이란 외계 종족에게 인간의 총체적이고 숙명적인 모든 부조리와 야만성을 생생하게 투영해놓았기 때문이다. 단순히 힘으로 지배하지 않고 정신적으로 동화시키는 틀릭인의 교묘한 지배양식은 빼도 박도 못한 상태에게 한 걸음 한 걸음 앞으로 끌어당기는 현대판 문화제국주의를 보는 듯하다. 제국주의의 첨병으로 길들여진 피지배 복속민들은 나중에는 지배국가가 직접 나서는 수고를 굳이 하지 않더라도 앞장서서 나머지 복속민들을 세뇌하는 전위 역할을 한다.

4. 인류와 외계인 간 관계 유형들에 관한 스타니스와프 렘의 평가와 대안

SF문학에서 빈번하게 다뤄지는 흥미로운 소재 가운데 하나가 '최초의 접촉The First Contact'이란 개념이다. 이것은 우리 인류가 외계의 지성과 직면하게 되는 최초의 상황을 일컫는 용어다. 양자의 만남 조건에 대한 작가들의 견해는 과학자들 못지않게 다종다양하며 SF영화들은 그러한 견해들을 훨씬 더 선정적으로 확대한다. 영화 속의 예만 들어도 〈에이리언〉과 〈우주 뱀파이어Lifeforce〉(1985) 같은 끔찍한 괴물의 이미지에서부터 〈E. T.〉의 낭만적이고 친근한 친구나 〈솔라리스Solaris〉(1972)에서처럼 인간이 도저히 이해할 수 없는 가이아적이고 카오스적인 존재 그리고 〈2001 스페이스 오디세이〉에 나오는 무소불위의 절대권능자에 이르기까지 외계인들은 우리에게 십인십색의 모습으로 다가온다.

중요한 것은 SF에서 그려지는 최초의 접촉 케이스들은 혐오스럽든, 파국으로 치닫든, 비극적이든 아니면 생각보다 낭만적이든 간에 외계인에 대한 구체적인 지식에 근거한 것이 아니라 어디까지나 작가와 그를 포함한 해당 사회문화의 주관적 선입관이 반영된 산물이란 사실이다. 이러한 선입관은 단지 외계 종족에게만 해당되는 것이 아니라, 우리 주변의 외부인과 이질 문화에 대한 경계심이 우회적으로 담겨 있다는 점에서 열린 사회를 평가하는 유의미한 잣대가 될 수 있다. 이는 관련 작품들의 지역별 · 시대별 경향의 변천을 살피다 보면 특정 작품이 생산되고 수용되는 사회의 열린 정도와 외부인 콤플렉스(선망과 질시가 뒤섞인)의 강도를 읽어낼 수 있다는 뜻이다. 달리 말하자면 외계인이란 비유를 통해 우리는 자신의 또 다른 얼굴을 들여다보게 되는 셈이다. 그러니 외계인 소재의 텍스트들을 단지 외계생물학적인 호기심에서만 바라본다면 그것은 사회적 동물인 인간의 정신노동 결과물인 SF를 겉으로만 핥는 셈이다.

이런 맥락을 감안하건대 이제까지 SF문학이 다뤄온 '최초의 접촉' 사례들은 대개 다음 셋 중 하나에 해당된다.

1. 우리가 우주의 다른 이성적 존재와 평화로운 협력관계를 수립한다.
2. 양자 간에 갈등이 생긴 나머지 우주전쟁으로까지 발전, 그 결과 지구인이 이긴다.
3. 오히려 외계인들이 이겨 지구를 정복한다.

얼핏 그럴듯한 분류 같지만 그게 다는 아니라고 보는 작가도 있다. 폴란드의 저명한 SF작가이자 비평가 스타니스와프 렘은 위와 같은 도식은 지나치게 단순하며 과학성이 결여되어 있다고 비판한다.

> 이 도식은 지구적인 여러 조건들, 그러니까 우리가 잘 알고 있는 조건들을 우주라는 광대무변한 영역에 단순히 기계적으로 이식한 데 지나지 않는다. 별과 그 별의 세계에 이르는 길은 단순히 길고 험할 뿐만 아니라, 그 이상으로 지구의 여러 현상들과는 전혀 닮지 않은 무수한 현상들로 가득 찼으리라고 나는 생각한다. 우주는 결코 은하계 규모로 확대된 지구가 아니다. 그것은 질적으로 전혀 새로운 것이다.
>
> 상호 이해가 성립하려면 유사성이 전제되어야 한다. 만약 유사성이 전혀 없다면? 지구 문명과 외계행성 문명간의 차이를 대개 양적으로 생각하는 경향이 있다. 그러나 '그들'의 문명이 전혀 다른 길을 통해 발전한 것이라면? … 이 '미지의 존재'와의 만남은 인간에게 일련의 인식적·철학적·심리적 그리고 윤리적 성격의 문제를 제기할 것이다. … '미지의 존재'와 맞닥뜨린 인간은 반드시 그것을 이해하려고 전력을 다할 것이다. 경우에 따라 이것은 쉽게 성공하지 못할 수도 있고, 더 심한 경우에는 많은 고통과 희생이 필요할지 모르며 심지어는 패배를 각오해야 할지도 모른다.[39]

외계인들이 사소한 차이는 있을지언정 근본적으로는 우리와 유사하다는 가정 아래 쓰인 이른바 '조우' 소설들encounter fictions과는 별도로, 스타니스와프 렘은 우리의 어떤 규범과 상식도 적용할 수 없는 전적으로 이질적인 존재들을 상정한다. 지적인 면에서 곱씹어볼 때, 렘의 대담한 시각은 상당히 매력적이다. 렘의 장편《솔라리스Solaris》(1961)에서 지구인들

스타니스와프 렘의 《솔라리스》를 원작으로 제작한 안드레이 타르코프스키 감독의 영화 〈솔라리스〉(1972)의 포스터. 이 작품은 이외에도 3번이나 영화로 만들어졌으나 정작 렘 자신이 납득할만한 영화는 하나도 없었다고 한다.

은 외계의 자의식을 지닌 지적 존재와 전혀 의사소통을 하지 못한다. 터무니없게도 그 존재란 분명 살아있는 것 같지만 행동 패턴을 전혀 이해할 수 없는 솔라리스 행성의 플라즈마 바다이기 때문이다. 이 걸쭉한 원형질의 바다는 어떤 메커니즘에 의한 것인지는 모르나 지구에서 온 연구원들의 무의식 속을 뒤져 그동안 꼭꼭 숨겨두거나 억압해두었던 아픈 기억 속의 인물들을 당사자들 앞에 멀쩡하게 되살려냄으로써 일대 패닉을 몰고 온다. 그의 또 다른 장편 《우주선 무적호Niezwyciężony》(1964)는 유기체

가 완전히 자취를 감추고 기계파리들만 번성하는 외계행성의 비밀을 들춘다. 기계파리 하나하나는 메뚜기처럼 지능이 떨어지는 미물에 불과하나 한데 모이면 총명한 지능을 지닌 군체로 변신하여 인간 탐사대를 위협한다. 그러나 작가는 두 작품 모두에서 주인공 일행이 미지의 존재를 진정으로 이해할 국면을 제공하지 않는다. 그 결과 남는 것은 인간이 우주 속의 보잘 것 없는 존재임을 자각하게 해주는 무력감뿐이다. 렘만큼 사색의 깊이를 보여주지는 못하지만 비슷한 아이디어를 선보인 작가들은 또 있다. 가노 이치로加納一朗의《제7의 태양セブンの太陽》(1969)은 아예 행성 자체가 생물이어서 다른 동식물이 자랄 수 없는 불모의 땅에 인간 탐사대가 착륙하여 겪는 에피소드를 다뤘고, 데스카 오사무手塚治虫는 자신의 대하만화《불새火の鳥》(1954~1980)에다 비슷한 내용의 에피소드를 삽입했다. 미국 작품 가운데에는 로버트 실버버그의 장편《대양大洋의 얼굴The Face of the Waters》(1991)이 육지가 전혀 없이 바다로만 지표가 덮인 행성이 의식을 지닌 사례를 그렸다는 점에서 유사한 세계관을 보여준다. 큰 틀에서 보면 아시모프의 〈파운데이션 시리즈〉 후반부에 등장하는 가이아 행성 에피소드도 '살아있는 행성 의식意識' 개념에 포함된다.

이보다 정도는 덜하지만, A. E. 밴 보트의 중편 〈신경 전쟁War of Nerves〉(1950)은 외계의 지적 존재와의 의사소통이 대단히 힘겹고 예기치 못한 방식으로 이뤄질 수 있음을 제시한 예다. 〈신경 전쟁〉에서 우주의 심연을 항해하던 우주선 비글 호 승무원들은 불시에 그 근방의 리임 행성 주민들로부터 사념파를 통한 최면공격을 받는다. 승무원들이 큰 피해를 입자 공격 의도를 알아내려 선내의 정보종합학자 그로브너는 최면작용을 상쇄시키는 뇌파수정 장치를 자신의 뇌와 연결한 다음 리임인들과 커뮤니케이션을 시도한다. 그 과정에서 그가 받아들이는 감각인상을 1인칭 시점에서 함께 공유해보자.

> … 나는 그들의 신경계를 통한 감각인상을 수신하고 있다. 그들 쪽은 나의 감각인상을 수신하고 있는 것이다. … 갑자기 그로브너는 생각했다. 앓는다! 그것은 상대가 그렇게 하고 있다는 것일까? … 코가 근질근질하기 시작했다. 그들에겐 코가 없다. 적어도 코 같은 건 보이지 않았다. 그러므로 이것은 나 자신의 코든가 아니면 우연의 자극이다. 코를 긁으려고 손을 드는 순간 이번에는 위에 통증이 닥쳤다. 몸을 둘로 가르는 듯한 극심한 통증이었다. 그러나 몸이 말을 듣지 않았다. 배에 손을 댈 수조차 없었다. 그래서 비로소 가려움과 아픔의 자극이 자기 몸에서 일어난 것이 아니라는 것을 그는 깨달았다. 이성인의 신경계에서 그것이 꼭 가려움이나 아픔에 상당하는 뜻을 갖는다고만은 할 수 없다. 즉 두 종류의 고도로 진화된 생물이 서로 신호를 보내고는 있으나 어느 쪽도 그걸 마땅한 의미로 번역하지 못하고 있는 셈이다. …
>
> 그러더니 뜨거운 바늘이 등골을 찌르는 것처럼 무언가가 척추뼈 하나하나를 찔렀다. … 당장에라도 의식을 잃을 것 같았다. 그 감각이 흔적도 없이 사라졌을 때 그로브너는 정신이 어질어질했다. 모두가 환각이다. 그런 일이 아무 데도 일어나지 않은 것이다. 그의 몸 속에도 새와 비슷한 외관을 한 이성인의 몸 속에도. 그의 뇌는 눈에서 들어온 자극을 받아들여 그것을 잘못 번역했다. 그러한 관계에서는 쾌감이 고통이 될 수도 있으므로 어떤 자극이 어떤 감각을 낳을지 모른다. … 나는 사랑받고 있다. 아니 그렇지 않다. 사랑받고 있는 것이 아니다. 그것은 인간의 감정과는 비교할 수조차 없는 반응을 경험하고 있는 신경계로부터 감각현상에 그의 뇌가 또 다시 어떤 해석을 적용시켰을 뿐인 것이다. 의식적

> 으로 그는 그 말을 바꾸어 보았다. 나는 자극을 받고 있다. 그리고 그 뒤는 감각의 흐름에 몸을 맡겼다. 그것이 끝나고 나서 막상 무엇을 느꼈느냐는 말을 듣고 보니 알 수가 없었다.[40]

렘은 기존의 영미권 외계인 이야기들이 대부분 천편일률적인 발상에서 벗어나지 못한 나머지 앞서 예시한 3가지 유형 가운데 하나밖에 생각하지 못한다면서 자신이 생각한 새로운 유형을 하나 추가로 제시했으니 그것은 다음과 같다.

> 4. 인류와 외계 지성이 조우했을 때 서로에게 철저히 무관심한 태도를 취하거나, 반대로 아무리 노력해도 상호 의견교환이 불가능한 경우.

외계 지성과 우리가 심리학적이고 철학적인 파장을 공유하는 것은 말할 것도 없고, 과학 분야에까지 공통 토대를 지니고 있으리라 예상할 수 있을까? 그처럼 찰떡궁합이 될 리 없다는 견해가 훨씬 더 그럴듯하다. 우리는 SF소설에서 외계인을 지나치게 인간의 관점에서 파악한, 다시 말해 인간과 마찬가지로 희로애락과 오욕칠정五慾七情에 집착하는 존재로 묘사한 사례들을 자주 본다.

> 사이클로인은 절대 그 지역의 금을 채굴할 수 없었다. 극소량의 우라늄 입자도 사이클로인의 호흡가스통을 폭발시켜버리기 때문이었다. 그래서 그는 인간이 필요했다. … 그는 무슨 수를 써서라도 금을 손에 넣어가지고 고향으로 돌아가고 싶었다. … 아아, 부와 권력! 지구와는 영원히 작별이다. 지구 식민지 관할 보

안부장(일종의 외계인 안기부?) 타르는 자신의 생각에 흐뭇해하며 미소를 지었다.[41]

대체 어느 지구인이 사이클로 행성에서 온 이 외계인보다 더 지구인답게 사고할 수 있을까? 인간이 얼마나 제멋대로 또 다른 지적 존재를 재단하는가를 여실히 보여주는 이러한 시각은 통속적인 상업 소설들에서 수없이 만나게 된다. 대체 사이클로인과 B급 서부극에 나오는 틀에 박힌(백인 관객의 머릿속에 관념화되어 있는) 인디언 캐릭터들 사이에 어떤 차이가 있는가? 진정으로 현실성 있는 외계 고등 지성체와의 대면을 그리고자 한다면, 확률상 그들과 우리와의 공통점을 인간적 잣대로 재단하려는 헛수고는 지양하는 편이 더 설득력 있지 않을까?

언젠가 호모 사피엔스와 외계 지성이 첫 대면하는 날, 어떤 상황이면 인류의 자긍심이 가장 큰 상처를 입게 될까? 서로 이러쿵저러쿵 다툰다는 것은 그만큼 어떻게든 말이 통하고 이해관계가 개입된다는 뜻이다. 심지어 그 와중에 분통이 터질 수도 있으리라. 하지만 가장 참을 수 없는 굴욕은 외계 지성이 우리를 괴롭히기는커녕 우리에게 철저하게 무관심한 상황이 아닐까? 만일 외계인들의 커뮤니케이션 메커니즘이 우리와 천양지차로 동떨어져 있거나 우리 같은 '원시 종족'과 외계 지성 사이에 과학기술과 정신문화상 천문학적인 격차가 벌어져 있다면, 아예 소통이 불가하거나 그들이 우리가 지적인 존재인 줄 못 알아보고 그냥 지나칠지도 모른다. 우리가 흙바닥의 개미를 보고 아무 감흥을 일으키지 못하듯이 말이다. 프레드 호일Fred Hoyle의《검은 구름The Black Cloud》(1957)과 스타니스와프 렘의《솔라리스》가 전자의 전형이라면, 아서 C. 클라크의《도시와 별들The City and the Stars》(1956)과《라마와의 랑데부Rendezvous with Rama》(1973)는 후자의 사례라 하겠다. 이처럼 상대에게 무시당할 경우 인류가 느끼게 되는 굴욕감을《라마와의 랑데부》는 다음과 같이 묘사한다.

> 그들은 태양계를 재급유 정거장 — 일종의 보조 정거장, 또는 그것을 우리가 뭐라 부르던 간에 — 으로 사용했다. 그리고는 자신들의 우주선을 보다 중요한 볼일이 있는 방향으로 완전히 돌려버렸다. 그들은 인류라는 종種이 존재했는지조차도 결코 알지 못할 것이다. 이처럼 믿을 수 없을 정도의 무관심은 그 어떤 의도적인 모욕보다도 치욕스러운 것이었다.[42]

5. 결론: 외계인이란 주제는 우리에게 어떤 의미를 갖는가?

과학자들은 우리의 태양계 안에서도 유로파와 엔셀라두스처럼 거대한 대양을 지각 아래 품고 있는 천체들에는 생명이 살 가능성을 배제하지 않는다. 2013년 현재 2,700개 이상의 외부 태양계 행성들이 관측되었으며 그 중 일부는 우리 지구만한 크기다. 그렇다면 다른 태양계의 행성들에 우리 못지않은 지적 존재들이 살고 있을 가능성이 얼마나 될까? 만약 언젠가 그런 날이 온다면, 그것은 우리 인류에게 어떤 의미를 지닐까? 과학자들과는 별개로 신학자와 인문학자 그리고 철학자들 또한 새로운 인식의 전환을 하지 않을 수 없는 환경에 직면하게 될 것이다. 외계인이 존재함이 밝혀진다 해도 인류는 여전히 (성경과 많은 종교의 경전들이 설파하듯) 창조의 정점으로 남아있을 수 있을까? 아니면 다른 어딘가에서 더욱 성공적인 피조물이 탄생할 때까지 온 우주에서 수없이 반복된 실험의 부산물로 치부될 것인가? 우리는 지고하고 신성한 존재인가? 혹은 적어도 신을 닮은 지성의 소유자들인가? 아니면 우주에서 지적 발전이 최소한

도로만 이뤄진 존재인가? 다시 말해 우리는 진화의 최종 산물인가, 아니면 이미 오래전 다른 어딘가에서 일어난 과정을 단지 반복하고 있는 데 불과한가? 외계 지적 존재의 실존은 무엇보다 인간을 창조의 정점으로 보는 기독교적 관점을 뿌리째 뒤흔든다. 인간의 지고함이란 가정이 도전받는 분야는 기독교만이 아니다. '인간은 만물의 척도'라는 계몽주의의 기본 신조는 아무 문제가 없을까? 지적인 외계인 존재는 자신을 진화의 절정으로 보는 인간의 세속적인 긍지마저 쓰레기통에 처박아버린다.

SF장르는 어떤 매체 형식(영화, 문학, 만화, 애니메이션 등)에 담기건 간에, 해당 사회의 역사적 고정관념과 세계관을 자연스레 드러낸다. 그렇다 보니 SF에서 다루는 '외계인' 이미지는 정작 그 실체와는 상관없이 때와 장소에 따라 극단적으로 변화한다. 예컨대 그 스펙트럼은 친구나 아버지 같은 우호적인 이미지에서 끔찍한 괴물이나 침략자 같은 위협적인 이미지에 이르기까지 천당과 지옥을 오간다. 이는 의도하든 그렇지 않든 간에 SF가 외계인을 끌어들여 이방인들(또는 이단적인 사상을 가진 세력)에 대한 견해를 어떤 식으로든 투영하기 때문이다. 결과적으로 외계인 이미지는 내가 속하지 않은 다른 사회 구성원들에 대한 편견과 오해를 부채질하고 그것을 꾸준히 강화시켜주는 선전도구로 악용되기 쉽다. 특히 해당 사회가 사회불안이나 천재지변, 전쟁 또는 그에 준하는 상태에 놓일 때 그 효과는 더욱 커진다. 우리가 잭 피니의 《신체강탈자들의 침입》을 매카시즘의 회오리와 따로 떼어 놓고 생각할 수 없는 것도 다 이 때문이다. 작가 자신은 자신의 작품이 정치적으로 해석되는 것을 경계했다고 하나 의도했든 그렇지 않았든 간에 해당 텍스트를 놓고 많은 사람들이 그렇게 여기게 만들었다는 것이 중요하다. 심지어 로버트 A. 하인라인의 경우에는 냉전적 사고에 입각해서《꼭두각시 조종자들》을 썼음을 공공연하게 드러냈다. 그가 보기에 20세기 중반 소련은 몰래 미국인들의 등짝에 들러붙어 피와 영혼을 빨아먹는 거머리 같은 존재였다. 반대로 같은 시기 소련에서는 소비에트 공산주의를 칭송하는 사회적 리얼리즘에 입각한 과학소설이 아니면 작품을 발표할 기회가 없었다. 심지어 이반 A.예프레모프 같은 이상적 공산주의자조차 현실의 공산당을 미화하지 않는다는 이유로 거의 모든 작품을 판금 당하는 수모를 겪었다. 이러한 맥락에서 보면 외계인을 묘사하는 시각은 해당 사회의 열린 정도를 측정하는 문화적 징표라 할 수 있다. 단지 작품 하나나 작가 한 명에 국한하지 않고 동시대 많은 작품들과 대다수 작가들에게서 교집합을 찾아본다면 그러한 통찰을 읽어내기 어렵지 않으리라. 실제로 우리의 역사를 돌아보면 폐쇄적인 사회가 이방인이나 이질적인 세력에 대해 근거 없는 낙인을 찍거나 과도한 적개심을 보인 예가 얼마나 많은가. 그런 의미에서 외계인이란 소재는 사회의 불건강한 흐름을 읽어내는 데 유용한 지표 가운데 하나다.

그러나 반대로 SF가 타인에 대한 오해와 편견을 불식시키는 도구가 될 수도 있다. 구슬이 서 말이라도 꿰어야 보배라는 말이 있듯이, 관건은 SF형식 자체가 아니라 그것을 어떤 의도로 활용하느냐에 달려 있기 때문이다. 만약 SF작가들이 편협한 이데올로기에서 벗어나 인류의 다양한 모듬살이 행태를 너그럽고 따스한 눈으로 바라본다면 독자 대중의 그릇된 신념과 가치관을 바로잡는 데 기여할 수 있다. 외계인이란 주제에 소아병적인 거부감이나 공포심을 갖기보다 오히려 우리 자신을 상대적이고 객관적으로 바라볼 수 있는 계기로 삼는다면, 인류는 인종이나 종교,

또는 그 밖의 특정 요인에 얽매여 자신과 타자를 차별하고 적대시하는 편견을 내던져버리는 데 힌트를 얻을 수 있을 것이다. 20세기 초, 화성에도 지적 생명이 살고 있으리라는 퍼시벌 로웰Percival Lowell의 주장은 당시 큰 충격을 주었고 종교인들뿐 아니라 세속적인 사람들까지도 가치관의 혼란에 빠뜨렸다. 지금도 어떤 이들은 비행접시의 존재를 믿고 있고 사이비 과학저널리스트 에리히 폰 대니켄Erich von Däniken은 1960년대 이래 '신들gods'에 대한 자신의 과도한 해석을 지지하는 이들을 많이 끌어 모았다. 대니켄이 지칭하는 신들이란 '역사시대에 지구를 방문한 적 있으며 호모 사피엔스의 진화에 유전적으로 개입했다고 추정되는 외계 우주비행사들'을 의미한다. 이러한 주장들은 물론 과학계의 진지한 관심사가 되지 못한다. SF 커뮤니티 입장에서 중요한 것은 이제는 인류만의 시각에서 만사를 재단하는 도그마에서 사람들이 자유로워지고 있다는 사실이다. 왜 우리는 직접 만난 적도 없으면서, 걸핏하면 외계인을 퉁방울눈이 달린 위험한 괴물로만 속단하려 들까? 진짜 문제는 외계인이 아니라 바로 우리 마음속에 있는 것은 아닐까?

성서에 나오는 '선한 사마리아인'의 우화(누가복음 10:29~37)를 기억하는가? 예수는 예루살렘에서 여리고로 가다 강도를 만나 심하게 두들겨 맞은 나머지 몸을 못 가누게 된 한 남자의 얘기를 들려준다. 그 때 우연히 둘 다 성전에서 하나님께 예배드리던 제사장 한 사람과 레위 사람 한 명이 사건 현장을 지나게 되었다. 그러나 둘 다 그를 보고 피해 갔다. 그런데 배교자인 사마리아 사람(바빌론 유수 이후 팔레스타인에 살던 유태인과 이방민족과의 혼혈인) 한 명이 또한 그 근처를 지나게 되었다. 그는 다친 남자의 상처를 싸맨 다음, 상처에 기름과 포도주를 붓고, 그 남자를 주막으로 데려가 돌봐주라며 주막 주인에게 돈을 지불하고, 비용이 더 들면 자신이 돌아올 때 갚으리라 약속했다.

위의 우화는 편협한 인종주의 이데올로기에 사로잡힌 유대교와 보편적인 인간 구원을 지향하는 기독교의 차이를 잘 보여주는 예로 자주 인용된다. 예수는 자신을 이 우화에 나오는 사마리아 사람에 비유했다. 고대 유대인들은 자신들만이 진짜 하나님 야훼를 믿으니까 타민족과 피가 섞인 혼혈잡종인 사마리아 사람보다 영적으로 우월하다고 자만했을지 모르나 예수는 인간의 가치란 그런 허세로 따질 수 없음을 설파했다. 이러한 비유는 과학소설에서 다루는 외계인 테마에도 마찬가지로 적용될 수 있다. 21세기의 오늘날 우리는 외계인 개념을 어떻게 받아들일 것인가? 다원적 세계관•은 이제 조르다노 브루노처럼 윤리철학적 당위성 차원에서 판단해야 할 대상이 아니라 관측천문학이 그 타당성을 진지하게 검토하고 있는 새로운 세기의 패러다임이다. 이미 예전에 인간의 자긍심을 위협하는 다른 개념들(다윈이나 프로이트의 학설들)을 그럭저럭 견뎌냈듯이, 이 우주에 우리만 똑똑한 존재라는 망상은 지적인 외계인의 존재를 과학이론과 과학소설을 통해 진지하게 사색해봄으로써 큰 무리 없이 수정될 수 있지 않을까.

앞으로도 SF는 시대와 사회가 처한 상황에 따라 외계인을 다양하게 재포장해 세상에 내놓을 것이다. 외계인들을 인간과 거의 유사한 지적 존재로 묘사하는 작품이 있는 반면 흰개미만큼이나 우리와 육체적 · 심리적으로 이질적인 창조물을 선보이는 작품도 있을 터이다. 이는 상상력

• 지적 존재가 지구 외에도 다수 행성에 존재하리라는 개념.

을 풀어나가는 작가 개인의 성향 차이 때문만이 아니라 현실과학이 외계인과의 조우에 대해 실질적인 지식을 제공해주지 못하는 탓이다. 적어도 외계인 문제에 관한 한 지금까지는 과학이 신학보다 크게 나은 통찰을 제공하지 못한 게 사실이다. 문학작품들에 나오는 갖가지 외계인들은 얼마 되지 않는 과학적 추론에 근거해 때로는 아주 이질적이고 때로는 아주 우리와 닮게 인간적인 해석을 붙인 데 불과하다. 한마디로 우리가 외계인을 재단하는 척도는 바로 우리 자신이다. 그러니 이 소재를 어떻게 쓸 것이냐 하는 문제는 우리 스스로에게 달려 있다. 우리 사회가 닫힌 사회로 치달을 때 외계인은 SF에서 타자를 부정적으로 인식하게 하는 선전도구로 전락하기 쉽고, 반대로 우리 사회가 다원성을 중시하는 개방사회로 나아간다면 외계인에 대한 해석은 훨씬 다양해지면서 우리의 사고와 삶을 기름지게 할 것이다.

역설적이지만 외계인에 대한 다채로운 묘사들은 뜻밖에도 바로 우리 자신에 대한 지식을 상당 부분 늘려준다. SF에 투영되는 외계인 이미지가 실제 외계인의 모습과 행동패턴에 대한 학술적인 논의와는 별개로 우리 사회 내부의 가치관과 강박관념을 비추는 반사경 구실까지 해준다는 뜻이다. 덕분에 과학소설에 등장하는 외계인들은 상상력이 풍부한 자연과학적 사고실험의 산물에 그치지 않고 인간과 사회를 꿰뚫어보는 진지한 탐구 수단이 된다. 달리 말하자면 남(외계인)을 사려 깊게 이해하게 될수록 우리 스스로를 더 잘 이해하게 된다는 의미다. 이런 식의 열린 사고가 우리에게 체화된다면 언젠가 진짜 외계의 지적 생명체와 조우하게 되는 날 그 진가를 발휘하게 되지 않겠는가.

동성애자와 함께해온 SF의 자유를 향한 분투

● 1998년 11월 25일 개봉을 앞둔 〈스타트렉〉 극장판 '봉기Insurrection' 편에 대해 미국의 소위 '게이랙시언들the Gaylaxians'이 관람 보이콧 운동을 벌였다.[43] '게이랙시언'은 SF를 즐기는 게이와 레즈비언을 한데 일컫는 조어로 은하Galaxy에 빗댄 표현이다.[44] 사연은 이렇다. 1960년대 첫 방송을 탄 이래 오늘날까지 후속 TV시리즈와 다수의 극장용 영화로 제작된 〈스타트렉〉은 일명 '트레키'라는 열렬한 추종자 그룹을 미 전역에서 낳았을 만큼 미국의 인기 있는 하위문화다. 동성애자들이 성토에 나선 것은 아이러니하게도 바로 그 때문이다. 이 드라마에는 설정 상 온갖 돌연변이들과 각양각색의 외계인들이 나오지만 인간 동성애자는 눈을 씻고도 찾아볼 수 없기 때문이다. 게이랙시언들은 지금과 마찬가지로 미래에도 게이와 레즈비언이 있을 것이고 오히려 더 널리 받아들여지리라는 주장이 가상의 미래를 제시한 SF영화 속에 반영되길 원했다. 이왕이면 〈스타트렉〉처럼 파

급력이 큰 작품을 통해.* 2005년 10월에는 〈스타트렉〉 오리지널 시리즈에서 승무원 히카루 술루 역을 맡은 조지 타케이George Takei가 공개적으로 커밍아웃했는데, 이는 당시 캘리포니아 주지사 아놀드 슈워제네거가 동성결혼 법안에 거부권을 행사하려 한 데 대한 항의의 제스처였다.

위의 두 사건은 동성애가 현실은 물론 SF와도 결코 동떨어진 문제가 아님을 새삼 일깨워준다. 과학소설은 흔히 열린 문학이라 일컬어진다. 그렇다면 이 사안에 대해 어떤 견해를 지녔을까? 과학기술의 발달이 환경만 바꾸는 것이 아니라 우리의 생각까지 뒤흔들어 놓는 데 주목하는 이 장르문학은 사회 어디에도 금기를 남겨두려 하지 않는다. 성적 관심사라 해서 예외가 아니니 동성애라고 논외일 리 없다. 인간 빰치는 로봇이나 우리만큼 섬세한 외계인이 인간과 낯 뜨거운 사랑을 나누는 이야기가 공공연하게 발표되는 마당에 동성 간의 사랑이라 해서 이 열린 문학이 두려워하겠는가.

동성 간 사랑과 동성들만의 안락한 공동체를 미화한 문학작품의 족보는 사라 스캇Sarah Scott의 《천년 홀과 인근 나라에 관하여A Description of Millennium Hall and the Country Adjacent》(1762)와 샬롯 퍼킨스 길먼Charlotte Perkins Gilman의 《그녀들의 땅Herland》(1915) 같은 유토피아 소설들로까지 거슬러 올라간다. 남성 위주의 사회에서 달아난 여성들이 일종의 공산사회에서 참된 삶을 누리는 이 소설들이 20세기 후반 쓰인 여성들만의 유토피아 소설들과 확연하게 구분되는 한 가지는 육체적 레즈비언 관계에 대한 상상이 아예 거

* 〈스타트렉〉의 제작사는 동성애혐오증이 어차피 미래에는 무의미해질 것이므로 굳이 동성애자 캐릭터를 출연시켜 꺼져가는 불씨에 불을 지필 필요는 없다는 논리로 동성애자들의 제안을 받아들이지 않았고 그 결과 보이콧 운동으로 번진 것이다.

세되어 있다는 점이다. 중세 종교개혁관의 영향을 받은《천년 홀과 인근 나라에 관하여》는 성애性愛를 강간이나 죄악인 양 병적으로 혐오하며《그녀들의 땅》은 순결하고 이성적인 여성들이 자손을 낳도록 처녀생식을 권장한다. 문학 속 여성들의 동성애가 플라토닉한 차원에 머문 것은 당대의 주위 시선을 의식한 나름의 방어기제였을 것이다.

이러한 사정은 현대의 상업적인 과학소설 시장에서도 처음에는 별반 다르지 않았다. 동성애를 처음 긍정적으로 묘사한 단편소설〈잃어버린 세상의 우물The World Well Lost〉(1953)은 데뷔 15년차의 인기작가 시어도어 스터전의 작품인데도 편집자들에게 줄줄이 퇴짜 맞았다. 1950년대 미국의 건전한(?) 독자 취향을 고려해 동성애의 주체를 인간들 대신 외계인으로 바꿔 놓았지만, 개중에는 혼자서 퇴짜 놓는 걸로도 모자라 업계의 편집자란 편집자들에게 죄다 편지를 써 해당 원고가 접수되면 읽어볼 것도 없이 휴지통에 처넣으라고 촉구한 편집자까지 있었다. 필립 호세 파머의《연인The Lovers》(1953)처럼 인간 남성과 외계 여성의 육체적 사랑을 그렸다는 이유만으로 발행해줄 편집자를 찾기 힘들었던 1950년대 미국 사회에서 동성애는 어불성설이었다.

하지만 (지면관계상 일일이 다 열거할 수는 없으나) 1960~1970년대를 거치며 영미권 SF작가들이 동성애를 전에 비할 수 없이 적극 다루기 시작했으니, 이는 1970년대에 부상한 페미니즘 과학소설 운동과 무관하지 않다. 예컨대 브라이언 올디스의《어둠의 광년The Dark Light Year》(1964)에는 성별을 바꾸는 외계인들과 게이 남성들이 나오며, 마리온 지머 브래들리Marion Zimmer Bradley의 작품들에는 주인공이 게이 아니면 레즈비언 일색이며 때로는 악당들까지 그렇다. 할란 엘리슨의 단편〈고양이인간Catman〉(1974)

은 등장인물 대부분이 양성애자나 게이일 만큼 양성애가 일상이 된 사회의 이야기다. 꼭 동성애자가 아니어도 페미니스트 성향의 작가들은 (자기 고유의 성정체성과 무관하게) 동성애 문제를 단지 눈요깃거리나 성적 평등의 기계적인 균형 이상의 시각에서 진지하게 접근한다. 전형적인 예가 수지 매키 차나스Suzy McKee Charnas의 작품들이다. 심지어 보수적인 성향의 아서 C. 클라크조차 《지구 제국Imperial Earth》(1976)에서 양성애자이자 게이를 주인공으로 내세운 바 있다.

과학소설에서 동성애 묘사가 더 이상 드물지 않게 되자 SF작가들은 여성들만의 사회를 다루더라도 정치적 이슈 제기 차원에서 무조건 이상화하는 대신 부조리극으로 변주하는 사회학적 통찰을 선보이게 된다. 제임스 팁트리 2세James Tiptree Jr.의 중편 〈휴스턴, 휴스턴 들리는가?Houston, Houston, Do You Read?〉(1976)에서는 미래로 타임슬립한 남성 우주비행사들이 수백만 명의 여성들만 남은 지구 사회의 위협이 될까 우려를 산 나머지 약물실험의 대상이 된다. 여성만의 사회라 해도 기득권 유지를 위한 독선으로 나아가면 남성들의 위선적인 가부장제와 오십보백보라는 결론은 페미니스트 작가들 사이에서도 세상을 보는 시야가 다원화되고 있음을 시사한다. 어슐러 K. 르 귄의 단편 〈아홉 생명Nine Lives〉(1969)은 동성애적 유대가 기형적으로 강화되면 도리어 생존에 불리할 수 있음을 그린다. 하나의 원본에서 복제된 열 명의 남녀가 배타적 팀워크로 높은 업무능률을 보이지만 막상 아홉 명이 불의의 사고로 사망하자 최후의 생존자는 마치 게슈탈트의 한 파편처럼 자아가 무너진다. 그에게는 동고동락하며 정신적 · 육체적(성적) 유대를 다져온 자기의 분신들만이 유일하게 의미 있는 환경인 까닭이다. 조 홀드먼Joe Haldeman의 《영원한 전쟁The Forever War》(1975)

은 훨씬 더 풍자적이다. 줄곧 초광속여행을 하며 우주 곳곳에서 전투하던 병사가 지구에 돌아와 보니 상대론적 시간팽창효과 탓에 지구에서는 어느덧 1,000년이 흐른 뒤다. 병사는 아노미에 빠지는데, 아는 이들이 오래 전에 죽어서가 아니라 사회가 동성애자 위주로 재편되어 자신이 뜻밖에도 변태 취급을 받게 된 탓이다. 오늘의 현실을 뒤집은 가상의 비유를 통해 작가는 당장의 익숙한 현실이 앞으로도 변치 않으리란 법은 없음을 전달한다. 국내 작가들 중에는 듀나가 동성애 코드를 쓰는 데 가장 거침이 없으며, 정소연의 경우에도 스타일은 다르나 관련 소재를 이야기의 주제나 기본 배경으로 삼는 일이 많다.

한편 동성애자 SF작가들은 비록 수는 적지만 같은 문제에 대해 훨씬 더 전투적인 태도를 보인다. 영미권에서는 일반 SF팬들의 컨벤션(버라이어티 축제)뿐 아니라 1988년부터 게이와 레즈비언을 위한 SF컨벤션Gaylaxicon이 열리고 있으며, 람다 문학상Lambda Literary Awards과 스펙트럼 상Spectrum Awards 같은 자체 커뮤니티를 위한 문학상들도 있다. 이러한 행사들을 뒷받침할 '게이&레즈비언 SF협회Gaylaxian Science Fiction Society'가 있음은 물론이다. 심지어 '다른 시선A Different Light'처럼 동성애자 전문서점도 있는데, 이 명칭은 레즈비언 작가 엘리자베스 A. 린Elizabeth A. Lynn의 동명소설을 기린 것이다. 1980년대 이후로는 동성애자 작가들만의 과학소설 선집이 꾸준히 출간되고 있으며, 1990년대는 가히 동성애자 과학소설의 시대라 할 만큼 새로운 선집들의 출간과 신인 작가들의 배출이 활발하다. 급기야 동성애자 독자 대상의 에로틱한 과학소설을 펴내는 출판사Circlet Press까지 생겼다.

동성애자인 작가가 과학소설 형식을 빌려 성적 소수자를 옹호하려

한 최초의 시도로는 리자 밴Lisa Ben의 유토피아 소설 《새해의 날New Year's Day》(1948)이 있으나, 대중적 지명도가 높은 상업 작가들이 자신의 성정체성을 과학소설에 노골적으로 담아내기 시작한 때는 1960~1970년대부터다. 그 중 가장 유명한 작가를 꼽으라면 게이 중에는 새뮤얼 R. 딜레이니, 레즈비언 중에는 조안나 러스Joanna Russ가 있다. 딜레이니의 작품에는 게이 주인공이 자주 나오며 본격문학이 선뜻 수용하기 버거운 노골적인 성애 표현이 담기기도 한다. 특히 《트리톤에서의 곤경Trouble on Triton》(1976)은 비약적인 의료기술의 발달로 외모는 기본이고 육체적 성sex과 성적 취향gender까지 바꿀 수 있는 사회를 배경으로 겉보기의 성적 취향은 인간을 판단하는 진정한 잣대가 될 수 없음을 풍자한다. 일찌감치 커밍아웃한 조안나 러스는 《여성 인간The Female Man》(1975)에서 레즈비언들에게 주역을 맡겼으며 여기에 등장하는 평행우주들 중에서는 아예 여성들 위주로 돌아가는 세계도 있다.

앞으로 인류가 성과 관련하여 생물학적 · 심리학적으로 어찌 변모해 나갈지 속단하기 어렵다. 중요한 것은 변화의 방향이 늘 기성 사회 입맛대로만 좌우된다는 보장이 없다는 점이다. 성적 소수자는 예나 지금이나 우리 가운데 일정 비율 존재해왔다. 최근에야 논란이 된 듯 보이나 실은 이제야 공개적인 자리에서 거론하는 이들의 숫자가 늘었을 뿐이다. 이제까지 살펴보았듯 과학소설은 이러한 인식의 확산에 일정 부분 기여해왔다. 성적 소수자의 인권에 관한 논의를 문학을 통해 형상화하는 작업은 비단 동성애자 작가들만이 아니라 이성애 작가들까지도 두루 관심을 보여 왔다. 물론 문학을 생존권 투쟁의 한 수단으로 보는 동성애자 작가들과 아무리 진보적이라 해봤자 이성애자인 작가들의 고민의 깊이가 같다

보기는 어렵다. 흔히 이성애 작가가 동성애를 작품 속에 끌어들일 때에는 그것을 핵심 주제로 밀기보다 주류사회의 고정관념과 터부시되는 편견을 꼬집으려는 풍자적 의도가 더 두드러진다. 각론을 파고들기보다 총론 차원의 인도적 입장을 표명하는 데 그치기 쉽다는 뜻이다. 하지만 이성애 작가들이 성소수자들만을 주독자로 삼아 글을 쓸 수는 없는 노릇이니 운영의 묘(!)를 고려하지 않을 수 없는 것이 현실이다. 따라서 동성애자 작가들과 달리 이성애자 작가들의 전선戰線은 넓게 분산되어 십인십색이다. 그럼에도 불구하고 과학소설계에서 압도적 다수인 이성애자 작가들이 동성애를 어떻게 묘사하는가 하는 것은 대중의 인식 전반에 큰 파장을 미치므로 결코 무시 못 할 변수다. 동성애자들이 보기에 성에 차지 않을지 모르나 앞으로도 과학소설은 우리 내부의 편견을 덜어내며 열린 세상을 향해 한발 한발 나아갈 것이다.

Chapter

7

금기의 위반

도덕의 타락인가 자유의 도약인가

세기말의 인간은 로봇과 사랑을 나눈다

● 2016년 초 영국 선더랜드 대학교의 성性 심리학자 헬렌 드리스콜Helen Driscoll은 〈데일리 미러Daily Mirror〉와의 인터뷰에서 최근 로봇공학기술의 발전 추이를 보건대 조만간 섹스전용 로봇이 성 관련 산업의 중심에 서리라는 대담한 전망을 내놓았다. 심지어 그녀는 2070년경이 되면 사람과 사람 사이의 육체적인 사랑이 아주 원시적인 풍속처럼 비칠지 모른다고 주장했다.[45] 지금까지 우리는 툭하면 인공지능을 탑재한 로봇이 인간의 지성을 추월하는 날 인류의 안위가 위협받으리라는 우려를 일부 과학자들과 SF작가들로부터 듣곤 했다. 이러한 근심의 대열에는 저명한 과학자 스티븐 호킹과 인문철학자 닉 보스트롬 뿐 아니라 일론 머스크 같은 수완 좋은 사업가도 함께 했다.[46] 이제 한술 더 떠서 드리스콜 박사의 전망은 설령 우리가 로봇과의 공존에 성공한다 한들 그때의 우리는 더 이상 지금의 우리와는 사뭇 다른 삶을 살리라는 상상을 불러일으키기에 충분하다.

인간 사회는 얼핏 법질서와 나름의 도덕과 윤리 덕분에 안정되어 있는 듯하지만 막상 역사를 되돌아보면 그 규범들 자체가 늘 조금씩 혹은 혁명적으로 변해왔음을 알 수 있다. 현대인들이 어린 남성과 성인 남성의 육체적인 동시에 정신적인 결합을 찬미하던 소크라테스와 플라톤의 그리스 고전문화를 올곧이 이해하기 어렵듯이, 향후 50년에서 1세기 후의 사람들이 어떤 성 습속을 문화의 주류로 받아들일지 현 단계에서 어찌 속단할 수 있을까. 이미 미국에서는 '트루컴패니언True Companion(진정한 벗?)'이란 회사가 '록시Roxxxy'라는 이름의 실물 크기 섹스인형을 일반에 판매하고 있다. 이 기업의 창업자 더글라스 하인스Douglas Hines는 2015년 인터뷰에서 "록시 개발의 궁극적인 비전은 단지 섹스도우미 차원을 넘어서 실질적인 동반자 관계를 구현하는 데 있다"고 공언했다. 최종 단계에 가서는 록시가 소유자의 취향을 파악해서 맞춤 대응하게 함으로써 성적 취향은 물론이고 흉금을 털어놓는 벗에 버금가는 친교의 상대가 되게 하겠다는 것이다. 그야말로 일본 SF애니메이션에 곧잘 등장하는 섹서로이드Sexeroid를 벤치마킹하겠다는 뜻일까?

포르노산업이 인터넷 기술의 최대 수혜자인 동시에 강력한 촉진자 역할을 해온 전례에 비추어 볼 때, 앞으로 인공지능과 로봇공학 개발사업에 '플레이보이'와 '허슬러'가 주요 투자자로 참여할지 누가 알겠는가. 플레이보이는 2015년 12월 호를 마지막으로 잡지에 누드를 더 이상 싣지 않겠다고 발표했다. 이는 우리의 성문화가 바뀌어서라기보다는 단지 누드사진 정도로는 인터넷이나 멀티미디어와 더 이상 경쟁할 수 없다는 판단 아래 새로운 틈새시장을 찾기 위한 조치로 이해된다. 그러니 포르노산업의 제왕들이 로봇을 이용한 섹스산업에 엄청난 시장기회가 있다고 판단한다면 어떤 결정을 내릴지 누구인들 속단할 수 있겠는가.

섹스로봇 시장이 단지 남성들의 전유물이 될 것으로 보이지는 않는다. 여성의 사회적 지위가 올라가고 경제적으로 독립할 수 있는 여성들이 갈수록 늘어나는 현대 산업사회에서, 더 이상 이성과의 결혼이나 육아에 의미를 두지 않는 여성들은 참견하기 좋아하는 진짜 남성보다는 차라리 남성형 록시를 주문할지 모른다. 더구나 록시가 단지 잠자리 상대만이 아니라 온종일 남에게는 도저히 말할 수 없는 이야기를 들어주는 동시에 (실은 인공지능의 패턴 알고리즘에 의한 대응일지언정) 심심찮게 위로의 말이라도 건네며 어깨를 감싸준다면 구매수요는 훨씬 더 늘어날 것이다. 나아가서 SF영화나 소설에서 묘사하듯 거의 인간 뺨치는 수준의 외모와 지능까지 갖추는 날이면, 이 세상 대부분의 남녀는 혼자 살며 각기 고가의 섹스로봇을 장만하느라 은행의 장기대출을 감내하려 들지 모를 일이다. 이쯤 되면 앞서 드리스콜 박사가 예견한 미래가 아니고 무엇이겠는가. 그렇다 해서 인간의 멸종을 염려할 필요는 없다. 유전공학의 발달로 이미 시험관 아기가 가능해진 마당에 법적 · 제도적 족쇄만 풀리면 인공자궁이 임신과 출산을 대신할 것이다. 매달 여성은 난자를, 남성은 정자를 정부에 제공하고 그 대가로 일정액의 공적 부조를 받을 수도 있지 않을까. 결과적으로 인간은 성별을 불문하고 누구나 자신에게 전적으로 맞춰진 이상적인 캐릭터의 섹스로봇과 해로하게 되나 인류 종種이 종말을 고하지는 않는다. 정작 중요한 것은 우리가 정말 이러한 미래를 원하느냐이다.

이쯤에서 SF가 먼저 내다본 세상을 살짝 훔쳐보자. SF는 아직 일어나지 않은 미래에 대한 사색을 통해 현재의 우리를 돌아보게 하는 혜안이 있으니까. 세계 과학소설의 본류이자 가장 큰 시장인 미국에서도 성적인 소재는 20세기 초중반까지만 해도 공공연한 금기였다. 청소년용과 어른용이 딱히 구분되지 않을 만큼 성적 요소가 거세된 신세였던 과학소설이 제대로 총각 딱지(?)를 떼게 된 때는 영미권에 뉴웨이브 운동이 불붙은 1960년대 후반과 1970년대 초부터다.• 이 문학운동은 이전까지만 해도 과학소설의 금기였던 성역들을 과감히 부수려 들었고 성적 소재 또한 예외가 아니었다. 같은 시기 성인잡지 〈플레이보이〉는 매달 A급 작가들의 빼어난 과학소설 단편들을 실었다. 이때쯤에는 노먼 스핀래드Norman Spinrad의 《벌레 잭 바론Bug Jack Barron》(1969)처럼 오럴 섹스를 적나라하게 묘사했다는 이유로 미 의회 예술분과 청문회가 열리게 만든 과학소설까지 나왔다.

과학소설은 어떤 편견도 거두고 세상의 변화를 적극 조망하는 장르인지라 일단 성적 관심을 보이게 되자 이 장르문학은 단지 인간들 사이뿐 아니라 외계인과 로봇(또는 안드로이드) 같은 이질적 존재들과 인간의 성행위를 직간접적으로 묘사하는 작품들을 쏟아냈다. 심지어 아이작 아시모프처럼 보수적인 작가조차 《파운데이션의 서막Prelude to Foundation》(1988)의 결말에서 남자 주인공 해리 셀던이 여주인공 도스 베나빌리에게 청혼하게 했다. 문제는 도스가 여성을 쏙 빼닮은 외모와 달리 실제로는 휴머노이드 로봇이라는 사실이다. 로봇과 인간의 성적 결합을 차세대 인류의 정의를 둘러싼 진지한 성찰의 주제로 다룰 뿐 아니라 말초적인 흥미를 끌기 위한 흥행소재로 적극 활용한 쪽은 주로 일본의 애니메이션 시

• 물론 필립 호세 파머의 《연인》이 1950년대 초에 발표된 바 있지만 시장의 대세라 보기는 어려웠다.

장이다. 21세기 전후 일본의 SF애니메이션들은 속칭 '섹서로이드'라는 용어가 빈번하게 등장할 만큼 로봇공학을 매춘산업에 적용한 근미래 사회를 빈번하게 다룬다. 일본의 이러한 접근방식은 서구 작가들에게 되먹임 되어 미국 작가 파올로 바치갈루피Paolo Bacigalupi의 《와인드업 걸The Wind up Girl》(2009)과 같은 작품을 낳았다. 이 소설은 일본식 섹서로이드를 유전공학 기반의 유기체 인조인간으로 재설정하여 인간의 탐욕스런 욕망을 탐구한다. 심지어 윌리엄 깁슨의 《아이도루Idoru》(1996)에서는 일본의 한 록가수가 사이버 여가수 레이와의 결혼을 발표한다. 이는 배우자가 물리적 외피에 불과한 로봇 대신 그 실체인 인공지능으로 바뀌었을 뿐 인간과 기계의 결합이란 점에서는 매한가지다.

그런데 로봇에게 어떻게 여성이나 남성의 성징性徵을 부여한다는 것일까? 외양만 예쁘장한 여성처럼 만들어놓는다 해서 그 로봇이 여성처럼 생각하고 행동할까? 자칫 로봇에게 성징을 부여하는 시도 자체가 인간 본위의 우스꽝스러운 마스터베이션으로 비쳐지지는 않을까? 우리는 무슨 기준으로 도스 베나빌리와 레이를 여성으로 판별한단 말인가. 그러나 테드 창은《소프트웨어 객체의 생애주기The Lifecycle of Software Objects》(2010)란 소설에서 이러한 물음에 나름 현실적인 답변을 한다. 그 대안은 학습하는 것이다. 최근 로봇연구소들은 인간의 안전을 위해 인간의 지시를 경우에 따라 거부하거나 인간의 감정을 모방하는 소프트웨어를 개발하고 있다. 딥 러닝Deep Learning이라 불리는 이러한 학습방식이 성적 정체성을 갖는 데에도 응용될 수 있다는 것이 소설의 요지이다.

다른 한편으로 섹스로봇의 실용화에 반대하는 입장도 있다. 영국 드몬트포드 대학의 로봇 윤리학자 캐슬린 리처드슨Kathleen Richardson은 섹스로봇의 발전이 현실의 인간관계에 문제를 가져오리라고 경고한다.[47] 한마디로 미국에서는 섹스인형이 버젓이 팔리고 있는 가운데 영국에서는 이를 금지하자는 대중운동이 일어나고 있는 웃기는 상황이 오늘날 우리의 자화상이다. 상반되는 두 입장은 인간이야말로 모순덩어리임을 새삼 일깨워준다. 당신의 생각은 어떠한가? 로봇과 섹스하려는 이들은 죄다 변태성욕자라 매도당해도 싸다고 보는가? 그러나 기술적 특이점을 향해 달려가는 우리의 현실은 점차 이러한 질문에 쉽게 대답하기 어려워질 것 같다. 만일 멍청한 대답밖에 못하는 섹스인형이 아니라 사람에 버금가는 지성과 품성을 지닌 인공지능이 인간을 쏙 빼닮은 인공육체 안에 탑재된다면 어떨까? 이에 대해서는 앞서 예로 든 보수적인 아시모프조차도 대담한 결론을 내놓는다. 《파운데이션의 서막》에서 도스라는 로봇은 해리의 청혼을 거절한다. 자신은 인간이 아니라서다. 하지만 해리는 개의치 않는다. 해리의 뜻밖의 태도에 도스는 그게 무슨 뜻인지 아느냐고 되묻는다.

> "정말 상관없어요? 당신은 이대로의 나를 받아들이고 싶어요?"
>
> "내 식대로 받아들이겠어요. 당신은 도스예요. 당신이 다른 그 무엇이라 해도, 이 세상을 다 준다 해도 내가 원하는 것은 오직 당신이에요."
>
> … (중략) …
>
> "도스, 사랑을 느껴본 적 있어요?"
>
> "해리, 미안해요. 그런 적 없어요. 그래요. 해리, 나는 진정 당신이 원하는 존재가 아니에요."
>
> "도스, 아무리 그래도 난 상관 안 해요."

셀던은 두 팔을 벌려 그녀를 포옹했다. 도스는 꼼짝도 하지 않았다. 그는 그녀에게 키스했다. 천천히 부드럽게, 그러다 정열적으로. 그러자 그녀의 팔이 갑자기 그를 꽉 끌어안았다.
그가 입술을 떼자 그녀는 미소를 머금은 눈빛으로 그를 바라보았다. 그리고 말했다.
"한 번 더 해주세요, 해리."[48]

해리는 학자인 까닭에 자신이 처한 상황을 누구보다 깊이 숙고했지만 끝내 도스를 반려자로서 포기할 수 없었다. 그에게 중요한 것은 그녀 없이는 살 자신이 없다는 사실이었다. 우리는 이러한 가정을 그저 소설 속의 허구라고 웃어넘기면 그만일까? 과학은 오늘도 내일도 앞으로 나아간다. 원자핵을 처음 발견한 과학자 어니스트 러더퍼드Ernest Rutherford는 원자폭탄이 불가능하다고 말했고 아인슈타인도 처음에는 그리 생각했다. 열역학의 선구자 캘빈Kelvin 경은 공기보다 무거운 물체는 절대 하늘을 날 수 없다고 단언했지만 라이트 형제Wright Brothers가 그러한 주장을 무색하게 만들어버렸다. 우리가 내일의 과학을 담보할 수 없다면 내일의 법과 윤리인들 담보할 수 있을까?

3D 가상현실의 미래와 사이버섹스

● 최근 영국기업 스타쉽Starship이 가상현실 실시간 대화서비스 앱 '브이타임vTime'을 출시했다. 삼성 VR기어(헤드셋)나 구글 카드보드 장비에 이 앱을 다운로드하면 대화방 멤버들이 깎아지른 벼랑 끝에 아슬아슬하게 둘러앉아 이야기를 나눌 수 있다. 간담 서늘한 절경보다 안락한 대화 분위기를 원한다면 배경을 오붓한 모닥불가나 햇살이 눈부신 백사장으로 바꿔보라. 대화 도중 시야를 좀 더 드라마틱하게 손보고 싶다면 구름을 꿰뚫는 비행기 안으로 점프하거나 우주정거장에서 지구를 내려다보는 전망은 어떤가! 헤드셋 화면에 보이는 인물들은 실제 접속자들을 대신한 아바타들이다. 브이타임의 장점은 대화상대와 직접 만나지 않아도 코앞에 앉은 아바타와 마주보며 말하다 언제든 머리를 도리질하거나 코를 후비는 등 일상의 모습을 스스럼없이 보여줄 수 있다는 데 있다. 가상공간인데도 뻔질나게 드나들다 보면 오프라인에서와 같은 친밀감이 싹트

게 된다 이 말이다. 이런 식의 정서적 유대는 문자와 사진 그리고 동영상 교환만으로는 쌓기 어렵다. 접속자가 고개를 돌리면 근육의 움직임을 인식해 버추얼 공간이 따라 이동한다. 한 마디로 윌리엄 깁슨의 소설《아이도루》에 나오는 사이버대화를 연상하면 된다.* 단점은 대화방 참여자들이 붙박이로 앉아 수다만 떨어야 한다는 것이다.

이런 한계는 곧 극복될 것이다. 일찍이 2003년 린든 랩Linden Lab이 선보인 가상현실 커뮤니티 서비스 '세컨드라이프Second Life'가 이용자들이 가상의 도시를 내키는 대로 돌아다니며 다른 이들과 사귈 수 있게 해주지 않았던가. 사이버머니 환전이 불법인 데다 이용자의 자유도가 너무 높아 우리나라에서는 사업을 접었지만**, 세컨드라이프는 미국에서 한때 큰 인기를 모았다. 가장 큰 이유는 그 안에서도 현실에서 할 수 있는 거의 모든 짓을 다 할 수 있어서다. 쇼핑하고 직업을 얻고 땅을 사고파는 것으로도 모자라 조악하나마 성기를 구입해 사이버섹스를 흉내 낼 수도 있다. 그 중 백미는 온라인상 결혼이다. 사이버부부가 각자의 오프라인 공간에 살며 온라인으로만 부부관계를 유지하다 보니 현실의 일부 유부남 유부녀가 남몰래 사이버결혼을 병행하는 통에 사회적 물의를 빚기도 했다.

세컨드라이프가 페이스북과 트위터같이 보다 단순한 서비스밖에 제공하지 못하는 후발업체들에게 밀려난 것은 너무 고사양이라 PC 이외의 환경에는 아직 적합하지 않은 데다 실제 삶과 마찬가지로 높은 자유도를 보장하는 서비스 환경이 너무 시대를 앞섰기 때문이다. 하지만 고성능

* 이 장편소설에서 미국인 소녀와 일본인 소녀는 아바타를 내세워 서로 만지고 껴안는다.

** 우리나라에서는 온라인에서의 일상생활보다는 정해진 미션의 최단시간 돌파나 득점랭킹과 같은 중독성 게임에 더 관심을 두는 경향이 있다.

가상현실 커뮤니티 서비스 '세컨드라이프'에서 사용 가능한 여성 아바타.

스마트폰 보급이 늘고 있고 장차 페이스북과 트위터보다 더욱 역동적인 서비스 환경이 요구될 터이므로 SNS의 미래는 3D 가상현실 기술과 접목될 개연성이 크다. 여기에 촉각까지 더해지면 금상첨화이리라(어떻게 촉감 서비스가 가능한지는 잠시 후 설명하겠다). 세컨드라이프는 그보다 10여 년 앞서 발표된 닐 스티븐슨Neal Stephenson의 사이버펑크 소설《스노우 크래시Snow Crash》(1992)에서 영감을 얻은 것으로 유명한데, 사회관계망 서비스의 미래가 어떤 방향으로 어떻게 진화해나갈지 구체적인 윤곽이 궁금하다면 지금이라도 읽어보길 권한다(국내에 번역 출간되어 있다). 아직 현실기술이 소설을 다 따라잡지는 못했으니까.

위의 가상현실은 PC 모니터 안을 들여다보거나 VR기어를 머리에 쓰는 수준이지만, 조만간 3D 가상현실은 거실이나 안방의 벽면을 상호작용 가능한 스크린으로 바꿔놓을 것이다. 유연하게 휘는 OLED(유기발광다이오드)를 종이처럼 얇게 만드는 기술이 계속 혁신을 거듭하고 있다. 더구나 전자제품 가격은 갈수록 내려간다. 처음에 1,000만 원을 호가하던 평면TV 값은 10년 만에 1/50이 되었다. 60여 년 전 쓰인 레이 브래드버리의 소설《대초원에 놀러오세요The Veldt》(1950)에는 사방 벽이 아프리카 대초원으로 가득 찬 아이들 놀이방이 나온다. 입체 스크린으로 코팅된 벽에는 돌멩이 하나 풀 한 포기까지 생생하다. 여기에 소슬바람에 불어오는 풀내음마저 코끝을 스치면, 다시 말해 방향芳香과 음향장치까지 입체영상과 동조된다면 그야말로 화룡점정이다. 아이들은 그 방을 폐쇄하려는 부모를 안으로 끌어들여 가상현실에서 만들어낸 상상의 존재를 동원해 살해한다. 오늘날 게임중독의 폐해를 연상케 하는 결말이랄까. 허나 연장 자체만 탓할 일은 못된다. 뭐든 쓰기 나름이니. 예컨대 세컨드라이프의 경우 그 안에서 벌인 사업으로 100만 달러 이상 번 사람들이 여럿 나와 화제가 되었다. 가상현실이 폐쇄적으로 운영되는 대신 사회관계망 서비스를 보다 현실감 있게 구현하는 데 기여한다면 페이스북과 트위터가 뒤처지지 않으리란 보장이 있을까.

가상현실이 큰 영향을 미칠 영역이 비단 사회관계망 서비스뿐이랴. 군사용과 학습용 시뮬레이션은 기본일 테니 따로 언급하지 않겠다. 대신 필자는 이 기술이 향후 막대한 수익을 창출할 또 하나의 거대시장으로 사이버섹스를 지목하고 싶다. 가상현실이 인터페이스 기술의 끊임없는 혁신에 힘입어 한없이 진짜 현실에 수렴해간다면 인터넷의 최대 수혜자가 포르노사이트였다는 평가가 있듯이 사이버섹스 또한 황금알을 낳는 거위가 될지 모른다. 그렇다면 최첨단 사이버섹스는 인간의 행복에 도움이 될까, 아니면 인간을 더욱 고독하게 할까?

교훈적 결말로 관객의 환심을 사려는 SF영화라면 사이버섹스를 인간의 변태적 욕망이 극에 달한 산물로 매도할 것이다. 하지만 과학기술에 의해 중개되는 섹스가 이드id의 비틀린 부산물이라는 발상은 과연 얼마나 합리적인 판단일까? 개인용 컴퓨터만 봐도 초기에 인간을 사회적으로 고립시킬 것이라는 우려가 많았다. 극히 일부이나 정말 중독자도 나왔다. 그러나 인터넷 포털들과 컴퓨터 기반의 각종 소셜 네트워크 서비스는 바쁜 일상에 치여 대인관계가 소원해졌던 이들의 시야를 오히려 넓혀주지 않았던가. 정보의 바다에 연결되면서 컴퓨터 단말은 단순한 기계 뭉치가 아니라 우리의 손과 발 그리고 머리 노릇을 대신하고 있다.

사이버섹스가 단지 CGI가 만들어낸 허깨비와 인간이 나르시시즘적 관계를 맺는 수준에 머문다면 인간성 상실 운운하는 윤리적 비판을 귀담아 들을 법하다. 하지만 (여행이나 전근으로) 지구 반대편에 가 있는 연인 혹은 배우자와 수시로 가상현실에서 사랑의 밀어와 함께 서로의 나신을 어루만지며 교감할 수 있다면 이를 무조건 정신적 해악이라 볼 수 있을까? 존 발리John Varley의 소설《블랙홀 지나가다The Black Hole Passes》(1975)는 일찍이 이러한 상황을 예견했다. 외계인들의 전파신호를 탐지하려 수신감도가 좋은 명왕성 외곽 소행성들에 정보사냥꾼들(혹은 신기술 파파라치들)이 파견된 근미래, 주인공 남자는 그 중 한 소행성에 사는 유일한 인간이다. 외계의 전파에는 인류의 경제를 좌지우지할 놀라운 과학기술정보가 종종 들어 있어 하나만 건지면 큰돈을 만질 수 있다. 문제는 그때까지 다 큰 어른이 어린왕자처럼 독수공방하며 마냥 징역살이 아닌 징역살이를 해야 한다는 것이다. 그런 그에게 유일한 낙은 멀리 떨어진 또 다른 소행성에서 같은 일에 종사하는 여성과 종종 입체화상을 주고받으며 유사 섹스를 하는 것이다. 둘 다 벌거벗고 상대의 입체화상이 뜨는 공간 앞에 누워 도란도란 이야기를 나누며 눈앞의 나신을 주무른다. 실제 촉감을 느낄 수 없고 둘 사이의 농익은 대화 또한 전파가 오가는 거리 탓에 몇십 초씩 지체가 일어나나, 심우주의 외로운 남녀에게는 독방에 갇힌 죄수처럼 지내느니 그 편이 훨씬 위로가 된다.

> 조던은 트리모니셔의 육체를 모공 하나 머리카락 한 올까지 전부 안다. 둘은 성욕을 참을 수 없을 때면 바닥에 나란히 누워 서로를 쳐다봤다. 둘은 서로 몇 cm 떨어져서 혹여 접촉으로 홀로그램이 으깨지지 않게 주의하며 서로의 손을 가깝게 내민다. 그리고는 실제 만나게 되면 무슨 일을 하고 싶은지 이야기하며 서로의 앞에서 격렬하게 자위했다.[49]

화상캠을 통한 외설채팅의 이 미래버전에는 촉감이 빠져있다. 미국의 저명한 물리학자 미치오 카쿠Michio Kaku는 이러한 난제 역시 곧 극복되리라 본다. 컴퓨터가 만들어낸 것이 실재하는 양 느끼게 해주는 이른바 '햅틱 테크놀로지haptic technology'를 응용하면 파트너의 피부질감은 물론이고 남성이든 여성이든 간에 성기 주변이 진짜 살로 밀착되는 느낌 또한 만들어낼 수 있을 것이다(물론 상대방의 피부질감 데이터는 미리 입력해놓을 필요가 있을 것이다). 원래 로봇 팔로 방사능 물질을 다루려고 개발된 이 기술은 스프링과 기어로 미세하고 정교한 압력을 만들어낸다. 현재는 손가락이 쓸고 지나가면 철판과 부드러운 천 혹은 까칠한 사포의 질감을 전달하는 단계까지 진화했다.

밋밋한 아바타 대신 실제 파트너의 입체영상을 직접 만지고 느끼며 밀담을 나눌 수 있다면 두 사람 사이에 놓인 거리가 꼭 방대한 우주나 지구 반대편이어야 할 필요는 없다. 단지 해당 기술의 장점을 한눈에 부각시키고자 극단적인 예를 들었을 뿐. 이런 서비스는 실은 같은 도시에 사는 연인 간에도 얼마든지 애용될 수 있다. 각박한 현대 사회에서는 먹고사느라 바쁜 나머지 깊이 사귀는 남녀라도 매일 만나기 쉽지 않다. 그래도 보고 싶은 마음에 낮에는 수시로 문자를 주고받고 밤에는 장시간 통화를 한다. 이때 만일 오프라인 섹스에 거의 근접하는 사이버섹스가 가능하다고 가정해보자. 이를 부정적인 눈으로만 보는 것이 과연 온당할까? 출장이 잦은 배우자를 둔 가정도 마찬가지다. 서울의 아내와 부산에 출장 간 남편이 원하면 언제든 밤에 농염한 무드를 즐길 수 있다면 그게 비윤리적일까? 물론 어디에나 악용하는 이들은 있다. 사이버섹스 기술이 보편화되면 포르노산업은 한 번 더 도약할지 모른다. 그러나 그런 기술이 있건 없건 인간의 욕망을 근본적으로 제어할 수 없는 한 음지의 성 관련 산업은 근절이 어려울 것이다. 문제는 욕망을 주체하지 못하거나 욕망을 비즈니스화하려는 일부 인간들에게 있지 기술 자체는 어디까지나 몰가치적이며 몰윤리적이다.

오히려 긍정적으로 보면 새로운 시야가 트인다. 일단 사이버섹스는 성병의 위험에서 자유롭다. 촉감 재현기술이 사이버섹스 산업 덕에 세련되어지면 원격수술에도 도움이 된다. 애초 우주산업을 위해 개발된 기술들 중 상당수가 훗날 민간 분야에 전용된 사례와 같은 이치다. 원격부부가 준準육체관계를 유지한다면 세컨드라이프에서처럼 부부 흉내가 아니라 진짜 부부로 발전할 가능성이 높다. 상파울루의 아내와 런던의 남편이 각자의 기득권(직업, 직장, 가족, 친구, 국적, 경제권)을 거의 포기하지 않은 채 평생 해로할 수도 있다. 가정폭력은 기술적으로 불가능하고 이혼 시

재산분할 분쟁이 불거질 염려도 훨씬 적다. 병간호나 기념일을 위해 1년에 한두 번 직접 만날 수도 있겠으나 결혼 때문에 자신의 많은 부분을 양보 혹은 포기하느라 스트레스 받을 염려가 없다. 아이를 원하면 두 사람의 유전자로 인공수정하면 된다. 양육을 혼자 할지 번갈아 할지 아니면 함께 살며 할지는 그 다음의 선택지다. 결과적으로 사이버섹스는 우리의 성문화 뿐 아니라 연애문화와 결혼문화 그리고 나아가서는 우리의 가족제도까지 근본적으로 뒤흔들어 놓을지 모른다.

이상의 논의에 공감하지 못한다면 영화 〈아바타Avatar〉(2009)를 떠올려보라. 비록 아바타가 오리지널은 아니지만 그것이 진짜의 진정성을 올곧이 반영하는 날이 온다면 그러한 존재를 온라인의 허상에 불과하다며 단칼에 내칠 수 있을까? 정신적 · 육체적으로 진짜 실물에 거의 근접하는 경험을 하게 해줄 뿐 아니라 당신이 사랑하는 이의 숨결이 깃든 아바타라면 어찌 그 진정성을 느끼지 못한단 말인가?

슈퍼맨의 성생활에 대한 이유 있는 고찰

● 세상에 고민 없는 사람은 없다. 1938년 출판만화로 데뷔해 조만간 팔순을 바라보는 슈퍼맨도 마찬가지다. 크립톤이란 먼 외계행성 출신의 이 외계인은 애초 보통 사람보다 힘이 꽤 센 정도로 그려졌지만 오리지널 창작자 제리 시걸Jerry Siegel과 조 슈스터Joe Shuster는 대중의 인기에 고무되어 이 캐릭터의 슈퍼파워를 한도 끝도 없이 부풀렸다. 만화 잡지 〈액션 코믹스Action Comics〉에 얼굴을 내밀던 신인 시절 슈퍼맨은 머리 위로 자동차를 들어 올려 괴력을 과시했고 몇 년 후에는 비명 지르는 승객들이 가득 탄 버스 몇 대를 통째로 떠받쳤다. 나중에는 여객선의 공중부양으로도 성이 차지 않았는지 1960년대에는 아예 행성들을 움직이고 나선다.[50] 크리스토퍼 리브가 주연을 맡은 극장용 영화 〈슈퍼맨 더 무비Superman: The Movie〉(1978)에서도 이 크립톤 사내는 사랑하는 로이스 레인을 되살리고자 지구의 자전 방향을 역전시킨다. 정말 그랬다간 세상이 풍비박산 나겠지만

아무튼 슈퍼맨 파워에 대한 과대포장은 중국식 뻥에 뒤지지 않는다.

허나 일명 '강철인간Man of Steel'이란 화려한 수사의 이면에 슈퍼맨 나름의 고충이 있음을 그의 팬들은 알까? 실은 슈퍼맨에게도 선뜻 털어 놓을 수 없는 고민이 하나 있다. 이를 꿰뚫어본 이가 있으니 바로 미국의 SF작가 래리 니븐이다. 그는 슈퍼맨이 다름 아닌 자신의 출신 탓에 성생활에 큰 애로가 있음을 과학적으로 규명했다. 슈퍼맨이 팔순잔치를 앞뒀다 해서 그가 혼기를 놓쳤는지 인간의 잣대로 따지긴 어렵다. 그러나 칼 엘Kal-El(슈퍼맨의 크립톤 이름, 지구인 이름은 클라크 켄트Clark Kent)처럼 파괴된 모행성을 탈출한 크립톤인 생존자 수가 손으로 꼽는 이상, 이 외계인이 여태 결혼하지 못하는 이유를 작가들이 로이스 레인을 가운데 두고 슈퍼맨과 클라크 켄트가 경쟁하는 묘한 삼각관계 만들기에 급급해서라고만 볼 수 없다는 것이 니븐의 설명이다.[51]

슈퍼맨에게는 노총각 딱지를 뗄 수 없는 구조적 원인이 있다. 그것은 그가 지구인 여성과 사랑하기에는 정신적 · 육체적으로 선결해야 할 문제가 한둘이 아니라서다. 먼저 정신적 문제부터 따져보자. 라나 랭•과 로이스 레인은 둘째 치고 엘리자베스 테일러 빰치는 미모라 한들, 근본적으로 슈퍼맨이 지구인 여성에게 성적 욕망을 느낄까? 무엇보다 그는 외계인이잖은가. 물론 크립톤인들과 지구인들은 겉보기에 서로 별 차이 없는 휴머노이드 종이다. 신체 골격과 크기, 신체 부위별 기능 그리고 심지어 식사습관까지 빼닮았다. 허나 겉만 보고 현혹되지 말라. 슈퍼맨은 호모 사피엔스와 유전적으로 아무 관계가 없다. DNA 계통상 우리는 슈퍼맨

• 슈퍼맨의 청소년 시절 첫사랑. 나중에도 좋은 친구 사이로 지낸다.

보다는 칠성장어와 훨씬 더 가깝다. 이는 크립톤의 여성들이 지구인 여성들과는 전혀 다른 페로몬이나 성적 매력을 지녔으리라는 뜻이다. 예컨대 로이스 레인의 몸에서 풍기는 냄새는 칼 엘에게 내심 지구산 침팬지를 연상시키지 않을까. 그러니 작가들이 슈퍼맨과 로이스를 어떻게든 맺어주려 머리 쓰는 작태(!)는 교회법이나 관습법 상 소돔과 고모라를 조장하는 짓이나 진배없다.

슈퍼맨은 납을 제외하고는 뭐든 투시하는 X레이 눈이 있어 마음만 먹으면 모든 여성의 나신을 감상할 수 있다. 그렇다고 타고난 능력 때문에 그를 치한이나 변태로 모는 것은 공정하지 않다. 섬유에 납 성분을 함께 넣어 짠 옷을 입지 않은 여성들 탓도 있으니까. 다행히 슈퍼맨은 자신의 투시능력을 변태적인 데 쓰지는 않는다. 이는 그가 도덕군자라서이기보다는 지구인 여성에게 생리적으로 어떤 흑심도 생기지 않아서가 아닐까. 그러니 만화와 영화에서 슈퍼맨이 지구인 여성들과 로맨스를 벌이는 것은 본능이 시켜서가 아니라 우리 사회 속에서 인간으로 위장하고 산지 너무 오래되어 지구인 여성에게 어찌 대해야 하는지 머릿속 깊이 학습내지 세뇌된 결과가 아닐까. 칼 엘의 리비도와 무관하게 그의 사회화된 자아인 클라크 켄트가 평소 배운 대로 사랑을 흉내 내고 있을 뿐이지 않을까. 오랑우탄과도 친구가 될 수야 있겠지만 끈적끈적한 사이의 연인이 될 수 있겠는가?

좋다. 한 발 양보하겠다. 이유야 어찌 됐든 슈퍼맨이 호모 사피엔스 암컷과의 육체적 사랑을 어색하지 않게 받아들이게 되었다 가정해보자. 그래도 그가 지구인 여성과 성관계를 맺는 데 걸림돌이 일소되었다 보기는 이르다. 정사情事를 벌이는 동안 남녀의 뇌파를 검사해보면 오르가슴이 쾌락을 주는 동시에 간질과 비슷한 파장을 잠시 유발한다. 이는 우리의 의식이 근육을 통제하는 능력을 잠깐이나마 잃어버린다는 뜻이다. 슈퍼맨은 강철에도 손톱자국을 남긴다. 그런 그가 오르가슴에 도달한 나머지 눈 깜짝할 순간만 방심해도 로이스는 어찌 될까? 칼 엘의 근육은 원래 지구보다 중력이 20배 높은 고향 행성에서 살아갈 수 있게 되어 있다. 쾌락에 잠시 정신 줄 놓았다가 가랑이에서 흉골까지 으스러지고 내장이 튀어나온 그녀 앞에서 슈퍼맨은 자신이 부지불식간 저지른 짓에 입이 다물어지지 않으리라. 여기서 다가 아니다. 칼 엘이 그녀의 몸 안에 배출한 크립톤 산産 정자들은 연약한 인간의 자궁 따위는 가볍게 뚫어버릴 것이다. 왜 그럴까? 슈퍼맨은 빛의 속도로 움직일 수 있는 만큼 그가 배출하는 정자들 또한 기관총 탄환처럼 빠르기 때문이다. 이제 똑똑히 알았을 것이다. 슈퍼맨과 로이스 레인 사이에는 정신적으로든 육체적으로든 정상적인 이성애 관계가 성립할 수 없다. 슈퍼맨 만화의 한 버전에서는 슈퍼맨이 원더우먼과 결혼하여 아기까지 낳는다. 과학적 견지에서 보면 이 역시 불가하다. 원더우먼이 아무리 초강력파워를 구사하는 슈퍼히로인이라 해봤자 지구인 아닌가. 그녀의 황금벨트와 '진실의 올가미'로는 체내를 관통하는 칼 엘의 정자를 막을 재간이 없다.

독신의 고민해결 차원이 아니라 크립톤 종족의 보존을 위해서라면 살아남은 크립톤 여성들과 상의할 수밖에 없는데 이 또한 녹록지가 않다. 크립톤 행성이 파괴된 후 살아남은 여성들이라곤 슈퍼걸과 조드 장군의 여성 부하 '어싸Ursa' 둘 뿐이다. 그러나 슈퍼걸은 슈퍼맨의 친사촌누이고 어싸는 슈퍼맨이 지구 방위를 위해 해치워야 할 사악한 악당이잖은가. 두 여성 다 나름의 이유로 슈퍼맨이 흑심을 품기에는 번지수가 영 맞지 않는다. 만에 하나 크립톤 풍속이 근친결혼을 허용한다 한들 대부분의 지구인 사회에서 금기시하는 이상 칼 엘과 카라 조엘(슈퍼걸의 크립톤 이름)이 공공연한 커플이 되기에는 어려움이 있다.

그렇다면 한발 더 양보해서 두 가지 가정을 추가하겠다. 과학자들이 슈퍼맨의 대를 잇고자 그와 인간 여성 간에 인공수정이 가능한 유전자 조합방법을 찾아냈다는 것이 하나요, 수정란 착상은 여성의 자궁 속이 아니라 인공자궁에서 한다는 것이 또 다른 하나다. 하지만 딴지맨 래리 니븐이 또 나선다. 설사 이종異種 간 인공수정이 가능하다 해도 그러려면 우선 슈퍼맨이 우리 같은 범인은 상상도 할 수 없는 고된 수고를 감수해야 한다. 그에 따르면, 슈퍼맨은 일단 달까지 날아가 달 표면에서 자신의 정액을 사출해야 한다. 꼭 프라이버시 때문은 아니다. 슈퍼맨의 정액이 날아가는 속도는 음속을 넘어선다. 지구상에서 그랬다가는 공기를 가르는 파열음이 큰 소음공해를 유발할 뿐 아니라 그 앞을 가로막았다간 뭐든 뼈도 못 추릴 것이다. 인간이 금속으로 만든 시험관 따위로는 받아낼 재간이 없다. 슈퍼맨은 자기의 정액을 사출한 뒤 빛의 속도로 따라잡아 자기 손에 다시 움켜쥐어야 한다. 그 정액의 엄청난 운동량 값이 0이 되었을 때 비로소 인공자궁에서 얌전히 기다리는 로이스의 난자와 만나는 것이다.

안타깝게도 아직 끝이 아니다. 로이스의 난자는 인간 남성의 정자를 받아들이게 설계된 자연의 산물이다. 인간의 정자들이라면 제일 먼저 난자의 막을 뚫고 들어간 녀석을 제외하고는 대부분 퇴출당한다(그래서 쌍둥이가 드물다). 그러나 크립톤 산産 정자들은 인간의 정자들과는 기본 체력이 다른 천하장사들 아닌가. 슈퍼맨의 첫 번째 정자를 받아들이고 나서 인간

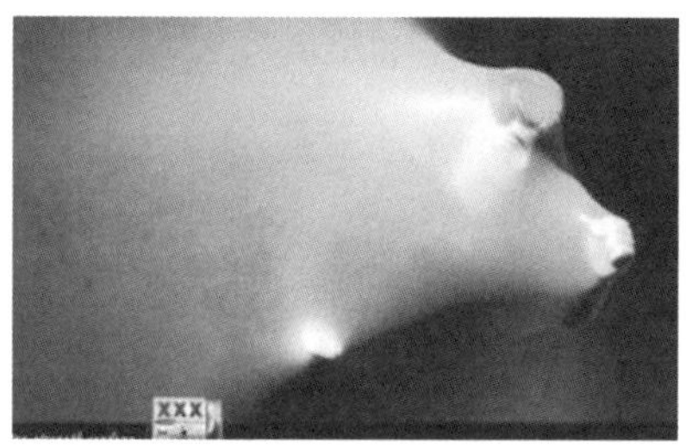

콘돔 광고에 모델로 등장한 슈퍼맨 – 〈XXX 콘돔〉 광고

의 난자가 아무리 막을 두껍게 감싸도 바로 뒤이어 도착한 정자들이 막무가내로 막을 찢고 들어온다. 그렇게 밀고 들어오는 정자들 수가 인간처럼 2~3억 개라면… 이래서야 난자가 남아날 리 없다. 난자가 흔적도 없이 가루가 된 가운데 지칠 줄 모르는 슈퍼 정자들만 인공자궁 벽을 뚫고 나가려 버둥대겠지. 이상에서 보듯 슈퍼맨은 정의의 사도라는 대단한 위상에도 불구하고 정작 내밀한 사생활은 뭐 하나 제대로 되는 일이 없다.

남들은 모를 슈퍼맨의 성생활에 눈길을 준 이는 SF작가만이 아니다. 위 광고의 크리에이터는 슈퍼맨의 초인적 속성을 유머와 섹스어필을 함께 버무려 제품 메시지와 연결한다. 피임을 원하는 남녀가 사랑을 나누기에 앞서 반드시 챙겨야 할 필수품이 콘돔이다. 하지만 가격 따라 재질 따라 천차만별이니 살짝 고민이 된다. 뭐니 뭐니 해도 관건은 완벽한 피임 아니겠는가. 그렇다면 어떤 콘돔을 써야 안심일까? 방금 전 슈퍼맨이 자신의 정액 사출 속도를 줄이려 달까지 가야 하는 수고를 얘기했다. 그런데 이 광고물의 비주얼을 보라. XXX 콘돔을 뚫고 나가려 애쓰지만 끝내 그 안에서 버둥대는 인물은 다름 아닌 슈퍼맨이다. 이제까지의 논리에 따르면 이 광고의 주장은 터무니없다. 슈퍼맨이 찢지 못할 만큼 인장

강도가 강한 콘돔이 존재하겠는가. 그러나 이 광고는 황당무계하지만 코믹하고 명확한 소구로 소비자에게 깊은 인상을 남긴다. 광고 비주얼 하단에 자리한 "여분의 힘이 더 보강된 콘돔, 남보다 더 공격적인 분을 위해"라는 헤드라인까지 읽고 나면, 슈퍼맨의 점잖은 기존 캐릭터를 떠올리며 파안대소하지 않을 수 없다. 콘돔은 얼핏 고관여제품 같지만 현장(?)에서는 저관여제품이 되기 쉽다. 임신을 두려워하면서도 정작 필요할 때는 마음이 급해 어떤 콘돔을 쓰면 좋을지 깊게 고민하지 않기 때문이다. 그래서 〈XXX 콘돔〉 광고는 자사 제품의 장점을 주절주절 늘어놓느니 임팩트 있는 비주얼로 단번에 기억되는 쪽을 택했다. 더욱이 프라이버시와 관련된 민감한 제품임에도 불구하고 광고주의 과장된 주장을 위트 있게 전달해 소비자의 거부감을 누그러뜨린다. 이 광고는 1997년 뉴욕 국제 광고제에서 파이널리스트에 올랐다.

일찍이 필립 호세 파머의 과학소설 장편《연인》은 인간과 외계인의 사랑을 묘사하면서 적나라한 섹스까지 포함시켜 당대 미국 사회에 큰 반향을 일으켰다. 요즘에는 과학소설에서도 에로틱한 묘사를 드물지 않게 볼 수 있지만 당시만 해도 과학소설계는 성적 묘사를 터부시했다. 이 소설의 주인공은 외계인 여성을 인간 여성과 다를 바 없이 사랑하며 그녀와 자신 사이에 낳은 아기를 소중히 키우려 마음먹는다. 필자가 우리에게 어려서부터 친숙한 슈퍼맨 캐릭터를 뜻밖의 측면에서 바라보도록 주문하는 것도 같은 맥락이다. 최근 보편적 복지가 사회의 화두다. 같은 논리로 말하건대, 당신은 '보편적 사랑'을 할 수 있는가? 상대가 외계인이어도 진정한 사랑이 가능하다 믿는가? 만약 긍정적인 답을 할 수 있다면, 멀리 서양의 인종갈등만이 아니라 우리 사회의 다문화가족을 둘러싼 여러 갈등에 대해서도 훨씬 열린 시각으로 볼 수 있으리라. 당신이 슈퍼맨을 외계인임에도 불구하고 사랑할 수 있다면 단지 피부와 인종 그리고 언어와 문화가 조금 다를 뿐인 지구상의 또 다른 인간을 사랑하지 못할 이유가 어디 있겠는가?

기상천외한 외계인의 성풍속

● 2010년 영화 〈아바타〉의 흥행몰이에 편승해 이것을 패러디한 포르노영화의 제작소식이 외신을 타고 전해졌다. 미국 성인잡지의 양대산맥 〈플레이보이〉와 〈허슬러〉가 3D영상시장에서 격돌하면서 후자가 〈아바타〉를 포르노로 개작한 〈이건 그냥 아바타가 아니야, 무려 X가 3개짜리!This Ain't Avatar XXX〉를 3D영화로 만들겠다고 나선 것이다. 베스트셀러 소설을 영화로 옮기듯 안전지향주의 흥행시장의 속성을 보여주는 한 예라 하겠다. 가상현실기술이 포르노물에 적용될 가능성은 일찍이 1970년대부터 과학소설(특히 사이버펑크 계열의 작품들)은 물론이고 여기서 자양분을 얻은 영화와 만화 그리고 애니메이션 등에서 무수히 다뤄졌는데, 드디어 그러한 예견이 어느덧 현실화된 셈이다. 할리우드의 최신영상기술이 SF 콘텐츠와 뭉뚱그려져 포르노산업의 심장부로 유입된 가운데, 〈아바타〉처럼 배우의 동선을 세련된 CG로 리터치해서 재구성한 외계인들의 농

염한 섹스를 과연 지구의 시청자들이 어떻게 받아들일지 궁금하다. 상황이 이쯤 되니 문득 클리포드 피코버Clifford A. Pickover의 《외계인생물학The Science of Aliens》(1998)에 나오는 한 구절이 떠오른다.

> 외계로부터 우리가 받은 첫 번째 메시지가 무심코 우주로 삐져나온 외계인들의 포르노그래피라면 어찌 될까? 제리 팔웰Jerry Falwell 목사를 위시한 보수주의자들이 우리가 최초로 수신한 외계인들의 메시지가 〈플레이보이〉의 하드코어 포르노나 다름없음을 깨닫게 된다면 SETI재단은 전보다 더 어려움에 봉착할 것이다. 처음 수신한 메시지가 외계인이 코끼리 코 같은 자신의 그것을 결혼 적령기 배우자의 흥분한 그곳에 집어넣는 광경이라면 말이다.[52]

미처 생각해봤나 모르겠지만, 우리가 외계로 내보낸 초창기 전파신호는 엔터테인먼트 메시지였다. 세계 최초의 라디오 방송이 1920년 11월 미국 피츠버그의 KDKA 방송국에서 송출되었고 텔레비전 방송은 1930년대에 벌써 미국과 영국 그리고 프랑스 등지에서 지엽적으로나마 서비스되고 있었으니 이는 SETI의 선구자 프랭크 드레이크 박사가 1960년 25.9m 안테나로 고래자리 타우별과 에리다누스자리 엡실론별을 향해 친선의 메시지를 보내기 이미 수십 년 전의 일이었다. 이를 역으로 생각해보면 우리가 운 좋게 외계인들의 전파를 수신하게 될 경우 그 내용이 공식적이고 의례적인 인사말과는 무관한 그들의 엔터테인먼트일 확률이 높다는 뜻이 된다. 한 번 상상해보라. 전세계인들이 사상 최초로 외계인이 CNN에 출연하는 것을 보려 숨죽이고 텔레비전 앞에 앉아 있다. 생방송 TV뉴스의 진행자 소개말이 끝나기 무섭게 외계로부터의 수신영상이 브라운관을 채운다. (우리로 치면) 육감적인 수영복을 입은 유명 여배우와 헛짓거리로 인기를 끄는 개그맨 콤비 그리고 떠오르는 음악계의 혜성이라 할 외계인들이 차례로 등장한다. 문제는 그네들이 죄다 덩치 큰 오징어처럼 생겼다는 점이다.

터무니없는 시나리오가 아니다. 지구 밖으로 유출되는 메시지 가운데 가장 탐지하기 쉬운 것은 전세계의 어떤 신호보다도 많은 송신 안테나에서 발신되는 슈퍼볼Super Bowl(미국에서 매년 열리는 미식축구 챔피언팀 결승전) 게임 실황일 수 있다. 외계에서 보내오는 신호라 해서 정장 차림의 점잖은 외교메시지뿐일 리 없지 않은가. 그들 역시 외교적 의례는 삶의 극히 일부에 불과할 터이다. 언젠가 정말 이러한 영상을 외계에서 수신한다면 일파만파의 대사건이 될 것이다. 하지만 자칫하면 그네들의 포르노그래피를 보고 과학적이고 철학적인 사색의 근거를 찾아내느라 머리를 싸맬 수도 있다.

과학소설은 이미 이러한 고민에 익숙하다. 래리 니븐의 〈링월드 시리즈Ringworld Series〉(1970~2010)와 주디스 모펫Judith Moffett의 장편《펜테러Pennterra》(1987) 그리고 메리 도리아 러셀Mary Doria Russell의《참새The Sparrow》(1996)는 워낙 파격적인 설정이라 보수적인 독자들을 경악하게 할지 모르나 지구인과 외계인의 성징과 성관념 · 성풍속의 차이를 타자에 대한 이해와 관용이란 시각에서 바라본다는 공통점이 있다. 전자에서는 우리가 우애의 표시로 악수하듯 이질적인 외계 종족과의 성행위가 고도의 정치적 타협 내지 화해의 제스처로 받아들여지며, 후자는 한술 더 떠서 아예 인간이 동물들과 필요에 따라 언제든 수간하는 외계인 풍속에 동화되는 과정을 그린다. 여기서는 셋 가운데 훨씬 더 도발적인《펜테러》와《참새》의 주요 설정을 좀 더 살펴보기로 하자.

아이작 아시모프가 격찬하며 서문까지 써준《펜테러》는 12살 사춘기에 갓 접어든 인간 소년이 육체적으로나 정신적으로 매우 이질적인 외계인들과 한동안 동고동락하며 보통 사람은 상상도 하기 어려운 성정체성을 체득하는 과정을 담담하게 그린다. 로버트 A. 하인라인의 장편소설《낯선 땅의 이방인》에서 화성인들 손에 키워진 인간 청년이 뼛속까지 화성인다운 사고방식을 갖고 지구에 돌아와 아노미를 겪듯이, 외계행성 펜테러에 둥지를 튼 인간 정착민들 가운데 한 어린 소년이 아버지의 연구 때문에 '흐로사[hrossa]'라 불리는 토착 외계인들의 마을에 함께 머물며 이 외계인들의 성풍속을 아무 선입관 없이 받아들인다. 문제는 아이가 인간들의 마을로 돌아온 뒤 발생한다. 암수한몸인 흐로사 종족은 본인의 감정을 남에게 전이시키는 능력(일종의 역방향 엠퍼시)을 지니고 있어 배가 고프다는 절실한 감정을 주변 동물들에게 전달하면 동물들이 제 발로 찾아와 희생을 자처하게 만든다. 이 때 사전 의식[儀式]이 중요한데, 흐로사들은 우선 동물들과 성관계를 맺은 다음 곤봉으로 그것들을 때려죽여 양식으로 삼는다. 펜테러에서는 엄밀히 말해 지구에서와 같은 포식자 대 먹이 관계가 존재하지 않으며 소비하는 것은 모두 일종의 선물로 주어진다. 인간 어른이라면 아무리 열린 사고를 지녔다 한들 이러한 풍토에 좀체 적응하기 쉽지 않지만, 이를 어려서부터 자연스레 접해온 소년은 조난당해 굶어죽을 위기에 처하자 흐로사와 같은 방식으로 살아남는다. 심지어 그는 인간들과의 관계에서도 흐로사인들의 성풍속과 혼동하여 이성애 뿐 아니라 동성애 그리고 근친상간까지 거리낌이 없다.《펜테러》는 전혀 다른 종인 인간과 흐로사인이 서로를 이해하고 함께 공존해가는 지혜를 터득하는 것이 얼마나 어려운지 여러 측면의 갈등을 가감 없이 보여줌으로써 설득력을 높이는데, 성적인 문화 차이 또한 이러한 갈등의 한 축을 이룬다. 이보다 메리 도리아 러셀의 발상은 더욱 대담하고 발칙하다. 인류학자답게 그녀는 장편소설《참새》에서 인간과 외계인의 성행위에 윤간 내지 수간獸姦 개념을 뒤섞어 인간의 성적 정체성과 도덕관념의 근본체계에 의문을 제기한다. 작가가 외계문명의 권력자들이자 변태성욕자들에게 성적 노리개로 전락하는 지구탐사대원을 하필이면 타 문명권에 포교하러 나선 아주 신심 깊은 가톨릭 신부로 설정한 것은 이러한 효과를 더욱 극대화하기 위함이다.

이런 식의 최초의 접촉 유형이 마음에 들지 않는다면 좀 더 우아하고 고전적인 예를 들어보겠다. 학수고대하던 SETI의 전파망원경에 어느 날 다음과 같은 영상이 수신된다고 가정해보자.

> 머나먼 세계의 붉은 피부의 여인은 손가락으로 푸른 공을 흔들며 보이지 않는 청중을 향해 얼굴을 돌리더니 마치 그들을 감싸 안으려는 양 양팔을 넓게 벌렸다. 입이 반쯤 열렸고 영상뿐이라 들리지는 않지만 뭔가 반복해 말하느라 입술이 달싹였다. 그렇게 그녀는 미동 없이 서서 항성 간 공간의 차가운 심연 너머 다른 세계의 사람들에게 우정을 호소했다. 그녀의 매혹적인 아름다움이 지구인들을 사로잡았다. 피부만 붉다 뿐이지 지구의 적색인종과 딱히 닮지는 않았다.
> “그들이 은하공용통신망을 모른다니 말이 되나요?” 베다 콩이 우주에서 만난 또 한 명의 아름다운 자매 앞에서 경애하는 마음을 감추지 않으며 신음했다.
> “지금쯤이면 알지도 모르지.” 다르 베체르가 대답했다. “현재 우리가 보는 영상은 300년 전 모습이니까.”

므벤 마스가 나직하게 말했다. "88파섹•이라...방금 본 사람들은 오래 전에 고인이 되었겠군요."

그의 말에 화답하듯 멋진 외계의 영상이 사라지며 녹색 지시등도 꺼져버렸다. 수신이 끝난 것이다.[53]

러시아 작가 이반 A. 예프레모프의 《안드로메다 성운》에서 지구 관측소는 에리다누스 별자리 엡실론별에서 보내온 전파 메시지를 위와 같이 수신한다. 그로부터 3년 후 실제로 드레이크 박사가 공교롭게도 동일한 별을 향해 전파메시지를 송신했을 때 그는 만일 엡실론별 사람들이 존재한다면 위와 같은 분위기 아래 자신의 인사말을 수신하리라 기대했을지 모르겠다. 하지만 전파 매체의 속성과 용례를 고려할 때, 예프레모프식의 '전파를 통한 우아하고 정중한' 최초의 접촉이 실현될 가능성이 얼마나 될까? 외계에서 우리가 처음 받아보는 메시지가 애초부터 우리에게 보낼 목적으로 미사여구를 잔뜩 우겨넣은 외교 공문일 가능성이 과연 얼마나 될까? 미국 예일 대학 분자생물학자 클리포드 피코버의 견해는 비관적이다. 그는 우리가 외계인들이 미리 치밀하게 기획한, 번드레한 친선 우호 메시지가 아니라 외계인들끼리 서로 주고받는 적나라한 대화의 일부를 우연히 엿들을 확률이 더 높다고 본다. 이는 우리의 경우와 견주어 봐도 타당한 의견이다. 우리가 대화의 창구로 외계인을 염두에 두고 특정 별들에 친선 우호의 전파 메시지를 보낸 횟수와 우리끼리 떠들어대는 라디오와 텔레비전의 전파가 지난 100년 남짓 사방의 우주로 퍼져나간 양

• 천문학에서 사용하는 거리단위로 3.26광년이다.

적 규모를 비교해보라(전파는 빛의 속도와 같으므로 지구를 중심으로 반지름이 약 100광년인 전파 구球가 감싸고 있으며 이 구는 계속해서 확장되고 있다).

외계인과의 실제 만남이 어떤 식이 될지 학자들과 작가들이 저마다 한마디씩 해왔지만 막상 어찌 될지는 아무도 장담할 수 없다. 우리는 그들의 생김새는커녕 무슨 생각을 하고 있으며 무엇에 관심을 갖고 있는지도 모른다. 심지어 그들의 성이 우리처럼 2개인지 그보다 더 많은지 아니면 자웅동주인지조차 모른다. 예컨대 아이작 아시모프의 《신들 자신The Gods Themselves》(1972)과 이언 M. 뱅크스의 《게임의 명수The Player of Games》(1988)에는 성이 3개나 되는 외계종족이 등장하며 프레드릭 브라운Frederic Brown의 단편 〈죄다 마음씨 좋은 퉁방울 외계괴물들All Good BEMs〉(1951)에서는 외계 종족의 성이 무려 5가지나 된다. 이러한 차이는 우리 인간들이 세상을 보는 인식이 생각보다 단조로울 수 있음을 시사한다. 브라운의 단편에서는 5가지 성을 지닌 외계인과 지구인 여성 사이에 다음과 같은 설전이 오간다.

*외계인 입장

"당신네 표현을 빌면 우리는 퉁방울눈을 한 외계인들BEM이오. 하지만 미개한 당신네와는 달리 우리는 성이 5개 있소. 당신네들은 아직 양성 생식을 하는 모양이군. 물론 오래 오래 전에는 당신네가 아예 하나의 성밖에 없던 시절이 있었지. 사실을 부인하진 마시오. 당신 마음속에서 '아메바'라는 단어를 읽어냈으니까…"

*지구인 여성 입장

"제각기 다른 5개의 성별이라니! 게다가 한 우주선에서 전부 함께 살았다니. 그러니까 애를 낳으려면 다섯이서 후후후…"[54]

이처럼 종족 간 성별의 구성이 근본적으로 다르다면 그들이 우리의 연인관계와 결혼, 가족 그리고 친족관계를 과연 이해할 수 있을까? 이러한 마당에 미래의 어느 날 불쑥 외계인들이 우리 사회를 방문하게 되는 날이 온다고 쳐보자. 양자의 만남을 파국으로 몰고 가지 않으려면 어떻게 해야 할까? 가장 기본적인 태도는 상대방의 눈높이에서 배려하고 이해하는 것 아닐까? 문제는 그러한 융통성 있고 건설적인 마음가짐을 평소 훈련 없이 어느 날 갑자기 하늘에서 뚝 떨어지듯, 벼락치기 공부하듯 할 수 있겠느냐는 것이다. 그렇다면 유사시 현명하게 대처하기 위한 마인드 세팅을 어떻게 훈련할 수 있을까?

아주 간단하다. 그리고 쉽다. 주위를 돌아보라. 세계화 시대에 우리는

영화 〈에이리언〉은 인간과 외계인 간의 신체적 접촉을 적나라하면서도 괴기스럽게 묘사한 대표적인 작품이다. 영화에 등장하는 에이리언의 디자인을 구축했던 작가 H. R. 기거H. R. Giger는 외계인을 형상화한 자신의 여러 작품들에서 성적인 암시를 부단히 노골적으로 드러내었다.

자신과 전혀 다르게 생긴 이들을 얼마든지 도처에서 마주할 수 있다. 그들을 사랑하자. 국내 외국인 노동자들의 처지를 이해하고 다문화 가정을 따뜻한 눈길로 바라보자. 맥락을 확장해서, 겉보기에는 멀쩡해도 속은 멍든 이들의 속도 헤아려보자. 그래서 미혼모와 성매매로 내몰리는 여성들의 처지를 그 원인에서부터 곱씹어보자. 다음에는 좀 더 눈을 크게 뜨고 세상 전체가 돌아가는 모습을 헤아려보자, 총칼을 앞세운 정복전쟁은 물론이고 나만 살고 보겠다는 해외와의 극악한 무역전쟁도 정도껏 하라는 생각이 들 때까지. 아직도 아프리카와 남미의 개발도상국들과 공생의 길을 마련하지 못하고 상대의 약점을 이용해 등쳐먹을 궁리만 하는데 어떻게 생면부지의 외계인들과 공존을 위한 평화협상을 할 수 있겠는가. 다시 말해 SF텍스트에서 무수히 반복되는 외계인과 인류의 다양한 관계 설정은 당장 우리가 좀 더 인간다워지고 스스로를 돌아보게 해주는 사고훈련의 틀이다. SF를 많이 읽자. 그리고 좀 더 균형감각을 갖춘 인간이 되자.

Chapter

8

유예된 죽음

고통의 연장인가 영원한 행복인가

냉동인간 기술로 이루는 불사의 꿈

● 2016년 초 미국의 한 대학생이 술에 취해 영하 4℃의 눈 위에 정신을 잃었다가 이튿날 병원으로 옮겨진 뒤 30일 만에 기적적으로 의식을 되찾아 화제가 되었다. 동상이 심해 발가락과 손가락 일부를 잘라냈으나 다행히 뇌손상은 없었다. 심각한 저체온증이었지만 에크모(체외산소공급장치)에 연결한지 90분 만에 심장이 다시 뛰었다고 한다. 인체는 신비하다. 체온이 너무 내려가면 얼어 죽기 딱 좋을 것 같지만 일부 과학자들은 일정 조건 아래 세심하게 관리하면 가사상태로 장기보존이 가능하다고 본다. 이로 인해 현재 냉동인간은 당장은 치료할 길 없는 불치병 환자들이 사망 직전 택하는 마지막 탈출구로 쓰인다. 2015년 중국의 유명작가 두훙杜虹은 췌장암 말기에 딸의 권유로 냉동인간 대열에 합류했다. 중국인 최초의 냉동인간인 그녀는 중국까지 찾아온 미국 의료진 손에 일단 영하 40℃로 냉동된 뒤 미국의 앨코어Alcor 생명연장재단으로 옮겨졌다. 영하

196℃의 특수용기 안에서 그녀는 치료제가 개발될 날을 고대하며 50년간 잠들어 있을 것이다.

인체냉동보존술Cryonics은 아직 실용화 단계는 아니지만 과학적 근거는 간명하다. 원자의 운동은 온도가 낮아질수록 느려진다. 이론상 절대 0도(0K, 섭씨 -273℃)가 되면 원자는 아예 멈춰 운동에너지가 0이 된다. 이 논리를 인체에 적용해보자. 체온을 낮출수록 그에 비례해 신진대사가 느려질 테니 성장이나 노화를 늦출 수 있지 않겠는가. 물론 생각처럼 쉽지 않다. 냉동할 때 몸속에 얼음결정이 생기지 않게 저온보호물질•을 주입하고 냉동과정은 심장이 정지되는 수분 이내에 완료되어야 한다. 또한 기억과 인성이 담긴 뇌가 여전히 활동하고 있을지 모르니 사후死後 분석을 좀 더 지켜본 뒤 시술해야 한다. 언제쯤 냉동에 착수해야 뇌신경에 손상을 주지 않을지 입증된 바가 없어 그 경계는 사실 모호하다. 인체냉동보존술이란 용어는 1965년 뉴욕의 산업디자이너 칼 워너Karl Werner가 지었지만 이 개념을 대중에게 널리 알린 기폭제는 미국 물리학자 로버트 에팅어Robert C. W. Ettinger의 논문 〈불사의 전망The Prospect of Immortality〉(1964)이다. 처음에 자비로 출판했다가 2년 뒤 대형출판사에서 다시 펴냈다. 출판사가 해당 기술이 사이비과학일지 몰라 출간을 주저하자 아이작 아시모프가 설득했다 한다. 에팅어는 이보다 22년 전 같은 주제를 《완성이 임박한 비장의 무기Pentultimate Trump》(1948)라는 과학소설로 발표하기도 했다.

인체냉동보존술은 수백, 수천 년이 걸릴지 모르는 항성 간 유인우주

• 일반적으로 글리세롤과 에틸렌글리콜, 디메틸술폭시드, 설탕, 글루코오스, 폴리비닐피로리돈 등이 사용된다. 자연의 동식물 가운데에도 월동기에 위와 같은 저온보호물질을 몸속에 축적하는 종이 있다고 한다.

여행에 장차 도움이 될 것이다. 하지만 현재로서는 불치병 환자의 죽음 유예라는 실용적 목적이 더 우선순위에 들어온다. SF는 일찌감치 이러한 아이디어를 써먹었으니 1930년대 초에 발표된 닐 R. 존스Neil R. Jones의 《제임슨 위성The Jameson Satellite》이 그 효시다. 에팅어 역시 어린 시절 이 단편소설에서 영감을 얻었다 한다. 현실로 돌아오면, 1967년 캘리포니아 인체냉동보존학협회Cryonics Society of California가 갓 죽은 사람들을 냉동하기 시작한 이래 2012년까지 냉동인간 수가 벌써 약 250여 명을 넘어섰다. 월트 디즈니도 지원했다는 루머가 돌았는데 실제로 유명인 중에는 미국 프로배구선수 테드 윌리엄스Ted Williams가 이 시술을 받았다. 아직 냉동 중인 사람을 되살리는 기술이 불완전하여 주로 의학적 · 법적으로 사망진단을 받은 사람들만 지원한다. 미국에서는 법적 사망선고를 받지 않은 사람을 냉동보존하면 살인 내지 살인방조 죄로 처벌된다. 1972년 이후로는 냉동인간전문기업들까지 생겨났다. 미국에는 앨코어와 트랜스타임TransTime, 유럽에는 크리오러스KrioRus가 유명하다.

인체냉동보존술의 시술을 둘러싸고 관련 기업과 미국 정부 간에 심한 마찰이 있었다. 1974년 세 명의 고객을 냉동보존하던 뉴욕의 냉동보존학협회는 건강성健康省으로부터 즉각 시설을 폐쇄하거나 매일 벌금 1,000달러를 내라는 통고를 받았다. 결국 세 냉동인간은 각자의 가족에게 되돌아갔다. 1980~1990년대에는 건강성이 앨코어 사와 법정공방을 벌였다. 세계 최초의 냉동인간 제임스 베드포드 박사Dr. James Bedford를 앨코어 사가 불법으로 보관하고 있다는 이유였다. 결국 L. A. 대법원은 앨코어 사 손을 들어줬다. 1981년에는 정전으로 냉동보존된 고객들 중 일부가 해동되는 바람에 소송으로 비화되었다. 그럼에도 불구하고 불사의 수요는 계속 늘고 있다. 냉동된 고객은 최소 수십에서 백 년은 그 상태를 유지할 가능성이 높은 만큼 냉동인간전문기업 측에서 일체 비용을 신청자에게 일시불 청구하는 것이 보통이다. 냉동보존 부위가 머리나 뇌에 국한될지 아니면 전신일지에 따라 단가가 크게 다르다. 혹시라도 죽음이 임박하면 긴급 출동하는 의료팀 경비는 별도다. 얼핏 수익률 높은 사업 같지만 비상대기 의료팀의 인건비 부담을 제외하면 미국에서는 주요 신체기관의 이식수술비 수준이라 한다. 일시불이 부담되면 해당 생명보험에 가입하면 된다.

향후 인체냉동보존술이 완벽해지면 어떻게 될까? 깨어난 환자의 불치병을 고쳐 죽음을 다시 미룰 수 있다면 무조건 좋은 일일까? 냉동인간은 일종의 시간여행자다. 다시 정신이 들었을 때 자신이 알고 지낸 이들은 한 명도 존재하지 않는 낯선 세계에 있게 된다. 에드가 라이스 버로즈Edgar Rice Burroughs의 《짐바 죠의 부활The Resurrection of Jimber Jaw》(1937)에서는 빙하에 갇힌 5만 년 전 구석기 시대 남자가, 리처드 벤 새피어Richard Ben Sapir의 《먼 경기장The Far Arena》(1978)에서는 로마시대 검투사가 현대에 깨어나 혼란을 겪는다. 과연 이들은 현대 산업사회의 정상적인 구성원이 될 수 있을까? 아무리 하찮은 직업이라도 그 직능을 배울 수 있을까? 농사꾼으로 쓰려 해도 너무 시대에 뒤떨어졌다는 소리를 들을지 모른다. 현대인이 냉동인간이 되어 수십, 수백 년 후 다시 깨어나도 마찬가지다. 천둥벌거숭이 신세인 이 시간여행자는 과연 미래 사회에서 자생할 수 있을까? 외로운 데다 원시인 취급까지 받으면서 굳이 냉동시술을 받을 만큼 삶에 연연해야 할까? 이러한 질문에 가장 신랄한 답을 내놓은 예가 박민규의 단편소설 〈굿모닝, 존 웨인〉(2008)이다. 정체불명의 바이러스로 인류의

99%가 말살된 미래에 냉동인간 보관소의 직원 몇 명만 살아남는다. 다행히 이들에게는 식량이 차고도 넘친다. 거의 1,000년을 지탱해온 보관소에는 적어도 한 가지만은 풍부하니까. 김대일의 만화 〈A.D. 7000년〉(2015)도 같은 설정 아래 식인문화를 그린다.

그럼에도 불구하고 냉동인간 사업이 자판기마냥 익숙해질 정도로 대중화되면 사회는 그것을 어찌 받아들일까? SF 이야기들은 이에 대해 갖가지 흥미로운 통찰을 해학적으로 보여준다. 가령 냉동인간 시술 비용이 과도하게 비쌀 경우에는 그 자체가 빈부격차의 상징이 될 수 있다. 로저 젤라즈니Roger Zelazny의 중편 〈마음은 차가운 무덤〉[55]은 인체냉동보존술이 신흥 귀족사회의 상징이 되는 근미래를 그린다. 여기서 부자들은 평소 냉동상태로 지내다가 1년에 며칠만 깨어나 삶을 즐김으로써 결과적으로는 가난뱅이들이 보기에 불사에 가까운 삶을 산다. 사람들은 어떻게든 이 협소한 커뮤니티에 들어가 신분상승을 하려 안달이 난다. 노먼 스핀래드의 《벌레 잭 바론》은 인체냉동보존술을 백인이 독점하려는 불공정한 사회를 그린다. 미국 내 흑백 인종분규가 심하던 1960년대 말 발표된 이 소설에서 냉동인간 기술을 독점한 기업총수는 흑인고객을 받지 않으려 한다. 클리포드 D. 시맥Clifford D. Simak의 《왜 그들을 천국에서 소환하는가?Why Call Them Back from Heaven?》(1967)는 앨코어 같은 냉동인간 전문기업이 지구상 최강기업으로 번창하는 근미래의 이야기다. 이 기업은 다음 번 깨어나는 생에서의 행복과 안녕을 보장한다는 감언이설로 사람들의 돈을 죄다 긁어모은다. 사망 직후 시신의 냉동을 방해하면 큰 처벌을 받는 이 시대에 냉동인간 전문기업은 냉동된 고객들의 보유 부동산까지 위탁 관리함으로써 부패와 범죄의 온상이 된다.

장수는 인간의 원초적 욕망이라 너도 나도 냉동인간을 지원하는 통에 이들을 보관할 장소가 부족해지는 날이 올지도 모른다. 찰스 셰필드Charles Sheffield의 《내일 그리고 내일Tomorrow and Tomorrow》(1997)에서는 넘쳐나는 냉동인간 수요를 감당할 공간이 문제가 되자 명왕성이 후보지로 떠오른다. 냉동인간은 나중에 가서 보호자가 없다 보니 자칫 부실한 관리감독 탓에 인권유린의 대상이 될 수 있다. 래리 니븐의 《조각보 소녀The Patchwork Girl》(1980)에서는 만성부족에 시달리는 장기臟器공급을 수요에 맞추고자 냉동보존 되어 있는 자의 신체 일부를 해체하는 일이 툭하면 일어난다. 니븐의 또 다른 작품《무방비 상태의 사망자The Defenseless Dead》(1973)에서는 한층 더 노골적이어서 산 자들이 모든 의결권을 갖고 냉동인간들을 멋대로 착취한다.

흔히 일어나는 의료사고처럼 냉동처리 과정에도 부작용이 일어나면 어떻게 될까? 예컨대 냉동과정이 매끄럽지 못해 피시술자의 의식이 반쯤 깨게 되면 어찌 할까? 발가락 하나 까딱하지 못한 채 비좁은 냉동고에 하루 이틀도 아니고 수십 년, 수백 년을 누워 지내야 한다고 상상해보라. 아마 제정신이 아니게 될 것이다. 필립 K. 딕Philip K. Dick의 《냉동여행Frozen Journey》(1980)에서는 외계 식민지로 떠난 우주선의 냉동캡슐들 중 하나가 오작동하는 바람에 해당 승객의 의식이 반쯤 돌아온다. 도착하려면 10년이나 남았지만 수송의 효율상 캡슐 밖 선내에는 공기와 식량이 없다. 궁여지책으로 선내 컴퓨터는 그의 기억을 재조합해서 몰입할 수 있는 가상의 상황을 만들어낸 다음 그가 참여하게 한다. 그것이 꿈인 줄 알고 깨어나는 순간 컴퓨터는 새로운 시뮬레이션을 끊임없이 제공하여 지루해할 틈을 주지 않는다. 문제는 진짜 목적지에 도착하고 나서도 이 승객은 꿈과 현실을 구분하지 못하는 무한 루프에 빠져든다는 점이다.

이제까지 소개한 SF작품의 상당수는 설사 냉동인간이 되어 죽음을 비껴나간들 기대만큼 행복해지지는 못한다고 주장한다. 미래에 깨어나 병을 고쳐봤자 늙어빠진 몸으로 외로움에 찌든 삶이 부러울까? 하지만 속단은 금물! 주드 리버맨Jude Liebermann의 《한때는 브랜드윈이었던 여인Formerly Brandewyne》(2009)에서는 교통사고를 당한 한 중년 여인이 냉동처리되어 80년 후 깨어난다. 미래 의료기술은 그녀에게 단지 망가진 몸을 고쳐주는 데 그치지 않고 흠잡을 데 없는 10대의 몸을 복제해서 제공한다. 아리따운 소녀로 재탄생한 중년 여인은 자신을 깨운 의사와 사랑에 빠진다. 실제로 냉동인간 시술에 자원한 사람들은 불치병에 걸린 노인들이 대부분이라 미래에 깨어나 병을 고친들 주름살투성이에 약한 근력으로 여생을 마쳐야 한다. 그러나 이 여인처럼 복제된 젊은 몸에 자신의 기억과 인성을 그대로 이식할 수 있다면 냉동인간이 되고 싶은 욕망이 꿈틀댈지 모른다. 냉동인간이 선사할 두 번째 삶, 당신은 원하는가, 그렇지 않은가?

SF가 상상해본 갖가지 장수 비법

● 19세기 말 고딕 풍 공포소설 J. 쉐리든 르 파뉴Sheridan Le Fanu의 《카밀라Carmilla》(1872)와 브램 스토커Bram Stoker의 《드라큘라Dracula》(1897)에 나오는 흡혈귀들과 《구약성서》의 창세기에 등장하는 므두셀라의 공통점은 뭘까? 답은 수단이야 어떻든 간에 하나같이 영생을 누리는 존재들이란 점이다. 그만큼 불사·불멸에 대한 인간의 욕망은 뿌리가 깊은가보다. 위의 흡혈귀 소설들이 발표될 당시 유럽인들의 평균수명은 불과 49세. 반면 2014년 현재 한국인의 평균수명은 남성 78.99세, 여성 85.48세. 2030년에는 65세 이상 인구가 미국에서만 7,000만 명을 넘어선단다. 2100년 미국인 평균수명은 85~90세라는 전망도 일찍이 나왔는데 현시점에서 보면 더욱 장수할지도 모른다.[56] 미국의 노화방지의약아카데미 설립자 로널드 클라츠Ronald Klatz 박사는 줄기세포가 노화된 장기 교체에 기여하게 되면 무려 140세까지 살게 되리라고 내다본다.

그러나… 어디 그 정도로 배가 부르겠는가, 욕망 덩어리 인간이? 여기서 만족했다면 20세기 과학소설에 불사신 인간들이 꾸준히 들락거렸을 리가 없다. 빅터 프랑켄슈타인 박사가 사체 조각들을 이어 붙여 새 생명을 깨우려 시도한 이래, 작가들은 과학기술시대에 부합하는 나름의 설정으로 불사신들을 내세워 이 해묵은 신화의 불멸을 도왔다. 생물학적 돌연변이라는 다소 생뚱맞은 핑계에서부터 냉동인간 기술을 활용한 반생인半生人 그리고 인간의 의식 일체를 사이버스페이스에 이식하는 나노기술 기반의 사이버네틱스에 이르기까지 불멸의 존재에 대한 상상은 오늘날에도 수그러들 줄 모른다.

> 불사는 유전자들이 일으킨 일종의 사고다. 돌연변이 말이다. 아마 1천 년~1만 년마다 한 번씩 인간이 불사로 태어날 것이다. 그의 몸은 스스로를 늘 재생하고 있어 나이를 먹지 않는다.[57]

위에서처럼 불사의 몸이 된 원인으로 예기치 못한 돌연변이를 꼽은 또 다른 작품들로는 제임스 건James Gunn의 장편소설 《불사신들The Immortals》(1962)과 리처드 쉔크만Richard Schenkman이 연출한 영화 〈맨 프롬 어스The Man from Earth〉(2007)가 있다. 《불사신들》에서 돌연변이 불사신은 직계 후손에게 불사의 유전형질을 넘겨줄 뿐 아니라 타인이라도 이 불사신 후손의 피를 정기적으로 수혈 받으면 수명을 무기한 연장할 수 있다. 〈맨 프롬 어스〉에서는 선사시대부터 1만4,000년이나 살아온 돌연변이 불사신이 예수를 포함해서 여러 신분으로 역사 속에 뚜렷한 족적을 남긴다.

실제로 돌연변이 불사신까지는 아니더라도 장수유전자를 지닌 사람들끼리만 결혼을 여러 대에 걸쳐 반복하면 비정상적일만치 오래 사는 장수집단이 생겨날지 모른다. 과학자들에 따르면 장수에 가장 큰 영향을 미치는 요건은 우수한 유전자다. 예컨대 당신의 형제자매가 죄다 100살이 넘게 산다면 당신 또한 평균수명이 보통인 집안의 사람들보다 오래 살 가능성이 높다. 만일 장수유전자를 따로 추출해낼 수 있다면, 혈통 상 그런 혜택을 받지 못한 사람들조차 (《불사신들》에서처럼) 유전공학을 응용해 도움을 받을 수 있으리라. 이러한 논리에서 비약하여 로버트 A. 하인라인의 장편소설《사랑으로 충만한 시간Time Enough for Love》(1973)에는 라자러스 롱Lazarus Long이란 인물이 나온다. 그는 2,000살이 넘지만 여전히 혈기 왕성하다. 물론 아무리 그래도 죽음을 다소 늦출 뿐 영생을 누리지는 못하므로 근본적인 해결책은 아니다.

반생인 역시 장수족처럼 영생은 아니지만 죽음이 상당 기간 미뤄진 존재로, 자연의 돌연변이 같은 우연이 아니라 공들인 노력의 결실이란 점이 다르다. 필립 K. 딕의 장편소설《유빅Ubik》(1969)이 이러한 예를 보여준다. 여기서는 병이나 사고로 조만간 죽을 운명인 사람을 냉동하되 뇌는 덜 얼려서 정상의식과 가사상태 중간쯤에 머물게 한다. 덕분에 몇 분 혹은 며칠이면 뇌사할 사람을 몇 년 혹은 몇십 년 동안 죽음을 뒤로 미루면서 반쯤 깨인 가사상태로 만든다. 육신은 냉동탱크 안에 누워 있으나 뇌는 부분적으로 활성화될 수 있기에 종종 가족과 친지가 찾아와 컴퓨터 단말을 통해 서로 대화할 수 있다. 아울러 반생인끼리 사교생활을 즐길 수도 있다. 그들만의 전용 온라인 커뮤니티에서 생전의 모습과 똑같은 형상을 하고 만나는 것이다.

궁극적으로 영생을 누릴 수 있는 과학적인 방법은 육신의 탈피다.

반생인조차 영혼이 손가락 하나 까딱할 수 없는 육신에 붙들려 있는 반면, 인간들의 인격과 기억을 컴퓨터 기반의 사이버스페이스에 다운로드 하면 거의 모든 물질적 구속으로부터 벗어날 수 있다. 할란 엘리슨Harlan Ellison의 《불의 키스Kiss of Fire》(1972)와 그렉 이건Greg Egan의 《디아스포라Diaspora》(2003) 그리고 김장환의 《욘더YONDER》(2010) 같은 장편소설들은 이러한 발상에서 출발한다. 이 작품들은 우리가 본질적으로는 DNA와 신경기억들로 암호화된 정보의 총합인 까닭에 영혼은 정보의 일정한 패턴 이상도 이하도 아니라고 본다.

심지어 《디아스포라》의 무대는 사이버 인간이 특별한 예외가 아니라 인구의 절대다수를 차지하는 30세기의 미래다. 2075년 인간 유전자의 디지털 정보전환 기술이 개발된다. 그 결과 사람 한 명당 10억 개의 데이터 필드field로 사이버스페이스에서 재구성할 수 있게 된다. 데이터 필드 1개는 6비트의 용량을 차지하며 필드 수십 개가 모여 최소한의 단위형질을 띠는 상위 데이터 구조인 쉐이퍼shaper를 형성한다. 10억 개의 필드가 1,500만 개의 쉐이퍼로 재조직되는 것이다. 바로 이 쉐이퍼들 간의 무작위 결합 덕에 피와 살이 있는 인간과 마찬가지로 디지털 인간들도 저마다의 개성을 지닌다.

더욱 흥미로운 것은 사이버 인간들도 번식을 한다는 작가의 가정이다. 다만 디지털 환경이다 보니 번식방법이 아버지와 어머니의 유전자들을 함께 배합하는 길만은 아니다. 아기를 혼자서 낳는가 하면 여러 명의 부모가 각기 유전자를 십시일반 하여 낳을 수도 있고 심지어는 부모가 전혀 없이 번식 프로그램이 독자적으로 생산할 수도 있다. 마지막 경우를 이 사이버세계에서는 '고아'라 부른다. 그 결과 영생하는 부모들과 함께 영생하는 자식들이 공존하게 된다. 디지털 공간은 데이터 압축률이 뛰어나서 오프라인과는 비교할 수 없을 만치 인구가 늘어도 문제가 없다. 정 모자라면 데이터를 저장할 하드 스페이스를 늘리면 된다.

이처럼 인격의 디지털 정보화 및 영구 저장이 가능하다면 사이버 인간과 오프라인 인간 간의 물리적 장벽을 넘어서는 사랑이 가능할까? 2009년 일본에서는 한 남성이 비디오게임 속 여성 캐릭터와 실제 결혼식을 올리고 신혼여행을 떠난 일도 있으니 육체에 연연하지 않고 감정에만 충실하면 불가능한 일도 아니리라. 특히 이승에서의 인연을 배우자 중 어느 한쪽이 사망하더라도 계속 이어나가고 싶다면 더더욱 그렇지 않을까. 앞서 언급한《불의 키스》에서 남자 주인공은 아내가 죽기 전 그녀의 인격과 기억을 저장기기 안에 복제한다. 덕분에 그는 아내의 사후에도 복제된 디지털 아내와 빈번하게 대화를 나눈다.

> 그것은 작은 메모리박스 하나였다. 합성채널들이 부착되어 있었다. 대답은 부정확하거나 엉뚱하기 일쑤였다. 그녀의 목소리가 담긴 구슬이 미세하게 코팅되어 있었다. 이제 애니는 말을 했다, 발음은 불분명하고 말투는 느릿느릿했지만.[58]

지금까지는 불사에 대한 사람들의 욕망이 얼마나 뿌리 깊은지 그리고 그러한 욕망이 현대 과학소설에서 어떤 식의 논리에 기대어 묘사되었는지 구체적인 사례들을 통해 살펴보았다. 그렇다면 실제로 세상 사람들이 전부 다 한날한시에 불멸의 존재로 바뀐다면 그것은 축복일까, 아니면 저주일까? 섣불리 속단하기 전에 간단한 사고실험을 하나 해보자. 그리고 나서 판단하는 것은 물론 독자 여러분의 몫이다.

1.

어느 날 철수는 췌장암으로 오랜 투병생활을 해온 어머니가 있는 병원으로부터 연락을 받고 달려간다. 운명하실 때가 코앞에 닥친 걸까? 그러나 웬걸, 의사는 뜻밖의 소리를 한다. 퇴원하란다, 뉴스도 못 봤냐면서. 바빴다. 밤에는 여동생과 교대로 병간호하랴, 낮에는 아직 신참이라 영업현장에서 이리 뛰고 저리 뛰랴 무슨 정신이 있담. 의사 말이 어머니 병은 더 이상 악화되지 않을 거란다. 한 동안은 의사도 긴가민가했는데 뉴스를 보니 물리학자들이 명쾌하게 설명해 주더라나.

죽음을 앞둔 사람들의 병세가 더 이상 악화되지 않기 시작한 것은 근 1년 전부터인 모양이다. 성별과 나이, 인종과 국적을 불문하고 누구나 마찬가지였다. 희한하게도 그렇다고 해서 병세가 딱히 호전되지도 않는다. 그냥 이도저도 아니랄까? 며칠 혹은 몇 분 내에 죽을 줄 알았던 사람들이 여전히 살아간다, 골골대면서. 이 기상천외한 현상을 연구하던 학자들은 뜻밖에도 더 중요한 사실을 발견한다. 어디에 살건 간에 서른이 넘은 사람들은 손톱만치도 더 이상 노화가 진행되지 않았다. 아이들은 자라지만 서른이 되면 성장이 멈추었다. 단 이미 늙은 몸을 되돌리진 못했다, 병자가 죽지 않고 그냥저냥 골골대듯이.

학자 나부랭이들이 저마다 전공을 들이대며 원인규명을 했노라 떠벌였다. 그중에서도 최근 가장 설득력을 얻고 있는 답변은 천문학자들의 관측결과에 대한 물리학자들의 해석이었다. 약 1년 전부터 태양계가 은하의 중심을 공전하던 속도가 눈에 띄게 느려졌다. 물리학자들은 이러한 기현상이 태양계가 인류 탄생 이래 이제까지 경험해보지 못한 특이한 역장力場이 지배하는 성역星域에 들어섰기 때문이라고 주장했다. 언제 이 지역을 벗어날지는 모르나 이토록 굼벵이 같은 속도로는 하세월일 거란다.

2.

집으로 돌아오는 내내 어머니는 철수에게 배가 아프다고 투덜댄다. 아침 일찍 먹은 병원 밥이 아직도 위에 걸려있다나. 의사는 더 이상 해줄 게 없으니 퇴원하라 했지만 어머니는 여전히 췌장암 증상을 줄기차게 읊어대지 않는가. 온종일 구시렁대는 이 불평이 듣기 지겨워 퇴원시킨 걸까? 택시 안에서 철수는 쓴웃음을 짓는다. 그렇게 잘난 척하는 의사는 어디까지 자신의 앞날을 내다 봤으려나? 무덤과 장례식장이 필요 없게 된 마당에 병원인들 도산하지 않고 견딜 재간이 있을까. 철수는 스스로를 위안한다. 어머니는 그나마 다행이야. 교통사고로 사지의 일부가 못쓰게 되거나 치매에 걸린 환자들의 앞날은 얼마나 황당할까? 나아질 기미는 전혀 없건만 하염없이 그렇게 살아야 한다니! 가족과 정부는 그 비용을 영원히 지출할 수 있을까? 그래도 독방에 갇힌 무기수보다야 낫겠지. 영원히 외로이 면벽하다가는 달마도사라도 미쳐버리지 않을 재간이 있겠어? 생각해보니 더욱 끔찍한 일은 미친 채로 영원히 사는 삶이 아닐지.

어머니가 진통제 먹고 간신히 잠든 사이 TV를 켰다. 마침 저녁뉴스 시간이다. 천문학자와 물리학자가 게스트로 나와 뉴스진행자에게 충격적인 말을 던진다. 현재 태양계를 에워싸고 있는 역장 지대를 지금 같은 속도로 벗어나려면 적어도 수억 년에서 수십억 년이 걸릴지 모른단다. 철수는 생각한다. 나야 문외한이니 무얼 근거로 저런 터무니없는 장담을 하는지 모르겠다만, 그럼 어머니는 수억 년에서 수십억 년 동안 저렇게 배를 쥐어뜯어야 하는 거야? 어머니가 안쓰러워 눈물이 핑 돈다. 눈물을 훔치다 그는 벽에 걸린 거울에 무심코 시선이 멈춘다. 팽팽한 볼을 손가락으로 잡아당겨 본다. 그럼 나는 노상 이렇게 팔팔한 스물여덟이야? 그건… 나쁘지 않은데. 어머니에게는 미안하지만 철수는 싱긋 미소 지었다.

3.

아냐, 아냐, 생각할수록 이건 아니라고. 허겁지겁 아침 일찍 사무실에 출근한 철수는 부장이 시킨 커피 타랴 과장과 대리가 경쟁적으로 건네는 서류철을 복사해 갖다 바치랴 눈코 뜰 새 없었다. 최소 수억 년 아니면 수십억 년간 신입사원 신세라니. 철수는 한숨이 절로 나왔다. 내가 아무리 경력을 쌓은들 이 층층시하에서 무슨 낙이 있겠어!

좋은 수가 있어! 철수는 복사기 뚜껑을 신명나게 닫았다. 때려치우고 새 출발하는 거야! 지금은 식품회사의 일개 영업사원이지만 내게는 영원한 시간이 있잖아. 뭐든지 한 우물을 파서 최고의 전문가가 되는 거야. 그럼 영원이나 다름없어 보이는 내 앞의 연공서열을 넘어설 수 있겠지. 백 년, 천 년… 아니 그 정도로도 모자랄까? 그럼 만 년쯤… 평소 꿈꾸었던 요리공부를 하는 거야. 물리학이나 수학처럼 타고난 IQ가 필요한 분야만 아니면 주구장창 갈고 닦아서 정상에 설 수 있을 거야. 이 세상 최고의 요리사… 대리와 과장, 아니 부장과 상무까지도 나한테 찾아와서 "제발 저희 회사에 비법을 전수해주십시오. 로열티는 충분히 후하게…" 어쩌고저쩌고하며 내 바짓가랑이를 붙드는 거야. 이거 괜찮은 걸!

부랴부랴 사표를 휘갈긴 철수는 부장 책상 위에 보란 듯이 던지고 사무실을 나선다. 당장은 요리학원부터 등록하고 볼 일이다. 지난번에 부장과 함께 찾아가서 머리 조아리고 레시피를 공유하자고 졸랐던 바로 그 학원에 가는 거야. 신명이 난 철수는 휘파람을 불며 걷다가 지하철 개찰구에서 스마트폰을 꺼내든다. 잠깐, 그래도 더 좋은 학원이 있는지 비교해보는 편이 낫잖아. 그는 모바일 인터넷을 검색하여 요리학원 사이트들이 나란히 늘어선 화면을 불러낸다.

헉, 이게 뭐지? 그 순간 감전된 듯 께름칙한 기분이 철수의 뒤통수를 스친다. 어느 학원의 수강생 모집공고를 보니 선뜻 이해하기 어려운 문구가 심술궂게 박혀 있는 게 아닌가.

자격증 반은 50세 이상 지원 가능.

교육비 정부보조금 지급 대상자는 100세부터!

아니 이게 무슨 귀신 씨 나락 까먹는 소리? 언제부터 요리사 자격증을 따는 데 나이제한이 있었지? 뭐 20~30대는 취미반이라고? 장차 지구촌을 호령할 초일류 요리사가 되실 이 몸이 취미반이나 기웃거리라니. 어이를 안드로메다에다 분실한 철수는 분을 삭여가며 전화를 걸었다. 그러나 어느 학원이나 모두 똑같은 답변을 앵무새처럼 되뇐다. 정부 방침이라니! 언제부터 정부가 요리사가 될 나이까지 챙기고 나섰더란 말이냐.

다시 인터넷 뉴스 기사검색을 시작한 철수, 이내 진상을 파악한다. 태양계의 이상성역異常星域 진입으로 사람들의 노화가 완전히 멈췄음이 임상의학적으로 밝혀지자 정부는 국회와 논의하여 후속 대책을 법제화하였다. 그 중 하나가 바로 자격증 취득 연령의 대폭 상향이다. 사람들이 죽지 않아 머잖아 인구가 늘기만 할 세상에서 한 직종에 너무나 많은 사람들이 몰리면 제살 깎아먹기가 되어 해당 업종 자체가 피폐해진다는 것이 법 제정의 논리였다.

더욱 터무니없는 것은 부칙에 있는 단서조항이다. 이미 공표된 자격시험 제한 연령은 향후 환경 변화에 따라 50년 혹은 100년씩 더 상향 조정될 수 있다고? 인구증가세가 어느 선을 넘어 가파르게 올라갈 우려에 대비한 예비조항이란 설명이 뒤따랐다. 아니 그럼 자격시험 보려면 앞으로 22년을 기다려야 하고 재수 없게도 인력수급시장의 사정이 나빠지면 대기기간이 72년이나 122년이 될 수 있단 말인가.

벌써 기득권을 가진 녀석들이 자기네 밥그릇부터 챙기다니. 요리사협회를 포함해서 별의별 전문가 집단들이 이번 사건을 핑계로 로비를 벌인 것이 분명해. 오매불망 자격시험 날만 기다리며 머리에 새치가 돋는 꼴을 보일 생각은 추호도 없었다. 하긴 새치가 자라진 않겠군. 대신 뇌가 숯덩이가 될 테지.

4.

낙심한 철수는 앞으로 뭘 해서 먹고 사나 이리 궁리 저리 궁리하다 지하철 광장의 텔레비전 뉴스 소리에 눈길을 돌린다.

"정부와 국회는 이번 위기를 비상시국으로 선포하는 바…"

대통령과 국회위원의 임기를 대폭 늘리겠단다. 대통령은 50년, 1회에 한해 중임이 가능하다. 국회위원도 50년, 더구나 이쪽은 무제한 연임이 가능하다. 지금처럼 한치 앞을 내다볼 수 없는 위기상황에서는 능력이 검증되고 존경받는 멘토들이 현명하게 대처할 수 있도록 국가와 사회가 충분한 시간을 주어야 한다며 뉴스진행자가 게거품을 문다. 불현듯 텔레비전 화면 속의 저 뻔뻔한 낯짝 뒤에 숨겨진 동아줄이 보인다. 보도국장, 방송사 사장… 죄다 임기를 보장받았나 보지, 50년쯤? 아니 100년쯤? 너희가 플라톤의 이상理想국가를 다스리는 철학자 왕이라도 된단 말이냐? 철수는 몸에 소름이 돋는 기분이다. 자칭 영원한 멘토라 자부하는 자들이 이런저런 핑계로 권력을 영원히 틀어쥔다면… 죽지 않는 독재자라니, 이보다 더 끔찍한 존재가 있을까?

철수는 죽는 것도 나쁘지 않겠다는 생각이 생전 처음 들었다. 그럴 강심장이 못 된다면 언제까지 공자처럼 살지 누가 알아? 철수의 입술이 비틀렸다. 나이만 먹지 않을 뿐 여전히 부조리한 세상에서 천년만년 살려면 심성이 둥글둥글해지다 못해 모래알처럼 닳아버릴지 누가 알겠는가. 그러나 당장은 영겁의 세월을 굶주리지 않고 살아갈 밥벌이가 필요하다. 그냥 내일 사무실로 출근해서 부장의 영원한 따까리가 되겠노라고 맹세할까? 언제 끝날지 모르는 영원한 삶을 부여받은 철수의 시름이 깊어진다.

영원히 살 수 있다면 정말 행복할까

● 당신의 수명이 얼마나 남아있나 귀띔해주는 손목시계가 있다면 사겠는가? 2004년 세계적 명품시계 제조사 타이맥스는 이른바 '타이맥스 2154' 디자인 공모전을 열었다. 창사 150주년을 기념하는 이 대회는 다시 150년 후인 서기 2154년 인간의 시계 문화가 어찌 변해 있을지에 관한 콘셉트 디자인을 공모했다. 입상작 가운데 One&Co의 콘셉트 모델은 손목시계 착용자의 잔여 수명까지 알려준다. 손목에 차보니 수명이 얼마 남지 않았다고 나온다고? 절망하기에는 아직 이르다. 명계冥界의 수명 장부를 넘보는 대신 피부에서 감지된 생체 데이터에 바탕을 둔 이상 착용자가 앞으로 어떻게 사느냐에 따라 상황은 유동적인 까닭이다. 운동과 영양상태, 스트레스 그리고 생활환경에 따라 예상 수명이 수시로 변화할 수 있으므로 이 기능은 실제로는 건강 체크에 가깝다.

중요한 것은 이런 콘셉트가 굴지의 시계회사 공모전에서 입상하게 된 맥락이다. 장수하고 싶은 욕망은 예로부터 지금까지 인간의 지대한 관심거리이니 말이다. 실제 역사를 보면 아담과 에녹, 므두셀라 그리고 삼천갑자 동방삭 같은 신화 속 인물만큼은 아니어도 우리의 상식을 뛰어 넘는 나이까지 장수한 사람은 늘 관심의 대상이었다. 예컨대 청나라 말기의 한의학자 이청운은 1677년 태어나 1933년까지 무려 256살을 살았기에 정부가 150살과 200살 생일에 각기 축하의 글을 올렸다 한다. 약초 전문가인 그는 독특한 식습관과 생활방식으로 자연의 섭리를 거슬렀다 하나 우리 같은 범인에게는 달나라 얘기 같다.

그렇다고 아직 포기하지는 말라. 생명과학과 의료기술이 나날이 발전하고 있잖은가. 인공보철술은 팔다리뿐 아니라 심장을 비롯한 인체 주요장기에 문제가 생기면 기계로 대체할 수 있는 단계에 들어섰다. 고장 난(?) 부위를 주기적으로 계속 갈아 끼우는 식으로 장수하게 될 사람들이 장차 많아지리란 뜻이다. 뇌세포 노화 문제도 미국과 유럽 연구진이 추진해온 '뇌의 지도화' 작업이 완료되면 혁명적인 해결책을 찾게 될지도 모른다. 즉 뇌 속 모든 정보(인격+기억)를 디지털로 전환하여 데이터뱅크에 백업해 두었다가 언제든 꺼내 쓰는 것이다. 사지와 장기는 물론이고 뇌까지 전자 칩으로 가득하게 되면 얼핏 보아서는 로봇과 구분되지 않는 사이보그가 되는 셈이다. 반도체 대신 유기질의 바이오칩으로 업그레이드시킨다 한들 신체의 주요 부위를 외부에서 조달하는 방식은 마찬가지다. 그리되면 양자兩者의 본질적인 차이는 데이터 자신이 인간이라는 자각을 하느냐 못하느냐의 여부로 좁혀질지 모른다.

한편 아무리 장수하고 싶다 한들 인간인지 기계인지 분간 가지 않는 외양은 도저히 받아들일 수 없는 사람들도 있기 마련이다. 이들에게는 유전공학이 대안이다. 인간이 노화의 숙명에서 벗어나지 못하는 까닭은 텔로미어(염색체 끄트머리)가 세포분열을 할 때마다 닳기 때문이다(세포분열을 해야 죽어가는 낡은 세포를 젊은 새 세포로 대체할 수 있다). 그러나 일반 체세포와 달리 생식세포와 암세포는 아무리 텔로미어를 써도 무한증식을 하는 까닭에 닳아버리질 않는다. 비결은 후자의 세포들에게서는 텔로머라제Telomerase라는 효소가 분비되기 때문이다. 만일 이 효소가 체세포에서도 생성되도록 인간의 DNA 특성을 바꿀 수 있다면 거의 불사신에 가까운 인간이 탄생할지 모른다. 아울러 수정란 단계에서 유전병의 여지를 원천 제거하고 질병에 내성이 강한 형질을 부여한다면 평균수명을 200~300살로 연장하는 것은 시간문제일 수 있다. 사이버펑크 소설가 브루스 스털링은 이상의 두 대안이 병존하는 근미래 인간 사회를 그렸는데, 그는 온몸을 기계로 갈아 치워 영생을 꿈꾸는 자들을 '메카니스트The Mechanists', DNA 레벨에서 유전공학적으로 개입하여 장수를 꾀하는 자들을 '쉐이퍼The Shapers'라 명명하였다.

그러나 미래의 어느 날 인간이 어떤 방법으로든 거의 불사에 가까운 몸을 갖게 되었다 해서 정말 영원히 살 수 있을까? 우리가 살고 있는 집이 무너진다면 어떻게 될까. 그 집이 우리의 우주라면? 아무리 불사신이라도 우주가 제공하는 시공간과 물질 그리고 에너지 없이 잠시나마 존재할 수 있을까. 중요한 것은 우리가 불사신이 된다 해도 안타깝게도 우주는 불사가 아니다. 우주의 나이는 137억 년이나 되니 앞으로도 영원할 것 같지만 1856년 독일 물리학자 헤르만 헬름홀츠Hermann von Helmholtz는 우주가 죽어가고 있다고 일찌감치 예고했다. 이른바 열역학 제2법칙에 따른 우주의 '예정된 죽음'이다. 열은 더운 데서 찬 데로 흐르고 물질과 에너지

역시 시간이 흐를수록 흩어진다. 이를 거스르자면 외부에서 새로운 물질과 에너지가 유입되어야 하고 그 덕에 인간뿐 아니라 태양과 블랙홀 같은 천체가 왕성한 활동을 지속한다. 하지만 우주 전체 또한 하나의 계系임을 감안하면 이것 역시 언젠가는 모든 물리활동이 잦아드는 열역학적 평형상태에 다다르게 된다. 이 단계를 과학자들은 우주의 열적 죽음heat death이라 부른다.

열적 죽음은 어떤 과정을 거칠까? 앞으로 1조 년이 1조 번 지나갈 즈음이면 별들이 다 타버려 우주가 온통 암흑천지가 된다. 그동안에도 팽창은 거듭되어 우주의 크기가 지금의 1경 배나 된다. 아직 물질이 다 분해되지는 않아서 블랙홀과 길 잃은 중성자별들이 돌아다닌다. 허나 꾸준한 팽창으로 인해 약해질 대로 약해진 중력은 물질붕괴를 촉진한다. 더 이상 형태를 유지할 수 있게 입자들을 붙들어둘 힘이 없어진다는 뜻이다. 방사성 물질만큼 빠르게 붕괴되지는 않지만 일반 고체 또한 원자의 위치가 늘 미세하게나마 불확정성을 띠며 원래 자리에서 벗어나 엉뚱한 곳에 나타날 수 있다. 그래서 다이아몬드처럼 단단한 물질조차 10^{65}년 뒤면 휘발성을 띠며 크기가 몰라보게 작아진다. 양자역학 관점에서 보면 다이아몬드는 아주 끈적끈적해서 여간해서는 잘 흩어지지 않는 일종의 액체인 셈이다. 물질의 가장 기본 입자인 양성자가 붕괴하는 데 평균 10^{28}년이 걸린다. 현재 우리 우주의 나이보다 10억의 10억 배나 긴 시간이다. 하지만 우리가 불사라면 이건 큰 문제다. 팔짱 끼고 구경만 하다가는 이윽고 우주의 양성자들이 죄다 붕괴하여 너무나 미약한 중력 아래 다시 뭉칠 수 없게 되는 날이 올 테고 그때는 우리도 끝이다. 우리의 몸을 어떤 식으로도 유지할 방법이 없으니까.

잠깐! 아직 실망하기에는 이르다. 우주의 죽음이 예정되어 있다 해도 불사의 몸이 될 만큼 눈부신 과학기술력을 보유한 우리에게는 두 가지 선택의 여지가 남아 있다. 하나는 다른 우주에서 자원과 에너지를 훔쳐 오는 것이고, 다른 하나는 아예 남의 우주로 달아나는 것이다. 과학소설 가운데는 아이작 아시모프의 《신들 자신》과 스티븐 백스터Stephen Baxter의 〈질리 연작Xeelee Sequence〉(1994~2003)이 이러한 대안들을 각기 흥미롭게 변주해 선보였다. 《신들 자신》은 우리와 이웃한 평행우주의 외계인들이 플루토늄186을 우리 우주의 텅스텐186과 은밀히 바꿔치는 통에 우리 우주가 위기에 직면하는 이야기다. 외계인들은 자기네 우주가 워낙 핵력核力이 강해 생명이 살기에 불안정하자 문제의 성분을 우리 우주의 안정적인 물질과 바꿔쳐서 자기네 우주의 수명을 늘리려 한다. 난데없이 뒤통수 맞은 인류는 당장 태양의 핵융합 속도가 지나치게 빨라지는 바람에 언제 폭발할지 몰라 가슴을 졸인다. 〈질리 연작〉에서는 우리 우주의 환경이 중입자(바리온)로 신체가 구성된 인간이 살아가기 불리하게 변해가자 인류가 평행우주로 달아난다(텔레비전뿐 아니라 우리의 몸에는 초신성 폭발의 잔해인 철과 탄소입자들로 가득하다). 원인은 '포티노 새'라 불리는 외계인들이 초신성 폭발을 억제하여 우주에 중입자의 신규 공급을 막아버렸기 때문이다. 이들은 암흑물질로 된 몸이라 어떤 공격을 퍼부어도 소용이 없으며 보통물질로 만들어진 인류를 알아차리지도 못한다.* 다행히 인류는 이러한 위기에서 벗어나고자 '질리'라는 또 다른 외계 종족이 만들어놓

* 암흑물질은 정상물질과 거의 반응하지 않는다. 우리가 암흑물질의 정체를 제대로 파악하지 못하는 것은 바로 이러한 이유 때문이다.

은 다른 우주로의 탈출 경로를 발견한다. 원주길이가 수백만 광년에 달하는 이 '링(혹은 우주 끈)'은 일종의 초거대 입자가속기로, 그 안을 광속에 가깝게 달리면 다른 우주로 넘어갈 수 있는 시공의 균열이 생긴다. 이러한 아이디어들은 하나같이 우리 우주가 수많은 평행우주들 중 하나에 불과하다는 다중우주론Multiverse Theory에 바탕을 두고 있다.

훨씬 더 과감한 상상을 펴는 작가들도 있다. 아예 우주를 새로 뚝딱 만들어내는 것이다. 켄 맥클라우드Ken MacLeod의 장편소설 《세상 배우기Learning the World》(2005)에서는 미니 빅뱅을 일으켜 작은 우주에서 에너지를 훔쳐온다. 불사의 몸이나 다름없게 되어 끊임없이 과학기술을 발전시킬 수 있는 존재라면 새로 만드는 우주의 구체적인 사양까지 조작할 수 있을지 모른다. 백스터의 또 다른 소설 《타임쉽The Timeships》(1995)에서는 '주시자들Watchers'이라 불리는 초고도 지성 종족이 빅뱅도 빅크런치Big Crunch(빅뱅의 정반대 개념)도 존재하지 않는 인공우주를 만들어 그곳에 거주한다. 다시 말해 이들은 우주의 탄생과 종말이란 사이클에 구애받지 않는, 영원히 존재하는 우주에 산다. 이처럼 우주까지 입맛대로 만들어내는 생명이라면 가히 '신'이라 불러도 무방하지 않을까? 이런 상상을 비단 작가들만 하는 것은 아니다. 스티븐 휴Stephen Hsu와 앤서니 지Anthony Zee 그리고 에드워드 해리슨Edward Harrison 같은 물리학자들은 우리 우주가 혹시 까마득한 과거에 지적인 고등문명에 의해 만들어진 인공물은 아닌지 궁금해한다.[59]

하지만 신의 존재 이유를 단지 영구 존속에만 둔다면 그야말로 생존에만 급급해하는 유아적 발상이 아닐까? 우리에게 오래 살 수 있는 능력이 생긴다면 단지 개인적으로 그렇게 되고 싶다는 욕망 이상의 가치나 의미가 필요하지 않을까? 다람쥐 쳇바퀴처럼 무미건조하고 단순한 삶을 영원토록 살아가는 신의 모습이야말로 얼마나 비참하고 졸렬한가. 혹은 우주가 끝장날 때까지 인종차별과 종교전쟁을 일으키며 자신을 위해 남을 내팽개치는 삶을 고집한다면 불사의 몸이 진정한 행복을 줄 수 있을까? 원시시대 조상들은 서른 살을 넘겨 살기도 버거웠다. 오늘날 우리는 100세 인생이 단지 노랫가락에 담긴 불가능한 염원이 아님을 안다. 그렇다면 불사의 몸을 얻기 전에 자신의 영혼이 영생할 가치가 있는지부터 자문해봐야 하지 않을까.

Chapter

9

극단적 상상

과학은 마법이 될 것인가

인간이 물속에서도 숨쉬며 살 수 있을까

● 이카루스의 날개가 하늘로 활동영역을 확장하고자 하는 인간의 꿈을 상징한다면 세계 각지에서 전승되는 인어의 신화는 같은 맥락에서 바닷속으로의 진출에 대한 인간의 동경을 시사한다. 인류가 우주로 진출할 수 있을 만큼 과학기술이 발달한 오늘날에도 해양생태계는 우리에게 아직 미지의 영역으로 남아 있다. 더구나 해저에는 다양한 지하자원과 식생이 풍부하게 자리 잡고 있어 앞으로 이것들을 얼마나 지혜롭게 보듬느냐에 따라 인류의 미래가 크게 좌우될 것이다. 솔직히 바다의 자원개발은 우주개발보다 현실적인 실익이 훨씬 크다. 문제는 의외로 접근이 만만치 않다는 데 있다. 우주와는 비교할 수 없을 만치 지척에 있건만 살인적인 수압 그리고 공기와 물자 조달의 번거로움은 우리가 바다를 우주보다 친숙한 공간으로 만드는 데 주요한 걸림돌이 되고 있다. 그러나 만일 물속에서 아쿠아렁 같은 수중장비 없이 자유롭게 호흡하며 활동하는 인

간을 만들어낼 수 있다면 획기적인 전기가 마련될 수 있지 않을까?

과학소설 작가들은 일찍부터 이런 문제에 관심을 가졌으니, 러시아 작가 알렉산더 벨랴에프Alexander Belyaev의 장편소설 《물고기인간The Amphibian》(1929)은 과학의 도움을 받아 인간이 잠수장비 없이 맨 몸으로 물속 호흡을 하는 이야기 유형의 효시가 되었다. 이 소설에서 물고기인간을 만들어냈다는 이유로 교회에게 고소당해 재판에 출두한 과학자는 바다의 무한한 식량과 자원을 충분히 이용하자면 그에 걸맞게 인간의 몸이 먼저 바뀌어야 한다며 다음과 같이 주장한다.

> 바다는 지구 겉넓이의 7/10 이상이 됩니다. 더욱이 바다에는 식량과 자원이 무진장 있습니다. 그러나 이 자원과 식량은 현재 아주 약간만 인간에게 이용될 뿐입니다. … (중략) … 만약 인간이 물속에서도 생활할 수 있게 되면 바다의 개발은 굉장히 빠른 속도로 되어나갈 겁니다.
>
> – 불법 인체개조행위로 기소된 카디스 박사의 최후 법정진술[60]

만일 인간이 물속과 땅 위에서 동시에 살 수 있으려면 어떤 몸이어야 할까? 이른바 '양서인간兩棲人間'이라 불리는 이러한 인간 종을 만들어내는 방법은 SF에서 이제까지 다음과 같은 방식들이 고려되었다.

1. 외과수술적인 방법

가장 원시적인 방식으로, 인간이 물속에서 산소를 흡입할 수 있게 물고기처럼 몸에 아가미를 외과수술로 이식하는 것이다. 그러나 인간 본연의 심폐기능과의 조화를 고려하지 않은 채 오로지 아가미 조직을 단순히 이식한다고 해서 물속에서 양서인간의 신진대사가 원활할지에 대해서는 논란의 소지가 많다. 앞서 소개한《물고기인간》외에도 케네스 벌머Kenneth Bulmer의《해저도시City Under the Sea》(1957)와 리처드 세틀로Richard Setlowe의《실험The Experiment》(1980) 등이 이러한 예에 속한다.

2. 유전공학적인 방법

유전공학은 외부기관(아가미)을 임의로 이식하는 것이 아니라 수정란과 배아단계에서부터 DNA에 조작을 가하기 때문에 수중호흡기관에 자연적이고 영구적인 변화를 일으킨다. 따라서 신체의 다른 기관(예컨대 심폐기능)과 충돌할 가능성도 훨씬 적어진다. 제임스 블리시의 단편소설〈표면장력Surface Tension〉(1952)이 좋은 예로, 여기서는 바다가 지표의 대부분을 차지하는 외계행성에 착륙한 인간 우주비행사들이 지구에서 싣고 온 유전자은행에서 새로운 조합을 통해 물속에서 살 수 있는 새로운 종을 후손으로 남긴다. 과학소설은 과학기술의 발전을 순차적으로 반영하므로, 일반적으로 유전공학적 방법론을 구사한 작품들은 단순히 외과수술을 적용한 작품들보다는 나중에 발표되었다.

3. 특수물질 개발

상상력이 풍부한 작가들은 반드시 아가미가 몸에 달려야만 인간이 물속에서 오래 지낼 수 있다고 생각하지는 않는다. 할 클레멘트Hal Clement의 장편소설《정상의 바다Ocean on Top》(1973)와 할리우드 영화〈심연Abyss〉(1989) 그리고 피터 와츠Peter Watts의 장편소설《불가사리Starfish》(1999) 등에서는 심해에서 인간이 숨을 쉴 수 있는 특수물질이 개발된다. 예컨대《불가사리》에서는 유전공학적 처치 덕분에 가공할 수압에 견딜 뿐 아니라 몸에 화학성분을 바꿔주는 레트로바이러스 같은 특수효소가 주입된 심해활동 요원들이 아가미가 없이 수중호흡을 한다.

SF가 상상해왔듯이 과학기술이 발달을 거듭하다 보면 언젠가 인간이 정말 물속에서 숨을 쉴 수 있는 날이 올까? 사람이 물속에서 허파로 호흡하지 못하는 이유는 단위 부피당 산소가 부족한데다 수압이 너무 세기 때문이다. 1960년대 뉴욕주립대 버팔로의 과학자 J. 킬스트라J. Kylstra는 소금물에 고압을 가해 산소를 잔뜩 녹여 넣었다. 그리고는 쥐의 허파에서 공기를 빼낸 다음 산소가 녹아있는 소금물을 주입했다.[61] 그 결과 쥐들은 소금물로 숨을 쉴 수 있었으나 이내 이산화탄소 농도가 너무 높아져 오래 살지는 못했다. 1966년 리랜드 클락Leland Clark은 소금물 대신 플로로카본Fluoro-carbon● 용액에 산소를 녹여 넣어 동일한 실험을 했다. 그랬더니 동물들은 그 용액에서 산소를 흡수하고 대신 이산화탄소를 내뱉었다. 플로로카본 용액의 온도가 낮을수록 쥐의 호흡이 느려져 이산화탄소의 생성을 막아주었기 때문에 물속에서 더 오래 살 수 있었다. 플로로카본 용액을 이용한 실험은 1990년대에도 계속되며 성공률이 높아졌다. 실험 대상은 개처럼 비교적 덩치가 큰 동물로까지 확대되었으나 몸에 심각한 손상을 입히지는 않았다. 플로로카본은 인체에 흡수되지 않아 의료 처치 중에 환자가 숨 쉬게 하는데 이용될 수 있다. 그러나 물이나 액체에 산소

● 프레온 가스. 화학적으로 안정된 물질이라 인체에 무해하나, 강한 자외선을 받으면 분해되어 염소를 방출한다. 이 염소가 촉매 작용하여 계속 오존과 반응하게 되면 오존층을 파괴한다.

를 다량 녹여 넣는 방식은 폐쇄공간이 아닌 바다나 강에 적용할 수 없는 까닭에 설사 인체에 무해하다 한들 실제 큰 쓸모는 없어 보인다.

유전공학이 지금과 같이 계속 발달하다 보면 인간의 몸에 아가미를 이식하거나 들이마신 물 가운데 산소만 걸러낼 수 있는 특수체액으로 교환할 수 있는 날이 올지 모른다. 사실 수중 산소호흡의 체내 메커니즘 개발기술의 실현 여부보다 중요한 것은 그러한 결과가 사회 전반에 미칠 영향이다. 배아복제를 둘러싼 논쟁과 마찬가지로 과학기술을 응용한 인간 신체의 임의변형은 윤리적 논란은 물론이거니와 그러한 시술을 받은 이의 정신세계에까지 심대한 변화를 불러일으킬 것이다.

《물고기인간》에서 양서인간 프로젝트를 주도한 과학자는 겁쟁이 같은 마음으로는 아무것도 얻을 수 없으며 인간이 더 나은 내일을 열고자 한다면 어떤 제약도 두려워할 필요가 없다고 역설한다. 하지만 정작 어릴 적 어깨 마디뼈 양쪽에 상어의 아가미를 이식받은 인디오 젊은이에게는 뭍과 물속을 오가는 양면적인 삶이 버겁다. 인간과 어울리기 위해서는 뭍에 올라와야 하나 몸의 상태는 물속에 있을 때 가장 좋기 때문이다. 극단적으로 말해 물을 오랫동안 접하지 못하면 물고기인간은 물고기처럼 죽어버리고 만다. 이보다 한발 더 나아가서 아베 코보의 장편소설《제4간빙기》는 양서인간을 만들어내는 인간개조공학이 인류 전체에 어떤 의미를 갖는지 심오한 질문을 던진다. 지구온난화가 악화일로로 치달아 조만간 육지 대부분이 물에 잠길 것으로 전망되자 수중호흡을 할 수 있는 인간을 만들어내는 프로젝트가 비밀리에 추진된다. 구인류의 시선에서는 이것은 비윤리적이고 비인간적인 도발로 이해될 법 하지만, 양서인간에 대한 수요가 해저의 공장과 광산 그리고 유전 등에서 잇따르자 대부분의 가정이 자녀 중 적어도 한 명 이상 양서인간을 두게 되며 신인류에 대한 세간의 편견은 잦아든다. 급기야 해저도시가 완성되고 양서인들의 사회가 형성되자 그들은 고유의 독자적인 정부를 갖기에 이른다. 이와 동시에 매년 30m 이상씩 해수면이 상승하는 통에 결국 구인류는 종말을 고한다. 다시 한참 세월이 흘러 양서인 아이 하나가 수면 위로 간신히 고개를 내민 작은 섬에 오른다. 아이는 바람의 노래를 듣고 싶지만 아가미가 오래 버티기 힘들다고 아우성친다. 이제 아이에게 속한 세상은 이곳이 아니다. 육지는 이제 신인류에게 바다만큼 낯선 곳이 되어버린 것이다.

인간이 우주로 진출하건 바다 깊은 곳으로 나아가건 간에 과학기술은 튼실하게 그 뒤를 받쳐줄 것이다. 그러나 잊지 말아야 할 사실은 하나를 얻으면 하나를 잃는다는 점이다. 《제4간빙기》에서처럼 종의 명운이 갈리는 극단적인 상황까지는 아니더라도 인간이 땅 위에서의 삶과 물속의 삶을 양립시키는 것이 과연 가능할까? 원자탄 제조기술을 갖고 있다 해서 반드시 그런 폭탄을 만들어낼 필요가 있을까? 물속의 자원이 탐난다면 우리의 몸을 물고기로 바꿀 것이 아니라 돌고래를 유용한 일꾼으로 길들일 수는 없을까? 데이비드 브린의 〈업리프트 시리즈Uplift Series〉(1980~1998)는 이에 대한 한 가지 대안을 보여준다.• 양서인간이 대세인 세상에서라면 뭍의 가치는 어떻게 될까? 그로 인해 인류의 문명은 어떠한 양상을 띨 것이며 가치관과 세계관은 얼마나 변화할까? 지상과 물속

• 이 시리즈의 하나인 《스타타이드 라이징Startide Rising》(1983)에서 유전공학적으로 지능이 업그레이드된 돌고래들은 인간들과 함께 우주선을 조종한다. 물론 선내 거주구역은 물이 가득한 곳과 공기가 채워져 있는 곳으로 분리되어 있다.

에 인류가 분산 공존하게 된다면 서로 가진 것을 교환하며 번영을 누릴 수 있을까, 아니면 세월이 흐름에 따라 한 뿌리에서 갈라진 인연을 망각하고 도저히 공감할 수 없게 변화한 다른 한쪽을 이종괴물 취급하게 될까? 진화는 자연적이든 인공적이든 대가를 요구한다. 모든 것을 다 가질 수는 없다. 그래서 당신(그리고 당신의 후대)에게는 선택이 필요하다.

시간을 되돌릴 수 있다면 무엇을 하고 싶은가

● 역사상 최초의 시간여행 이야기는 누구나 예상하는 H. G. 웰스의《타임머신》이 아니다. 시간을 넘나드는 데 기계장치를 처음 이용한 문학작품은 스페인 작가 엔리케 가스파 이 림바우Enrique Gaspar y Rimbau의 장편《시간에 맞서 날아가는 자El Anacronópete》(1887)이다. 여기에 나오는 타임머신은 쇳덩어리 박스처럼 생겼고 전기로 작동하며 시간여행자가 과거로 이동해도 나이가 어려지지 않게 방지하는 특수용액을 뿜어낸다. 웰스도 미처 이런 생각은 못했는데, 시간 역행효과가 타임머신 바깥 뿐 아니라 내부에서도 일어난다는 발상이 눈길을 끈다. 림바우의 타임머신이 시간을 거스르는 원리는 간단하다. 타임머신 타고 대기권에 올라가 지구의 자전 방향과 반대로 빠르게 날면 된다(이 단순명쾌한 방식은 크리스토퍼 리브가 주연한 〈슈퍼맨 더 무비〉의 엔딩에서도 고스란히 반복된다). 그렇다면 시간여행이 비단 문학적 상상에 그치지 않고 과학기술에 의해 구현될 가능성은 얼마

나 될까?

이러한 질문에 대해 시간여행이 가능하다고 보는 학자들은 이른바 '금지되지 않은 것은 의무사항이다'라는 입장을 취한다. 물리법칙이 타임머신을 원천적으로 금지하지 않는 한 시간여행은 가능하다는 것이다. 양자역학의 불확정성 원리에 따르면, 물리적으로 아예 금지된 일이 아니라면 어떤 사건이든 양자효과와 양자규모의 요동이 개입되면 실제 일어날 가능성이 있다. 단지 발생할 확률이 매우 낮을 뿐이다. 확률이 낮은 것과 원천적으로 불가능한 것은 엄연히 다른 얘기다. 이 때문에 스티븐 호킹처럼 시간여행이 인과율에 위배되므로 불가하다 보는 학자들이 있는 반면, 킵 손처럼 시간여행의 가능성을 이론적으로 진지하게 따져보는 학자들이 있다.

1988년 미국 물리학자 킵 손은 시간여행을 허용하는 아인슈타인 방정식의 해解를 구해 눈길을 끌었다. 그는 음의 물질negative matter과 음의 에너지negative energy가 존재한다면 웜홀을 통해 광속에 가깝게 왕복하는 타임머신을 만들어낼 수 있다고 보았다. 당시에만 해도 음의 물질이 발견되지 않은데다 음의 에너지•도 극소량만 존재한다고 알려져 있던 터라 학자들의 대체적인 반응은 회의적이었다. 그러나 손의 이 이론은 과학소설에서나 다뤘던 시간여행에 학술적 가치를 부여한 첫 전환점으로 평가된다(손은 2014년 개봉된 SF영화 〈인터스텔라〉의 과학자문도 맡았다). 러시아 물리학자 세르게이 크라스니코프Sergei Krasnikov도 웜홀의 크기와 길이를 다양하

• 물리학자 폴 디랙Paul Dirac에 의하면, 진공이란 아무것도 없는 무의 상태가 아니라 음의 에너지로 온 우주가 가득 차 있는 상태다. 이러한 상태를 흔히 '디랙의 바다'라고 부른다.

게 바꾸는 사고실험 끝에 타임머신이 불안정하다는 증거는 어디에도 없다고 결론지었으며, 1993년 리처드 고트 3세Richard Gott III는 아인슈타인 방정식에서 시간여행을 허용하는 또 다른 해를 찾아냈다. 손의 시간여행은 음의 물질을 찾아내는 동시에 타임머신을 광속까지 가속해야 하는 어려움이 있지만, 고트의 이론은 빅뱅(태초의 우주탄생)의 잔해로 추정되는 '우주 끈Cosmic String'을 활용하여 양의 물질과 빛보다 느린 운동으로도 시간여행을 할 수 있다는 장점이 있다. 우주 끈은 굵기가 원자보다 가늘지만 길이는 수백만 광년에 달해 질량이 거의 항성에 맞먹는다. 이 우주 끈 두 개가 서로 가까이 다가서게 하고 그 사이를 우주선이 선회하면 과거로 갈 수 있다는 것이 고트의 주장이다. 두 우주 끈의 충돌지점을 들락날락 왕복하는 동안 양쪽 틈바구니의 시공간이 왜곡되기 때문이다. 이중 어떤 방식을 고르건 간에 현대 과학기술로는 아직 다 그림의 떡이다. 손 뿐 아니라 고트의 시간여행에도 넘어야 할 허들이 있다. 과거로 여행하려면 우주 끈은 1cm당 단위밀도가 100만×10억 톤이 되어야 하고 이것을 광속의 99.99999996%로 움직여야 한다. 이러한 조건을 감당하려면 엄청난 양의 에너지가 필요하다. 하지만 누가 알겠는가? 인류의 기술혁신이 특이점 단계에 다다른다면 무슨 일이 벌어질지.

제작이야 과학자들에게 맡긴다 치자. 마침내 타임머신이 상용화되는 날이 온다면 사람들은 이것을 통해 어떤 꿈을 이루고자 할까? 이제까지 SF작가들은 이러한 물음에 다양한 답을 내놓았다. 간략히 살펴보자.

개인의 욕망을 이루는 꿈

1. 부富를 얻는다

SF영화 〈타임캅Timecop〉(1994)에서 미국의 한 상원의원이 미래의 정보를 갖고 현재로 돌아와 증권이나 경마에 투자해 큰돈을 번다. 이렇게 부정 축재한 거액은 그의 대통령 출마자금으로 쓰인다. 시간여행을 통한 욕망 해결의 가장 저급한 예라 하겠다.

2. 인생의 반전을 노린다

누구나 일생 동안 두고두고 후회할 실수를 저지르곤 한다. 만약 실수를 만회할 수 있게 어리석은 선택을 한 과거의 그 시점으로 돌아갈 수 있다면 어떻게 될까? 로버트 A. 하인라인의 장편소설《여름으로 가는 문The door into summer》(1957)에서 한 발명가가 아내와 동업자 친구의 배신으로 경영권을 빼앗기고 강제로 냉동인간이 된다. 먼 미래에 깨어난 그는 시험가동에 나선 타임머신을 타고 자신이 사기 당하기 직전의 순간으로 되돌아온다. 이제 남은 일은 지난 일을 속속들이 꿰고 있는 발명가가 불륜 남녀에게 통쾌한 복수를 하는 것뿐이다. 그러나 마음먹은 대로 하기 쉽지 않을 수도 있다. 영화 〈레트로액티브Retroactive〉(1997)와 〈열한시〉(2013)에서는 시간여행자가 과거로 가서 하나의 사건을 바꾸면 해결은커녕 엉뚱한 곳으로 불똥이 튀어 오히려 생고생만 하게 만든다.

3. 사랑하는 이를 되찾는다

가장 낭만적인 목적의 시간여행이다. 피치 못할 이유로 헤어지거나 인연을 이어가지 못한 연인과 재회할 수만 있다면! 이런 유형의 소설과 영화는 꽤 많은데 SF적인 플롯에 러브스토리를 녹여 넣으면 훨씬 더 애절함이 진해지기 때문일지 모르겠다. 그렇지만 시간여행의 역설만큼은 조심해야 한다. 영화 〈빽 투 더 퓨처Back to the Future〉(1985)에서 시간여행자는 미래의 아빠, 엄마와 공교롭게도 삼각관계를 이루는 바람에 자칫하면 자신이 태어나지도 못할 위기에 빠진다.

역사적 전망을 바꾸는 꿈

4. 과거의 중요한 역사를 탐구한다

타임머신을 타고 과거로 갈 수 있다면 학자들은 두 팔 벌려 환영하리라. 역사책은 승자의 기록이다 보니 시간여행자가 직접 과거의 현장을 둘러볼 수 있다면 역사의 진실을 보정하는 데 큰 도움이 될 것이다. 성능만 뛰어나다면 코니 윌리스Connie Willis의 장편소설《개는 말할 것도 없고To Say Nothing of the Dog》(1999)와《둠스데이 북The Doomsday Book》(1992)에서처럼 중세시대뿐 아니라 레이 브래드버리의 단편소설 〈천둥소리A Sound of Thunder〉(1953)와 로버트 J. 소여Robert J. Sawyer의 장편소설《멸종End of Era》(1994)에서처럼 공룡이 뛰노는 백악기까지 찾아갈 수 있으리라. 특히 시간여행자가 예수(마이클 무어콕의《이 사람을 보라Behold the Man》)와 부처(박성환의《관광지에서》) 그리고 아리스토텔레스(스프레이그 드 캠프L. Sprague De Camp의《아리스토텔레스를 만난 사나이Aristotle and the Gun》) 같은 고대의 성인이나 현인과 만나는 이야기는 무수한 논란을 야기할 수 있다.

5. 과거의 잃어버린 문화를 되살린다

역사상 셰익스피어와 베토벤보다 훨씬 더 예술성이 뛰어난 작가와 음악가가 있었더라도 이런저런 이유로 대중에게 널리 알려지지 못했거나 아예 잊힌 사례가 있지 않을까? 만일 예술에 대한 심미안을 지닌 시간여행자라면 숨은 진주들의 진가를 재발견할 수 있으리라. 김진우의 장편소설《애드리브》(2012)는 바로 이런 착상에서 출발한다. 30세기의 지구촌 음악 팬들이 인류문명의 여명기에서부터 자신들의 시대에 이르기까지 높은 경지에 오른 음악가들을 발굴하고자 몸소 과거로 찾아간다. 덕분에 원시 타악기의 달인 '안타 오잉고'가 후대에 재조명된다. B. C. 16세기 에게 해 크레타 섬의 어부였던 오잉고는 정식 음악교육을 받은 적은 없으나 작은 잎사귀와 조약돌, 나무막대, 쥐 뼈, 새 뼈 그리고 꼬리힘줄 등을 이용해 감동적인 원시 타악기 음악을 창조했다. 시간여행자들이 이런 분야에 관심을 기울인다면 허무하게 잊혔을 수많은 예술가들과 그들의 걸작들이 재조명될 수 있을 것이다.

6. 역사를 뜻대로 바꾸려 한다

과거로 가서 일으킨 아주 작은 변화라도 나비효과로 이어져 현재와 미래에 큰 변화를 낳을 위험이 있다. 따라서 시간여행은 자국의 이익 극대화에 골몰하는 정부들과 이해관련 집단들의 주목을 받을 수밖에 없다. 과거사에 멋대로 개입해 현대사를 입맛대로 새로 쓰려 획책할 수도 있지 않을까? 예컨대 임나일본부설을 뒷받침하고자 일본 정부의 사주를 받은 학자들이 고대 가야로 시간여행을 한다고 생각해보라. 가와구찌 카이지川口開治의 만화 〈지팡구ジパング〉(2000~2009)에서는 현대 일본의 자위대 군함

이 타임슬립하여 하필이면 태평양전쟁터 한복판에 출현한다. 아이작 아시모프의《영원의 끝The End of Eternity》(1955)에서는 아예 시간대 밖에 자리한 일종의 초시간 관리조직을 가정한다. 이들은 일정 시대 간격으로 담당자를 배정하여 역사가 특정 방향으로 흘러가게 수시로 인위적인 조작을 가한다.

위의 예들을 보면 개인적이든 인류문명사적 차원이든 간에 하나같이 한쪽의 이익을 위해 역사 전반의 인과율을 무너뜨린다. 그 결과 자칫하면 할아버지 살해 패러독스와 정보 패러독스, 빌커 패러독스 그리고 성 패러독스 같은 자기모순에 빠질 수 있다. 이 때문에 어떤 작가들은 시간여행이 빌미가 되어 무분별하게 역사가 뒤바뀌지 않도록 시간경찰을 등장시켜 균형을 꾀한다. 적어도 흥미 위주 오락소설이 아니라 시간여행 이야기를 있을 법한 논리 아래 전개하려 한다면 과학적으로 주의해야 할 사항이 두 가지 있다. 첫째, 타임머신의 위치를 지구의 고유 운동과 맞물려 계속 보정해주라. 지구는 태양을 공전하고 태양계 전체는 은하의 중심을 공전하며 우리 은하는 머리털자리 은하단을 향해 나아가고 있다. 그러니 타임머신이 장시간 작동할 때 지구의 좌표 값을 계속 보정해주지 않으면 시간여행자는 뜬금없이 진공의 우주에 나타날지 모른다. 둘째, 지구의 대기환경이 늘 지금 같지 않았음을 유의하라. 3천만 년 전으로 거슬러 올라가면 대기밀도가 낮아 기압복을 입어야 하고, 5억 년 전보다 더 과거로 가면 별도로 산소 호흡통이 달린 기밀복이 필요하다. 우리의 몸은 오늘날의 산소농도(21%)에 최적화되어 있으나 45억 년의 지구 역사에서 대기 중의 산소가 거의 또는 전혀 없었던 시대가 길기 때문이다.

초능력이 과학적으로 가능할까

● 〈스타워즈〉의 제다이들과 슈퍼 악당들은 단지 정신의 힘만으로 사물을 들어 올려 내던진다. 어디 그뿐이랴. 다스 베이더나 은하제국 황제는 손가락만 꼼지락해도 몇 발자국 앞 상대의 숨통을 조이고 심장의 혈류를 멈춘다. 대체 이들에게 왜 광선검이 필요한지 의아할 지경이다. 정신감응으로 초능력을 발휘하는 돌연변이 이야기는 19세기 말 영미권 과학소설들로까지 거슬러 올라가나, 이러한 존재가 대중문화에서 크게 부각된 계기는 뭐니뭐니해도 미국과 일본의 만화 · 애니메이션 덕이다. 1963년 등장한 이래 수차례 영화로 만들어질 만큼 인기 있는 스탠 리Stan Lee의 〈엑스맨〉과 요코야마 미츠테루横山光輝의 〈바벨2세〉(1971~73)가 초기 히트작들이다. 여기에는 다양한 초능력이 나오지만 그중 염력念力, psychokinesis이 단연 인상적이다. 눈빛이 달라지거나 볼 근육에 살짝 주름만 잡혀도 바위와 자동차가 종잇장처럼 날리는 광경을 떠올려보라.* 오늘날 SF만화나 영화

에서 염력은 초능력자를 상징하는 기본 레퍼토리가 되었으며 〈별에서 온 그대〉(2013)의 도민준처럼 이제는 우리나라 안방 드라마까지 넘본다.

단지 작가들의 상상을 떠나 정부 차원에서 이 사안을 진지하게 끌로 판 적도 있다. 초인 만화 · 애니메이션이 붐을 이루던 바로 그 시절, 실제로 미국과 소련은 첩보전의 우위를 점하고자 다양한 초능력을 강화하는 연구를 암암리에 진행했다. 미국 듀크 대학 이상심리 연구소의 J. B. 라인J. B Rhine 박사가 초기에 관여한 것으로 알려져 있는데, 초능력을 지칭하는 용어로 자주 쓰이는 'ESP'는 그의 저서《여분의 감각을 통한 지각Extra-Sensory Perception》(1934)에서 유래되었다. 그러나 실험 참가자들의 ESP 역량이 들쑥날쑥한 데다 개중 가장 나은 능력자라던 이들마저 사기꾼으로 밝혀지며 실험의 신뢰도가 곤두박질쳤다.•• 결국 초능력 연구는 1990년대 중반 폐기됐지만, 당대의 초강대국 두 나라의 정부 관리와 과학자들이 20여 년이나 이런 연구에 매달려 예산을 들이부은 사실을 어찌 해석해야 할까?

최근의 SF에서는 염력을 포함하여 초능력을 작품 속에 끌어들일 때 꽤 세심한 주의를 기울인다. 자칫 무리수를 남발했다간 독자들의 비웃음을 사기 십상이니까. 앞서 라인 박사가 1930년대부터 초능력 연구를 이른바 사이오닉스Psionics라는 학문으로 정립하려 했지만 결과가 신통치 않았듯이, 작품 속에 초능력을 과도하게 도입하거나 섣불리 합리화하려 들

• 1970년대 말 히지리 유키聖悠紀의 〈초인 로크超人ロック〉와 1980년대 오토모 가츠히로의 〈아키라アキラ〉에서 보듯, 염력으로 사물은 물론이고 타인의 동작까지 제어할 수 있는 초능력자를 다룬 만화들은 이후에도 두고두고 상업적으로 큰 성공을 거두었다.

•• 연구 도중 텔레파시가 정말 실재하는가를 둘러싸고 설왕설래가 오갔으나 적어도 염력의 경우에는 일절 엄두내지 못했다.

었다가는 오히려 사건 전개의 신빙성이나 전체 내용의 설득력을 떨어뜨리게 된다. 따라서 요즘에는 이런 능력을 묘사하더라도 최대한 절제된 원칙에 따르는 추세다. 그래서 예전처럼 밑도 끝도 없이 자연산 돌연변이를 내세워 초자연적인 능력을 우기는 대신 다음 몇 가지 유형이 새로 추가되었다.

1. 인위적인 돌연변이
   ① 의도적인 돌연변이: 유전자조작 같은 첨단 생명공학을 동원하는 경우
   ② 우발적인 돌연변이: 실험실 사고나 방사능 피폭에도 불구하고 살아남은 사람들과 그 후손의 경우

2. 기계장치를 이용해 획득한 초능력

필자는 이 중 제일 마지막 예에 눈길이 쏠린다. 기계장치를 써서 초능력(이를테면 염력)을 발휘한다니 과학적으로 쉽게 검증할 수 없는 다른 대안들에 비해 왠지 그럴듯해 보이지 않는가? 바로 이러한 발상에서 출발한 만화가 타치바나 나오키[橘尚毅]가 스토리를 쓰고 시오리[汐里]가 그린 일본 만화《4D》다. 이 만화는 염력의 근거를 초능력 대신 다차원공간에서 찾는다. 고등학교 교사로 부임한 천재 수학자가 반에서 여분의 공간 차원들을 마음만 먹으면 넘나들 수 있는 한 여학생과 조우한다. 그녀는 어째서 자신이 그럴 수 있는지 아직 각성하지 못했지만 위기 때마다 여러 초능력을 부지불식간에 드러내는데 그 중 하나가 염력이다. 수학자는 이 소녀의 초능력을 우리 우주의 다차원 특성과 연관 지어 간명하게 설명한

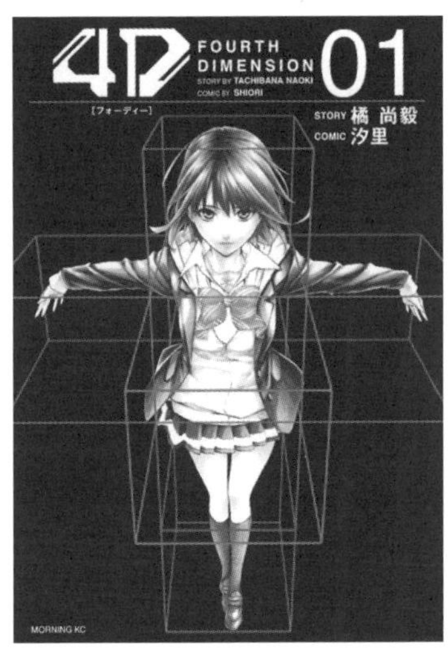

차원을 마음껏 넘나드는 소녀와 천재 수학 교사의 이야기를 다룬 만화 《4D》의 표지 그림.

다. 이를테면 천리안은 두 지점 사이 공간을 왜곡해 서로 아주 가까이 보이게 하는 것이고, 공간이동은 원래 멀리 떨어져 있는 공간을 마찬가지로 왜곡시켜 길이가 단축된 지름길을 건너는 것이다. 한편 염력은 우리 눈에 보이지 않는 상위차원에 숨겨 놓은 장치로 사물을 원하는 방향으로 당기거나 밀어내는 것이다.

흥미롭게도 현대물리학의 최신이론은 이러한 설정을 나름 그럴싸해 보이게 한다. 즉 '끈이론String Theory'에 따르면, 우주는 10~12개의 시공간 차원으로 되어 있다. 그러나 가로 · 세로 · 높이의 3차원 공간과 1차원 시간을 제외한 여분의 차원들은 빅뱅 이후의 급속팽창 과정에서 플랑크 크기로 아주 작게 돌돌 말아져 기존의 4차원 시공간 속에 감추어져 있다(플랑크 크기는 공간이 존재할 수 있는 최소한의 길이로, $1.616\,199 \times 10^{-35}$m다. 다시 말해 공간은 무한정 쪼갤 수 없다). 만일 이 여분의 차원들을 일종의 도구 보관함으로 쓸 수 있다고 가정해보자. 육안으로 보일 턱없는 이 감춰진 공간에 끈이나 지렛대 같은 것을 두고 움직여 4차원 시공간의 사물 위치를 바꿀 수 있다면, 차원의 경계를 넘나드는 물리적 이동을 인식할 수 없는 일반인에게는 마치 염력이 발휘된 듯 느껴질 터이다.•

허황돼 보이는가? 아직 끈이론은 상대성이론이나 전자기파 이론처럼 완전히 정립된 이론이 아니며 뒤의 두 이론이 상충되는 부분을 상쇄시키려 도입된 측면이 있다. 더구나 끈은 그 크기가 양자나 쿼크보다 훨씬 작아 맨눈은 고사하고 최첨단 전자현미경으로도 그 뒤통수조차 구경할 수 없으니 공감하기가 쉽지 않다.•• 다만 이 글의 초점은 과학자들 사이에도 이견이 분분한 끈이론의 실체를 논하는 대신 염력을 과학을 통해 실용화할 수 있느냐에 있으니 염력에 대한《4D》의 해석은 일단 하나의 가능성으로만 남겨두자.

현대 SF의 역사를 되짚어가면 인간의 초능력을 다룬다 해서 죄다 그 원천을 하늘이 내려주신 유별난 유전형질에만 기댄 것은 아니었다. 일각에서는 초능력을 별도 기계장치의 도움을 받아 발휘하는 이야기들도 나왔으니, 앙드레 모르와Andre Maurois의《생각을 읽는 기계La Machine a lire les pensees》(1937)와 마저리 올링햄Margery Allingham의《마음 판독기The Mind

• 《4D》에서는 현대에 들어 갑자기 우주를 지탱하는 조건이 일부 바뀌면서 상위 차원의 영향이 3차원 공간과 1차원 시간으로 이뤄진 우리 세계에 미치게 되고 덕분에 일부 사람들이 상하위 차원을 마음대로 넘나들 수 있는 재주를 지니게 된다. 그 원인을 미야마는 상위 차원에서 뭔가 파란이 일어난 때문으로 추정하나 아직 연재 초반이라 확실하지는 않다.

•• 플랑크 길이의 끈에다 그보다 압도적으로 큰 전자를 부딪쳐봤자 전자의 모양을 파악할 수 없는 것이 당연하지 않겠는가. 이 끈들이 저마다 다양한 진동수로 움직이며 각양각색의 소립자를 형성하며 이것들이 뭉쳐야 다시 전자나 양성자 그리고 중성자가 된다.

Readers》(1965)가 초기 예들이다. 특히 후자에서는 타고난 ESP 능력자 대신 보통 사람이 기계장치 덕에 동일한 능력을 발휘한다. 이러한 이야기들이 당시에는 끈이론처럼 실감나지 않는 뜬구름 잡기로 보였겠지만 이제는 현대 IT과학이 실생활에 구현하는 단계에 돌입했다.

기계에 의지해 생각대로 사물을 움직이는 원리는 간단하다. 두뇌에 전극을 연결하고 그것을 유무선으로 기계장치와 연결해 뇌파의 흐름대로 움직이게 하면 된다. 이러한 연구는 1990년대 말부터 시작되었다. 미국 에모리 대학과 독일 튀빙겐 대학 연구자들은 전신마비 환자의 두뇌에 소형 유리전극을 삽입하고 반대쪽 끝을 컴퓨터에 연결해 환자가 생각만으로 커서를 움직이게 했다. 2006년 미국 브라운 대학의 신경과학자 존 도너휴John Donoghue가 개발한 브레인게이트Braingate는 한발 더 나아가 사지마비 환자들이 혼자 TV채널을 돌리고 이메일과 컴퓨터게임을 이용하며 생각만으로 휠체어를 다루게 해주었다(다루기도 쉬워 피실험자 중 한 사람은 불과 하루 만에 조작법을 습득했다고 한다). 심지어 듀크 대학의 미구엘 니콜레리스Miguel A. L. Nicolelis는 원숭이들을 이용해 비슷한 성과를 냈다. 원숭이들은 처음에는 어쩔 줄 모르다 몇 번 시행착오 후에 마음으로 로봇 팔을 움직여 바나나를 움켜쥐었다. 오래지 않아 원숭이들은 로봇 팔을 마치 자기 몸의 일부인 양 거의 조건반사적으로 움직였다. 2012년 피츠버그 의대는 앞의 원숭이 실험을 인간으로 확장했다. 온몸이 마비된 한 여성 환자가 96개의 전극이 달린 전자 칩을 뇌에 삽입해 이미지 트레이닝으로 손동작을 연습한 끝에 로봇 팔을 자기 뜻대로 움직여 초콜릿을 베어 먹은 것이다. 뇌에서 기계에 의사를 전달하는 시간은 얼마나 걸릴까? 스탠포드 대학에서 개발한 브레인게이트2의 경우 모니터의 커서를 생각만으로 움직이는데 걸린 지연 시간은 2/100초로, 분당 6개의 단어를 쓸 수 있었다. 미국의 물리학자 미치오 카쿠는 이런 장비들이 하루 빨리 실용화되어 스티븐 호킹 같은 이 시대의 소중한 인재들에게 업그레이드된 삶을 열어주길 소망했다.

직접 두개골에 구멍을 뚫고 전극을 밀어 넣기보다 뇌파측정계EEG를 피부에 부착하면 이용자의 부담이 훨씬 덜해진다. 피부에 밀착된 EEG는 뇌파의 변화를 증폭 및 전송하는데, 단지 신체장애인들만이 아니라 일반인에게도 매우 유용하기에 향후 확장성이 주목된다. 2011년 독일 베를린 공대의 한 실험이 좋은 예다. EEG 센서를 머리에 단 실험 참가자들은 모의운전을 하며 수시로 급제동을 되풀이하는 앞차를 따라갔다. 이때 EEG는 운전자가 자기 발로 브레이크를 밟기 0.13초 전에 벌써 그 의도를 간파하고 조기 제동에 나서 3.66m나 차를 일찍 멈춰 세웠다. 이러한 시스템은 급브레이크를 밟아야 할 순간 차의 내장센서가 즉각 운전자 마음을 읽어 발을 내밀 새도 없이 브레이크를 걸어주므로 운전자 안전 확보에 유리하다. 같은 맥락에서 미국 메릴랜드 대학 콘트레라스 비달 박사는 뇌파 측정 모자와 뇌파 해석 소프트웨어를 개발했다. 그는 이 장비로 뇌졸중이나 부상으로 거동이 불편한 사람의 뇌파를 읽어 인공관절을 움직이는 실험을 하고 있다. 앞으로 칩의 크기가 더욱 작아지고 뇌파 증폭 · 전송 성능이 향상되면 EEG를 키미테처럼 귀 뒤나 목덜미 뒤에 탈착식으로 붙였다 뗐다 하며 필요할 때마다 간편하게 쓰게 될 것이다.

여기에 한술 더 떠 뇌파를 통한 기계 제어를 타인의 신체 제어로까지 확장시킨 연구도 있다. 워싱턴 대학의 라제쉬 라오Rajesh Rao와 안드레아 스토코Andrea Stocco는 한 사람이 EEG 무선 네트워크를 통해 남의 몸을 멋대로 움직이는 실험에 성공했다. 예컨대 A라는 사람이 마음만 먹으면 B라는 사람이 자신의 의지와 무관하게 자기 팔을 들어 제 머리를 쥐어박게 하는 식이다. 물론 그러자면 둘 다 머리에 EEG를 부착해야 한다. 이렇게 놓고 보면 인간의 뇌파를 기계로 읽어내는 기술의 발전을 무조건 반길 일일까? 영화 〈매트릭스〉를 보면 주인공 네오를 집요하게 쫓아다니는 악당 미스터 스미스가 네오의 위치가 파악되기만 하면 바로 근처에 있는 인간에게 접속해 자기 몸처럼 부린다. 스미스나 그가 접속하는 인간은 피와 살로 된 인간이 아니라 사이버 매트릭스 속 디지털 존재들이라 이러한 전환이 전광석화처럼 가능하다. 하지만 오프라인에서도 제3자가 사적인 네트워크를 해킹해 EEG 이용자의 머릿속을 멋대로 헤집거나 그걸로 모자라 자기 수족처럼 부리려 든다면 어찌 될까?

요약하면, 과학기술은 SF에서 상상한 염력이 실생활에서 웬만큼 구현되게 해줄 전망이다. 뇌파 증폭 · 전송 네트워크를 이용한 주위 사물의 제어는 단지 신체장애가 있는 이들만이 아니라 일반인들에게까지 광범위한 혜택을 줄 것이다. 단, 그런 기술이 만일 악의적인 개인이나 빅 브라더를 꿈꾸는 정부권력에 넘어간다면 사람들은 좀비나 다름없는 신세에 놓일 수 있다. 자동차를 문명의 이기로 쓸지 살인흉기로 쓸지는 운전자의 선택이듯, 이번에 소개한 신기술 역시 우리가 어떻게 발전시키고 제어하느냐에 따라 양날의 칼로 돌아올 것이다. 공짜 점심은 없다. 우리 머릿속까지 훤히 열어젖히는 세상, 당신은 어떻게 받아들이겠는가?

다른 차원의 세계가 존재할까

● 과학소설은 물론 영화와 만화, 애니메이션 그리고 컴퓨터 게임에서 종종 '4차원 공간 · 세계'란 표현을 접할 때가 있다. 원래 4차원은 수학과 물리학에서 쓰이는 용어로, 공간차원만 네 개가 합쳐진 경우나 3차원 공간과 1차원 시간이 결합된 아인슈타인의 시공간연속체를 뜻한다. 다만 대중문화 콘텐츠에서 언급되는 4차원은 그처럼 엄정하게 정의되기보다 그저 우리 우주에 속하지 않는 미지의 별세계別世界를 가리키는 경향이 있다. 이 경우 4차원은 그저 '이차원異次元(다른 차원)'의 다른 표현인 셈이다.

대중문화에서 그려지는 이차원 존재들은 구체적으로 어떤 모습일까? 만화 〈슈퍼맨〉의 악당들 중에 미스터 므시즈트플크Mr. Mxyztplk란 캐릭터가 있다. 슈퍼맨도 쉽게 어쩌지 못하는 이 불가사의한 존재는 다른 차원에서 왔다. 이 심술궂은 악당은 걸핏하면 우리 차원으로 찾아와 슈퍼맨을 성가시게 한다. 유일한 퇴치법은 미스터 므시즈트플크 스스로 자기 이름을 거꾸로 말하게 꾀는 길뿐. 그럼 잠시나마 그를 원래 있던 차원으로 돌려보낼 수 있다. 문학에서 다른 차원 세계를 소상하게 그린 최초의 작품은 윌리엄 호프 호지슨William Hope Hodgson의 장편소설《이계異界의 집The House on the Borderland》(1908)이다. 이것은 외진 오지의 으슥한 집을 사들인 주인공이 알고 보니 그 집이 다른 우주와 연결된 일종의 관문임을 깨닫는 이야기다. 그가 당도한 이세계에는 '돼지인간'을 비롯해 불길하고 사악한 존재들이 득실댄다.

대체 이차원의 세계란 어떤 곳일까? 실제 존재할 수 있을까? 이 질문에 답하기 앞서 차원이 무엇을 의미하는지부터 따져보자. 차원은 일단 공간차원과 시간차원 그리고 시공간차원으로 나눠볼 수 있다.

공간차원에서 이차원은 우리 우주와 나란히 존재하는 또 다른 평행우주들이다. 루이스 캐롤Lewis Carroll의《이상한 나라의 앨리스Alice's Adventure in Wonderland》(1865)에서 여주인공은 토끼 굴을 거쳐 트럼프 인간들이 사는 다른 차원에 다다른다. 과학소설에서는 토끼 굴 대신 웜홀을 이용하거나 빅뱅 이전의 순간으로 되돌아가는 수법을 쓴다. 과학자들은 양자 크기의 진공이 상전이相轉移를 일으켜 우주가 탄생할 때 단 하나가 아니라 여러 개가 동시다발적으로 생겨난다고 보고 있으며 그러한 결과물을 다원우주Multiverse라 부른다. 시간차원에서는 시간여행자가 타임머신이나 타임슬립으로 과거나 미래를 방문할 경우 여러 개의 시간차원이 독자적으로 존재하거나 공존하는 듯 보인다. 스티븐 백스터의 장편《타임쉽》에서처럼 시간여행자가 과거로 가서 젊은 시절의 자기 자신을 만난다고 생각해보라. 이때 양쪽의 시간대는 각기 고유한 시간차원으로 볼 수 있다.

시공간차원은 위의 두 가지 차원이 한데 합쳐진 개념으로, 하나의 사건에서 여러 선택지로 갈라짐에 따라 우리 우주에서 떨어져 나온 평행우주들이 여기에 해당된다. 예를 들어 당신이 당일 비행기 예약을 취소했다고 치자. 잠시 후 당신은 그 비행기가 테러리스트들에게 납치되었다는 뉴스에 가슴을 쓸어내린다. 허나 경우의 수가 충분히 많아지면 다원우주 가운데 미처 당신이 예약을 취소하지 않은 불운한 우주도 있을지 모른다. 이렇듯 우주가 선택을 해야 하는 매순간마다 갈라지다 보면 병렬로 늘어선 평행우주의 수는 거의 무한에 가까워진다.

이러한 상상은 작가들의 머리에서만 나온 것이 아니다. 많은 과학자들이 평행우주의 다양한 가능성을 이론적으로 저울질해왔다. 어떠한 선택을 하느냐에 따라 갈라지는 우주들의 개념은 1957년 휴 에버렛 3세Hugh Everett III란 젊은 과학자가 제출한 박사학위 논문에서 비롯되었다. 그의 가설은 '다세계 해석the many-worlds interpretation'이라 불리며 양자역학에서 코펜하겐 해석과 쌍벽을 이루는 주요한 개념이다. 에버렛에 따르면, 임의 관측이 행해질 때마다 양자적 분기점이 형성되며 우주는 끊임없이 여러 가지 경우의 수로 갈라진다. 조금이라도 가능성이 있으면 (양자역학적 확률이 제로가 아닌 한) 특정 사건이 발생하는 우주가 반드시 존재하며, 그러한 우주들은 모두 우리가 살고 있는 이 우주만큼이나 현실적이다. 각 우주에 사는 사람들은 자신의 우주가 유일한 현실이라 믿으며 다른 우주를 허구의 세계로 간주할 것이다. 요는 다원우주, 다세계, 평행우주, 대안세계, 대체현실 등 뭐라 이름붙이건 간에 우리와 다른 이차원 세계에 대해 작가들 뿐 아니라 과학자들 또한 진지하게 따져보고 있다는 사실이다. 이차원 세계들은 대개 다음 특징들을 지닌다.

1. 바로 우리 곁에 있을 수 있다

평행우주에는 우리가 상식적으로 쓰는 거리 개념을 적용할 수 없다. 이차원 세계는 아득히 멀리 있을 수 있지만 바로 옆에 있을 수도 있다. 차원은 물리적 거리보다는 배열의 문제인 까닭이다. 비유를 들자면, 동일한 장소를 각기 다른 시간대의 사람들이 차지하고 있어 공간분배에 아무 문제가 없는 상황을 떠올려보라. 재미있는 것은 종종 이웃한 차원들 사이에 통로가 열릴 수 있다고 여기는 이들이 있다는 점이다. 블랙홀과 화이트홀 그리고 웜홀 등이 그러한 연결통로의 후보로 거론된다.

2. 물리법칙이 우리 우주와 전혀 또는 부분적으로 다를 수 있다

빅뱅(우주탄생)의 초기조건이 우리 우주와 다른 우주라면 그곳의 물리법칙은 부분적으로 혹은 완전히 다를 수 있다. 우리 우주를 지배하는 4대 힘은 강력 · 약력 · 전자기력 · 중력이다. 아주 작은 막대자석을 이용한 실험에서도 우리는 자기력을 측정할 수 있다. 이에 비해 중력은 어찌나 미미한지 행성이나 태양 같은 거대한 천체쯤 되어야 그 위력을 알아볼만하다. 달이 지구의 바다에 일으키는 밀물과 썰물이 좋은 예다. 그러나 위의 네 가지 힘들 가운데 가령 중력이 가장 센 우주가 있다면 그곳의 환경은 어떠할까? 여기서 한발 더 나아가 그런 세상에 동식물이 존재한다면 어떤 모습으로 어떻게 살고 있을까? 이러한 궁금증은 과학소설에서 흥미로운 사고실험 소재가 되기에 충분하다. 스티븐 백스터의 《뗏목 Raft》(1991)을 보면 중력이 유달리 강한 평행우주에서 살아가는 토착생물뿐 아니라 이웃한 다른 우주에서 그곳으로 이주해 적응한 지적인 외래外來 종족이 나온다. 수학자 출신 작가 루디 러커의 《시간과 공간을 지배한 사나이Master of Space and Time》(1985)에서는 우리가 살고 있는 우주의 초기조건을 임의로 바꾸다 보니 플랑크 단위(10^{-33} 크기)의 초미시세계에서나 제한적으로 가능한 초자연적인 물리법칙이 우리의 일상세계를 지배하게 된다. 그 바람에 우리 우주가 여러 평행우주들과 이어지며 생전 보도 듣도 못한 외계 괴물들이 지구를 덮친다.

어쩌면 우리와 이웃하되 물리조건이 다른 평행우주들 중에는 마법이 멀쩡한 물리법칙으로 통용되는 곳이 있을지 모른다. 터무니없어 보이나 확률상 불가능하지만은 않다. 평행우주가 거의 무한한 수만큼 존재하고 각 우주마다 고유한 물리법칙을 지녔다면 어디엔가 그런 우주가 있을지 누가 알겠는가. 물론 그렇다고 마법을 기분 내키는 대로 휘두르지는 않을 테고 해당 우주 나름의 물리법칙에 따라 효력을 발휘할 것이다. 로버트 A. 하인라인의 《마법주식회사Magic, Inc.》(1940)와 폴 앤더슨의 〈혼돈 작전 시리즈Operation Chaos〉(1956~1969), 랜달 개릿Randall Garrett의 〈다아시 경 시리즈Lord Darcy series〉(1964~1979), 로저 젤라즈니의 《앰버 연대기Amber Chronicles》(1970~1991)와 《체인질링Changeling》(1980) 그리고 닐 게이먼Neil Gaiman과 마이클 리브스Michael Reaves의 《인터월드Interworld》(2007) 등이 모두 이러한 논리에 근거한 작품들이다. 심지어 클라크 애슈턴 스미스Clark Ashton Smith의 단편 〈우연히 만난 이차원 세계The Dimension of Chance〉(1932)에서는 비행기 조종사들이 우연히 초공간 구멍으로 도약했다가 불과 한 발짝만 떼도 중력이 눈에 띄게 달라지거나 화약이나 비행기 연료가 일체 점화되지 않는 수수께끼의 이차원 계곡에 불시착한다.

3. 오리지널 세계에서 파생되는 수많은 거울세계들이 존재할 수 있다

앞의 다세계 해석을 받아들인다면 우리 우주와 아예 딴판인 우주보다는 우리와 오십보백보지만 털끝 하나만큼씩만 다른 우주가 존재할 가능성이 더 높지 않을까. 예컨대 로버트 A. 하인라인의《짐승의 수The Number of the Beast》(1980)는 6차원 다원우주를 전제한 가운데 영어 철자 'J'가 존재하지 않는다는 점을 빼면 우리 세계와 똑같은 평행우주를 무대로 한다. 이러한 논리를 한층 정교하게 다듬어서 로저 젤라즈니의《앰버 연대기》는 우주 삼라만상의 근간이 되는 오리지널 세계는 앰버뿐이며 나머지는 이것을 조금씩 변형 · 가감한 거울 세계들에 불과하다는 가정 아래 전개된다.

4. 나와 거의 똑같되 약간만 다른 분신이 사는 세계들이 무한히 존재할 수 있다

오리지널 우주에서 갈라진 평행우주들이 무수히 있다면 각 우주에는 아주 약간의 차이를 제외하고는 나와 거의 똑같은 분신들 또한 무수히 있다는 뜻이다. 일례로 닐 게이먼과 마이클 리브스의《인터월드》는 평행우주들에 존재하는 '나'의 분신들이 한데 모여 군단을 이뤄 악의 무리에 맞서는 환상적인 모험담이다.

이왕 상상의 나래를 펼친 김에 좀 더 나아가보자. 과학기술이 한없이 발전하면 언젠가 새로운 우주를 인공적으로 만들 수 있지 않을까? 그럼 우주 탄생의 초기조건을 원하는 대로 조절해 앞서 예시한 대로 마법이 가능한 우주나 중력이 다른 어떤 힘보다 강한 우주를 만들어낼 수 있을지 모른다. 우리 입맛대로 만든 이른바 '미니인공우주'의 탄생이다. 필립 호세 파머의 〈층층이 쌓인 세계 시리즈Tierworld series〉(1965~1993)에서 인간처럼 생긴 우주의 창조주들은 우리에게는 신통력으로밖에 보이지 않는 첨단과학기술을 동원해 저마다 취향대로 미니우주를 만든다. 각자 취향대로 만드니까 미니우주마다 고유 물리법칙이 천차만별이라 어떤 우주에는 행성이 하나밖에 없고 주위의 다른 천체라고는 그 행성을 공전하는 작은 태양 하나와 달 하나뿐이다. 스티븐 백스터의 《타임쉽》에 나오는 5,000만 년 후의 한 초고도문명은 빅뱅도 빅크런치도 생기지 않게 초기조건이 조정된 우주를 임의로 만들어낸다. 이러한 우주를 만든 까닭은 자신들의 보금자리가 환경의 부침에 영향 받지 않고 영원히 존재하게 하기 위해서다(우주의 질량이 임계치에 미치지 못하면 결국 다시 점으로 축소되는 빅크런치로 종말을 맞는다). 한 마디로 창생은 있으나 종말은 없는 우주에 살겠다는 요량이다.

어떤가? 다른 차원의 우주를 우리 취향대로 꼴라주하는 미래, 매력적이지 않은가? 선사시대 이래 자연을 정복해온 인류 앞에 궁극에 가서 남게 될 개조대상은 우주 자체가 될 것이다.

Chapter

10

현대의 신화

SF가 추동한 문화적 혁신

1984년, 애플의 운명을 바꿔놓은 광고 한 편

● 한 사람이 아침에 집을 나와 퇴근할 때까지 돌아다니며 접하게 되는 광고가 의식하건 의식하지 않건 간에 약 2,000개 남짓이라 한다. 텔레비전에서만도 매일 같이 새로운 광고가 교체된다. 하지만 대개는 굳이 리모콘으로 재핑하는 수고를 들이지 않더라도 소비자의 뇌리에 기억되지 못한 채 사장되어버린다. 이러한 가운데 고작 단 한 번 방영만으로 제품 출시 100일 만에 매출목표를 가뿐히 넘기게 만들었을 뿐 아니라 향후 해당 브랜드와 기업의 이미지를 결정한 TV광고가 있다면 믿어지는가? 세계적인 광고업계 전문지 〈애드 에이지Advertising Age〉가 1980년대 광고의 백미로 꼽은 이 광고의 뒤에는 스티브 잡스Steve Jobs와 리들리 스콧Ridley Scott이란 걸출한 두 인물과 시대를 앞서간 광고회사 '치앗데이Chiat\Day'가 있었다. 그렇다면 그 비결은 무엇이며 어떻게 그러한 결과를 낳았을까?

1984년 미국 프로미식축구 챔피언 결정전인 슈퍼볼 게임 실황중계를 앞두고 해괴한 TV 광고 한 편이 수백만 시청자들을 어리둥절하게 했다. 지하도시의 회색빛 건물들을 가로지르는 공중 터널들. 그 안을 좀비처럼 영혼이 빠져나간 표정의 사람들이 잿빛 제복 차림으로 열을 맞춰 걷는다. 강당에 도착한 그들은 전면 벽을 꽉 채운 대형 스크린 앞에 도열한다. 그리고 스크린 상에서 한 눈에 봐도 조지 오웰의 빅 브라더를 연상시키는 사내가 연설을 시작한다.

> 오늘 우리는 정보의 정화淨化 지시를 내린 지 첫 1주년이 되는 영광스러운 날을 축하하는 바이다. 우리는 역사상 최초로 순수한 이데올로기의 정원을 창조하였노라. 이로써 모든 노동자들은 모순되고 혼란스런 진실들의 병폐에서 완전히 벗어나게 되었다. 하나로 통일된 우리의 사고는 지구상의 어떤 함대나 군대보다도 훨씬 더 강력한 무기일지니. 단일 의지로, 단일한 해결책, 단일한 원인 규명. 이제 우리의 적들은 죽은 셈이나 마찬가지. 그리고 우리는 그들의 혼란을 이용해 그들을 묻어버리리라. 우리는 온 세상에 퍼져 지배하리라.

빅 브라더의 연설이 한창 고조될 찰나 난데없이 한 젊은 여성이 난입한다. 경비병들의 추격을 따돌리며 그녀는 스크린 코앞까지 달려 나와 고함과 함께 해머를 내던진다. 위압적인 빅 브라더의 연설은 스크린과 더불어 산산조각 나고 폭발로 발생한 빛이 넋이 나간 청중을 휘감을 즈음 다음과 같은 멘트가 나온다.

> 1월 24일 애플 컴퓨터가 '매킨토시'를 선보입니다. 이제 당신은 어떻게 해서 현실의 1984년이 조지 오웰의 소설 《1984년》처럼 되지 않을지 알게 될 겁니다.

조지 오웰의 《1984년》을 멋지게 리메이크하여 폭발적인 인기를 낳은 애플의 〈1984년〉 광고.

영국 소설가 조지 오웰이 예언했던 1984년, 애플의 텔레비전 광고가 그의 장편소설《1984년》을 불과 1분짜리 동영상으로 재해석하여 방영했다. 이 광고는 슈퍼볼 실황중계를 앞두고 단 한 차례 전파를 탔으나 그날 밤 뉴스 프로들이 일제히 특집으로 다뤄준 덕에 수백만 달러 가치의 홍보 효과까지 덤으로 누렸다. 슈퍼볼 시청자들은 이 대담하고 도발적인 광고에 즉각 압도되었고, 애플 측 역시 광고의 마력에 힘입어 매장까지 찾아오는 고객들 덕에 고무되었다. 당시 신제품이었던 매킨토시가 시장에서 자리 잡기까지 몇 년이 더 걸렸지만 이 〈1984년〉 광고는 맥Mac의 향후 운명을 결정할 궁극의 이미지를 창조했다. 이후 슈퍼볼 게임 직전의 광고시간을 잡으려고 대형 광고주들이 혈안이 되는 전통이 세워졌으며, 삽시간에 걸작으로 떠오른 이 광고는 광고업계로부터 "역사상 이보다 더 큰 영향력을 발휘한 커머셜은 찾아보기 드물다"는 평가를 받았다.

이 광고에 당대 미국인들이 그토록 뜨거운 반응을 보인 이유가 무엇일까? 개인용 컴퓨터 PC는 일찍이 1970년대에 도입되었으나 특별한 업무 용도로 한정되다가 1980년대 들어서야 비로소 일반 소비자들을 위해서도 제 몫을 할 만한 상품이 되었다. 애플은 1984년 방영된 TV광고

〈1984년〉을 통해 자사의 PC 신제품 매킨토시야말로 순응을 거부하고 개성을 주장하는 투쟁수단이라 주장했다. 그렇다면 궁금해지지 않는가? 대체 무엇에 대한 거부이자 무엇에 대한 투쟁이란 말인가?

1980년대 초까지만 해도 애플은 도토리 키재기 하는 PC업체들 가운데 수 위를 달렸으나 막상 컴퓨터 업계의 공룡 IBM이 PC시장에 진출한다는 소식에 바짝 긴장했다. 치앗데이의 크리에이티브 디렉터• 스티브 헤이든Steve Hayden에 따르면, 당시 애플 사는 수년 동안 광고를 했지만 창업자 스티브 잡스의 비전(제품 개발 철학), 즉 사람들 개개인을 해방시켜줄 개인용 컴퓨터의 위력에 대한 비전을 전달하는 데 사실상 전혀 성공하지 못했다. 잡스의 의도를 효과적으로 드러내자면 아무래도 파격적인 비유가 필요했고 광고회사와 광고주는 궁리 끝에 마침내 SF형식으로 소구하는 데 합의했다. 연출자로는 리들리 스콧이 섭외되었는데, 비록 개봉 당시 흥행에 실패하기는 했지만 그가 불과 한두 해 전에 디스토피아적인 미래를 탁월하게 형상화한 〈블레이드 러너Blade Runner〉(1982)의 감독이었다는 점을 높이 샀기 때문이다. 이렇게 해서 IBM이 지배하는 기존 컴퓨터 시장에 맞서 매킨토시를 개인에게까지 컴퓨터 사용 권한을 확장시켜주는 안티테제로 부각한 TV커머셜 〈1984년〉이 탄생했다.

당시만 해도 컴퓨터 하면 일반적으로 떠오르는 이미지는 연구원들이 빙 둘러싼 메인 프레임 컴퓨터, 즉 거대기업 IBM의 제품이었다. 이에 맞서 스티브 잡스는 컴퓨터를 다루는 권력을 개개인에게 나눠주겠다고 약속했으니, 그의 표현을 빌리면 이른바 '테크놀로지의 민주화'였다. 1980

• 광고주를 위해 광고물의 기획과 제작을 총괄하는 광고회사의 담당 책임자.

년대 미국 대중은 컴퓨터를 불안한 눈으로 바라보았는데, 이는 정보 테크놀로지가 표준화와 중앙집권화 그리고 사회계층과 권력의 위계구조를 심화시킨다고 보았기 때문이다. 쉽게 말해 메인 프레임 컴퓨터를 지닌 정부나 대기업에게 아무런 정보 처리수단을 갖지 못한 개인은 눈과 귀가 어두운 무방비 상태로 통제 · 조종당할까봐 두려워했다는 얘기다. 미국처럼 분권적 권력을 선호하는 전통이 강한 연방제 사회에서는 충분히 공감을 살만한 우려였다. 이러한 맥락에서 애플이 개인용 컴퓨터를 개인의 권리 회복과 자유수호의 수단으로 내세운 것은 시기적절했다. 일찍이 오웰은 자신의 소설에서 "과거를 지배하는 사람은 미래를 지배한다. 현재를 지배하는 사람은 과거를 지배한다"고 썼다. 오웰의 콘셉트를 오마쥬한 애플 매킨토시 광고는 빅 브라더의 이미지를 IBM과 등치시키는 데 성공했다. 반면 애플의 개인용 컴퓨터는 과거부터 현재까지 영속해온 IBM의 권력을 단절시킬 수 있는 상징적인 대안으로 각인되었다. 메인 프레임 컴퓨터의 본산인 IBM에 대한 대중의 잠재적 우려를 애플 광고에 대한 시청자들의 폭발적인 반응으로 바꿔 놓은 것이다. 사실 제품 출시 전까지만 해도 맥이 오늘날에 이르기까지 긴 수명을 갖는 브랜드가 되리라고는 어느 누구도 짐작조차 하지 못했다. 하지만 이 TV 광고 이후로 맥은 기성체제에 대한 저항과 대안적인 권력의 구심점으로 부각되었다.

이 광고 제작과 관련하여 재미있는 뒷이야기가 있다. 〈1984년〉의 기본 콘셉트를 승인한 스티브 잡스와 신임 사장 존 스컬리John Sculley를 제외한 이사진 전원이 방영 전 시사회에서 경악을 금치 못한 나머지 광고 게재 자체를 취소하려 들었다. 당혹한 애플 경영진은 광고회사 측에 이미 사들인 매체광고 시간을 되팔아달라고 했지만 자신들이 만든 광고에 상당한 자신감을 갖고 있던 치앗데이 사는 일부러 꾸물대다 원래 사들였던 90초 분량 중 30초만 되팔았다. 어영부영 방영 시간이 코앞에 닥쳤고 애플은 60초짜리 매체 예산을 그대로 날리느니 그냥 밀어붙여 방영하는 쪽으로 선회했다. 만약 이 광고의 방영이 철회되었더라면 세계 광고사의 위대한 한 페이지가 공백으로 남았으리라.

그렇다면 궁금하지 않은가? 왜 잡스와 스컬리를 뺀 나머지 이사진은 이 광고를 보고 나서 너나 할 것 없이 한 목소리로 방영 철회를 외치며 불쾌해했던 것일까? 초창기 컴퓨터 광고주들은 대개 제품을 프로모션할 때 되도록이면 SF적인 소구방식을 기피했다. CG로 범벅된 테크놀로지 지향적 광고물이 흔한 국내 광고를 생각하면 언뜻 납득이 가지 않지만, 그 무렵의 미국인들은 컴퓨터와 SF 하면 으레 영화 〈2001 스페이스 오디세이〉에 나오는 미치광이 살인 컴퓨터 '할HAL'을 떠올린다는 게 문제였다. 이 영화에서 우주선의 통제컴퓨터는 논리회로에 이상을 일으켜 승무원들을 하나씩 살해하려 든다. 컴퓨터 제조업체들은 컴퓨터가 소비자의 우려와는 달리 (SF영화에 나오는 미쳐 날뛰는 로봇이나 컴퓨터와는 달리) 단순하고 절대 안전한 장치라고 안심시키고 싶었다. 오죽하면 세계 굴지의 IBM조차 개인용 컴퓨터의 런칭 광고 시 자사의 컴퓨터 이미지를 찰리 채플린의 골동품과 연결 지었을까. 웃을 일이 아니었다. 애플의 초기 인쇄광고를 보면 이보다 한 술 더 떴다, 토마스 제퍼슨Thomas Jefferson과 벤자민 프랭클린Ben Franklin이 모델로 나올 정도였으니까. 그러니 왜 애플의 이사진이 〈1984년〉에 그토록 불편해했는지 이해할 수 있으리라. 컴퓨터 하면 누구나 연상하는 디스토피아의 악몽을 왜 하필 우리 광고에 담아야 한단 말인가? 아마 이런 심정이었을 것이다.

하지만 〈1984년〉은 새로운 광고 캠페인이 큰 성공을 거두려면 전통적인 가치와 잣대에 전혀 연연하지 않아야 한다는 광고사의 교훈을 다시 한 번 일깨워주었다. 이 광고는 정보화 시대의 난맥상을 종교적인 선과 악의 싸움으로 바꿔놓았다. 중앙집권화되고 권위주의적인 사악한 테크놀로지가 있어서 사람들의 마음을 파고들어와 지배하고자 획책한다. 바로 IBM이다(조지 오웰의 원작 소설에서는 국가가 빅 브라더였으나 애플의 〈1984년〉 버전에서는 거대 다국적 기업으로 대치되었다). 그러나 우리는 독립적이고 개인주의적인 선한 테크놀로지 덕에 사악한 테크놀로지의 음모로부터 자유롭게 된다. 바로 맥 덕분에 말이다.

1997년 테드 프리드먼[Ted Friedman]은 〈애플의 '1984': 개인용 컴퓨터의 문화사에서 매킨토시의 등장〉이란 논문에서, 오늘날 우리가 개인용 컴퓨터 하면 연상되는 의미나 용도는 기술발전의 필연적인 결과라기보다는 오히려 컴퓨터가 해야 할 역할을 둘러싸고 서로 다른 견해를 가진 집단들이 벌인 투쟁의 산물이라고 분석했다. 그렇다면 PC의 가치를 기업들이 온갖 커뮤니케이션 수단을 동원해 설득하지 않았다면 오늘날 PC가 대중화되지 않았을까? 단언할 수야 없지만, 소비자들의 잠재수요가 있으면 기업들은 결국 그것을 발견해 상품화했을 것이다. 반대로 실질 수요가 없는 것은 기업들이 아무리 프로모션해도 성과를 거둘 수가 없다. 광고는 다만 그 과정이 좀 더 빠르게 진행되게 해주는 촉매일 뿐이다. 그런 의미에서 애플 컴퓨터의 매킨토시 광고는 알맹이(제품)와 포장지(광고)가 시대정신과 맞아떨어져 메가 히트를 친 사례로서, 광고 역사 뿐 아니라 SF의 역사에서도 의미 있는 한 페이지로 기록될 만하다.

스타워즈, 왜 SF처럼 생긴 판타지인가

● 해외의 〈스타워즈 에피소드 7: 깨어난 포스Star Wars: The Force Awakens〉(2015) 인기몰이는 지난 속편들에 못지않은 듯하다. 2015년 12월 24일 영국의 〈가디언The Guardian〉 기사는 그러한 열풍의 한 단면을 보여준다. 이 영화를 혹평한 일부 비평가들에게 스타워즈 광팬들이 일제히 독설이 가득한 메일폭탄을 보내자 그 중 한 비평가가 공개서한을 통해 항의하기에 이른 것이다. 광팬들의 이메일은 "나가 죽어버리고 우리는 냅둬!" 식이었던 터라 감정이 상한 그 평론가는 비판적인 평 몇 개 나왔다고 다음 속편이 나오지 않을까 우려되느냐며 맞받아쳤다. 놀랄 일은 아니다. 〈스타워즈〉의 뜨거운 팬덤은 미국만이 아니라 해외 많은 나라들에서 예전부터 찾아볼 수 있었으니까(이번에 가장 지독한 독설을 퍼부은 팬은 미국인이 아니라 캐나다인이었단다).

필자가 이번에 새삼 눈이 휘둥그레진 것은 우리나라 팬덤의 열기 때

〈스타워즈 에피소드 7: 깨어난 포스〉의 영화 이미지.

문이다. 국내에서도 〈스타워즈〉가 시대정신과 동떨어진 시대착오적인 오락물이라는 투의 악평이 일부 평론가들에 의해 쓰였는데, 이에 대한 팬들의 감정적인 반발이 SNS를 통해 즉각적이고 동시다발적으로 터져 나온 것이다. 아니, 한국에 언제 이렇게 스타워즈 팬덤이 튼실해졌을까? 필자가 중학생 시절 〈스타워즈〉 오리지널 1편(나중에 다시 정리된 족보상으로는 〈에피소드 4〉)을 보려 영화관 매표구 앞에 줄을 섰을 때만 해도 사정이 딱했었다. SF라 하면 어린이가 한 때 접하는 콘텐츠 정도로 인식되던 시절, 비주류 하위문화 누리기가 얼마나 어려운지 익히 알고 있던 필자는 당시 국내개봉 소식을 듣기 무섭게 부랴부랴 영화관으로 달려갔던 기억이 난다. 금방 영화를 내릴까봐 걱정이 되었던 게다.

아니나 다를까. 미국과 유럽 대부분의 나라에서 공전의 히트를 기록한 〈에피소드 4〉이건만 우리나라 극장가에서는 이렇다 할 트림 한 번 내지 못하고 소리 소문 없이 사라졌다. 이후 속편들이 연이어 해외에서 성공을 거두었으나 한 번 덴 기억이 있는 영화업계는 제 때 수입할 엄두를 내지 않았다. 한참 세월이 흘러 추억의 영화처럼 찔끔찔끔 개봉됐지만 역시 대중의 무관심 속에 체면만 구겼다. 그나마 이 시리즈가 대중의 시야에 들어온 것은 새로운 3부작(《에피소드 1~3》)이 적극적인 마케팅을 벌이면서부터다. 하지만 이번 〈에피소드 7〉은 개봉 한 달 만에 국내관객 약 326만 명을 넘어섰으니 일부 열혈 팬들의 임전무퇴(?) 태세에서도 볼 수 있듯 우리나라에서 역대 최고의 호응을 이끌어낸 듯하다.

그렇다면 국내외에서 〈스타워즈〉 시리즈가 (일부 비평가들의 냉소에도 불구하고) 어김없이 팬들의 환대를 받는 까닭은 무엇일까? 대체 어떤 매력이 있기에? 평론가와 영화팬들마다 각기 다양한 답을 내놓겠지만, 필자는 이 영화가 무엇보다 보수적 가치(질서)에 대한 낭만적인 향수 내지 회귀심리를 충족시켜주기 때문이라 본다. 대체 이게 무슨 소리냐고? 영구집권을 도모하는 악의 세력의 전진기지 '스타킬러' 행성을 혁명군이 초공간 점프가 가능한 워프 전투기 편대를 몰고 가 초토화시키는 이야기가 보수적이라고?

그렇다. 보수적이다. 이 프랜차이즈물은 '제국'이란 체제는 무조건 악하고 '혁명군'이라 이름 붙여진 반체제는 무조건 선하다는 이분법적 도식 아래 어떤 역경을 겪든지 결국 선이 악을 이긴다는 결정론에서 한 치도 벗어난 적이 없다. 이런 식으로 이야기를 풀어나가는 데 관객이 이의를 제기할 여지가 없게 주요 등장인물들의 캐릭터는 정형화되고 사건은 단선적으로 흐른다. 그래도 무슨 소리인지 한눈에 잘 들어오지 않는다고? 좋다. 그럼 〈에피소드 7〉을 포함해서 이 연작물에 내포된 주요한 기본 속성 두 가지를 좀 더 깊이 들여다보기로 하자.

1. 〈스타워즈〉는 새로운 '세상의 변혁'보다는 '좋았던 과거'의 복원을 갈망한다

〈스타워즈〉의 감독인 조지 루카스George Lucas는 기본 세계관의 설정에서 미국 신화학자 조셉 캠벨Joseph Campbell의 자문을 받았다고 한다. 그 결과 주인공이 본래 자신의 고귀한 자질을 어렴풋이 감지하고 아무도 알아주지 않는 고향을 떠나 고난어린 모험 끝에 자신의 힘을 충분히 각성하여 세상을 구하고 화려하게 돌아오는 영웅상이 완성된다. 〈에피소드 4~6〉에서의 루크와 〈에피소드 1~3〉에서의 아나킨이 그러했고 〈에피소드 7〉에서는 레이와 카일로 렌이 이제 막 바톤을 이어받은 참이다. 단지 차이가 있다면 루크와 레이는 선의 영웅을, 아나킨과 카일로는 악의 영웅을 추구할 따름이다.

시리즈 전체를 관통하는 대의 역시 고색창연하다. 공화제를 붕괴시키고 독재자가 전횡을 일삼는 신생 제국에 맞선 저항연합세력의 영웅적인 투쟁은 고대 서사시들에서 수도 없이 반복된 패턴을 답습하며 단지 배경만 우주로 바꾸어 놓았다. 이른바 '잃어버린 황금시대'로의 귀환이다. 스페이스오페라의 단골인 이국적인 외계인들과 인간의 수발을 드는 로봇들 그리고 위풍당당한 우주전함들이 수시로 고개를 내밀지만 왠지 설정 하나하나가 어디선가 많이 본 듯한 인상을 준다. 대체 엑스윙 전투기의 파일럿들은 왜 로데오 시합장에서 소몰이하는 카우보이들처럼 구는 걸까. 작은 도시만한 우주전함이 심우주를 누비는 시대에 왜 검을 휘두르는 영웅이 절대적인 힘을 발휘하는 것일까.

이처럼 신화적 서사를 충실하게 따르다 보니 〈스타워즈〉는 시각적으로는 SF의 탈을 쓰고 있지만 본질은 오히려 판타지에 더 가까운 이율배반적인 모양새를 하고 있다. 일반적으로 SF영화의 뿌리이자 곧잘 영감을 주는 원천 콘텐츠인 과학소설Science Fiction은 '변화의 문학'이라 일컬어진다. 이유는 명쾌하다. 과학소설은 과학기술이 사회와 문명 그리고 나아가서는 인간 자신을 어떻게 바꿔 놓을지를 살피는 '가치전복의 문학'이기 때문이다. 예컨대 핵무기와 인공지능을 만들어낸 인류는 그로 인해 이전과는 모든 것이 180도 달라진 세상에서 살아가야 한다. 만일 외계인과 만나거나 타임머신을 발명한다면 그러한 사건들이 몰고 올 변화의 충격은 훨씬 더 엄청날 것이다. 이제까지 알고 있던 질서(견고한 인식체계)가 하루아침에 휴지 조각이 될 수 있음을 그럴 듯하게 보여주는 것이 바로 과학소설을 포함한 SF콘텐츠가 보편적으로 추구하는 방향 아니던가.

반면 판타지는 과거의 질서를 다시 복원시키려는 소망이 담긴 이야기literature of longing다. 〈반지의 제왕 시리즈〉와 〈해리 포터 시리즈〉를 떠올려보라. 프로도 일행은 사우론의 세력을 물리치고 세상을 다시 좋았던 예전의 황금시대로 되돌리고자 하며, 해리 포터는 볼드모트의 마수를 물리치고 부모의 유지를 지켜내려 한다. 한마디로 판타지는 내일의 세계보다는 과거의 세계를 다시 복구하는 데 온힘을 기울인다. 판타지에서 구체제는 언제나 아름답기에 변혁의 대상이 아니다. 만일 혁명이 화두로 등장할 때가 있다면, 그것은 (아름다운) 구체제를 무너뜨리는 데 성공한 (추악한) 신체제를 다시 전복시키기 위한 이데올로기로 쓰이기 위해서일 뿐이다.

〈스타워즈〉가 바로 좋은 예다. 펠퍼타인이 은하제국 황제로 즉위하기 이전의 공화국 세계는 다양한 여러 종족들 간에 다소 의견 차이가 있긴 하지만 그런대로 조화와 균형이 작동되는, 느슨한 정치연합체로 그려진다. 원래 〈스타워즈〉가 진정한 SF의 틀을 고집하고 싶었다면 기본 세계관부터 출발이 달랐어야 한다. 하지만 조지 루카스는 오리지널 1편(〈에피소드 4〉) 개봉 당시 이미 "이 영화는 SF가 아니라 일종의 판타지로 봐주기 바란다"고 밝혔다. 이 시리즈의 총기획자는 〈스타워즈〉를 통해 내일의 변화를 그리는 대신 '과거를 되돌리고자 하는 소망(좋았던 시절)'을 선택한 것이다. 그래서 검증된 과거는 안전하고 불확실한 미래는 위협으로 규정하는 이분법이 혁명군과 퍼스트 오더에 적용되었다. 이처럼 안정지향적인 보수 이데올로기는 판타지 영화를 좋아하는 관객들의 크나큰 환영을 받았다. 한마디로 말해 온고이지신[溫故而知新]이다. 〈스타워즈〉 팬이 반드시 SF팬이란 등식이 성립하지 않는다는 사실은 이러한 맥락을 이해하는 데 하나의 힌트가 된다.

2. 〈스타워즈〉의 정치학은 반민주적인 데다 엘리트주의에 빠져 있다

왜 혁명군의 의사결정은 툭하면 주먹구구로 처리되며 전권은 극소수 몇 명에게만 맡겨지는가? 그로 인한 결과를 보라. 은하제국이 더욱 강대한 위력을 과시하는 퍼스트 오더로 업그레이드되는 지난 20여 년간 혁명군 지도자들은 뜨개질이나 하고 있었는지 여전히 엑스윙 전투기 편대에만 의지해 압도적으로 불리한 전황을 풀어나간다. 매 편마다 계란으로 바위치기하며 요행수나 바라고 있으니 차라리 그동안 군자금 마련을 위해 로또라도 사 모으는 편이 나았을지 모르겠다. 날로 군사력이 현대화 · 비대화되는 제국군과 달리 혁명군은 마치 정지화면이 풀리자 그제야 비로소 다시 걷기 시작한 무리 같다.

이렇게 무능한데도 불구하고 끼리끼리만 알아주는 혈통주의는 여전히 강고하다. 〈에피소드 7〉에서 악의 세력 퍼스트 오더와 혁명군은 '최후의 제다이' 루크 스카이워커를 서로 먼저 찾아내려 혈안이 된다. 마지막 장면에서 은거 중인 루크를 만나러 가는 혁명군의 사절은 왜 하필 느닷없이 전쟁 막판에 굴러들어온 신참 '레이'여야 할까? 제다이 잠재능력자여서? 더 노골적으로 말해 루크의 조카여서(아직 대놓고 밝히지는 않았지만 레이는 한 솔로와 레이아 공주가 낳은 쌍둥이 남매 중 하나로 추정된다)? 대체 〈스타워즈〉는 제다이를 위한 이야기인가, 아니면 보통 사람들을 위한 제다이의 이야기인가.

이 때문에 〈스타워즈〉에 등장하는 주인공들은 앞서 말했듯이 SF라기보다는 판타지와 더 궁합이 맞아 보인다. SF에서 주인공은 주변 환경에서 지식을 얻고 나름의 노력을 통해 변화에 적응하는 데 비해, 판타지에서 주인공은 육체적 · 정신적으로 스스로 자기계발하기보다는 신이나 정령 또는 고귀한 존재로부터의 '선택받은 자'이기에 대단한 능력을 거저 얻는 경우가 적지 않다. 루크와 아나킨 그리고 레이와 카일로 렌의 가계도처럼 말이다. 주요 인물의 성격도 비교적 단선적이라는 점에서 판타지 정서에 더 가깝다. SF는 (겉보기에 미래의 삶을 그리는 듯하지만) 현실의 삶을 지향하고 판타지는 (허구의 이야기를 전면에 내세운다 해도) 인간 내면의 삶을 진실되게 투영하려 한다. 그렇다 보니 판타지의 등장인물들은 SF의 등장인물들보다 선악의 이분법에 훨씬 더 강렬하게 반응하는 경향이 있다. 〈스타워즈〉 또한 이야기 형식에 맞게 캐릭터들도 최적화되었다는 뜻이다.

결론적으로 SF 골수팬은 〈스타워즈〉에서 다소 아쉬움을 느낄지 모르겠다. 미국에서도 종종 〈스타워즈〉는 불특정 시공간 궁정사극의 SF버전이라 할 '루리타니아 스페이스오페라'의 플롯을 살짝 변주한 데 지나지 않는다는 비판을 받는다. 미국의 저명한 SF작가 새뮤얼 R. 딜레이니의 이번 〈에피소드 7〉 평에서도 보듯이, 속편이 나올 때마다 시장의 폭발적인 반응과는 별개로 SF가 추구하는 경이감과 독창적인 아이디어에 새로움을 더하지 못했다고 비판하는 평론들을 쉽게 찾아볼 수 있다. 하지만 〈스타워즈〉 팬이라면 삐딱한 소수 평론가들에 대해 쏟아낸 격한 반응에서 보듯 이 영화를 생긴 그대로 받아들이며 기뻐할 것임이 틀림없다. 그러니 SF면 어떻고 판타지면 또 어떠랴. 〈스타워즈〉의 기획의도가 어차피 어떤 장르적 틀에 연연하지 않는 엔터테인먼트 프랜차이즈물임을 감안할 때, 평론가들이 텍스트 해석에 저마다 너무 지나친 의미를 부여하거나 맞지도 않는 시대정신으로 견강부회하려는 시도는 성공하기 어려울 뿐 아니라 바람직하지 않을지도 모른다. 그러나 이 질문 하나는 감독에게 하지 않을 수 없다. 카일로 렌은 화상 흔적 하나 없이 준수한 얼굴인데 어째서 다스 베이더 짝퉁 가면을 쓰고 있는 거요? 카일로가 베이더 광팬이라 단지 코스프레 하느라고? 아니면 기계음으로 변조된 목소리로 기선을 잡으려고?

사족 하나 달자면,

〈스타워즈〉에서 과학적 논리는 너무 따지지 않기 바란다. 예컨대 '스타킬러'처럼 지구만한 행성이 아무 항성계나 들어가 나돌아다니면 다른 행성들의 궤도가 영향을 받아 대재앙을 일으킬 우려가 높아진다. 굳이 슈퍼울트라급 레이저로 공화국 행성을 터뜨리는 퍼포먼스를 벌이지 않아도 행성과 행성 사이의 공간을 유유히 돌아다니며 궤도에 중력간섭을 일으키기만 해도 행성들끼리 서로 들이받거나 행성이 태양으로 돌진하는 사태가 벌어질 수 있다. 구체적인 예를 참고하고 싶다면 H. G. 웰스의 단편소설 〈별The Star〉(1897)을 권한다.[62] 아울러 스타킬러 행성이 항성 간 공간을 초광속으로 이동한다 해도 태양으로부터의 거리가 일정하지 않으면 단지 표토가 눈과 얼음으로 덮이는 데 그치지 않고 침엽수 산림 따위는 일체 존재할 수 없는 불모의 세계가 될 것이다. 이 때문에 래리 니븐의 SF연작 〈링월드 시리즈〉에서는 모항성을 떠나 우주를 방랑하는 행성들 주위에 각기 작은 인공태양을 띄워 대기와 바다가 얼어붙지 않고 종전처럼 상온을 유지할 수 있게 한다.

슈퍼맨 신화, 어른이 되어서도 슈퍼맨을 흠모하는 이유

● 역사적이고 서사적인 영웅의 전통이 유럽에 비해 턱없이 부족한 탓인지 미국에서는 근 1세기 가까이 슈퍼히어로물들이 엔터테인먼트 산업에서 안정된 흥행의 보증수표 노릇을 해왔다. 대중의 열띤 호응에 힘입어 미국의 만화출판사들은 앞 다투어 다양한 개인기(!)를 보유한 슈퍼히어로들을 데뷔시켰고 여기서 화려한 스포트라이트를 받게 된 스타급 캐릭터들은 영화와 애니메이션 그리고 심지어는 브로드웨이 뮤지컬로까지 진출한다. 시대정신의 변천에 따라 대중에게 사랑받는 슈퍼히어로들의 우선순위가 바뀌거나 쟁쟁한 후배가 관록의 선배를 제치는 일도 종종 생긴다. 그러다 보니 누가 누군지 일일이 알아보기 어려울 정도다. 예컨대 〈엑스맨〉처럼 돌연변이 초능력자들이 하루가 다르게 늘어나는 대체세계alternative world에서는 여간한 마니아가 아니고서야 '프로페서X'와 '울버린' 그리고 '사이클롭스'까지는 알아봐도 해복과 밴시 그리고 쉐

도우캣까지 챙기기는 쉽지 않으리라. 1960~1970년대 초기 멤버들에만 국한해도 이러한데 엑스맨 캐릭터들은 지금도 계속 새로이 창조되고 있지 않은가.

더구나 미국의 양대 만화출판 대기업인 마블코믹스와 DC코믹스가 서로 상대편 캐릭터들 가운데 인기가 있다 싶으면 바로 비슷한 캐릭터를 만들어 경쟁시키는 통에 혼란은 더 가중된다. 서브마리너와 아쿠아맨이 전형적인 예다. 지나 미시로글루Gina Misiroglu가 편찬하여 2004년 출간한《슈퍼히어로 백과The Superhero Book》를 보면 그동안의 캐릭터 만들기 경쟁 결과 얼마나 많은 슈퍼히어로와 슈퍼악당들이 창조되었는지 꼼꼼히 확인할 수 있다. 수백 명에 달하는 이 인명록은 다시 10여 년 흐른 지금 얼마나 더 늘어났을까. 그러나 아무리 많은 슈퍼히어로들이 대중의 마음을 얻고자 백가쟁명 한다 해도 언제나 부동의 자리를 꿰차고 있는 슈퍼스타들이 더러 있다. 당장 몇몇 예만 떠올려도 슈퍼맨과 배트맨, 스파이더맨, 아이언맨, 원더우먼 그리고 팀 단위로 확장하면 엑스맨과 어벤저스Avengers, 저스티스 리그 오브 아메리카Justice League of America 등을 꼽을 수 있다.

이들 가운데 여기서는 특히 맨 처음 언급한 슈퍼맨에 주목하려 한다. 미국의 히어로 만화 역사는 20세기 초까지로 거슬러 올라가나 명실상부한 초능력을 지닌 슈퍼히어로 만화의 본격적인 출발은 슈퍼맨Superman에게서 비롯된다 해도 과언이 아닌 까닭이다. 1938년 제리 시걸이 스토리를 맡고 조 슈스터가 작화를 담당한 슈퍼맨은 펄프만화에서 일약 영웅으로 떠오른 이래 여러 매체를 넘나들며 승승장구한 끝에 어느덧 거의 여든의 나이가 되어간다. 본거지인 미국만큼은 아니지만 우리나라에서도 슈퍼맨은 그동안 꾸준히 사랑받아왔다. 영화판들 가운데 크리스토퍼 리브 주연의 〈슈퍼맨 더 무비〉는 역대 슈퍼맨 영화들 가운데 아주 크게 성공한 예에 속하는데, 우리나라에서도 서울관객만 25만3,000명을 끌어모아 당시 외화흥행 기록에 비춰보건대 꽤 선전했다. 최신작인 〈배트맨 대 슈퍼맨: 저스티스의 시작Batman vs Superman: Dawn of Justice〉(2016)의 경우 평론가들과 팬들이 아쉬움을 표시했음에도 불구하고 국내에서 20여 일 만에 전국 기준 약 224만 명의 관객을 동원했다. 국내영화가 1년에 두어 편씩 천만 관객을 돌파하는 시대에 그 정도의 관객 동원이 뭐 그리 대단하냐고 반문할지 모르나 다른 나라의 영화를, 그것도 허구의 만화 캐릭터를 주인공으로 내세운 황당무계한 이야기를 관련 지식이 별로 없는 우리나라 관객들이 그만큼이나 극장에 몰려가서 지갑을 연다는 것은 결코 예사로운 일이 아니다. 반대로 〈홍길동전〉이나 〈전우치전〉을 액션 판타지영화로 제작해 미국에 수출한다면 현지 관객들이 얼마나 관심을 갖겠는가. 더구나 국내에서는 미국처럼 슈퍼맨 만화책이 남다른 인지도를 사전에 쌓아놓지도 못한 상태라 위와 같은 흥행성적이 더욱 돋보인다.

다시 슈퍼맨 이야기로 돌아가서, 어느덧 데뷔한 지 팔순의 노인이 다 되어가는 판에 슈퍼맨이 쟁쟁한 후배들을 물리치고 여전히 만화와 애니메이션은 물론이고 영화에서도 끊임없이 러브콜을 받을 만큼 대중의 사랑을 받는 까닭은 무엇일까? 1990년대 들어 캐릭터가 진부해졌다 여긴 DC코믹스가 슈퍼맨을 최강의 적 둠스데이와 싸움을 붙여 죽여 버렸다가 팬들의 성화 탓에 다시 살려내야만 했던 일화는 유명하다. 마치 코난 도일이 셜록 홈스에게 같은 짓을 했다가 독자들의 빗발치는 항의와 간청에 못 이겨 다시 억지 춘향으로 되살려내야 했던 과거사의 복사판이라고나 할까. 미국인이건 한국인이건 할 것 없이 우리는 이 허구의 캐릭터

크리스토퍼 리브 주연의 〈슈퍼맨 더 무비〉 영화 이미지.

에게서 대체 무엇을 느끼기에 (혹은 느끼고 싶기에) 극장을 찾는 걸까? 앞서 언급했듯, 슈퍼히어로 문화는 원래 우리의 것이 아닌 까닭에 관련 콘텐츠가 아직 국내에서 만화책보다는 영화 위주로 소비되는 경향이 있다. 덕분에 최근 아이언맨과 엑스맨 그리고 스파이더맨 등의 인기가 급부상했음에도 불구하고 그와 별개로 슈퍼맨은 전통의 또 다른 강호 배트맨과 더불어 국내 팬들의 오랜 사랑을 받고 있다. 그 원인이 뭘까? 여기에 자로 잰 듯 정답이 있을 리 없다. 저마다의 입장과 목적에 따라 다양한 답이 나올 수 있으리라. 따라서 여기서 제시되는 답안들은 어디까지나 필자의 개인적인 견해임을 전제한다. 다만 이 글은 단지 해당 캐릭터가 지닌 매력에 대한 분석만이 아니라 그것이 텍스트 바깥의 환경(텍스트를 수용하고 생산하는 사회)과 어떤 상관관계에 놓여 있는지에 초점을 맞추고자 하므로 대중문화 아이콘의 사회학 차원에서 당신 역시 공통분모를 발견할 수 있을지 모른다.

사랑받는 이유 1: 거의 신의 경지에 다다를 만한 엄청난 초능력

슈퍼맨은 구라 뻥 특수촬영물의 대표주자답게 초인다운 잡기를 여럿 선보인다. 특히 압권은 맨몸으로 절대 0도에 가까운 진공의 우주를 나는 기술이다. 어떤 기계장치에도 전혀 의지하지 않고 오직 자신의 근육만으로 도약하여 하늘을 난다니 행글라이더나 패러글라이더에 빌붙어 유사체험 하는 게 고작인 인간들이 보기에 슈퍼맨은 그야말로 이카루스의 화신이나 다름없다. 데뷔시절부터 슈퍼맨은 고중력 행성 출신이란 점을 십분 활용하여 높이 도약하는 재주를 뽐내긴 했다. 마치 화성에 간 지구인 존 카터가 현지의 약한 중력을 활용하듯이 말이다.• 하지만 이 캐릭터가 인기를 끌며 장수할 조짐을 보이자 서서히 기량이 배가되기 시작하더니, 1950년대에 이르면 슈퍼맨은 단순한 도약이 아니라 하늘을 난다는 표현이 자연스러울 만큼 비행능력이 일취월장하게 된다. 나중에는 아예 마지노선마저 없애버린다. 아예 진공의 우주공간에서 얇은 나일론 타이즈 한 벌만 입고 버텨도 산소 부족이나 기압하강으로 인한 곤란을 전혀 겪지 않게 된 것이다. 이쯤 되면 A. E. 밴 보트의 연작선집《비글 호의 여행》의 〈진홍색 불협화음Discord in Scarlet〉(1939) 에피소드에 등장하는 익스틀Ixtl 같은 우주괴물에 필적할 만큼 천하무적이다.

〈슈퍼맨 더 무비〉의 영화소설을 쓴 작가 마리오 푸조(《대부The Godfather》의

• 존 카터는 에드가 라이스 버로즈의 장편연작 〈화성의 존 카터John Carter of Mars〉 시리즈에 등장하는 지구인 주인공이다.

작가로도 유명하다)는 슈퍼맨의 비행에 가까운 도약능력의 근거로 모행성 크립톤의 중력이 지구보다 20배 강한 점을 들었지만 아무리 그렇더라도 유기체 생명이 맨 몸으로 진공의 우주에서 버틸 수는 없으리라. 허나 슈퍼맨을 아끼는 팬들은 개의치 않는다. 그들에게는 논리가 아니라 인간의 한계를 넘어서는 비전이 더 중요하기 때문이다. 시시콜콜 따지자면 크립토나이트 앞에만 가면 슈퍼맨이 오줌을 지리는 설정도 이해하기 어렵다. 고향 행성 특유의 해로운 성분이라 해도 그 앞에만 가면 바로 술 취한 것처럼 해롱대야 할까? 우리가 지구상에서 가장 위험한 물질인 우라늄 앞에 선다 해도 순식간에 앓아눕지는 않지 않는가. 허나 이러한 모순 역시 팬들은 듣고 싶어 하지 않는다. 그들이 원하는 것은 오로지 무소불위의 초인을 때때로 붙잡아 둘 수 있는 마법의 족쇄다. 그래야 손오공의 금고아(헤드 링)처럼 적재적소에서 아킬레스 건으로 긴요하게 써먹을 수 있을 테니까. 대신 〈슈퍼맨〉에서 금고아를 쥐고 흔드는 자는 같은 편인 삼장법사 격의 인물이 아니라 늘 악당들이란 차이가 있다.

사랑받는 이유 2: 도덕적으로 완벽한 존재

사실 첫 번째 이유는 너무 형이하학적이라 초등학생 나이 이상의 관객에게는 어느 정도 이상의 매력 포인트가 되지 못할 것이다. 그럼에도 불구하고 흥행지표를 보면 오늘날 미국과 우리나라에서 그저 어린이들과 이들을 에스코트하느라 동석한 부모들만 〈슈퍼맨〉을 보러 극장 문을 들어서는 것 같지는 않다. SF팬들 뿐 아니라 일반 어른 관객들도 그의 활약에 부지불식간에 탄성을 지르며 카타르시스를 느낀다.

왜 그럴까?

이는 슈퍼맨이 이 세상에 도저히 '존재할 수 없는 존재'인 까닭이다. 이른바 '철의 사나이man of steel'라 불리는 그의 강고한 육체와는 전혀 다른 이유 때문이다. 한때 그를 죽음으로 내몰았던 둠스데이를 위시해서 SF만화에서 슈퍼맨에 버금가는 초인 캐릭터들이 흔치는 않다 해도 아예 없는 것은 아니다. 하지만 슈퍼맨만큼 고지식하고 도덕적으로 거의 완벽한 인격은 찾아보기 어렵다. 칼 엘은 어떤 상황에서도 불의와 타협하지 않으며 인종과 계급, 성별과 지위고하에 연연하지 않는다. 물론 유사시 구조 목록의 0순위는 진심으로 연모하는 로이스 레인이겠지만, 적어도 그 외의 일이라면 그는 어떤 편견과 고정관념에 휘둘리지 않고 성심성의껏 최선을 다한다. 신과 맞먹을 만한 전지전능함을 지녔으나 쾌락을 탐하지 않고 애인 몰래 바람을 피우지 않으며 뇌물청탁 따위는 언감생심 가능하지도 않은 상대가 바로 슈퍼맨이다.

한 마디로 그는 세상을 좌지우지할 능력을 갖추었으되 그것으로 이윤을 극대화하기는커녕 오히려 돈 한 푼 벌리지 않는 공익사업에 뛰어들어 일관되게 헌신한다. 하지만 슈퍼맨 역시 유한한 존재인지라 바라는 것이 하나 있기는 하다. 그것은 바로 공명심이다. 다시 말해 슈퍼맨의 공을 사람들이 알아주는 것이다. 야훼조차 자신을 사랑하지 않는 인간들에게는 매우 격하게 화를 냈다고 구약성서가 생생하게 증언하고 있으니 이에 비하면 슈퍼맨의 바람은 새 발의 피다. 자신에 대한 100% 헌신적인 믿음은 물론이고 맹목적 복종과 구분되지 않는 사랑을 줄곧 요구한 야훼와 달리, 슈퍼맨은 그저 자신이 한 일을 알아주기만 해도 가슴이 터질 듯 행복해하니 이보다 더 이타적인 신급神級 존재가 또 있을까.

꼭 요즘의 세태만은 아니지만 정치인들은 국민이 맡긴 무거운 권력을 주체하지 못하고 툭하면 부패와 비리 스캔들에 휘말리고 재벌들은 국가경제와 사회의 선순환 구조를 마련하기보다는 이윤극대화를 위해 소비자는 물론이고 자사의 직원들까지 철저히 이용한다. 상아탑의 대학교수들은 정치권에 기웃거리거나 대기업의 뒷돈 받아먹을 궁리에 혈안이 되는 것으로도 모자라 걸핏하면 제자 성추행이나 교수채용비리, 연구비 착복비리 등으로 자신의 가치를 끊임없이 갉아먹는다. 지금까지 열거한 이들의 추악상을 연일 보도하는 언론인이라 해서 한 치도 나을 게 없다. 오늘은 이쪽에 붙어 기사 쓰다 내일은 저쪽에 붙어 비판하는 식의 언론행태를 우리는 얼마나 자주 보는가. 취재차 갔는데 거하게 한상 차려주는 대신 떡볶이 따위나 내놨다고 못 마땅해하는 기자들은 입으로는 정치선진화를 떠들면서 정작 국회의원이 쓰는 돈의 원천이 대체 어디에서 나오는지 고민조차 하지 않는다. 본질과 핵심을 추적 보도하기보다 그저 권력투쟁에서 밀린 자들을 하이에나처럼 같이 물어뜯는 야비한 취재관행은 공룡언론사 뿐 아니라 인터넷의 영세한 언론사들에서도 수시로 발견할 수 있다. 특히 최근 김영란법 통과를 전후하여 공무원과 교수 그리고 기자들까지 전에 없이 일치단결하여 분기탱천하는 태도는 그야말로 가관이었다. 한마디로 오늘날 우리 사회에는 존경할 만한 어른이나 사표師表로 삼을 지도자를 좀처럼 찾아보기 어렵다 해도 과언이 아니다. 매번 국무총리와 장관 청문회에서 예외 없이 벌어지는 난장판을 보고 있노라면 까다로운 통과조건을 탓하기 앞서 그 정도로 우리나라 지도급 인사들 가운데 신용할만한 인물이 없나 하는 자괴감이 들게 마련이다.

현실의 이러한 복마전에 비해 허구 속의 슈퍼맨은 세상의 필부필부匹夫匹婦들이 염원하는 가장 중요한 덕목 하나를 완벽하게 갖췄다. 바로 도덕성이다. 슈퍼맨의 신통방통한 초능력에는 터무니없다 코웃음 칠 수 있어도 그의 도덕성에는 함부로 메스를 가할 수 없다. 슈퍼맨은 생업(혹은 인생)의 일부를 희생하면서까지 세상의 정의를 위해 크립토나이트제製 비수에 난자당하는 한이 있어도 물러서지 않는다. 더구나 무료봉사일 뿐 아니라 전술했듯이 약간의 명예 외에는 바라는 것이 없다. 뇌물이 아니라 진심어린 선물이라 해도 전달할 수가 없다. 아무도 그의 주소를 모르니. 따라서 우리는 지나치게 강직하다 보니 외려 간교한 악당들에게 속아 넘어가 툭하면 죽을 만치 샌드백이 되기 일쑤인 슈퍼맨의 도덕적이다 못해 다분히 꽉 막힌 행동거지에서 추악한 현실계를 잠시 이탈하여 상처받은 마음을 다소 얼마간이나마 위로받는 것이 아닐까. 요약하면, 슈퍼맨이 악당을 퇴치하는 호쾌한 액션만이 아니라 그가 어떤 역경에 직면해도 멍청하리만치 고결한 몸가짐을 일관되게 고집하는 까닭에 우리는 그를 자기도 모르는 사이 응원하게 되는 것이 아닐까?

사랑받는 이유 3: 무한 책임을 느끼는 존재

2015년 성완종 뇌물로비 사건이 터졌을 때, 평소 그와 친분이 깊었던 여권 인사들이 하나같이 '나는 그를 모른다'고 부인했다가 반박자료들이 연이어 나오며 톡톡히 망신을 당했고 급기야 현직 총리가 자신의 뇌물 수수혐의 여부가 밝혀지기도 전에 기만적인 말실수를 거듭하는 자충수로 말미암아 사임하는 사태까지 빚어졌다. 책임을 회피하며 유체이탈 화법을 구사하는 행태는 이제는 어느덧 여야를 떠나 정치권에서 흔히 마주하는 고질적인 관행으로 자리 잡은 듯하다. 죄다 손사래 치며 자기 앞에 떨어진 불똥을 치우기 바쁘다 보니 우리 정치권에는 책임 떠넘기기에 급급한 인사들만 즐비할 뿐 국가운영을 맡겨도 되겠다는 믿음이 가는 인물은 좀체 찾아보기 힘들다.

그러니 우리 같은 민초 입장에서는 〈슈퍼맨〉 영화에서 초현실적인 힘의 과시 때문이 아니라 초현실적인 도덕성으로 무한 책임을 느끼며 지구를 구하려 몸을 사리지 않는 존재에게 잠시나마 머리를 식히며 심리적 보상을 받고 싶어 할 법하다. 임꺽정과 로빈 후드의 이야기가 백성들의 사랑을 받으며 회자된 끝에 문학으로 형상화될 수 있었던 것은 예나 지금이나 비루한 현실과 대비되는 이상적인 지도자에 대한 사람들의 갈망이 컸던 탓이리라. 이렇게 보면 슈퍼맨은 비록 의적은 아니나 21세기 현대 산업문명에 맞게 각색된 도덕적 아이콘인 셈이다. 20세기 초중반까지만 해도 단지 고만고만한 악당을 때려잡는 협객 노릇에 머물던 그가 21세기에 접어들어 자기희생을 무릅쓰고 인류를 구원하는, 거의 메시아에 가까운 캐릭터로 업그레이드되는 최근 경향을 보고 있노라면 존경하고 신뢰할만한 대상에 대한 갈구는 비단 우리나라 사람들에게서만 찾아볼 수 있는 것이 아니라 만국 공통의 보편적인 현상이 아닌가 하는 생각이 든다.

SF에도 가슴 뭉클한 러브스토리가 있을까

● 흔히 SF라면 진기한 발견 · 발명에 넋이 나간 실험실의 과학자나 인간처럼 구는 로봇 혹은 퉁방울눈 외계인부터 떠올릴지 모르겠다. SF라는 어감에서 서정적인 슬픔이나 감동부터 떠올릴 이들은 아마 많지 않으리라. 그러나 이러한 선입관이야말로 전형적인 '일반화의 오류'다. 추리소설 속 탐정이 죄다 셜록 홈스의 따라쟁이가 아니듯, SF라 해서 두뇌회전이 기발한 발명가나 외계인들과 싸움질하느라 첨단무기로 온몸을 두른 미래 군인들만 나오지는 않는다. 과학소설 또한 인간과 사회를 반영하는 문학이기에 희로애락이 있고 풍자와 페이소스가 있다. 못 믿겠다고? 그럼 어떤 예를 들면 SF가 심금을 울리는 낭만적인 문학이 될 수 있음을 한눈에 보여줄까?

러브스토리는 어떨까? 단지 맛깔스런 양념이나 구색으로 곁들이는 서브플롯 말고 말 그대로 작품 알맹이 자체가 러브스토리인 경우 말이다

(〈스타워즈〉나 〈터미네이터〉에도 애절한 사랑이 나오지만 중심주제는 아니다). 정말 그런 이야기들이 있냐고? 좋다. 아름다운 SF러브스토리들을 몇 편 시식해보자.

먼저 바람난 한 중년 남자에게서 시작해보자. 사람들이 좋아하는 연인 상은 대개 거기서 거기다. 로버트 프랭클린 영Robert Franklin Young의 단편 〈민들레 소녀The Dandelion Girl〉(1961)의 주인공도 다르지 않다. 시골로 휴가 온 한 중년 남자가 뒷동산에서 200년 뒤 미래에서 왔다는 스무 살 처녀와 만나 첫눈에 반한다. 처녀 역시 자기 나이 곱절의 아저씨와 사랑에 빠진다. 문제는 그에게 엄연히 아내가 있다는 사실. 남자는 젊은 여인에 대한 열정과 아내에 대한 죄책감으로 혼란스럽다. 몇 차례 밀회 끝에 처녀는 타임머신을 발명한 부친이 돌아가시는 바람에 남은 시간여행 기회가 이제 단 한 번뿐이라며 아쉬워한다. 다시 만날 수 있냐는 남자의 물음에 처녀는 노력하겠지만 설사 실패해도 자신을 잊지 말아 달라 당부한다.

그녀는 다시 나타나지 않는다. 상심한 남자는 백방으로 수소문하나 아는 이가 전혀 없다. 그제야 그는 농담으로 여긴 그녀의 정체가 정말 시간여행자인지 의아해진다. 집에 돌아온 남자는 아내에게 속내를 숨기느라 고심하고 아내 역시 달라진 남편에게서 마음의 상처를 입는다. 어느 날 남자는 무심코 아내의 비밀 가방을 열어보고 충격을 받는다. 안에는 옷 한 벌뿐이었다. 뒷동산에서 만난 처녀가 맨 처음 입은 바로 그 드레스! 처녀는 단 한 번 남은 시간여행 기회를 결코 헛되이 하지 않았다. 남자는 자신이 왜 뒷동산 처녀에게 선뜻 넋을 잃었는지 비로소 깨닫는다. 바로 젊은 날의 아내와 똑같은 느낌이었던 것이다. 자신이 20대 때 아내가 왜 그리 저돌적으로 접근해왔는지도 이제 알 것 같았다. 비로소 그는 현재에 감사하며 외출한 아내를 마중하러 서둘러 집을 나선다.

'시공간의 왜곡'이란 물리현상이 뜻밖에 애절한 러브스토리의 알리바이가 되기도 한다. 제프리 A. 랜디스Geoffrey A. Landis의 〈도라도에서At Dorado〉(2002)와 김보영의 《당신을 기다리고 있어》(2015)가 좋은 예다. 〈도라도에서〉의 배경은 웜홀 앞에 떠 있는 우주정거장이다. 여주인공은 우주선 항해사인 남편이 정거장마다 현지처를 두자 대판 싸우고 헤어진다. 곧 이은 사고 소식. 남편의 우주선이 웜홀을 통해 돌아오다 파괴되었단다. 남편의 시신 앞에서 그녀는 울 기운도 없다. 다음날 멀쩡히 살아있는 남편이 평소처럼 넉살 좋게 그녀 앞에 나타난다. 분노보다 반가움이 앞선 그녀는 곡절을 깨닫는다. 웜홀을 드나드는 우주선은 상대론적 속도와 진입 각도에 따라 종종 시간차를 일으킨다. 덕분에 아직 사고 우주선을 타지 않은 과거의 남편이 찾아온 것이다. 문제의 우주선으로는 내일 갈아탄다. 이제 다시는 돌아오지 못하리라. 그 사실을 귀띔해주고 남편을 붙잡으면 어찌 될까. 인과율이 무너지면 웜홀이 붕괴되며 코앞의 우주항 역시 가루가 될 것이다.

> 다린이 돌아누워 그녀를 바라봤다.
>
> "다른 여자는 없어. 이번엔 정말이야."
>
> 그녀는 눈을 감았다. 이번이 마지막 키스라 여기며 입을 맞췄다.
>
> "나도 알아요."[63]

《당신을 기다리고 있어》는 4.3광년 떨어진 알파 센타우리 식민지를 떠나 지구에서 결혼식을 올리려는 선남선녀의 이야기다. 그런데 각자 다른 우주선을 타고 오느라 문제가 생긴다. 아인슈타인의 상대성이론에 따르면 우주선 안의 경과시간은 광속에 근접할수록 느려진다. 예컨대 광속의 99.9%까지 하루 만에 가속하면 목적지까지 선내시계로 72일이 걸리며, 한술 더 떠 4.6시간 만에 광속의 99.99999%가 되거나 7분 만에 광속의 99.99998%가 되면 선내경과시간은 딱 하루다. 사단이 일어난 것은 예비신랑이 예비신부로부터 두 달 늦게 도착한다는 전갈을 받고나서다. 지구에 먼저 와 그녀도 없이 빈둥대느니 도착시간을 맞출 심산에 그는 우주공간에서 다른 우주선으로 갈아탄다. 그러나 하필 가는 날이 장날이라고 갈아탄 우주선이 궤도를 잘못 잡아 두 달 뒤가 아니라 3년 뒤에나 도착하게 된다. 예비 신부는 낭군의 딱한 사정을 전해 듣고 갈아탈 배편을 구하지만 쉽지 않다. 아무리 과학기술이 발달한 미래라도 우주선이 고속버스 마냥 30분마다 어디로든 떠날 수야 없는 노릇 아닌가. 그녀가 간신히 구한 배편은 11년 걸려 지구에 도착하는 완행 화물선이다. 그녀가 냉동수면에 들어갔으니 공은 다시 예비신랑에게 넘어간다. 그는 남은 8년의 시차를 어떻게 보내야 할까? 지구에서 늙다리가 되어 갓 깨어난 앳된 신부를 맞이해야 할까? 그럴 수 없다고 판단한 예비신랑은 지구에 머물지 않고 다시 다른 우주선에 오른다. 그러나 여전히 양쪽의 도착시간이 서로 잘 안 맞는다. 혹시 이러다 두 남녀는 우주선만 노상 갈아타며 상대론적으로 느려터진 시간 속에서 서로 영영 만나지 못하는 견우직녀 꼴이 되지는 않을까?

SF에서 시간여행 수단은 타임머신이나 시공간의 상대론적 왜곡현상만이 아니다. 때로는 체질적으로 시간여행 능력을 타고난 인물이 등장한다. 팻 머피Pat Murphy의 단편 〈오렌지 꽃필 무렵Orange Blossom Time〉(1981)[64]

과 오드리 니페네거Audry Niffeneger의 장편《시간여행자의 아내The Time Traveler's Wife》(2003)를 보자. 둘 다 타임머신 같은 물리적 수단 없이 시간여행 능력자가 연인의 전 생애의 다양한 시점에 나타나 절절한 사랑을 나눈다는 점에서 포맷이 비슷하다. 다만 능력자가 〈오렌지 꽃필 무렵〉은 여성이고《시간여행자의 아내》는 남성이다. 〈오렌지 꽃필 무렵〉의 엔딩에서 병으로 죽어가는 젊은 남자 곁에 여주인공이 반복해서 찾아온다. 그런데 그녀의 모습은 눈에 띄게 늙어간다. 남자가 죽은 뒤에도 그녀가 남자가 살아있던 시절로 계속 시간도약을 해온 탓이다. 늙은 여인이 남자의 임종을 지키는 장면은 우리의 일상감각을 위배함에도 불구하고 무척 감동적이다.

> 그는 눈을 뜨고 사랑하는 이의 늙은 얼굴을 바라봤다. 주름진 얼굴과 지친 눈빛. 틀어 올린 머리는 하얗게 샜다.
>
> "전 언제나 당신과 함께예요, 내 사랑."
>
> 그녀가 속삭였다.
>
> "여러 번 떠났지만 언제나 다시 돌아왔어요."[65]

타임슬립Time Slip과 맞물린 러브스토리도 있다. 리처드 매드슨Richard Matheson의《시간여행자의 사랑Bid Time Return》(1975)을 보자. 1971년의 한 남성이 한 호텔에 머무르다 1890년대의 인기 여배우 엘리스 매케나의 사진을 보고 첫눈에 반한다. 그는 그녀와 관련된 온갖 정보를 숙지한 가운데 자기최면을 걸어 엘리스가 실재하던 시간대로 떠난다(이렇게 과학적인 물리수단 없이 초자연적인 현상을 통해 시간여행하는 방식을 SF에서는 타임슬립이라 한다). 이런저런 장애가 있긴 하나 마침내 그는 그녀와 만나 열렬한 사랑을 불태운다. 그러나 수중에 지닌 원래 자기 시간대의 물건(1971년 주조된 동전)을 의식하느라 현재로 되돌아오고 만다. 동생이 시간여행자의 자필원고를 소개하는 형식의 이 소설은 시간여행을 했다는 남자가 악성 뇌종양을 앓고 있어 환각을 봤을지 모른다는 단서를 조심스레 추가한다.

이상의 작품들은 공교롭게도 하나같이 시간여행담이다. SF러브스토리라 해서 죄다 시간여행담은 아니나 상당수가 시간여행 플롯을 취한다. 이는 사랑하는 남녀가 영영 다시는 만날 수 없게 되는 애틋한 상황을 극화하는데 이보다 더 드라마틱한 설정이 없기 때문 아닐까. 다시 말해 아예 다른 시대 다른 공간에 살거나(《시간여행자의 사랑》, 〈민들레 소녀〉), 안타깝게도 이미 죽어버려 웜홀의 시공간 왜곡 덕분이 아니면 재회할 수 없거나(〈도라도에서〉), 혹은 시공을 건너뛰는 초능력 없이는 인연이 맺어질 수 없는 사이(《시간여행자의 아내》, 〈오렌지 꽃필 무렵〉)가 아니라면 연인들의 러브스토리가 그토록 시리고 가슴을 저미겠는가.

예서 그치지 않고 SF는 로버트 실버버그의 단편 〈91번째 신부Bride 91〉(1967)에서 보듯 인간과 외계인의 진지한 연애와 결혼을 상상해본다.

> 6개월 계약결혼이었다.
>
> "신부에게 키스해!"
>
> 랜디의 섭취구멍에 달린 꽃잎들이 내 입술에 눌리며 예쁘장하게 하늘거렸다. 30초쯤 그러고 있었다. 랜디의 세계에서는 서로 키스하지 않는다, 적어도 입으로는. 그러니 그녀가 키스를 얼마나 제대로 즐겼는지 모르겠다. 허나 우리의 결혼계약 조건대로 지구의 격식을 따랐다.[66]

이미 90번의 결혼과 이혼을 거듭한 인간 주인공은 '서본' 별의 여성 외계인 랜디와 91번째 결혼식을 올린다. 지구식 결혼인 만큼 서본인 신부는 지구인 여성에 최대한 가까워져 신랑을 기쁘게 해주려 한다. 그래서 키스하기 좋게 자기 입천장에 가득한 바늘 같은 침들을 다 빼내 인간의 치아를 해 넣는가 하면, 남편이 바람 펴도 아내는 참아야 하는 지구의 오랜 관행(?)을 어디선가 듣고 와서 그가 바람을 피우게 부추기는 통에 부부 간 냉전이 일어난다. 우여곡절 끝에 시험적인 단기결혼으로 서로의 진심을 확인한 둘은 계약만료 후 재혼한다. 대신 이번에는 결혼계약 조건을 서본인 격식에 따른다. 진정한 사랑만 전제된다면 이종異種 간 장벽은 아무 것도 아니라는 메시지는 다인종사회에서 상호 관용이 공동체의 평화로운 존립에 얼마나 중요한지 우회적으로 일깨운다.

이 정도로 극단적인 SF러브스토리는 순문학에서 꿈도 꿀 수 없는 까닭에 상상력이 풍부한 SF작가라면 독자의 눈길을 붙드는 데 훨씬 더 유리하리라. 한마디로 SF라서 서정성이 부족하다는 것은 작가의 부족한 실력을 감추려는 변명에 불과하다. 러브스토리는 아무리 과학적인 토대 위에 쓰여도 얼마든지 독자의 폐부를 파고들며 절절해질 수 있다. 그 열쇠는 바로 인간에 대한 탐구다. 이를 과학기술적 아이디어와 잘 조화시킬 때 비로소 SF텍스트는 빛을 발한다. 그러니 어떤 SF러브스토리가 진부하거나 공감하기 어렵다면 장르 틀에 시비 걸지 말고 작가에게 따지라. 당신, 재미없다고!

Chapter

Special

미래의 유산

SF가 우리에게 제기한 질문들

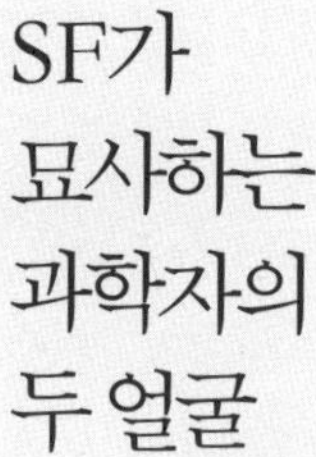

SF가 묘사하는 과학자의 두 얼굴

● 문학은 예로부터 사회 변화를 민감하게 반영하는 일종의 거울이다. 과학자가 대중소설의 주 · 조연으로 고개를 내민다 함은 해당 사회가 과학기술이 뒷받침된 산업사회로 완연히 접어들었음을 뜻한다. 불의 발명 이래 인류문명의 수레바퀴는 끊임없이 앞으로 전진해왔다. 인간은 갈수록 현명해졌다. 세상을 꿰뚫어 보는 지혜는 반복되는 검증을 거쳐 체계화된 결과 이른바 '과학'이란, 보다 조직화된 학문으로 격상되었다. 그러니 이러한 토대를 마련하는 데 기여한 과학자들이 근현대문학의 주목을 받게 된 현상은 어찌 보면 당연한 귀결이다.

그러나 아이러니하게도 과학자에 대한 일반 대중의 이미지는 이율배반적이다. 과학자들의 선구적인 도전정신 덕에 세상을 바꿀 수 있었음에도 불구하고 대개의 사람들은 그로 인해 감당해야 할 여파에 미처 준비되어 있지 않은 경우가 다반사인 까닭이다. 비행기는 바다를 횡단하는 정규 교통수단이 되기에 앞서 두 차례나 세계대전에 동원되어 많은 인명을 살상했다. 특히 독일 드레스덴 시 상공에서 벌인 연합군의 무차별 폭격과 히로시마 · 나가사키 상공에서의 원자탄 투하는 비행기의 가공할 쓰임새를 세계 만방에 보여준 단적인 사건들이었다. 어디 그뿐이랴. 원자력은 화석연료를 대체할 차세대 에너지원으로 기대를 모았으나 엉뚱하게도 원자폭탄이란 위험천만한 사생아를 낳았다. 유전공학은 유전성 희귀병을 고칠 유용한 해결책임에도 불구하고 복제인간이 탄생할 경우 직면하게 될 도덕적 · 윤리적 그리고 법적 논란 탓에 애증의 대상이다. 그렇다면 이러한 연구의 최전선에 있는 과학자들에 대한 일반 대중의 인식이 기대와 두려움 사이에서 엇갈리는 것은 어찌 보면 지극히 자연스런 현상일지 모른다.

근현대문학에서 과학자가 두려운 경외의 대상으로 그려진 예는 일찍이 19세기 초까지 거슬러 올라간다. E. T. A. 호프만E. T. A. Hoffmann의 《모래사나이Sandman》(1816)와 메리 셸리의 《프랑켄슈타인》에서 과학자들은 뭐라 설명하기 어려운 강박증에 사로잡혀 있으며 때로 이들의 반사회적인 태도는 광기로까지 치닫는다. 《프랑켄슈타인》에서 빅터 프랑켄슈타인 박사는 감히 신의 영역(죽은 이의 부활)에 도전한 대가로 자신의 소중한 이들을 모두 잃는다. 과학자가 자신의 탐구욕에 노예가 된 나머지 소중한 이를 잃는다는 설정은 나다니엘 호손Nathaniel Hawthorne의 《라파시니의 딸Rappaccini's Daughter》(1844)에서도 반복된다. 《모래사나이》에 등장하는 로봇 발명가 코펠리우스의 경우에는 중세 연금술사의 분위기마저 노골적으로 풍긴다. 과학자를 연금술사와 중첩시키는 시각은 오노레 드 발자크Honore de Balzac의 《현자의 돌La recherche de l'absolu》(1834)에서도 발견된다. 여기서 주인공은 아름다운 아내를 둔 부호지만 화학에 매료된 나머지 '현자의 돌'을 구하겠다는 꿈에 젖어 광기 어린 여생을 보낸다. 설사 연금술과 연관 짓지 않아도 과학자를 편집증에 사로잡힌 괴짜로 그리는 시각은 현대 과학소설의 초기 모범을 보여준 쥘 베른과 H. G. 웰스에게서도 어렵지 않게 찾아볼 수 있다. 베른은 네모 선장과 로부Robur를, 웰스는 모로 박사와 투명인간 그리핀 그리고 카보라이트(반중력 발생물질)를 발견한 카보 박사 같은 기이한 캐릭터들을 창조했다. 아울러 로버트 루이스 스티븐슨Robert Louis Stevenson의 지킬 박사와 모리스 르나르Maurice Renard의 렌 박사[67] 그리고 아서 코난 도일Arthur Conan Doyle의 챌린저 교수[68] 역시 큰 틀에서 보건대 별반 다르지 않은 괴짜들이다.

하지만 20세기에 접어들며 문학 속의 과학자 상은 두 가지로 양분되기 시작한다. 한쪽에서는 여전히 괴짜 과학자들이 원자탄을 비롯해 세상을 깜짝 놀라게 할 기계와 괴물들을 만들어 상투적인 위협을 가했다. 반면 다른 한쪽에서는 과학지식으로 무장한 발명가와 엔지니어들이 불의에 맞서고 나아가서는 광활한 우주를 넘나드는 탐험가로 변신했다. 후자의 초기 예들로는 휴고 건즈백의 《발명왕 랠프》와 E. E. 스미스의 《우주의 종달새 호The Skylark of Space》(1946~1966) 시리즈의 천재 과학자 혹은 발명가 주인공들이 유명하다. 이러한 변화는 토머스 앨바 에디슨Thomas Alva Edison과 알베르트 아인슈타인 그리고 루이 파스퇴르Louis Pasteur 같은 발명가와 과학자들이 대중의 존경을 받게 된 세간의 정황과 무관하지 않다(에디슨과 아인슈타인은 개인적인 성품에서 문제가 없지 않았으나 대중은 이들의 외형적 성과에 환호했다).

1950년대 이후 과학소설은 다시 한 번 과학자에 대해 중대한 인식의 전환을 하게 된다. 오늘날 과학기술이 미처 생각지 못한 폐해를 왕왕 낳는 이유가 개발자들의 원죄라기보다 이들을 배후에서 악용하는 파렴치한 정치인들과 똥인지 된장인지 분간 못하는 어리석은 일반 대중 탓이라고 반박하는 작품들이 나오기 시작한 것이다. 단적인 예가 원자폭탄의 개발을 둘러싼 책임공방이다. 원자 에너지는 폭탄이 아니라 원자력 발전소로 활용될 수도 있다. 선택은 어디까지나 과학자가 아니라 정부와 국민의 몫이지 않은가. 제임스 P. 호건James P. Hogan의 《창세기 기계The Genesis Machine》(1978)는 정부가 전쟁 수행에 도움 되는 과학프로젝트에만 재정을 지원하는 환경에서 어쩔 수 없이 원폭개발에 참여한 과학자의 부조리한 상황을 그린다. 밥 쇼Bob Shaw의 《그라운드 제로 맨Ground Zero Man》(1971)은 한 술 더 뜬다. 한 과학자가 지구상의 모든 핵폭탄을 한꺼번에 날려버릴 수 있는 장비를 개발한다. 목적은 전세계 정부들에게 이 장비의 존재를 알려 핵전쟁을 억제하는 데 있다. 그러나 양심적 과학자의 공세는 곧 무력화되고 핵무기가 어떤 간섭에도 영향 받지 않는 신형으로 업그레이드되는 계기만 제공한다.

그렇다고 해서 모든 작가들이 과학자들에게 면죄부를 준 것은 아니다. 과학자의 부정적 역할에 대한 두려움은 첨단 과학기술이 우리 사회에 미치는 영향이 갈수록 커지는 상황에서 말끔히 씻어내기 어렵다. 이러한 오해는 올바른 과학지식을 제때 접하기 어려운 대중의 근거 없는 공포에서 비롯된 면이 없지 않지만 과학자들의 도덕적 책무 역시 전혀 없다 할 수 없다. 일부 작가들이 신랄하게 비판하고 있듯, 누가 뭐래도 위험천만한 과학기술 개발의 1차 책임은 과학자들 자신에게 있기 때문이다. 다행히 최근 발표되는 과학소설들은 실험실에서 연구하는 과학자를 묘사할 때 전보다 훨씬 신중을 기하는 인상을 준다. 더욱이 작가들 중 일부는 아예 과학자 출신인 경우도 심심치 않게 발견된다. 과학소설 황금시대(1930~1950년대)의 아이작 아시모프와 아서 C. 클라크뿐 아니라 그레고리 벤퍼드Gregory Benford와 데이비드 브린, 폴 데이비스Paul Davies, 로버트 L. 포워드Robert L. Forward, 프레드 호일Fred Hoyle, 존 그리빈John Gribbin 그리고 필립 라썸Philp Latham 같은 과학자들이 유명작가의 반열에 든 지 오래다. 과학에 대한 전문식견을 지녔을 뿐 아니라 과학자의 삶이 자신의 생활이기도 한 작가들의 과학소설은 일반 대중에게 과학자가 실제로 어떤 인간인지 떠올리게 하는 데 도움이 될 것이다.

요약하면, 역사적으로 과학소설에서 묘사하는 과학자 상은 있음직한 인격의 구체적인 반영이라기보다 과학만능주의가 과연 인간이 인간답게 살아가는 데 기여할 수 있는지에 대한 물음에 답하고자 끌어들인 가상의 이미지에 가깝다. 따라서 소설 속의 과학자는 실제 직업군의 특성과는 상관없이 인간의 원초적 욕망, 통제하지 못하는 이기심을 과학문명 앞에서 적나라하게 드러내는 허구의 인격으로 이해되는 것이 온당하다. 그 캐릭터가 부정적으로 그려지건 긍정적으로 그려지건 그것은 과학자 개인이 아닌 인류의 마음속을 비추고 있기 때문이다. 현실의 과학자는 과학지식에 대한 전문성과 이 분야에 대한 남다른 탐구심 외에는 일반인과 전혀 다를 바 없는 사람일 것이다. 과학소설에서 과학자의 이미지가 어느 한쪽으로 호도되거나 지나치게 희화화되는 것은 무엇보다 현대 사회에서 과학이 미치는 영향력이 지대하기 때문이다. 과학 없이 더 이상 우리가 문명인다운 생활을 할 수 없게 된 시대에 과학기술이 자칫 오용되면 어떻게 하나 하는 불안이 이 분야의 최전선을 개척하는 과학자들

SF소설이나 영화에서 과학자는 지식과 기술을 독점하여 전지전능한 힘을 발휘하거나 인류를 위협하는 두려운 존재로 묘사되곤 한다. 그러나 영화 〈콘택트Contact〉(1997)나 〈인터스텔라〉의 경우 과학자들은 우주의 신비를 탐사하거나 가족과 인류를 구하기 위해 미지로 뛰어드는 등 인간적인 모습을 보이기도 한다(위 사진은 영화 〈콘택트〉에 등장하는 배우 조디 포스터가 열연한 과학자 앨리 애로위의 모습). 이처럼 SF에서 묘사하는 과학자 상은 결코 단일하지 않으며 여기에는 과학에 대한 대중의 양면적인 믿음이 작용하고 있다.

에게 투영되었을 뿐이다. 다시 말해 정도正道를 벗어난 과학자에 대한 불길한 묘사는 다름 아닌 우리 자신의 과학과의 관계에서의 불안을 반영한데 지나지 않는다.

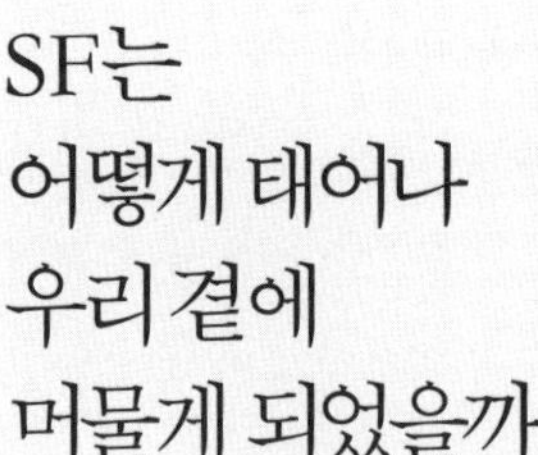

SF는 어떻게 태어나 우리 곁에 머물게 되었을까

● 현대 산업사회에서 인간은 과학에 기대지 않고서는 한시도 인간다운 삶을 누리기 어렵다. 명절날 고속도로가 막힌다 한들 고향까지 걸어갈 수야 없는 노릇 아닌가. 출퇴근도 마찬가지다. 수도권은 둘째 치고 서울 안에서조차 기계동력의 힘을 빌리지 않고는 제풀에 나가떨어지리라. 약속 시간에 늦겠다고 미리 양해를 구하려 해도 전화기가 필요하다, 이왕이면 스마트폰으로. 원두커피를 마시거나 파마를 하려 해도 기계의 도움을 받아야 한다. 영화나 게임을 즐기려 해도 다를 바 없다. 인공위성이 없이는 해외에서 열리는 축구 국가대표팀의 A매치 생중계를 볼 수 없으며 해외뉴스도 실시간으로 받아볼 수 없다. 오늘날 언론이 첨단통신기술의 도움 없이 지금과 같은 속보체제를 운영할 수 있을까. 세상과 세상을 잇는 기술은 공중에만 있는 것이 아니다. 광대역 네트워크가 지구촌 곳곳에 거미줄처럼 엮여 있어 웹 브라우저로 거의 뭐든지 검색할 수 있다. 덕

분에 세컨드라이프 같은 사이버 라이프 커뮤니티에서는 사이버부동산을 포함하여 물리적 실체가 존재하지 않는 온갖 것들을 사고판다. 부동산 얘기가 나왔으니 말인데, 3D프린팅 기술은 건축에도 응용되어 공기工期를 혁신적으로 단축시켜준다. 과학이 우리의 주택문화까지 바꿔놓고 있는 양상이다. 어디 그뿐이랴. 더 필수적인 아이템도 과학 없이는 손에 넣을 수 없다. 원유 정제기술이 없다면 휘발유나 천연가스는 고사하고 싼 값에 대량 소비할 수 있는 팬티와 브래지어를 어찌 시장에 공급할까.

과학은 더 이상 괴팍한 중세 과학자들 마냥 상아탑에 틀어박혀 지적인 만족을 위해 계산식을 고쳐 쓰는 자들만의 피안彼岸의 영역이 아니다. 항공기로 바다 건너까지 일일생활권에 들게 된 오늘날 국가 간 무역이 급증하고 자본이 실시간으로 국경을 넘나들자 증권회사들은 주식의 초단타 거래시장에서 비교우위에 서고자 인공지능에 알고리즘 매매를 맡기는 판국이다(물론 그래서 가끔 사고가 크게 나기도 한다). 항공기 교통의 대중화 탓에 여객과 화물만이 아니라 조류독감과 메르스 증후군 그리고 지카 바이러스 같은 급성 전염병까지 불과 며칠이면 지구촌을 한 바퀴 돈다. 이제 과학은 우리의 라이프스타일에까지 깊숙이 개입한다. 스마트폰이 대중화되기 전까지 지하철과 버스 안에서 사람들이 얼마나 무료해했던가. 의료기술의 괄목할 성과 또한 우리의 삶에 대대적인 변화를 예고한다. 2012년 미국의 존스 홉킨스 대학병원에서는 피부암으로 귀를 잃은 환자의 팔에 그 환자 자신의 갈비뼈 연골을 이식해 귀를 재생해냈다. 그것을 떼어내 원래 자리에 다시 이식했음은 물론이다. 2016년부터 미군은 전투에 참가하는 남녀병사들의 정자와 난자를 사전에 따로 냉동 보관하는 데 드는 비용을 지원하기로 했다. 이는 부상으로 성기능에 손상을 입더라도 미래의 배우자와 시험관 아기를 만들 수 있도록 하기 위한 배려다. 지금과 같은 유전공학의 발달 추이로 보건대, 일찍이 1970년대 폴란드의 SF작가 스타니스와프 렘의 예견대로 (DNA를 조작하는 수준에 맴도는 것이 아니라) 아예 DNA를 필요에 맞게 정교하게 조각(!) 하는 기술이 조만간 개발될지 모른다. 만일 혈연관계가 전혀 없어도 외모에서부터 성격까지 스티브 잡스를 꼭 빼닮은 아이를 산모가 처녀생식으로 낳을 수 있다면 사회가 이로 인한 후폭풍을 쉽게 감당할 수 있을까? 이처럼 과학은 삶을 안락하게 해주는 한편으로 법과 윤리의 테두리를 송두리째 뒤흔들어 우리의 인식체계에 발상의 전환을 가져올 수 있다. 가령 KTX와 광역철도망 기술이 개발되지 않았다면 제 아무리 취지가 좋다 한들 세종특별시로 수도 행정기능의 일부가 이전될 수 있었겠는가.

과학기술이 단지 경이로운 찬탄을 불러일으키는 데 그치지 않고 (핵무기와 줄기세포 개발에서 보듯) 종종 우리 사회가 감당할 수 없는 불안을 야기하게 되자 흔히 약방의 감초처럼 거론되는 화두가 '과학자의 윤리의식'이다. 그러나 과학과 인간 사회의 상보관계가 갈수록 긴밀해짐에 따라 윤리적 잣대의 명확한 경계를 따지기가 생각보다 까다롭다. 이는 과학기술이 발달하면 할수록 파급범위가 넓어지는 동시에 예측불가능해지면서 인간 사회와 인간 자체에 대한 정의가 끊임없이 다시 수정될 공산이 크기 때문이다. 복제인간 실험을 어디까지 허용할 것인가를 둘러싼 논란이 전형적인 예다. 원자폭탄에서 수소폭탄 그리고 반물질 폭탄으로 이어지는 보다 강력한 무기의 개발 욕구는 실로 과학자의 잘못인가, 아니면 이들을 채근하는 권력자의 잘못인가? 일찍이 1950년대 러시아 수소폭탄의 아버지로 불리는 안드레이 사하로프Andrey Sakharov 박사가 수소폭탄을 개발할 수 있는 원천기술로 차라리 상온 핵융합 발전을 개발하자고 제안한 것은 어떻게 바라보아야 하는가.

과학소설은 바로 이 대목에서 진면목을 드러낸다. 과학 자체는 가치중립적이나 그것이 인간의 손에 넘어가는 순간 언제든 치명적인 대량살상무기로 돌변할 수 있다. 설사 선의에서 비롯되었다 해도 깊은 생각 없이 실행에 옮겼다가는 중국의 싼샤 댐처럼 전력 생산보다는 환경파괴의 주범으로 악명을 떨칠지 모른다. 하지만 아이러니하게도 과학기술이 야기하는 예기치 못한 후폭풍은 (인류에게 이롭든 해롭든 간에) 정작 과학의 연구대상이 아니다. 과학은 인간을 도울 수 있지만 인간의 마음까지 헤아릴 수는 없기 때문이다. 과학기술이 사회에 미치는 영향에 관한 이해를 돕는 역할은 일반적으로 사회과학의 몫이다. 하지만 문학 가운데에도 그러한 밥값을 능히 할 수 있는 한 갈래가 있으니 약 2세기 전부터 인류가 자신이 낳은 기술문명을 돌아보는 거울로 갈고 닦아온 문학의 한 장르, 바로 과학소설이다. 과학기술의 발달로 우주 삼라만상을 더욱 잘 알게 될수록 우리는 바깥세상만이 아니라 우리 자신에 관해서도 훨씬 더 잘 알 수 있게 된다. 과학소설은 바로 그러한 깨달음을 옆에서 돕기 위해 태어난 문학형식이다.

영미권 과학소설계에서는 현대 과학소설의 효시로 1818년 메리 셸리가 발표한《프랑켄슈타인》을 꼽는 것이 보통이다. 물론 문학적 혈통을 중시하여 이 장르문학의 역사적 뿌리를 찾아 나선 연구자들은 그 맹아萌芽를 2세기 시리아 지방의 로마인 루키아누스Lucianus of Samosata가 지은《참된 역사True History》에서까지 확인하려 한다. 이른바 '원형적 과학소설proto-sf'이라 불리는 이 고대의 문학양식은 오늘날의 현대 과학소설에 비할 바는 아니나 고대 그리스 로마에서부터 중세 그리고 근대를 거치며 당대의 과학적 세계관에 비추어 나름의 논리적인 사색을 펼쳤다. 개중에는 독일의 요하네스 케플러와 영국의 프랜시스 베이컨Francis Bacon 그리고 프랑스의 까밀 플라마리옹Camille Flammarion처럼 과학자가 손수 과학소설을 집필한 예도 있다. 나름 유구한 전통을 이어온 이 상상문학의 계보에서 유독《프랑켄슈타인》을 현대 과학소설의 비조鼻祖로 삼는 까닭은 이 장편소설이 산업혁명 시대에 들어선 이래 대중이 과학기술에 대해 품게 된 희망과 공포의 양면성을 사상 최초로 적나라하게 형상화했기 때문이다.

사실 산업혁명 이전에만 해도 과학소설을 구입해서 읽을 소비층인 대중 자체가 존재하지 않았다. 대중은 백성이나 국민보다 훨씬 나중에 등장한 개념이다. 백성과 국민이 시대를 불문하고 단지 특정 영토 안에 거주하는 사람들을 의미한다면, 유럽 사회에서 대중은 18~19세기 산업혁명으로 중세장원제도가 해체되고 농민들이 대도시의 공장 노동자들로 대거 흡수되면서 출현했다. 왕과 귀족 그리고 농민으로 엄격히 구분되던 과거의 정적인 사회와 달리 대중사회는 많은 생각과 의견이 쏟아져 나오기 무섭게 맹렬히 소비되는 동적인 장場이었다. 인쇄술 혁명에 힘입어 부르주아들이 도시에 넘쳐나는 노동자들에게 신문과 책을 값싸게 공급하며 정보산업 분야에서 일종의 규모의 경제를 실현한 덕분이었다. 그 결과 대중은 평소에는 파편화된 불특정다수에 머물다가도 특정 사안에 따라서는 하시라도 '공중公衆'으로 거듭날 잠재력을 갖게 되었다. 이는 예전과 달리 사람들이 도시라는 인구밀집 공간에 몰려 살며 신문잡지와 지역 커뮤니티 참여를 통해 안목을 높일 수 있었다는 뜻이다(모래알 같은 성격의 대중에 비해 공중은 특정 시점에 특정 사안에 대해 공통된 인식 아래 집단행동을 벌일 수 있다는 점에서 중대한 차이가 있다). 밭 갈던 농노시절과는 딴판으로 구매력에 문자해독능력까지 갖춘 소비대중은 신문과 잡지 그리고 도서 같은 문화상품에도 지갑을 열게 되었고 미래에 대한 신기한 전망으로 가득한 SF콘텐츠 또한 그 메뉴 안에 포함되었다. 즉《프랑켄슈타인》의 상업적 출간과 성공은 그것을 널리 소화할 수 있는 독자층이 이미 널리 형성되어 있었음을 시사한다.

19세기 말부터 20세기 초의 과학소설들이 죄다 얄팍한 대중의 말초적 기호에만 영합하는, 신기한 발명품에 대한 선전책자 일색은 아니었다. 19세기 중후반 유럽에서 크고 작은 국지전이 일어나거나 일어날 조짐이 보임에 따라 신기한 첨단병기를 전쟁에 동원하는 미래전쟁담이 한때 인기를 끈 건 사실이다. 하지만 19세기 말부터 20세기 초엽까지 H. G. 웰스와 쥘 베른을 필두로 하여 올더스 헉슬리와 예브게니 이바노비치 자먀찐Evgeni Zamiatin, 조지 오웰 그리고 올라프 스태플든처럼 시대의 선각자들이 과학기술문명을 다양한 시각에서 총체적으로 조망하는 과학소설들을 내놓았으니 이 고전들은 오늘날에도 인류의 귀중한 유산으로 계속 재간되고 있다.

물론 지식인 문학이 과학소설 시장의 대세였다고 강변하기는 어렵다. 과학소설 문학형식이 작가의 개인적인 (그리고 일시적인) 관심이 아니라 영속성 있는 (일정한 패턴이 반복되는) 하나의 장르문학으로 자리 잡게 된 결정적인 계기는 1920~1930년대 미국의 펄프잡지 시장이 비약적으로 성장하면서부터이기 때문이다. 휴고 건즈백과 F. 올린 트리메인F. Orlin Tremaine, 데스먼드 W. 홀Desmond W. Hall 그리고 존 W. 캠벨 2세 같은 명편집자들의 활약에 힘입어 과학소설은 다른 장르문학들과 마찬가지로 펄프잡지들을 위한 주요 콘텐츠 공급원이 되었다. 이후 오늘날까지 과학소설의 주 소비시장은 유럽이 아니라 미국이 되었으며 미국은 독자와 작가 모두가 양적으로 가장 풍부한 시장을 보유하게 되었다. 흔히 'Big 3'로 불리는 아이작 아시모프와 아서 C. 클라크 그리고 로버트 A. 하인라인 같은 대중과학소설의 대가들은 펄프잡지 전성기에 등장하여 20세기 말까지 왕성한 필력을 발휘했다(이 중 클라크는 영국 작가다). 그리고 이외에도 많은 작가들이 이 장르문학의 질적 성장과 관심사의 다변화에 기여했다. 다만 미국의 작가들은 대개 지나치게 정치색이 거세된 면이 없지 않아 유럽의 선배작가들처럼 문명비판적인 접근을 올곧이 계승한 적자들이라 보기 어려운 경우가 많다. 대신 같은 시기 유럽에서는 드물긴 하나 웰스와 스태플든을 사상적으로 계승하는 작가들이 더러 등장했다. 그러나 후자들이 출판시장에서 차지하는 비중을 감안하면 크게 다룰 사안은 못 된다.

1960년대 말부터 21세기 초에 이르기까지 세계 과학소설 출판시장의 주류를 차지해온 미국에서는 이 장르문학이 그때그때 외부로부터 새로운 사조를 받아들이는 동시에 내부혁신을 통해 사상적으로 그리고 문학적으로 한층 더 성숙하게 된다. 1960년대 말 제임스 그레이엄 밸러드James Graham Ballard와 브라이언 올디스, 할란 엘리슨, 로저 젤라즈니 그리고 존 브러너John Brunner 같은 영미권 일부 작가들이 앞장섰던 이른바 뉴웨이브New Wave 운동은 불과 몇 년밖에 지속되지 않았지만(1964~1971년), 과학소설이 단지 자연과학의 사고실험실 노릇에만 골몰하는 진기한 아이디어 문학이 아니라 무엇보다 인간의 내면을 살피는 성찰의 문학으로 거듭나는 계기를 만들어주었다. 마이클 무어콕이 신임 편집장으로 부임한 영국의 SF잡지 〈뉴 월즈New Worlds〉를 주요 활동거점으로 삼은 이 문학운동은 호응하는 작가들 뿐 아니라 기존의 과학소설관을 고수하며 반대하던 작가들에게까지 결과적으로는 긍정적인 자극제가 되었다는 것이 후세의 평가다.

1970년대에는 조안나 러스를 필두로 여성작가들이 페미니즘 SF를 새로운 대안으로 들고 나왔다. 이들의 작품에서는 여성들이 남자 주인공의 보조역할에서 벗어나 독립적이고 주체적인 캐릭터로 그려졌다. 기존의 남성독자 대상의 가부장적 사고에 젖어있던 플롯과 마침내 이별을 고한 것이다. 페미니즘 SF문학운동을 논할 때 간과해서는 안 될 점이 있다. 그것은 그러한 변화가 단지 몇몇 여성작가들만의 노력이 아니라 과학소설 독자층에서 여성들의 비중이 늘어난 사정과 무관하지 않다는 사실이다. 과학소설계에 빼어난 여성작가들은 일찍부터 존재했다. 그러나 펄프잡지시대에 활발하게 활동하던 여성작가들은 이야기를 팔려면 남성독자(특히 남성 청소년 독자)의 구미에 맞춰야 했다. 출판시장에서 살아남자면 주류독자가 원하는 이야기를 써야 했던 것이다. 하지만 과학소설 시장에서 여성독자들이 차차 늘어남에 따라 여성작가들은 예전부터 하고 싶었던 자신들의 이야기를 진지하게 들어줄 진성(!) 독자들을 새로이 찾아낼 수 있었다.

1980년대에는 일본의 만화와 애니메이션에 큰 영향을 준 사이버펑크 운동이 영미권 과학소설계를 풍미했다. 윌리엄 깁슨과 브루스 스털링, 루디 러커 그리고 닐 스티븐슨 같은 작가들은 과학문명의 낙관적인 비전 대신 현대 산업사회의 어두운 이면을 주변부 인생들의 삶을 빌어 그려냄으로써 과학소설을 순문학 못지않게 세련된 이야기를 풀어낼 수 있는 내러티브로 업그레이드했다. 이전에도 과학소설은 과학기술이 남용된다면 인류가 감당할 수 없는 불행을 맞이하게 되리라는 경고를 지속적으로 해왔다. 하지만 그것은 개별 작품, 개별 작가 차원에서의 실천이었을 뿐이다. 이에 비해 사이버펑크는 특정한 문학스타일을 고집하는 일군의 작가들이 동시다발적으로 과학기술이 뒷받침하는 미래상을 불길하고 우울하게 그렸다는 것이 특징이다. 사이버펑크의 세계에서 배를 불리는 쪽은 언제나 탐욕을 멈출 줄 모르는 다국적 기업들이며 소비대중은 뿔뿔이 원자화되어 있어 무력하기 짝이 없다. 각국 정부들은 실질적으로 그림자 정부 노릇을 하는 기업들에게 놀아나는 종이호랑이들이다. 그래서 이 세계의 주인공들은 세계를 구원하거나 인류와 사회의 미래를 걱정하기보다는 당장 자기앞가림 하느라 바쁘다. 그러다 보니 윌리엄 깁슨의 《뉴로맨서》에서처럼 자의식을 지닌 인공지능의 하인 노릇을 하는 인간들도 나온다. 이후 사이버펑크 작가들은 관심 분야를 더 세분화하여 바이오펑크와 스팀펑크 같은 인접 하위 장르들로 분화해나갔다.

1990년대부터 21세기 초 현재까지의 과학소설은 하나로 특징짓기 곤란할 만큼 다원화된 양상을 보인다. 한편에서는 과학적 토대를 작품의 출발점으로 견지하는 하드 SF가 건재한 가운데 사이버펑크의 한층 업그레이드된 세기말 버전이라 할 포스트 사이버펑크와 과학과 환상을 사회공학과 진지하게 접붙이고자 실험하는 뉴 위어드New Weird 그리고 인공지능과의 대결구도에서 포스트 휴먼post-human의 정의를 치열하게 고민하는 특이점 SF Singularity SF 등이 저마다 세를 불리고 있으며, 서로 다른 하위 장르 간 이종교배도 활발하다. 예컨대 한때 우주판 서부극이라 폄하되던 스페이스오페라는 1980~1990년대 이래 하드 SF와 결합되면서 지적인 독자들도 충분히 끌어들일 수 있는 진지하고 세련된 문학으로 거듭났다.

20세기 말 순문학과 마찬가지로 일부 과학소설에서는 포스트모더니즘의 세례를 받은 흔적이 감지된다(이중 뉴 위어드는 정서적으로 고딕소설과 사이언스판타지의 맥을 잇는다는 점에서 전적으로 새롭다 할 수는 없으나 20세기 말의 감수성으로 사회비판적인 시선까지 포용함으로써 더욱 깊이 있게 중층적 의미를 담아내는 내러티브 형식으로 완성되었다).•

그렇다면 과학소설의 향후 미래는 어떻게 될까? 이 질문에 대해 답하자면 과학의 미래에 대한 우리의 입장부터 되돌아볼 필요가 있는데, 일단 다음 세 가지 시각이 공존하는 것 같다.

주장 1: 과학기술의 정체와 함께 과학소설도 소멸할 것이다

금세기 안으로 과학기술은 발전의 한계에 부딪쳐 더 이상 근본적으로 새로운 혁신을 내놓을 수 없게 될 것이다. 과학기술이 정체나 다름없는 상태에 머물게 되면 그것이 사회에 미쳐온 강력한 영향 또한 힘을 잃게 될 터이므로 여기에 종속된 문화 콘텐츠 양식인 과학소설 또한 차츰 쇠퇴하다 소멸될 것이다.

주장 2: 과학기술이 특이점에 도달하면 과학소설은 소멸할 것이다

과학이 한없이 발달하다 보면 기존 문학과 과학소설 간의 차이가 없어지면서 과학소설 고유의 정체성이 퇴색될 것이다. 갈수록 과학소설에서 묘사되는 미래상이 우리의 현실과 별 다를 바 없거나 심지어 더 뒤처져 보일 만큼 과학기술의

• 뉴 위어드는 1990년대에 과학소설 뿐 아니라 공포소설과 환상소설을 자양분 삼아 태어난 이래 2001~2005년 사이에 그 열기가 가장 뜨거웠다. 제프와 앤 밴더미어Jeff&Ann VanderMeer가 편집한 전위적인 선집 〈뉴 위어드The New Weird〉(2008)의 서문에 따르면, 뉴 위어드는 환상성이 두드러지나 전형적인 환상소설의 무대와는 달리 실제로 존재할 법한 근대 또는 현대 도시의 복잡다단한 현실계에서 벌어지는 이야기인 까닭에 결과적으로 과학소설과 환상소설의 요소들이 동시에 공존한다.

발전 속도가 가속되고 있어 머지않아 특이점 단계에 접어들 전망이기 때문이다.

주장 3: 과학기술의 발전과 함께 과학소설도 혁신을 거듭할 것이다

과학소설의 본질적인 미래는 과학기술의 혁신을 어떻게 인식하느냐에 좌우된다. 혁신이 불가능하다고 체념하는 순간 혁신은 멈춰 선다. 하지만 혁신을 포기하지 않는 이상 혁신은 언제나 살아있는 향후 과제다. 또한 여기서 의미하는 과학기술을 단지 자연과학과 응용과학만이 아니라 사회과학의 다양한 응용 범위까지 넓혀 정의한다면(실제로 1960년대 이래로 작가들은 과학소설의 영역을 그러한 범위까지 부단히 확장시켜왔다), 혁신의 범위 또한 한층 더 넓어지게 된다. 과학소설은 변화를 다루는 문학이지 머릿속에 자물쇠를 채우는 운명론적인 주술서가 아니다.

당신은 이 중 어떤 선택지가 마음에 드는가? 일단 필자의 생각을 밝혀보겠다.

주장 1에 대해:

21세기 인류 사회는 산적한 위기와 과제로 적잖이 고민스럽다. 끊임없이 과학기술을 발전시키며 자연을 우리 손아귀에 넣었다고 자부했지만 현실은 지구온난화와 화석자원의 고갈, 생태계 붕괴, 허울 좋은 명분으로 포장된 자원 수탈 전쟁, 불평등과 불공정을 유발하는 세계화, 지구촌 각지에 동시다발적으로 출현하는 치명적인 돌연변이 바이러스 그리고 반세기 넘는 고질적인 병폐인 핵무기 군비경쟁 등으로 골머리를 앓고 있다. 과학이 당장 눈앞에서는 일보 전진하는 듯 보여도 세상을 바꾸기는커녕 본질적 문제는 그대로이거나 오히려 더 악화일로에 있다. 그렇다면 과학이 세상을 구원할 수 없을진대 과학의 대중적 복음을 전하는 과학소설이라 해서 용빼는 재주가 있을까? 물론 과학소설계 안에서도 비록 소수지만 이런 의도에 동조하는 작가들이 있다. C. S. 루이스와 제임스 그레이엄 밸러드가 대표적이다. 이들은 과학이 인류를 구원하는 데 한 톨의 도움도 되지 않는다고 생각한다. 즉 이들은 과학무용론을 주장하기 위해 아이러니하게도 과학소설 형식을 이용한다. 그렇지 않아도 이러한 생각을 하는 판에 현재의 과학기술이 조만간 정체된다면 세상을 어찌 바라봐야 할까? 우리의 삶은 다시 과거로 회귀할 수밖에 없는데 그것이 옳은 일일까?

이러한 회의주의적 비관론은 그 근거가 뭘까? 대체 과학계에서의 어떤 발견과 발명이 단지 일보전진 이보후퇴의 전조란 말인가? 어느 누가 그러한 판단을 선뜻 내릴 수 있을까? 인터넷 네트워크와 인공위성 그리고 디지털 방송망을 통해 오늘날 세계인들은 하나의 안방 커뮤니티 안에 살게 되었다 해도 과언이 아니다. 덕분에 분란을 더 부추기는 면이 없지 않지만 다른 한편으로는 아주 일부 지역을 제외하고는 정부와 기득권세력이 백성의 눈과 귀를 무한정 틀어막는 데에도 한계가 있다. 과학기술은 앞으로도 사람과 사람을 소통하게 하는 데 더욱 효율적이고 값싼 대안을 만들어낼 것이다. 이러한 움직임을 두고 정체라 할 수 있을까? 더구나 과학과 기술은 시간에 정비례해서 차곡차곡 발전하는 것이 아니라 불연속적으로 도약하는 것이 특징이다. 뉴턴의 법칙들과 아인슈타인의 상대성이론 그리고 하이젠베르크의 불확정성의 원리가 어떻게 탄생했던가. 이전에 그 이론들의 등장을 예고하는 선행이론들이나 경험적 결과들이 차곡차곡 쌓였던 적이 있던가? 어느 시대에나 발견할 것은 거의 다 발견되었고 밝혀질 것은 거의 다 밝혀졌다는 식의 논리를 펴는 이들이 있다. 하지만 불연속적인 발견과 발명에 의해 그러한 나태와 무지는 결국 뒤집어지고 인류 사회는 이내 새로 흡수한 지식을 바탕으로 문명을 한 걸음 더 앞으로 내딛게 하지 않던가. 현실의 과학이 이렇게 유연하고 탄력적으로 진화해왔음을 고려한다면 그것의 정신적 후원자이자 대중적 동반자인 과학소설문학이 자신의 미래 향방을 두려워할 까닭이 무엇이겠는가?

주장 2에 대해:

과학이 과학소설을 추월하는 현상은 이미 벌어지고 있다. 19~20세기에 쓰인 과학소설들의 설정 중 상당수는 오늘날 그릇된 정보에 기반을 두고 있거나 심각한 오류가 있음이 증명되었다. 그러나 쥘 베른의 대포알 우주선 설계가 현실의 우주로켓 공학과 동떨어져 있다 해서 장차 우리의 기술력으로 인간을 달에 보낼 수 있으리라 보았던 그의 과학적 세계관에 근본적으로 결함이 있다 할 수 있을까? 금성 표면이 더 이상 작가들의 낭만적인 생각과는 달리 정글로 우거진 늪이 아니라 섭씨 450도의 작열하는 지옥이라 해서 에드가 라이스 버로즈를 비롯한 여러 작가들의 금성을 무대로 한 이야기들을 바로 쓰레기통에 처넣어야 할까? 그렇다면 반대로 베른의《달 주위에서》에서 대포알 우주선이 지구로 귀환하며 착수着水한 지점이 1968년 12월 아폴로 8호의 사령선이 실제로 태평양에 낙하한 지점과 불과 4km밖에 떨어지지 않았다는 사실은 어떻게 설명할 것인가? 더구나 공교롭게도 베른의 대포알과 아폴로 8호 둘 다 미국의 우주비행사들을 태우고 플로리다에서 출발했다는 점에 대해서는?

과학소설은 점쟁이 문학이 아니다. 가능성의 문학이며 변화의 문학이다. 과학실험과 마찬가지로 초기 전제를 입력하면 어떤 결과가 나올 것인지 유추하는 사고실험의 문학이다. 기존 과학이론이 새로운 발견에 의해 뒤집어지듯이 구닥다리 과학소설 역시 나날이 발전하는 과학에 의해 추월당할 것이다. 이미 발표된 과학소설 작품은 특정 시점에서의 지식의 한계를 드러낼 수밖에 없으므로 오류가 밝혀질 수도 있다. 그러나 그렇다 해서 해당 작품이 전달하고자 했던 대의大義가 희석될까? 다시 말해 그런다고 해서 과학소설의 위상이 실추될까? 베른은 아무도 달 여행을 상상하지 못하던 시절 기존의 과학기술을 정교하게 다듬으면 조만간 충분히 실현될 수 있다는 신념을 앞장서서 구체화했다. 그렇다면 오늘날의 과학지식을 공유하지 못했기에 빚어질 수밖에 없었던 세부적인 오류가 작품 전체의 의의를 덮고도 남을까? 21세기 과학소설의 주요한 관심사 중 하나가 기술적 특이점에 대한 예측이다. 아마 작가들이 이에 관해 예단한 것들 가운데 상당수는 후일 오류로 밝혀질 공산이 높다. 허나 작가들의 예측이 무의미하지만은 않을 것이다. 이들이 제기한 각종 사고실험과 가정들은 인공지능과 후기 인간의 발전양상을 과학자 커뮤니티와 일반 대중이 곱씹어보는 데 충분한 시사점과 통찰을 던져줄 것이기 때문이다. 과학소설은 미래를 정확히 예측하기보다는 미래의 다양한 가능성을 예시한다. 그것은 어떤 길이 이로우며 어떤 길이 불길한지를 예단한다. 그 예단이 맞으면 맞은 대로 틀리면 틀린 대로 그러한 예단은 가치를 지닌다. 우리가 피해나갈 수도 있는 길을 제시하거나 힘들어도 반드시 돌파해야 하는 이유를 숙고하게 해주기 때문이다.

주장 3에 대해:

'주장 3'에 관해서는 이미 언급된 내용에 충분히 의도가 설명되어 있다고 본다. 다만 한 가지 첨언하고 싶은 것이 있다. 그것은 오늘날의 과학소설 작가들과 팬들이 더 이상 미래학, 즉 미래를 이해하고 예견하려는 시도에 전처럼 과도한 관심을 갖지 않는다는 사실이다. 우리는 세기말의 만국박람회를 구경하며 과학기술이 장밋빛으로 물들일 근미래에 대한 기대에 가슴 설레는 19세기 말 유럽인들이 아니다. 이제는 과학소설들이 묘사하는 다양한 형태의 미래상들을 그저 이야기의 배경으로 받아들이는 경향이 없지 않다. 예컨대 〈스타워즈〉와 〈스타트렉〉 팬들은 그 허구의 세계들이 우리가 언젠가 반드시 당면하게 될 미래로 진지하게 받아들이지 않는다. 어슐러 K. 르 귄과 제임스 그레이엄 밸러드 그리고 귄터 쿠네르트Gunter Kunert 같은 작가들은 SF적인 설정을 (미래의 묘사 자체가 목적이 아니라) 자신이 담고자 하는 주제를 형상화하는 데 가장 효과적이라 여기기 때문에 가져다 쓴다. 예컨대 르 귄의 《빼앗긴 자들The Dispossessed》(1974)은 외계행성과 그 위성에 각기 사는 두 적대하는 커뮤니티의 이야기를 현대 사회의 국제정세를 풍자하기 위한 비유로 써먹는다(굳이 마음만 먹는다면 작가가 미래풍 SF의 탈을 씌우지 않고도 같은 내용을 쓸 수 있었다는 뜻이다). 그래서 이러한 성향의 작품들은 '과학소설science fiction' 대신 '사변소설speculative fiction'로 분류해야 이 장르의 정의에 더 맞는다고 주장하는 사람들도 있다. 필자는 이들의 주장이 딱히 대표성이 더 있다고 생각하지는 않는다. 다만 그러한 용도로 이 장르문학을 이용하는 작가들이 있다는 현실은 받아들여야 하지 않을까. 이와 대척점에서 아직도 미래예측에 많은 관심이 투영된 작품을 쓰는 작가가 없지 않기에 문학의 정의에 어떤 정형화된 틀을 강요하는 일은 개인적으로 바람직하지 않다고 여긴다.

잊지 말아야 할 것은 앞에서 구체적인 사례들을 들었듯이 과학소설은 과학기술의 발달 추이만이 아니라 사회변화와 시대정신을 적극 흡수해온 동적인 이야기 형식이라는 점이다. SF가 과학기술의 비전을 단순히 문학에 투영하는 선전물에 지나지 않거나 그러한 아이디어를 말초적인 엔터테인먼트로 우려먹는 데 급급해했다면 1950년대를 전후하여 차차 고사당했을 터이다. 당시에만 해도 과학소설은 1920~1930년대 이래 일부 싸구려 잡지들을 통해서만 소비되는 게토문학에 불과했고 2차 세계대전으로 종이공급이 줄어드는 바람에 재정적 난관에 봉착했으니 말이다(실제로 당시 전쟁의 후유증으로 많은 SF잡지들이 문을 닫았다). 오랫동안 주류문화에 끼지도 명망을 얻지도 못한 SF는 영화판에서도 1950~1960년대에는 공포물이나 B급 괴수물과 뒤섞여 정체성이 모호한 형태로 변두리 컬트 팬들에게 소비되었다.

21세기 현재의 사정은 많이 다르다. SF소재의 영화들과 텔레비전 드라마들은 대중문화를 떠받치는 주된 동력으로 떠올랐고, 과학소설은 단지 미래에 있을 법한 이야기가 아니라 우리의 삶을 투영하는 또 다른 한 가지 방식으로 독자들의 사랑을 받고 있다. 덕분에 과학소설 장편들이 일반 베스트셀러 목록에 종종 고개를 내민다. 때로는 순문학 작가들조차 새로운 실험을 위해 SF형식을 끌어안는다. 영미권의 조나단 레덤Jonathan Lethem과 마이클 샤본Michael Chabon, 코맥 맥카시Cormac McCarthy, 일본의 노벨상 수상작가 오에 겐자부로大江健三郎 그리고 우리나라의 윤대녕, 백민석, 우광훈, 박민규, 윤이형, 김영래 등이 그러한 이들 중 일부다. 이제까지 게토 밖에서 자양분을 섭취해온 과학소설이 바야흐로 바깥에 영향을 주는 단계에 이른 것이다. 이러한 결과는 과학소설의 본질인 열린 문학으로서의 역동성에 기인한 바 크다. 즉 과학소설 장르가 단지 자연과학의 사고실험실이란 우물 안 개구리 노릇에 만족하지 못하고 순문학의 장점(인간의 내면의식에 대한 깊이 있는 통찰)과 사회정치의식(매카시즘, 마르크스주의, 베트남전 당시 반전운동, 페미니즘), 기술과 자본의 비인간적인 결합과 자기증식(사이버펑크, 바이오펑크, 스팀펑크) 그리고 장르의 혼합과 새로운 변주(뉴 위어드) 같은 과제들을 시대변화에 맞게 능동적으로 보듬어온 덕분이다. 영미권 대학가에서 이미 반세기 이상 과학소설을 진지하게 탐구하며 전문 강좌를 개설해온 것도 이러한 맥락과 무관하지 않으리라(미국 학계에서의 SF연구는 1960년대로까지 거슬러 올라간다). 시대정신과 사회에 내재되어 있는 온갖 문제에 대한 관심은 최근 중국과 우리나라의 창작 과학소설에서도 주요한 화두가 되고 있다.•

200년 이상 존속한 끝에 이제 과학소설은 게토에서 나와 일반 대중문화의 일부가 되었다. 이러한 현상은 유전자복제와 줄기세포 기술, 로봇공학, 나노공학, 양자컴퓨팅, 입자가속기를 이용한 반입자의 생성 등에서 보듯 과학기술이 쉼 없이 우리의 인식 틀을 바꾸며 새로운 지평을 열어온 덕분이기도 하다. 또한 과학소설은 단지 과학기술만이 아니라 그것을 창조하고 이용하는 인간의 내면을 꿰뚫어보는 데에도 한층 능숙해졌다. 20세기 초 휴고 건즈백의 이야기에 등장하는 순박한 발명왕과 오늘날 다국적 기업들 간의 복잡다단한 이해관계 사이에서 미아가 되지 않

• 중국의 과학소설은 중국계 미국 작가 켄 류의 활발한 번역에 힘입어 2015년과 2016년 연속으로 휴고상을 수상했다. 이는 글로벌 출판시장에 한국 과학소설이 들어가기 위해서는 유통구조와 무관한 정부 차원의 번역비 지원사업이 아니라 실질적으로 해외출판 비즈니스와 긴밀하게 연계된 인맥 형성이 더 중요함을 시사한다.

기 위해 고군분투하는 닐 스티븐슨의 주인공(그가 과학자이든 일반소비자이든 간에 상관없이) 사이에는 태평양만한 간극이 있다. 과학은 전진을 멈추지 않을 것이고 과학소설 역시 관찰 카메라를 내려놓지 않을 것이다. 이는 인류 스스로 과학을 손에서 내려놓지 않는 한 과학소설이 던지는 문제제기와 그로 인해 얻게 되는 통찰은 우리에게 여전히 유효할 것이라는 의미다. 결국에 가서 그러한 문학형식을 뭐라 이르든 간에.

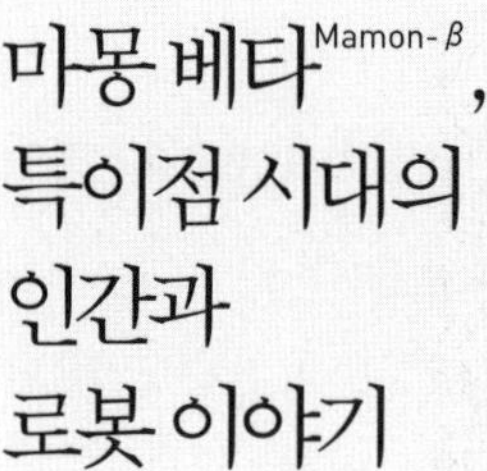

● "TR-5 모델은 어떠세요. 페로몬만 맡고도 어떤 기분인지, 뭘 원하는지 단박 알아내니까 바쁘신 손님 대신 욘석을 매일 산책시켜주기에는 딱이죠."

"나보다 더 주인 같이 생겼네." 젊은 여인이 안드로이드의 살결을 매만지며 혼잣말했다. 다른 손에는 요크셔테리어의 목줄이 들려있다.

"로봇한테 괜히 분풀이하는 '묻지마 폭행족'도 속아 넘어갈 정도랍니다. 물론 비상시엔 매콤한 가스로 불청객을 쫓을 수도 있습니다만." 내가 TR-5의 팔목 안쪽을 어루만지자 인조피부 위로 수치들이 떴다.

"이 데이터는 집안의 디스플레이 기기나 손님의 개인 단말과 실시간 연결됩니다. 이 재롱둥이의 혈압과 혈당, 심박수, 체온 그리고 무엇보다 일일표준운동량 달성 여부까지 알려주죠. 손님께서 일일이 신경 쓰지 않아도 욘석이 하루에 꼭 필요한 만큼 운동하도록 TR-5가 칼같이 챙겨드

린단 뜻입니다."

"음, 좋네요. 근데 중고치곤 너무 비싸지 않나…" 여인은 종아리 깨에서 보채는 애견을 들어 올리며 로봇에게서 눈을 떼지 않았다.

"말이 중고지 실은 새 것이나 다름없습니다. 출고된 지 반년도 안 되었으니까. 주인의 파산만 아니었다면 예까지 넘어올 리도 없는…"

쿵. 쿵. 쿵. 다리에 전해지는 불쾌한 미동. 아, 하필 이 순간에! 손님의 시선은 내가 다시 붙들 새도 없이 창문 너머 안드로메다로 건너뛰었다. 마지막 레시피만 남겨 놓은 찰나에 드라이아이스라니. 더욱 짜증스러운 것은 소리 낸 장본인에게 내가 이미 익숙해져 있다는 현실이다.

매장 뒷마당. 키가 2.5m는 훌쩍 넘는 건설작업용 로봇이 무릎을 꿇자 덮개가 열리고 안에서 한 사내가 가볍게 뛰어내렸다. 작달막한 체구에 다부진 근육, 구릿빛 피부. 건설현장에서 잔뼈 굵은 이력이 한눈에 들어온다. 눈가의 자글자글한 잔주름은 환갑진갑을 넘볼 듯하나 다른 데는 군살 하나 없이 탱탱하다.

"또 뭐예요. 남의 장사 망칠 일 있어요?" 나의 퉁명스런 환영사를 듣는 둥 마는 둥 남자는 넓은 공터에 아무렇게나 쌓인 고철더미를 뒤적이기 시작했다. 진상도 이런 진상이 있나. 일주일에서 보름마다 꼭 이 공룡을 타고 와서는 뒷마당에 애써 치워놓은 폐물들을 낱낱이 헤집고 있으니. 우지끈. 퉁탕. 끼리리릭. 어수선한 불협화음이라니! 꼭 매장 안을 몸소 휘저어야만 손님을 내쫓는 게 아니지 않은가. 보라. 젊은 여인이 자기 얼굴보다 작은 강아지를 품에 안고 불안한 낯빛으로 정문을 향해 뒷걸음치고 있지 않은가.

"미안하이. 오늘은 여기가 마지막 차례라서." 사내의 입에서 단내가

났다. 늘 이런 식이다. 헤벌쭉 웃는가 싶더니만 어느새 눈길은 파편과 파편 사이로 가 있다. 우리 매장에서 볼트 너트 하나 산 적 없으면서 더 이상 써먹을 수 없는 폐물 더미를 부득불 더 어질러놓는 속셈이 대체 뭘까.

"뭘 찾나 모르지만 거긴 써먹을 만한 게 없다고요." 사내는 한 번도 매장 안에 들어온 적이 없다. 신품이나 다름없지만 파격가로 살 수 있는 로봇들을 소 닭 보듯 한다. 아무리 진상이라지만 매번 제 발로 찾아오는데 나라고 눈 뜬 장님마냥 있었겠는가.

갑자기 남자의 눈에 총기가 번뜩인다. 손가락 마디까지 떨고 있잖아! 그가 둥그스름한 뭔가를 가슴께로 들어올렸다. 그 아래에는 닳아빠진 전선과 코드들이 아무렇게나 주렁주렁 달린 채 땅바닥의 더 큰 무언가와 이어져 있었다. 아래쪽은 그 위에 온갖 파편과 망가진 부속들이 군웅할거群雄割據하고 있어 뭐가 뭔지 한눈에 알아보기 어려웠다. 나는 사내로부터 한 발짝 떨어진 곳까지 다가갔다.

"고쳐줄 수 있겠나?" 살짝 목이 멘 소리. 손에 들린 건 여기저기 우그러지고 도장이 거의 다 벗겨진 구형 로봇의 머리 같았다. 대체 언제 생산된 모델이람? 중고로봇들을 되파는 게 업인 나도 모르니 말 다했군.

"휴우, 일단 들어오시죠." 그제야 사내는 나를 따라 매장에 들어섰다. 고철 머리통을 마치 소중한 보물인 양 감싸 안은 채.

"마몽 베타Mamon-β, 이건 50년도 더 전에 단종된 거잖아요!" 스캔 이미지로 조회하는 데 간신히 성공한 내가 투덜댔다.

"그렇겠지." 사내가 당연하다는 듯이 담담하게 대꾸했다.

"제정신이세요? 단순히 수리가 문제가 아니잖아요. 호랑이 담배 먹던 시절의 부속을 어디서 구하냐고요?"

잠시 뜸을 들였다가 사내가 뚱한 어조로 웅얼댔다. "그러니까 부탁하잖나. 비용은 신경 쓰지 말고…"

"아니, 비용이 문제가 아니라니까요! 대체 꼭 이걸 살려내야 하는 이유가 뭡니까? 우리 사장님도 저보고 미쳤다고 할 거예요."

"어떻게 안 되겠나?"

내가 머리를 싸매고 있자 사내는 헛기침을 두어 번 하더니 계면쩍은 표정을 지었다.

"이런 얘기까지 해야 하는지는 모르겠지만, 아쉬운 건 나니까…"

그는 가니메데의 탄광에서 7년간 일했다. 보수는 꽤 후한 편이었다. 목성의 살인적인 자기장을 피해 지하에서 그 오랜 세월을 두더지처럼 버틸 수 있었던 유일한 명분이었다. 하지만 지구에 돌아와 보니 바람난 아내는 자취를 감췄고 아이는 일찌감치 보육원에 맡겨진 뒤였다. 어머니가 돌아가셨다는 소식조차 아내는 알려주지 않았다.

"아이는 찾으셨나요?" 자기도 모르게 물어보고 나서야 나는 '오지랖 넓게도…' 하며 후회가 됐다.

"입양된 지 오래라네. 아내가 일찌감치 친권을 넘겼다지 뭔가."

"그래도 찾아보셨을 텐데요."

잠시 침묵. 그리고 한숨.

"백방으로 찾아다녔지, 10년 넘게. 입양기관이 일절 신원을 알려주지 않으니 비싼 돈 들여 탐정까지 고용했지만 별 소득이 없더군."

"좋아요, 좋다고요. 근데 그 일이 이 고물과 무슨 상관이냐고요." 테이블에 올린 손으로 턱을 받친 채 내가 볼멘소리를 냈다.

사내가 옷매무새를 가다듬고 자리에서 일어나더니 정중하게 허리를 숙였다. 나는 펄쩍 뛰듯 따라 일어나 외쳤다. "대체 뭐하시는 겁니까?"

"도와주게. 나한테 남은 건 이것뿐이니." 사내가 다시 앉았다. "자살할까도 고려해봤지. 별의 별 생각을 다했네. 그러다 문득 이런 생각이 들더군. '아직 나를 기억해줄 존재가 있어'라고."

사내가 테이블 위에 올려놓은 쇳덩이를 정겨운 얼굴을 마주하듯 어루만졌다. "내 유모일세, '붕붕 엄마.'"

"네?"

"자네 눈엔 그저 유효기간 지난 폐기물일지 모르나 나한테는 언제나 유모일세. 흠흠, 이 냄새. 내가 툭하면 유모 팔에 매달려 그네놀이를 할 때마다 바로 이 냄새가 은은하게 코를 간질였지."

중증이군. 온갖 종류의 로봇이 쏟아져 나오는 시대이다 보니 심심치 않게 이런 환자를 보게 된다. 과거의 환영에 갇힌 눈뜬 몽유병자.

"어차피 이건 껍질에 불과해요. 손님의 어린 시절 기억이 담긴 전자칩은 아예 망가졌겠죠. 설사 지금까지 남아있더라도 안에 든 게 삭제되었을 테고."

사내의 눈가 잔주름이 팽팽해지며 입가에 미소가 떠올랐다. 그의 품에서 손가락 두 마디만한 얇은 금속막대가 나왔다.

"어머니가 남긴 유물을 정리하다 발견했다네. 비록 몸뚱이는 팔아넘겼어도 나와 엮인 기억만은 어머니도 아껴주신 거지."

"그럼, 더더구나 굳이 이 고물에다 우겨넣을 필요가 있나요?"

"말했지 않나. 꼭 이… 유모여야 한다고. 전에도 몇 번 자네 뒷마당에서 마몽 베타 모델들을 찾아낸 적 있지. 상태는 지금보다 좀 더 나았지만… 아니었어, 나를 그네 태워주던 붕붕 엄마가. 암, 그렇고말고. 제조사 생산기록까지 뒤져 고유제조번호를 확인했거든."

할 말을 잃은 내게 잠시 뜸을 들였다가 사내가 다시 채근했다.

"고쳐주게나."

"아니, 이게 무슨 레고 조립 같은 건 줄 아세요? 기억 칩은 그렇다 쳐요. 껍질도 원형 디자인이 남아있다면 얼추 맞춤 제작할 수는 있겠지요. 하지만 안은 어쩔 건데요. 제대로 남은 게 거의 없잖아요. 그나마 남은 것도 녹슬고 헤지고… 단종이 된지가 언젠데 지금 그런 한물 간 부품을 구한단 말입니까? 그러지 마시고 신모델을 구입해서 지금 갖고 계신 칩의 정보를 업로드하면 어떨까요? 저편에 보이는 TR-5 모델은 데이터 호환 기능이 탁월하니까…"

"QW-9!"

나는 멈칫했다. 사내의 말투가 살짝 바뀌었다. 부탁해도 모자랄 판에 나무라는 어조라니.

"자네는 따로 이름이나 별명 같은 게 있나. 내가 왜 유모를 '붕붕 엄마'라고 놀리며 쫓아다녔는지 아나? 몸 안에서 가끔 붕붕~ 하는 소리가 들리곤 했거든."

나는 침묵했다. 이런 경우는 매뉴얼에 입력되어 있지 않았다.

"로봇공학자는 아니네만 유모를 찾느라 알음알음으로 독학하다 보니 나도 이쪽에 반쯤은 도사가 되었지. 더구나 이 매장에 한두 번 온 것도 아니잖나. 자네는 지금까지 개발된 안드로이드 중에 가장 인간에 가깝게 만들어진 모델이지. 외모는 물론이고 인간과 대화해도 거의 들통 나지 않아. 주인이 자네에게 이 매장을 노상 맡겨 놓고 땡땡이 쳐도 될 정도지. 하지만 난 자네 같은 최신형은 필요 없네. 그저 나를 잊지 않아줄 존재가 필요하네. 자네처럼 세련되게 말하거나 우아하게 손가락을 구부리지 않아도 상관없으니까."

나는 침묵했다. 이런 경우는 매뉴얼에 입력되어 있지 않았다.

"한번 물어보세, 자네는 어지간한 인간보다 총명하다 들었으니. 가령 자네가 내 유모라 치세. 어느덧 세월의 무게를 못 이겨 몸 여기저기 합선이 일어나고 툭하면 멈춰 서지만 그래도 주인이 자네를 잊지 않고 싶다면 어떡할 텐가."

돌연 나의 한 구석이 텅 비는 느낌이었다. 내게 그런 여유 공간이 정말 있는지는 모르겠지만.

"알아보죠. 대신 시간은 좀 주셔야 해요."

주석

1 Marie Dähnhardt, "Singularity, private law and crypto-anarchy", Freiheitskeime 2013(처음 게재된 곳), Libre.Life 2015(재인용). https://libre.life/7523/0318/2/en

2 https://en.wikipedia.org/wiki/TOP500

3 주석 1의 링크에서 참조.

4 "The Future of Life Institute Open Letter", The Future of Life Institute. Retrieved 4 March 2015.

5 2015년 폴라북스에서 출간한 낸시 크레스Nancy Kress의 개인선집《허공에서 춤추다Beaker's Dozen》에 수록된 중편〈스페인의 거지들Beggars in Spain〉14~16쪽에서 발췌.

6 한성간, "유전자 변형으로 '똑똑한 쥐' 만들어", 헬스코리아뉴스, 2015년 8월 17일. http://m.hkn24.com/news /articleView.html?idxno=145692

7 2010년 황금가지에서 펴낸 한국 SF 단편선《아빠의 우주여행》에 수록되었다.

8 1997년 오늘예감에서 간행한 듀나의 개인선집《나비전쟁》에 처음 수록되었다.

9 2014년 북하우스에서 출간되었다.

10 아시아태평양물리학저널〈크로스로드Crossroads〉2012년 12월호와 2013년 1월호에 나뉘어 실렸다.

11 2012년 비즈앤비즈에서 출간한 크로노스케이프의《SF 사전》15쪽을 참조.

12 NASA의 크리스토퍼 맥케이Christopher Mackay 박사가 미국 과학잡지〈네이처Nature〉에 실은 기사를 필자가 표로 재구성.

13 2015년 창비에서 출간한 정소연의 작가선집《옆집의 영희 씨》에 수록되었다.

14 2010년 창비에서 펴낸 박민규의 작가선집《더블》에 수록되었다.

15 1996년 민음사에서 출간한 칼 세이건의《창백한 푸른 점》268~272쪽에서 발췌.

16 아서 C. 클라크의《2010 스페이스 오디세이》중에서. 국내에서는 1983년과 1987년 모음사에서《2010 오디세이 II》라는 제목으로 출간되었다. 인용된 구절은 모음사 판본의 86~89쪽에서 발췌.

17 2016년 행복한책읽기에서 출간한 데이비드 웨버David Weber의《여왕 폐하의 해군The Honor of the Queen》(1993) 51쪽에서 발췌.

18 이에 관한 자세한 논의는 2015년 부크크에서 펴낸 필자의《SF란 무엇인가?》를 참고하기 바란다.

19 BP Statistical Review of World Energy, 2007.

20 Anders Sandberg, Dyson Sphere FAQ, http://www.aleph.se/Nada/dysonFAQ.html

21 George Dvorsky, "How to build a Dyson sphere in five (relatively) easy steps", iO9, 4/17/12

22 제민일보 2016년 1월 21일자 기사.

23 2010년 알마에서 출간한 앤드류 니키포룩Andrew Nikiforuk의《대혼란Pandemonium》참조.

24 John Clute & Peter Nicholls, The Encyclopedia of Science Fiction, Orbit, London, 1999, p. 1237.

25 2007년 베가북스에서 출간한 댄 시먼스의《일리움》18쪽에서 발췌.

26 《안드로메다 성운》 제2장, 원문에서 발췌번역.

27 영화진흥위원회 자료, 2016. 08. 17.

28 2015년 필자의 요청으로 서울시립대 수학과 교수 조윤희가 계산한 결과. 2015년 부크크에서 출간한 필자의《SF영화가 보고 싶다!》297쪽에서 인용.

29 외계인 유형에 대해 좀 더 궁금하신 분들은 2015년 부크크에서 펴낸 필자의《외계인 신화, 최초의 접촉에서 외계인 침공까지》를 참고하기 바란다. 여기에는 과학자들과 작가들이 상상해본 온갖 유형의 외계인들이 공통된 특징별로 상세히 소개되어 있다.

30 위의 책, 591쪽에서 발췌.

31 1998년 드림북스에서 출간한《미지의 공포》에 수록된 〈거기 누구냐〉 225쪽에서 발췌.

32 1995년 시공사에서 출간한 어슐러 K. 르 귄의《어둠의 왼손》51쪽에서 발췌.

33 이 장편소설은《내 이름은 콘래드And Call Me Conrad》라는 제목으로 출간되기도 했다. 국내에서는 1995년 시공사에서 번역 출간되었다.

34 1996년 한뜻에서 펴낸《아이작 아시모프 SF특강》122쪽에서 발췌.

35 이 단편은 1995년 고려원미디어에서 펴낸 SF선집《코믹 SF걸작선》에 수록되었다. 번역판 제목은 〈임무〉로 되어 있다. 하지만 원제가 〈The Mission〉이고 이 단어의 이

중적 의미나 작품 내용으로 보아 여기서는 종교적 포교 내지 선교활동이란 의미가 더 강하게 배어난다.

36 《아이작 아시모프 SF특강》 68~69쪽에서 발췌.

37 위의 책, 69~70쪽에서 발췌.

38 1993년 서울창작에서 출간한 단편집 《토탈호러》에 수록된 〈블러드 차일드〉 255~258쪽에서 발췌.

39 1992년 청담사에서 출간한 스타니스와프 렘의 《솔라리스》 7~8쪽에서 발췌.

40 1990년 모음사에서 출간한 《스페이스 비글》에 실린 〈신경 전쟁〉 123~125쪽에서 발췌.

41 1992년 나경문화에서 출간한 론 허버드Ron Hubbard의 《B.E》에서 발췌.

42 《라마와의 랑데부》 영문판에서 번역 발췌.

43 Wendy Pearson, Alien Cryptographies: The View from Queer, Science Fiction Studies, Volume 26, March 1999

44 이들에 대해 더 자세한 정보를 알고 싶다면 다음 주소를 참고하기 바란다. http://www.gaytrek.com/history.html

45 Raif Karerat, Robots will be sexual partners of humans by 2070: Dr. Helen Driscoll, The American Bazaar, August 4, 2015 (http://www.americanbazaaronline.com/2015/08/04/robots-will-be-sexual-partners-of-humans- by-2070-dr-helen-driscoll/)

46 2016년 부크크에서 출간한 필자의 《특이점 시대의 인간과 인공지능》 136~137쪽 참조.

47 Julie Beck, "Who's Sweating the Sexbots?", The Atlantic, Sep. 30. 2015 (http://www.theatlantic.com/ health/archive/2015/09/the-sex-robots-arent-coming-for-our-relationships/407509/)

48 2013년 황금가지에서 출간한 《파운데이션의 서막》 630~633쪽에서 발췌.

49 2015년 불새에서 출간한 존 발리의 《캔자스의 유령》에 수록된 〈블랙홀 지나가다〉 121쪽에서 발췌.

50 Lawrence Tucker, Books, Sci-fi Special Edition, USA, December 2002, p.71

51 Larry Niven, N Space, Tor Books, USA, 1990, pp.223~232

52 Clifford Pickover, The Science of Aliens, Basic Books, New York, 1998, p. 7

53 《안드로메다 성운》 1장, 영문판에서 발췌.

54 〈죄다 마음씨 좋은 퉁방울 외계괴물들〉, 국내번역판에서 발췌.

55 이 중편은 국내에는 행복한책읽기에서 2010년 펴낸 로저 젤라즈니 작가선집 《드림 마스터》에 수록되어 있다.

56 미국 일리노이 대학 공공건강 학과 연구자들의 연구결과다(자료원: Robert W. Bly, The Science in Science Fiction, Benbella Books Inc., 2005, pp. 163).

57 헨리 커트너Henry Kuttner의 단편소설 〈세기들의 교차A Cross of Centuries〉(1958) 중에서.

58 할란 엘리슨의 장편소설 《불의 키스》 중에서.

59 2008년 영림카디널에서 출간한 마커스 초운Marcus Chown의 《네버엔딩 유니버스The Never-Ending Days Of Being Dead》 263~296쪽에서 참조.

60 1970년 아이디어회간에서 출간한 알렉산더 벨랴에프의 《양서인간》 169쪽에서 발췌.

61 2004년 한승에서 출간한 로이스 그레시Lois H. Gresh와 로버트 와인버그Robert Weinberg의 《슈퍼영웅의 과학The Science of Superheroes》 111~112쪽에서 참조.

62 2014년 현대문학에서 펴낸 작가 선집 《허버트 조지 웰스》에 수록되었다.

63 2004년 황금가지에서 출간한 《오늘의 SF 걸작선》에 수록된 〈도라도에서〉 112쪽에서 발췌.

64 이 단편은 고려원미디어에서 1995년 펴낸 선집 《시간여행 SF 걸작선》에 실려 있다.

65 위의 책, 120쪽에서 발췌.

66 〈91번째 신부〉 영문판에서 발췌.

67 《렌 박사, 하느님 다음가는 존재Le Docteur Lerne - Sous-Dieu》(1908)에 등장하는 과학자.

68 《잃어버린 세계The Lost World》(1912)와 《안개의 땅The Land of Mist》(1926)에 등장하는 과학자.

미래의 최전선에서 보내온 대담한 통찰 10

SF의 힘

1판 1쇄 인쇄 2017년 3월 10일
1판 2쇄 발행 2017년 9월 6일

지은이 고장원
펴낸이 고병욱

기획편집1실장 김성수 **책임편집** 김경수 **기획편집** 허태영
마케팅 이일권, 송만석, 황호범, 김재욱, 곽태영, 김은지 **디자인** 공희, 진미나, 백은주 **외서기획** 엄정빈
제작 김기창 **관리** 주동은, 조재언, 신현민 **총무** 문준기, 노재경, 송민진

펴낸곳 청림출판(주)
등록 제1989-000026호

본사 06048 서울시 강남구 도산대로 38길 11 청림출판(주) (논현동 63)
제2사옥 10881 경기도 파주시 회동길 173 청림아트스페이스 (문발동 518-6)
전화 02-546-4341 **팩스** 02-546-8053

홈페이지 www.chungrim.com
이메일 cr2@chungrim.com
이메일 https://www.facebook.com/chusubat

ISBN 979-11-5540-096-8 03800

• 추수밭은 청림출판(주)의 인문 교양도서 전문 브랜드입니다.
• 이 도서의 국립중앙도서관 출판시도서목록(CIP)은 서지정보유통지원시스템 홈페이지(http://seoji.nl.go.kr)와 국가자료공동목록시스템(http://www.nl.go.kr/kolisnet)에서 이용하실 수 있습니다. (CIP제어번호: CIP2017005132)